rororo

Natalie Rabengut, geb. 1985, studierte Germanistik und Anglistik in Düsseldorf. Ihre E-Books zählen zu den Top-Bestsellern unter den Liebesromanen. Wenn sie nicht gerade an neuem Material arbeitet, trinkt sie zu viel Kaffee oder geht mit Mann und Hund laufen. Meistens sorgen diese kleinen Abwechslungen im Tagesablauf allerdings dafür, dass sie am Abend wieder mit Kopfhörern auf den Ohren vor dem Bildschirm sitzt.

Natalie Rabengut

Das erste Date

Roman

Rowohlt Taschenbuch Verlag

«Das erste Date» ist 2013 zuerst als E-Book erschienen.
Für die gedruckte Ausgabe wurde der Roman redaktionell überarbeitet.

Originalausgabe
Veröffentlicht im Rowohlt Taschenbuch Verlag,
Reinbek bei Hamburg, November 2015

Umschlaggestaltung any.way, Notburga Reisener
Umschlagabbildung Kiuikson/iStockphoto.com
Satz aus der Minion Pro, PageOne,
bei Dörlemann Satz, Lemförde
Druck und Bindung CPI books GmbH, Leck, Germany
ISBN 978 3 499 27161 8

1

«Und was hast du jetzt genau vor?», fragte Don, während er mir die Flasche reichte. Genau wie Kai-Uwe ließ er mich nicht aus den Augen.

Bevor ich antwortete, nahm ich einen Schluck Bier und spielte die Worte noch einmal in meinem Kopf durch. «Ich habe ein WG-Zimmer in Aussicht und suche mir einen Job. Ist ja nichts dabei.»

Wie immer hatte mein ältester Bruder seine Mimik viel besser unter Kontrolle als Kai-Uwe, das mittlere Geschwisterkind, das es immer allen recht machen wollte. Er riss seine Augen auf und starrte mich entgeistert an. «Aber Mo! Du kannst doch nicht einfach so aufgeben.»

Ach ja, richtig, das hatte ich ganz vergessen. Der alte Romantiker in ihm kam wieder durch. Ich suchte nach der richtigen Antwort. Die Wahrheit lautete, dass mein Exfreund Sebastian leider schwul war – doch ich hatte ihm versprochen, dieses winzige Detail noch eine Weile länger für mich zu behalten, bis er sich wohl fühlte, damit an die Öffentlichkeit zu gehen. Da er nicht nur mein Ex, sondern auch mein bester Freund war, hatte ich vor, dieses Versprechen zu halten.

«Weißt du, ich glaube nicht, dass sich das lohnt. Unsere Beziehung ist zuletzt doch recht … äh … eingeschlafen.» Nervös knibbelte ich an dem Etikett der Flasche und hoffte, dass diese Unterhaltung sich nicht mehr lange hinziehen würde. Ich brachte es einfach nicht über mich, sie einzuweihen. Abgesehen davon war ich nicht der Meinung, dass es sie überhaupt etwas anging.

Don lehnte sich zurück, stützte sich auf die Handflächen und ließ die Augen über den Himmel schweifen. Mich konnte er allerdings nicht so leicht täuschen. Ich wusste genau, dass er mir gleich eine unangenehme Frage stellen würde.

Mein Blick wanderte über den Asphalt – die Bezeichnung Terrasse war für unseren Platz vielleicht etwas zu hoch gegriffen. Wir saßen, wie schon so oft, am Ende der Straße, in der das Haus unserer Eltern stand, und tranken Bier. Früher waren es diese übersüßen Trinkpäckchen mit Orangengeschmack von Aldi gewesen, doch seit Kai-Uwe volljährig und ich 16 geworden war, hatte Don auch sein Bier mit uns geteilt. Ich konnte mich noch genau an meine Aufregung beim ersten Mal erinnern. Vor lauter Nervosität hatte ich nicht einmal die Flasche aufbekommen – so stolz war ich gewesen, dass meine Brüder mit mir Bier trinken wollten.

Mama hatte uns zum Essen herbeordert, und mein Vater hatte uns einen halb leeren Kasten gereicht, bevor er verschwunden war. Dazu hatte er einen Kuss auf meinen Scheitel gedrückt und mir aufmunternd auf die Schulter geklopft. Dabei hatte ich es nicht einmal übers Herz gebracht, meine Eltern einzuweihen. Für sie war ich noch immer Mo, 25 Jahre alt und glücklich in einer Beziehung mit ihrem Freund Sebastian, mit dem sie zusammenwohnte.

Nun saß ich hier im Wendekreis am Ende der Sackgasse mit dem vielsagenden Namen «Am Feld» und hatte zumindest meinen Brüdern gegenüber schon die Beichte abgelegt – die Beichte mit den unzähligen kleinen Notlügen.

Bevor Don zum Schlag ansetzen konnte, sagte ich: «Eigentlich wollte ich Mama und Papa um einen kleinen Zuschuss bitten, aber dann habe ich die Mahnung von den Stadtwerken in der Küchenschublade gesehen. Also suche ich mir wohl doch besser einen Job.»

Kai-Uwe nickte und hielt mir seine Flasche zum Anstoßen hin, seine Version einer aufmunternden Geste. Mit einem leisen Klirren stießen die Flaschen gegeneinander, und ich schöpfte etwas Mut. Es war zwar nicht gerade die beste Situation der Welt, aber ich war mir sicher, dass ich sie überleben würde.

«Hat Sebastian eine andere?», fragte Don jetzt ziemlich beiläufig, bevor er die nächste Flasche Bier mit seinem Wohnungsschlüssel öffnete.

Eher einen anderen, dachte ich bei mir, schüttelte aber den Kopf. «Nein, hat er nicht. Wir haben uns schlicht und ergreifend entliebt. Ist das so ungewöhnlich?» Innerlich zuckte ich bei meinen Worten zusammen. Eigentlich liebte ich Sebastian noch immer, aber nun einmal bloß wie einen Bruder. Und das schon seit Jahren. Doch das war ein Teil des großen Geheimnisses zwischen ihm und mir.

«Und was für eine WG soll das sein?», wollte Don jetzt wissen.

Ich verdrehte die Augen. Ich hasste es, wenn er den großen Bruder raushängen ließ, und noch mehr, wenn er dabei ins Schwarze traf. «Eine Fünfer-WG.» So tapfer ich es versuchte, ich wusste, dass meine ausweichende Antwort mir nicht helfen würde.

«Alles Klosterschülerinnen, nehme ich an.» Der Spott in seiner Stimme war nicht zu überhören.

Genervt stellte ich meine Flasche ab. «Obwohl ich nicht der Meinung bin, dass ich hier irgendwem Rechenschaft schuldig bin: Es ist eine reine Männer-WG, alle vier Jungs sind Studenten in meinem Alter, die dank meiner kryptischen E-Mail-Adresse natürlich davon ausgehen, dass ich ein Kerl bin. Sobald ich in ihrer Küche sitze, werde ich sie davon überzeugen, dass sie unbedingt mit mir zusammenwohnen wollen, und dann habe ich ein Problem weniger.»

Kai-Uwe sah unsicher zu Don. Ich konnte ihm an der Nasenspitze ansehen, dass ihm meine Antwort genauso wenig gefiel wie meinem ältesten Bruder, doch im Gegensatz zu Don traute er sich selten, sich mit mir anzulegen.

Don hatte da leider keine Hemmungen. «Du kannst doch nicht mit einem Haufen fremder Männer zusammenwohnen.»

«Appellierst du gerade an meine Moral?», erkundigte ich mich vorsichtig.

Er nickte nachdrücklich, und Kai-Uwe wagte es nun, wie wild zu nicken.

Zufrieden verschränkte ich die Arme und warf ihnen einen tödlichen Blick zu. «Alles klar. Ich hatte zwar für einen Moment gedacht, wir leben im einundzwanzigsten Jahrhundert, aber ich sehe natürlich ein, dass ihr recht habt. Im Gegenzug komme ich dann wohl am Wochenende nicht mehr zu euch spaziert, um die empörte Freundin zu geben, damit euer jeweiliges Betthäschen schnell das Feld räumt.»

Kai-Uwe lief rot an, und selbst Don hatte den Anstand, wenigstens den Kopf zu senken.

«Ach, darauf wollt ihr nicht verzichten? Große Überraschung.» Ich stand auf und klopfte mir die kleinen Steinchen vom Hosenboden. Heute trug ich Hotpants und ein blaues Shirt mit V-Ausschnitt. Der Farbton ließ meine grauen Augen leuchten – zumindest hatte Sebastian, mein selbsternannter Styleberater, mir das versichert, bevor ich das Haus verlassen hatte. «In einer halben Stunde muss ich in der Altstadt sein und mich vorstellen. Mein Pfefferspray ist in der Tasche, und ich verspreche, dass ich sofort anrufe, wenn ich wieder draußen bin. Das sind harmlose Studenten und keine Serienmörder.»

Don betrachtete kritisch meine Beine. «Darum mache ich mir keine Sorgen», sagte er.

«Um alles andere brauchst du dich auch nicht zu sorgen. Immerhin nehme ich die Pille», konnte ich mir nicht verkneifen, ihn weiter zu ärgern. «Passt ihr lieber selber auf, wo ihre eure

Schniedel reinhaltet. Deine Rothaarige vom letzten Wochenende sah aus, als würde sie hervorragend eine besessene Stalkerin abgeben.»

Don schluckte, und ich drehte mich auf dem Absatz um. Nachdem ich meine Umhängetasche in den Fahrradkorb geworfen hatte, trat ich in die Pedale, ich wollte schließlich nicht zu spät kommen.

Vor der roten Backsteinfassade legte ich den Kopf in den Nacken und sah nach oben. Ich war beeindruckt, zumindest von außen sah das Haus gepflegt aus, und die Fenster wirkten frisch geputzt. Bei vier Männern unter einem Dach hatte ich fast schon erwartet, dass der Gestank bis auf die Straße drang.

Allerdings konnte ich bei meinen finanziellen Mitteln im Moment nicht wählerisch sein, und die WG lag nur einen Steinwurf von der Uni entfernt. Bis ich meinen Abschluss in Biochemie in der Tasche hatte, war das nun mal die größte Priorität in meinem Leben. Ich musste nur noch drei Monate überbrücken, dann konnte ich mit meiner Abschlussarbeit anfangen und den Job im Labor antreten. Nicht zum ersten Mal verfluchte ich Sebastian dafür, dass er nach über sieben Jahren nicht noch die paar Monate hatte warten können, bevor er mein Leben durcheinanderbrachte.

Schnell zog ich den kleinen Spiegel aus meiner Tasche und überprüfte mein Äußeres. Mein Vater hatte schon immer zu mir gesagt, dass ich etwas aus meinem hübschen Gesicht machen sollte. So etwas wie jetzt hatte er damit vermutlich nicht gemeint, aber ich brauchte nun einmal eine Bleibe. Da meine Lippen etwas trocken wirkten, wühlte ich in meiner Tasche nach dem Pflegestift und strich dann meine Haare nach hinten.

Schließlich streckte ich meinen Finger aus und drückte auf den Klingelknopf.

Bis gerade hatte drinnen Stille geherrscht, nun erwachte das Haus zum Leben. Eine dunkle Stimme rief: «Ey! Antreten, Mo ist hier.»

Lautes Gepolter verriet mir, dass wirklich nur Männer hier wohnten. Keine Frau würde jemals so die Treppe hinuntertrampeln. Selbst Kai-Uwe, der nur knapp 75 kg wog, klang nach mindestens 120 kg, wenn er nach unten rannte.

Kaum hatte sich die Tür geöffnet, sagte ich mit meinem besten Lächeln: «Hi, ich bin Mo.»

Zwei vollkommen entgeisterte Gesichter starrten mich an. Ein drittes tauchte hinter ihnen auf – es war mit dem ersten Gesicht identisch, offenbar wohnten hier Zwillinge.

Ich nutzte die Verblüffung und schob mich ins Haus, bevor die drei es sich anders überlegen konnten. Ein vierter Mann saß bereits am Küchentisch, und auch er bekam eine Kostprobe meines Charmes. Sofort setzte ich mich auf einen der freien Stühle. Mein Plan war es ohnehin gewesen, den Mitbewohnern gleich den Wind aus den Segeln zu nehmen.

«Ich weiß, ihr habt sicher einen Typen erwartet, aber ich bin wirklich die viel bessere Wahl.» Ich holte Luft und gab ihnen kurz Zeit, meine ersten Worte auf sich wirken zu lassen.

Bis jetzt sahen sie alle vier noch überfordert aus, und keiner wusste so recht, was er sagen sollte. Zwei von ihnen wechselten einen Blick, den ich nicht deuten konnte.

Also beeilte ich mich weiterzusprechen: «Ich bin mit Männern groß geworden und habe zwei ältere Brüder. Man bemerkt mich kaum, wenn ich zu Hause bin. Außerdem bin ich pflegeleicht: keine hysterischen Ausbrüche, keine Weinkrämpfe, keine Beziehungsdramen und keine anhänglichen Freundinnen, die euer Bad stundenlang belegen. Überhaupt bin ich in weniger als zwanzig Minuten aus dem Bad raus. Und ich wasche und bügele. Alles.»

Mittlerweile hatte ich begonnen, meine Vorzüge an den Fingern abzuzählen, und hielt sie hoch, um zu verdeutlichen, wie umwerfend ich war. Den Blonden ganz rechts hatte ich direkt auf meine Seite gezogen, als ich das Waschen erwähnt hatte; das konnte ich sehen. Bei dem Dunkelhaarigen mir gegenüber war ich mir ziemlich sicher, dass er mich attraktiv fand.

«Ich höre ausschließlich über Kopfhörer Musik, und meine Brüder haben mich außerordentlich gut erzogen: Ich kann Reifen wechseln, Bierflaschen an der Tischkante aufmachen, ohne die Platte zu verkratzen, und ich eigne mich prima dafür, morgens aufzutauchen und die zu früh nach Hause gekommene Freundin zu spielen.»

Mit einer hastigen Bewegung strich ich mir die Haare zurück, riss die Augen auf und legte theatralisch die Hand auf die Brust. «Jonathan! Wer ist *das*?» Am Ende des Satzes überschlug sich meine Stimme sogar ein bisschen.

Ich wusste nur die Namen der Jungs, aber nicht wer welcher war. Doch ich hatte Glück, denn Jonathan war der Blonde, der vorher schon begeistert von mir gewesen war. Jetzt zuckten seine Hände – vielleicht wollte er mir ja Beifall spenden?

Ich schwieg und überlegte, welche positiven Eigenschaften ich noch anführen konnte. «Ich mache in drei Monaten meinen Abschluss. Bitte, ich brauche wirklich dringend eine neue Bleibe.»

Als wäre ich gar nicht da, steckten die Zwillinge die Köpfe zusammen und führten eine leise, aber eindringliche Verhandlung, die für meine Ohren nur nach Zischlauten klang. Der Dunkelhaarige schenkte mir ein verführerisches Lächeln, das ich mit einem freundlichen Grinsen erwiderte. Er war ziemlich attraktiv, aber ich wollte hier wohnen und nicht bloß mit ihm schlafen. Den Sex konnte er sich gleich aus dem Kopf schlagen.

Die Zwillinge, die ich vielleicht ein bis zwei Jahre älter als mich schätzte, richteten sich wieder auf. Puh, die beiden waren bestimmt hervorragende Pokerspieler, ihre Mienen waren absolut undurchdringlich. Schließlich drehte der eine sich um und öffnete die Kühlschranktür. Junge, Junge, gesprächig waren die aber nicht gerade.

Neugierig sah ich zu, wie er fünf Flaschen Bier auf den Tisch stellte. Dazu holte er noch kleine Schnapsgläser und eine Flasche Korn aus dem Kühlfach. Mein Magen rebellierte schon bei dem Anblick. Schließlich schob er mir eine Bierflasche hin, wies mit dem Kinn darauf und sagte: «Dann lass mal sehen.»

Ich verdrehte die Augen, griff aber bereits nach der ersten Flasche. Klar, das wäre natürlich das Erste, was ich bei einem neuen Mitbewohner auf Richtigkeit überprüfen würde.

Es ist beinahe unmöglich, eine Flasche an einer Holzkante zu öffnen, ohne dass darin eine Macke zurückbleibt. Wieder einmal dankte ich meinem Vater für seine unkonventionelle Erziehung. Wie fast alles, was er mir beigebracht hatte, handelte es sich hierbei um einen simplen Taschenspielertrick. Solange man schnell und effizient vorging, waren die Zuschauer zu sehr mit Staunen beschäftigt, um den Kniff dahinter zu sehen. Außerdem hatte ich oft genug geübt – für mich war es sozusagen ein Evergreen.

In weniger als zwanzig Sekunden standen die Flaschen geöffnet auf dem Tisch. Die Jungs griffen danach, und der andere Zwilling bedeutete mir großzügig, die fünfte zu nehmen.

Es war nicht einmal 18 Uhr, und ich war schon bei meinem dritten Bier – bei dem Gedanken musste ich grinsen. Dann goss der Dunkelhaarige die Korngläser voll und verteilte sie. Ich hätte die erste Runde zwar gern ausgesetzt, aber leider ruhte auf mir die volle Aufmerksamkeit, sodass ich den Schnaps nicht wie geplant in die kleine Topfpflanze auf der Fensterbank neben mir kippen konnte.

Zum ersten Mal sprach einer der Zwillinge. «Den Trick mit

den Bierflaschen kenne ich, aber geschickt gemacht. Ich sage ja. Übrigens, ich heiße Julian.»

Erleichterung durchflutete mich. Der zweite Zwilling wollte gerade zu etwas ansetzen, doch der Blonde konnte sich vor Begeisterung kaum noch auf dem Stuhl halten. «Ja, ja, ja! Ich bin Jonathan.»

Jonathan war offensichtlich Amerikaner und hatte einen bezaubernden Akzent, der mir ungewollt ein Lächeln entlockte. Sofort musste ich an meine beste Freundin Sanne denken. Sie würde ausflippen, wenn ich ihr davon erzählte.

Missbilligend runzelte der andere Zwilling die Stirn und nickte dann nur knapp in meine Richtung.

Egal, was der Dunkelhaarige jetzt noch sagen wollte, es standen bereits drei Meinungen gegen seine. Doch er willigte ein – mit einer Stimme, die mir einen angenehmen Schauer über den Rücken rieseln ließ. «Jakob. Ich habe nichts dagegen», stellte er sich vor.

Vor lauter Triumphgefühl schlug mir das Herz fast schmerzhaft schnell gegen die Rippen, und ich musste erst einmal schwer schlucken, bevor ich antworten konnte. «Das freut mich wirklich sehr! Aber erst muss ich noch einige Dinge klarstellen.»

Jetzt sahen die vier mich skeptisch an.

«Ich weiß, dass ich nicht so aussehe, aber sollte mir einer von euch krummkommen, breche ich ihm die Nase, bevor ich meine Brüder auf ihn hetze. Selbst wenn ich als einzige Frau hier einziehe, bin ich noch lange keine Selbstbedienungstheke für Sex. Außerdem werde ich weder putzen noch kochen. Ich gehe gern einkaufen und wasche Wäsche für alle, aber das war's.»

Die Lippen aufeinandergepresst, wartete ich auf ihre Reaktionen. Ich hoffte, dass meine Botschaft angekommen war.

Jetzt sprach zum ersten Mal der stumme Zwilling. «Gefällt mir, gefällt mir richtig gut. Mein Name ist Johannes.» Mit diesen

Worten schraubte er die Kornflasche auf und schenkte eine weitere Runde aus.

Ich konnte den ersten Korn noch in meinem Mund schmecken. Es fiel mir bereits schwer, die Hand ruhig zu halten, als ich sie nach dem Glas ausstreckte. Aber das war auch kein Wunder, auf mein Wahnsinnsgewicht von 56 kg waren heute lediglich ein wenig Rollbraten von meiner Mutter und zwei Kartoffeln gekommen. Für mehr war ich schlicht und ergreifend zu aufgeregt gewesen, obwohl ich das gut verbergen konnte. Darauf waren allerdings drei Bier und der erste Korn gefolgt.

Ich wartete, bis ich mir sicher war, dass keiner mich beachtete, und kippte den Korn in die Blume, bei der ich mich in Gedanken entschuldigte. Bevor ich hierherzog, musste ich unbedingt ein paar Topfpflanzen kaufen, auf die ich den vielen Alkohol, der hier offensichtlich konsumiert wurde, gleichmäßig verteilen konnte.

Jakob sah mich an, und ich stellte mein leeres Glas auf den Tisch. «Hast du einen Freund?», wollte er von mir wissen.

«Das fragst du hoffentlich nicht, weil du auf Lärmbelästigung durch heiße Sexspiele aus bist.» Ich warf ihm einen missbilligenden Blick zu, dem er nicht standhalten konnte.

Jonathan gluckste und griff zu meinem Entsetzen bereits wieder nach der Schnapsflasche. Die kleine Grünpflanze würde diesen Abend wohl nicht überleben. «Deutsche Mädchen sind klasse, so schlagbereit.»

Julian grinste. «Es heißt schlagfertig», verbesserte er ihn liebevoll.

Ich konnte leider nichts sagen, weil ich bei Jonathans Akzent bereits wieder dahingeschmolzen war. Wie putzig er Määätschän aussprach!

«Ich habe nur aus Neugier gefragt, damit ich weiß, wer hier demnächst so zu Besuch kommt», maulte Jakob beleidigt.

«Mein Freund und ich haben uns getrennt, deswegen brauche

ich ein neues Dach über dem Kopf. Aber keine Sorge, es wird keine nächtlichen Versöhnungsversuche geben, und ich werde nicht lautstark schluchzend meine Interpretation von Whitney Houston zum Besten geben», beruhigte ich ihn.

Johannes, der zweite Zwilling, klopfte Jakob freundlich auf die Schulter. «Sie kommt frisch aus einer Beziehung und wird hier wohnen. Das kannst du dir gleich aus dem Kopf schlagen.»

Jakob verzog das Gesicht, erwiderte aber nichts.

Um die Situation aufzulockern, grinste ich in die Runde. «Mein voller Name ist übrigens Morielia, aber nennt mich bitte lieber Mo.»

Ein voller Erfolg, alle starrten mich an. Jonathan murmelte: «Weird name.»

«Das kannst du laut sagen. Meine Mutter hat sich den Namen ausgedacht. Sie findet, das habe einen Hauch von Shakespeare und sei ein furchtbar schicker Name.»

Auf den Schreck schenkte Johannes eine weitere Runde ein und hob sein Glas zu einem Toast. «Auf Mo! Willkommen im Irrenhaus.»

Eine knappe Stunde später brummte mein Kopf, und ich war froh, wieder an der frischen Luft zu sein. Zwei weitere Gläser Korn hatte ich noch trinken müssen, da ich keine Gelegenheit gefunden hatte, sie in der Blume zu entsorgen.

Sobald der Bürgersteig sich nicht mehr drehte, würde ich auf mein Fahrrad steigen und nach Hause radeln. Morgen wollte ich die bereits gepackten Kartons in mein neues Zimmer schaffen. Die Kopie des Mietvertrags steckte in meiner Handtasche.

Um mir noch ein wenig Zeit zu verschaffen, rief ich Don an. «Ich lebe noch.»

«Alles andere hätte mich auch gewundert. Hatten sie sehr viel Angst vor dir?», wollte er wissen.

Ich schnaubte. «Sehr witzig. Ich habe meine besten Manieren vorgeführt und mindestens zwei von ihnen unter den Tisch getrunken. Morgen ziehe ich um.»

«Brauchst du Hilfe mit deinem Krempel?», fragte er, ganz der große Bruder.

«Das wäre vermutlich nicht schlecht.»

«Kein Problem.» Dann schwieg er, und ich ahnte gleich, dass er einen speziellen Gefallen von mir wollte und sich nur nicht traute zu fragen.

«Wirklich? Schon wieder?», witzelte ich. «Ich bin gegen elf Uhr da und bringe Brötchen mit», erlöste ich ihn gleich darauf.

«Du bist die Beste, Mo!» Er klang ehrlich erleichtert, und ich brummte etwas Zustimmendes, bevor ich auflegte. Dann wählte ich Kai-Uwes Nummer.

«Du lebst noch», stellte er leicht euphorisch fest, und mich wunderte es kein bisschen, dass wir Geschwister waren. Immerhin hatte ich das gerade bei Don auch schon festgestellt.

«Morgen ist dein Glückstag, Don gibt das Frühstück aus, danach dürft ihr mir beide beim Umzug helfen.»

«Klasse. Heißt das, du spielst morgen bei Don die Freundin und nicht bei mir?»

Vergnügt kicherte ich und machte probehalber ein paar Schritte auf mein Fahrrad zu. «Genau. Das heißt, dass du dein Luder ausnahmsweise selbst entsorgen musst. Um elf bei Don, also für dich Viertel nach. Wäre peinlich, wenn du zuerst da wärst.»

Angetrunken, wie ich war, lachte ich über meinen eigenen Witz und legte auf. Herausfordernd betrachtete ich mein Fahrrad. «Okay, ich schaffe das.»

Tatsächlich schaffte ich es wohlbehalten und in meiner üblichen Geschwindigkeit nach Hause.

Als ich aufschloss, war die Wohnung leer. Ich ging direkt zum Kühlschrank. Die Tasche hing noch über meiner Schulter, und auch die Schuhe hatte ich noch an, während ich das kalte Mineralwasser direkt aus der Flasche trank. Dabei bildete ich mir ein, dass ich sofort spürte, wie mein Kopf klarer wurde.

Ich hatte die Flasche noch nicht wieder zugedreht, da hörte ich Sebastians Schlüssel im Treppenhaus. Er hatte die nervtötende Angewohnheit, seinen Schlüsselbund über den Zeigefinger zu stülpen und damit zu klimpern, während er auf die Tür zuging. Der einzige Vorteil war, dass ich ihn so schon zwei Minuten vor seiner eigentlichen Ankunft hörte.

Die Tür schwang auf, und mein Ex stiefelte herein. Ich sah sofort, dass er sich mit seinem Lover in die Haare bekommen hatte, und machte mich auf Weltuntergangsstimmung gefasst. Überrascht nahm er zur Kenntnis, dass ich schon zu Hause war, und grummelte: «Männer.»

«Das kannst du laut sagen.»

Er warf seine Sachen in die Ecke neben die Kommode, kam zu mir geschlurft und küsste mich auf die Wange, die ich ihm schon entgegenhielt. Das würde ich vermissen, diese Vertrautheit und die ganzen Gewohnheiten, die wir im Lauf der letzten Jahre entwickelt hatten. Schnell sog ich den gewohnten Geruch von Diors Eau Sauvage ein. Seit der Duft erschienen war, liebte Sebastian ihn heiß und innig. Zuletzt hatte ich ihm zu Weihnachten eine neue Flasche geschenkt.

«Was guckst du so, Mori?» Er war der Einzige, der mich so nennen durfte, ohne dass ich ihm den Kopf abriss – allerdings auch nur, wenn wir alleine waren.

«Ich habe den Platz in der WG bekommen, Don und Kai-Uwe helfen mir morgen beim Umzug.»

Sofort schossen Tränen in Sebastians Augen. Seufzend streckte ich die Arme aus, und er schmiegte sich schluchzend hinein.

Ein Grund mehr, warum ich ausziehen musste – irgendwann in den letzten Jahren war Sebastian das Mädchen geworden und ich der Junge. So konnte es wirklich nicht weitergehen.

Als er sich wieder halbwegs beruhigt hatte, verkündete er: «Auf den Schock brauche ich eine Pizza!» Schnurstracks marschierte er in Richtung Telefon.

Geistesgegenwärtig rief ich noch: «Nimm eine ohne Knoblauch!»

Dann griff ich meine Tasche und ging in mein Zimmer. Erschöpft lehnte ich mich von innen gegen die geschlossene Tür. Wann war mein Leben so chaotisch geworden? Die Antwort kannte ich leider nur zu gut: Seit es schwierig geworden war, unsere Lüge aufrechtzuerhalten. Schließlich konnten wir nicht auf ewig so weitermachen.

Sebastian hockte bereits auf dem Sofa, im Hintergrund flimmerte irgendeine Castingsendung über den Bildschirm, der Ton war abgedreht. Erschrocken sah ich, dass er bereits eine Packung Kosmetiktücher auf den Tisch gestellt hatte. Wir würden also vermutlich den ganzen Abend «Kannst du dich noch an das eine Mal erinnern, als …» spielen. Großartig.

Ich ließ mich neben meinen Ex auf das Polster fallen. «Dir ist klar, dass ich es Don und Kai-Uwe beichten musste?», fing ich an. «Also zumindest den Teil mit der Trennung.»

Betreten sah Sebastian auf den Boden, dann nickte er schnell.

«Wenn du morgen nicht bei dem Umzug helfen willst, kann ich das verstehen.»

Sebastian rang mit sich, das war deutlich zu sehen. Darum sagte ich schnell: «Du kannst es dir ja noch überlegen. Keine Eile.»

Da griff er bereits nach dem ersten Tuch und schnäuzte sich kräftig hinein. «Kannst du dich noch an unseren ersten Abend hier erinnern?»

«Natürlich. Wir haben damals auch Pizza bestellt und nach dem Rotwein, den es gratis zu dem Essen gab, einen erbärmlichen Versuch unternommen, hier vor dem Kamin Sex zu haben.»

Sebastian gackerte leise und strich mir mit dem Daumen über die Wange. «Erbärmlich trifft es ganz gut.»

Ich lehnte mich seiner Hand entgegen und schmunzelte. Für Sebastians Geschmack war ich einfach nicht männlich genug, und ich fand, dass er mich nicht hart genug anfasste. Bei der Erinnerung an unsere Sexversuche miteinander begannen meine Ohren zu glühen.

Er streichelte noch immer mein Gesicht und sah dabei merkwürdig schwermütig aus. «Es tut mir leid, dass ich nicht der richtige Mann für dich bin.»

«Was soll ich denn sagen? Deinen Eltern gehört immerhin das Haus hier. Ab jetzt muss ich Miete bezahlen!»

Sein Lachen erleichterte mich. Ich hätte unmöglich den ganzen Abend mit ihm Trübsal blasen können. Andererseits war ich natürlich etwas melancholisch. Sebastian war schon immer mein bester Freund gewesen, und es fiel mir schwer, den perfekten Mitbewohner aufzugeben. Wir verstanden uns ohne Worte, konnten über die gleichen Dinge lachen und über alles reden.

In diesem Augenblick erlöste mich die Klingel.

Ich wollte aufspringen und zur Tür eilen, doch Sebastian hielt mich am Handgelenk fest. «Lass, ich geh. Dich einzuladen ist ja wohl das Mindeste, was ich tun kann.»

Damit verschwand er, und ich fragte mich, wie emotional der Abend noch werden würde. Verheulte Augen konnte ich morgen wirklich nicht gebrauchen, und aufgrund des Alkohols, den ich schon intus hatte, war ich sowieso schon aufgewühlt.

«Ich kann nicht glauben, dass das hier unsere letzte Pizza ist.» Selten hatte ich so viel Wehmut in einem einzigen Satz gehört.

Energisch schlug ich ihm auf die Schulter. «Jetzt mach aber

mal halblang! Letzte Pizza – bringst du mich morgen zum Tierarzt, um mich einschläfern zu lassen, oder was?»

Zerknirscht rieb er sich über die Schulter und öffnete den Karton. Der verführerische Duft ließ meinen Magen hörbar knurren. Entsetzt starrte Sebastian mich an. «Hast du etwa nichts gegessen? Aber ich kann doch den Alkohol riechen.»

Er hasste es, wenn ich etwas trank, ohne vorher anständig gegessen zu haben. Nicht weil ich mich danebenbenehmen würde oder so. Nein, er hatte einfach dauernd Angst um mich und sah hinter jeder Ecke Männer lauern, die mich ausnutzen wollten. Als ob ich mich nicht verteidigen könnte.

«Die Jungs wollten mit einem Korn auf meinen Einzug anstoßen.» Gierig schlang ich bereits das erste Stück Pizza hinunter.

«Ich finde es immer noch nicht gut, dass du direkt mit vier wildfremden Typen zusammenziehen musst», maulte Sebastian jetzt beleidigt.

«Worüber beschwerst du dich eigentlich? Ich mache Platz für dich und deinen Tobi, und trotzdem meckerst du. Sonst wolltest du auch nicht, dass ich dir jeden Typen vorstelle, mit dem ich geschlafen habe.»

«Das ist was anderes», murrte er.

Ich zog nur spöttisch die Augenbraue hoch. «Sie sind wirklich nett, und ich habe gleich klargestellt, dass innerhalb des Hauses nichts laufen wird», fügte ich hinzu. «Wenn die Wogen sich geglättet haben, kannst du sie ja mal kennenlernen. Du wirst sie sicher auch mögen.»

Noch immer zog Sebastian eine Schnute, aber seine Neugier war ihm an der Nasenspitze anzusehen.

Während ich schon nach dem nächsten Stück griff, sagte ich: «Nur zu, frag schon.»

«Sehen sie gut aus?» Er spuckte mir die Frage förmlich entgegen.

«Und wie. Außerdem ist einer von ihnen Amerikaner und hat den süßesten Akzent, den ich je in meinem Leben gehört habe.»

«Boa! Das ist so gemein. Ich will auch mit vier Männern zusammenwohnen. Das ist einfach nicht fair! Ich bekomme nicht einmal den einen Kerl in den Griff, und du marschierst los und hast in weniger als einer Viertelstunde gleich vier um den Finger gewickelt. Wie machst du das?» Endlich schwieg er und stopfte sich auch Pizza in den Mund. Gott sei Dank, ich war mir schon fast verfressen vorgekommen.

Vielsagend sah ich nach unten auf meine Brüste und drückte demonstrativ den Rücken durch, dazu klimperte ich mit den Augenlidern und erkundigte mich mit hoher Stimme: «Wie jetzt? Ich glaube, ich verstehe die Frage nicht.»

Sebastian stöhnte. «Unfair, sage ich doch!»

2

«Schatz, ich bin früher nach Hause gekommen!»

Deutlich hörbar warf ich den Schlüssel in die Schale, die auf der Kommode neben der Tür stand. Neidlos musste ich wieder einmal anerkennen, dass Don seine Wohnung wundervoll eingerichtet hatte. Es wurde echt Zeit, dass er eine Frau traf, die ihm ebenbürtig war.

Aus dem Schlafzimmer waren bereits hektische Geräusche zu hören. Anfangs hatte ich noch Hemmungen gehabt, Dons armen One-Night-Stands einen solchen Schreck einzujagen, und er hatte mich dafür verspottet. Er hatte mit mir gewettet, dass es den Frauen sogar egal sei, ob er verheiratet wäre. Da ich noch an meine Geschlechtsgenossinnen glaubte, hatte ich mich geweigert, ihm das abzukaufen. Also hatte er kurzerhand einen Ehering aufgetrieben und war mit mir und Kai-Uwe ausgegangen. Fassungslos hatte ich zugesehen, wie die Frauen ihn trotz des Rings und meiner Anwesenheit umschwärmt hatten.

«Ich habe frische Brötchen mitgebracht, deine Lieblingssorte.» Den letzten Teil des Satzes flötete ich schon fast. Dann verschwand ich in die Küche und klapperte mit den Tellern im Schrank. Nebenbei schaltete ich die Kaffeemaschine an. Gurgelnd und zischend begann sie mit dem Vorwärmen.

Im Wohnzimmer wurde leise eine Tür geöffnet und wieder geschlossen, dann spazierte Don gut gelaunt in die Küche. «Hast du wirklich meine Lieblingsbrötchen mitgebracht?»

«Klar, wenn deine Lieblingssorte ‹Werd erwachsen und such

dir endlich eine Freundin› heißt, habe ich hier eine ganze Tüte für dich.»

Er verdrehte die Augen und ging zum Kühlschrank. Den Orangensaft trank er direkt aus der Packung. Als es klingelte, verschluckte er sich fast vor Schreck.

Mein Lachen konnte ich mir nicht verkneifen. «Keine Sorge, das ist nur der andere Frauenheld.» Damit ging ich zur Tür und ließ Kai-Uwe herein.

Wenig später saßen wir am Tisch, und ich strich Marmelade auf mein Brötchen. «Lange mache ich das übrigens nicht mehr – nur dass ihr das wisst.»

Kai-Uwe tätschelte meinen Handrücken. «Ach, Mo, du verstehst das nicht. So lange, wie du jetzt in einer Beziehung warst», meinte er mitleidig.

Wütend biss ich in mein Brötchen und verkniff mir die Antwort. Natürlich verstand ich das. Aber ich fragte wenigstens die Männer, die ich abschleppte, ob sie alleine wohnten und Single waren, und dann stahl ich mich im Morgengrauen davon. Doch das ging meine klugscheißenden Brüder überhaupt nichts an.

«Das ist mir total egal, ich habe nur ehrlich gesagt keine Lust mehr. Ich möchte auch am Wochenende mal ausschlafen – und vielleicht fange ich ja jetzt an, mit wildfremden Männern mitzugehen, aus deren Wohnung ich dann vertrieben werde.» Ihre entsetzten Gesichter waren geradezu Gold wert, und ich lehnte mich zurück, um den Moment vollkommen auszukosten.

Dann tat Don, was jeder anständige Mann getan hätte, und wechselte einfach das Thema. «Wie viele Kartons erwarten uns denn?»

Ich machte eine wegwerfende Handbewegung. «Ach, die paar Lehrbücher zur Biochemie …»

Kai-Uwes Mundwinkel sanken nach unten, und ich goss mir einen Kaffee nach. «Keine Sorge, so viel ist es nicht. Zum einen habe ich nicht viel Krempel, und zum anderen war ich schon ein paar Mal in der Wohnung. Bei der Gelegenheit habe ich einiges mitgenommen.»

«Lernen wir deine Mitbewohner kennen?», erkundigte Don sich viel zu beiläufig. Würde er irgendwann aufhören, den großen Bruder zu spielen?

«So wie ich es verstanden habe, sind die Zwillinge und Jonathan da, Jakob wohl nicht.»

Kai-Uwe stieß mich mit dem Ellenbogen an, während er in der anderen Hand sein Nutella-Brötchen balancierte. «Und welcher von denen steht auf dich?»

Unwirsch runzelte ich die Stirn. «Keiner.»

Kai-Uwe glaubte mir sofort, Don blieb skeptisch. Was war denn nur los mit den beiden? Glaubten sie, jetzt die Beschützer raushängen lassen zu müssen, weil ich frisch aus einer Beziehung kam? Vermutlich.

Die Mühe, nach Sebastian zu rufen, machte ich mir erst gar nicht, denn ich wusste, dass er nicht da war. Seine Befürchtung, meine Brüder könnten ihm etwas antun, war zu groß gewesen. Ich bemerkte Dons finsteren Gesichtsausdruck und legte ihm eine Hand auf den Arm. Überrascht sah er mich an.

«Ist alles okay? Du wirkst angespannt.»

Er fuhr sich mit einer Hand durch die Haare. «Ich war auf das hier irgendwie nicht vorbereitet», sagte er. «Ihr wart ein süßes Paar und habt immer zufrieden ausgesehen. Und dann geht alles auf einmal so schnell, letzte Woche erzählst du uns erst von der Trennung, und heute holen wir schon die Kartons ab.»

Verständnisvoll nickte ich und fragte mich kurz, wer hier eigentlich wen tröstete. «Das kann ich verstehen. Ich hatte viel mehr Zeit, mit der ganzen Sache abzuschließen. Aber du scheinst mir ein bisschen aggressiv zu sein.»

«Sebastian hat meiner kleinen Schwester wehgetan», stieß er aufgebracht hervor.

Wir ignorierten beide Kai-Uwe, der bereits zum zweiten Mal einen Karton trug und sich dabei ereiferte: «Lasst euch Zeit. Eigentlich brauche ich keine Hilfe. Mit dem mittleren Geschwisterkind kann man es ja machen.»

Mit einem hypnotischen Rhythmus streichelte ich Don über den Arm. «Weißt du, zwischen Sebastian und mir war es ein stiller, einvernehmlicher Prozess des Entliebens. Wir haben uns nicht gestritten oder uns irgendwie wehgetan. Es ist passiert, und er ist trotz allem noch mein bester Freund. Es ist einfach besser für unser seelisches Gleichgewicht, wenn wir nicht mehr zusammenwohnen», versuchte ich, ihn irgendwie zu besänftigen.

Don nickte, aber ich konnte ihm an der Nasenspitze ansehen, dass er mir nicht einmal richtig zugehört hatte. Also schnipste ich mit den Fingern vor seinem Gesicht. Verwirrt starrte er mich an.

«Finger weg von Sebastian! Du und Kai-Uwe habt mir in eurer Funktion als große Brüder emotional bedeutend mehr zugesetzt als mein Exfreund, verstanden?»

Kurz flackerte Schuldbewusstsein über Dons Gesicht, dicht gefolgt von Sturheit und Kapitulation. Er nickte langsam. «Und du bist dir sicher?»

Ich nickte energisch. Dann ging ich voran in mein Zimmer, um die restlichen Kisten zu holen. Eigentlich machte ich mir keine Sorgen, dass meine Brüder Sebastian etwas antun könnten. Eigentlich befürchtete ich nur, sie könnten meinem Vater etwas erzählen und er würde dann irgendetwas aushecken. Also drehte ich mich sicherheitshalber um und flüsterte: «Und kein Wort zu Papa!»

Ertappt verbarg Don sein Gesicht vor mir und griff nach dem nächstbesten Karton.

«Wow, das Zimmer ist größer, als ich erwartet habe», verkündete Kai-Uwe, nachdem er sich umgesehen hatte.

«Und sauberer, als ich bei einem reinen Männerhaushalt geschätzt hätte», fügte Don hinzu.

«Autsch. Wir haben auch Gefühle, Mann!», rief Julian empört.

Wie erwartet hatten meine neuen Mitbewohner sich schon im Flur herumgedrückt, als wir angekommen waren. Unter dem Vorwand, mir natürlich mit den schweren Kisten helfen zu wollen, hatten sie meine Brüder begutachtet und waren jetzt noch damit beschäftigt, den Schock zu verdauen.

Ich hatte in der Zeit Kaffee gekocht. Wenn fünf Männer sich darum rissen, meine Kartons zu schleppen, von denen ich gerade einmal sieben mitgebracht hatte, wäre ich ja verrückt gewesen, einen Finger krummzumachen.

Wenig später saßen wir um den Küchentisch herum, und Jonathan starrte uns an. «Fascinating», murmelte er dabei.

Ich konnte ihn gut verstehen. Obwohl wir Geschwister waren und jeder für sich irgendwie Ähnlichkeit mit unseren Eltern hatte, sahen wir wie bunt zusammengewürfelt aus.

Don war mit 1,90 Metern der Größte in der Familie und beeindruckte mit seinem vollen braunen Haar, das er von unserer Mutter geerbt hatte. Kai-Uwe und ich waren auf den Millimeter genau gleich groß, dafür hatte er deutlich mehr Gewicht auf den Rippen, das allerdings in Form von Muskeln. Nachdem er jahrelang Judo trainiert hatte, war er zum Gewichtheben übergegangen und dabei geblieben. Außerdem war er erstaunlich beweglich und konnte auf den Händen laufen. Die Frauen rannten ihm wegen seiner blonden Haare hinterher, die ihm den Charme eines Surferboys verliehen. Meine eigenen Haare befanden sich farblich zwischen denen meiner Brüder, in großzügigen Momenten bezeichnete ich sie als hellbraun. Zwischen dem muskulösen Kai-Uwe und dem großen Don wirkte ich noch schmaler und zerbrechlicher – ein echter Vorteil auf Familienfotos.

«Okay, okay», sagte Julian schließlich. «Jetzt noch einmal zum Mitschreiben: Du bist Mo, du heißt Don und du Kai-Uwe.»

Kai-Uwe grinste. «Kai-Uwe mit Bindestrich.»

Julian schüttelte fassungslos den Kopf. «Da haben wir ja fast noch Glück gehabt», wandte er sich an seinen Bruder Johannes.

Dons Mundwinkel zuckten bereits, und ich fragte vergnügt: «Darf ich? Darf ich? Bitte, Don, darf ich?»

Don nickte milde, und meine Mitbewohner sahen mich erwartungsvoll an. Also ließ ich die Bombe platzen. «Don ist die Abkürzung für Donald.»

Für einen Moment herrschte absolute Stille in der Küche, und voller Unglauben starrten meine neuen Mitbewohner uns an.

Um es noch einmal zu verdeutlichen, verkündete ich: «Gestatten, Morielia, Kai-Uwe mit Bindestrich und Donald Wischnewski. Und wir lieben unsere Eltern trotzdem.»

Zwei Sekunden später brüllten alle vor Lachen und konnten sich kaum auf den Stühlen halten.

Meine Brüder und ich lehnten uns zurück und tranken unseren Kaffee. Dieses Spektakel kannten wir immerhin schon zur Genüge.

Endlich konnte ich mich entspannen. Meine Mitbewohner schienen nett zu sein, und selbst meine Brüder zeigten sich versöhnlich und von ihrer besten Seite.

«Mo, wir wollten so eine Art Willkommensparty für dich veranstalten, aber hier ist dafür nicht genug Platz. Was hältst du davon, wenn wir nächste Woche alle zusammen ins Starfox gehen? Kennst du das?», fragte Julian.

Ich nickte und fühlte mich gleichzeitig geschmeichelt. Die Jungs gaben sich echt Mühe, mich nett aufzunehmen.

Anschließend drehte er sich zu meinen Brüdern um. «Ihr könnt natürlich gerne mitkommen, das wird sicher lustig.»

Bei so etwas musste man Don und Kai-Uwe nicht lange bitten, sofort stimmten sie zu.

Ich räusperte mich. «Allerdings kann ich erst Samstag, ich gehe Freitag bei Kochs probearbeiten.»

Überrascht hob Don eine Augenbraue. «Die Kneipe am Campus?»

«Genau. Als ich am Mittwoch in der Bibliothek war, habe ich den Aushang am Schwarzen Brett gesehen. Mal sehen, wie ich mich als Kellnerin schlage», verkündete ich.

Ein wenig Geld hatte ich noch auf meinem Sparbuch, aber mit einem Einkommen würde ich mich sicherer fühlen – jetzt, wo ich Miete zahlen musste.

Am Freitag vergaß ich in der Bibliothek fast die Zeit – nicht weil die Arbeit so spannend war, ganz im Gegenteil.

Ich wachte mit dem Abdruck der Laptop-Tastatur auf meiner Stirn auf und befand wieder einmal, dass ich mich lieber durch unzählige Petrischalen mit Schimmelsporen wühlte und meine Zeit im Labor verbrachte, als die Ergebnisse mit seitenlangen Fußnoten aus wissenschaftlicher Literatur zu untermauern.

Erschrocken sprang ich auf und raffte meine Sachen zusammen. Ich wollte ja nicht schon am ersten Tag zu meiner Schicht im Kochs zu spät kommen.

Als ich gerade meine Tasche in den Fahrradkorb warf und aufsteigen wollte, klingelte mein Handy. Ich fummelte es aus der Hosentasche. Auf dem Display sah ich, dass Sanne anrief. Oje. Siedend heiß fiel mir ein, dass ich sie schon die ganze Woche lang hatte anrufen wollen.

«Hallo? Hallo? Ist ja jemand? Bist du wirklich noch am Leben?», wollte Sanne von mir wissen.

«Es tut mir leid», gestand ich zerknirscht.

Eine Gruppe Studenten ging an mir vorbei und grinste mich dabei breit an. Sofort zuckte meine Hand nach oben, und ich rieb zum wiederholten Mal über den Tastenabdruck auf meiner Stirn. «Ich wollte dich wirklich anrufen und einladen, aber dann habe ich es einfach vergessen.»

«Das habe ich gemerkt», lautete ihre trockene Antwort. Im Hintergrund knirschte das altersschwache Gelenk ihres Schreibtischstuhls.

«Arbeitest du immer noch?», erkundigte ich mich mitfühlend.

«Erinnere mich bloß nicht dran. In zwei Wochen ist Abgabe, und mir geht der Arsch gehörig auf Grundeis. Immerhin habe ich schon ganze vier Seiten fertig. Vier Seiten, kein Grund zur Panik, die Arbeit muss am Ende ja nicht mindestens sechzig Seiten lang sein. Ich schaff das schon.»

Obwohl ich mir das Lachen verkneifen musste, stimmte ich eine tiefe, meditative Atmung an, die am Ende in ein schnelles Hecheln überging.

Sanne stieg direkt mit ein und klang danach zumindest wieder belustigt.

«Ich habe einen Vorschlag.»

Sanne horchte offenbar interessiert auf.

«Früher oder später musst du sowieso eine Pause machen. Meine Mitbewohner wollen morgen feiern gehen, Don und Kai-Uwe kommen auch mit. Möchtest du dich nicht einklinken? Dann kommst du vorher zu mir, wir hübschen uns total übertrieben auf, und als Bonus, weil ich eine grauenvolle Freundin bin, stelle ich dir den charmanten Single Jonathan vor.»

Sanne klopfte sich hörbar mit dem Kugelschreiber gegen die Unterlippe. Diese Angewohnheit hatte sie schon in der Schulzeit gehabt. «Aber dabei arbeite ich samstags am Abend doch so gerne.» Sie kicherte. «So ein Quatsch. Ich bin dabei!»

«Cool. Ich muss jetzt leider los, ich habe noch den Abdruck von meiner Tastatur auf der Stirn und muss mich für die Arbeit umziehen.»

«Arbeit? Freitagabend?», echote es mir aus dem Handy entgegen. Da fiel mir ein, dass ich Sanne auch davon noch nichts erzählt hatte.

«Ja, ich kellnere bei Kochs zur Probe.»

Meine beste Freundin lachte laut drauflos. Irgendwann wurde es mir zu bunt, und ich legte einfach auf. Damit ich es nicht vergaß, tippte ich direkt eine SMS an sie: *Sei morgen um 18 Uhr da.* Und: *Das bisschen Kellnern werde ich ja wohl schaffen.*

Ihre Antwort las ich erst zu Hause. *Davon bin ich überzeugt. NICHT! Ich höre mir dann morgen das Ausmaß der Katastrophe an …*

Was hatte ich eigentlich für Freunde, die so unglaublich unterstützend waren und an mich glaubten? Sebastian hatte sich auch schlappgelacht, als ich ihm von dem Job bei Kochs erzählt hatte. «Süße, du kannst vielleicht mehrere Reagenzgläser auf einmal tragen – aber den ganzen Abend kellnern?», hatte er gesagt und gegrinst.

Zu Hause angekommen, schob ich das Fahrrad in die Garage und fragte mich zum wiederholten Male, worauf sie eigentlich alle hinauswollten. Es war ja nicht so, als wäre ich wahnsinnig tollpatschig. Egal, ich war viel zu spät dran, um mir darüber den Kopf zu zerbrechen.

In meinem Zimmer sprang ich aus den Shorts, die ich getragen hatte, und schlüpfte stattdessen in eine schwarze Jeans und eine weiße Bluse. Ich fand mich sehr zeitlos gekleidet. Im Badezimmer verpasste ich mir noch eine zusätzliche Schicht Mascara, dann griff ich nach meiner Tasche. Glücklicherweise konnte ich zu der Kneipe laufen, denn sie befand sich auf dem Campus und lag daher nicht weit vom Haus entfernt.

Eilig hechtete ich wieder auf den Flur. Jakob saß am Küchentisch und brütete über einem Lehrbuch für Ringmoduln, er studierte Mathematik und schien das im Moment eher zu bereuen. Ich schnappte mir aus dem Kühlschrank noch einen gekühlten Kaffee im Becher, vermutlich mit zu viel Zucker, aber den konnte ich gerade vertragen.

Abwesend hob mein Mitbewohner den Kopf und sah mich an. «Ich dachte, du würdest kellnern gehen.»

Ich hatte die Finger schon an der Folie des Bechers, um sie abzulösen, und sah irritiert an mir herunter. «Das hatte ich auch vor. Ehrlich gesagt bin ich schon ziemlich spät dran.»

«Oh.» Das war alles, was er sagte, bevor er wieder eilig die Nase in seine Unterlagen steckte.

Energisch stellte ich den Kaffeebecher auf den Tisch und stützte die Hände in die Seiten. «‹Oh›? Was bitte soll das denn heißen?»

Noch immer schaute er nicht zu mir hoch, aber seine Ohrenspitzen glühten verdächtig rot. «Nichts, nichts. Viel Glück.»

Ich stützte mich auf den Tisch und legte eine Hand auf sein aufgeschlagenes Buch. «Mach die Zähne auseinander, Freundchen.»

Jakobs Gesicht leuchtete heller als ein Kamin. «Wenn ich das jetzt sage, klinge ich wie der letzte Arsch.»

Spöttisch hob ich eine Augenbraue, um ihm zu signalisieren, dass mir das herzlich egal war.

Entmutigt ließ er die Schultern sinken. «Das soll ja nicht irgendwie machohaft klingen, aber an deiner Stelle hätte ich mich in einen kurzen Rock geworfen und eine enge Bluse oder so etwas. Du willst doch sicher Trinkgeld abstauben, oder nicht?»

Ich Idiotin! Natürlich hatte er recht. Ich stand verdattert da. Ein Blick auf die Uhr versicherte mir, dass ich es vermutlich eh nicht mehr rechtzeitig zu meiner ersten Schicht schaffen würde, da konnte ich mich auch noch kurz umziehen.

Wie gut, dass ich mir erst gestern den Luxus einer ausgiebigen Rasur gegönnt hatte – aber nur weil ich kurzzeitig mit dem Gedanken gespielt hatte, mir den After-Work-Party-Donnerstag zunutze zu machen und irgendwo einen Mann aufzulesen. Stattdessen war ich dann mit einem Buch auf der Brust und offenem Mund eingeschlafen. Mein Leben war in letzter Zeit wirklich aufregend. Ich schüttelte den Kopf und überlegte, was ich anziehen sollte.

Jakob musterte mich, vermutlich durch mein Schweigen verunsichert. «Bist du sauer?»

«Was? Nein, Quatsch. Du hast vollkommen recht. Ich überlege nur gerade, was ich anziehen kann und wie viel ich zu spät kommen werde.»

«Ich kann dich eben schnell mit dem Auto bringen. Eine Pause wäre mir sehr willkommen, mir raucht der Kopf.» Er sah mich aus großen Augen an, und ich nickte begeistert. Auch wenn ich eher vermutete, dass er sein Angebot aus Angst gemacht hatte, dass er mich verletzt haben könnte.

Auf dem Weg nach oben nahm ich zwei Stufen auf einmal. Wenn ich jetzt einen Rock anzog, konnte ich meine bequemen Nike-Treter wohl vergessen. Ich besaß nur zwei Paar hochhackige Schuhe: Die einen waren schwindelerregend hohe Pumps, die schon aufgrund der Tatsache ausfielen, dass ich darin maximal zehn Meter gehen konnte, und die anderen High Heels mit Riemchen in schwarzer Lackoptik. Obwohl ich schon ahnte, dass ich mich selbst dafür am Ende des Abends hassen würde, schlüpfte ich in die Riemchenschuhe mit den gut sechs Zentimeter hohen Absätzen. Die Bluse würde ich anlassen, aber zwei Knöpfe konnte ich ruhig noch aufmachen, entschied ich.

Dann wühlte ich mich durch meinen Schrank. Früher hatte mein schwuler bester Freund mir immer ungefragt komplette

Outfits herausgelegt – ich hatte nicht gedacht, dass ich ausgerechnet das so schnell vermissen würde.

Am Ende hatte ich die Wahl zwischen einem dunkelblauen Jeansrock und einem kurzen schwarzen Faltenrock. Der Faltenrock war wirklich winzig, gewann die Wahl aber trotzdem, weil ich nicht den ganzen Abend in dem superengen Jeansrock herumlaufen wollte. Die Betonung lag hier auf Laufen, denn ich nahm an, dass ich sicherlich etliche Meter zurücklegen würde.

Schnell eilte ich die Treppe wieder nach unten – so schnell, wie die hohen Hacken, wie meine Mutter immer sagte, es zuließen. In der Küchentür blieb ich stehen. «Würdest du mir so Trinkgeld geben?», fragte ich Jakob kokett und stellte mich spielerisch in Pose.

Er sah mich an und nickte anerkennend. «Trinkgeld und meine Telefonnummer.» Den Autoschlüssel hatte er schon in der Hand, und obwohl ich so tat, als würde ich es nicht merken, spürte ich seinen Blick auf meinen nackten Beinen.

«Du alter Charmeur», wiegelte ich ab und griff endlich nach dem Becher Kaffee. Rasch stürzte ich den Inhalt hinunter und lief hinter Jakob her.

Als er im Auto den Motor startete, sagte er: «Ich bin den ganzen Abend zu Hause, muss dringend für eine Klausur nächste Woche lernen. Wenn du magst, kann ich dich gerne wieder abholen.»

«Das ist nett, und meine Füße danken dir im Voraus. Ich melde mich, wenn ich Hilfe in der Not brauche.»

Er lachte und wandte sich zum Beifahrersitz, um nach hinten zu sehen und rückwärts aus der Einfahrt zu fahren. Dabei legte er den rechten Arm um meine Rückenlehne. Ich weiß nicht, warum, aber ich fand diese Geste schon immer überaus männlich und sexy. Zum ersten Mal nahm ich mir Zeit, Jakob genauer zu betrachten.

Mit seinen dunklen Haaren und dem energischen Kinn samt

Grübchen war er alles andere als unattraktiv, aber ich hatte ein ganz gutes Gespür und konnte mir daher schon denken, dass er absolut nicht in mein Beuteschema fiel.

Ganz am Anfang, als wir uns noch Mühe gegeben hatten, sogar uns selbst eine normale Beziehung vorzugaukeln, war der Sex mit Sebastian für mich genauso frustrierend gewesen wie für ihn. Aber ich wollte Sebastian nicht verunsichern; damals wussten wir beide noch nicht, was wir wollten. Als er mir dann endlich beichtete, dass es gar nicht an mir lag, sondern an ihm, war ich zwar erleichtert – glaubte aber trotzdem, dass es zum Teil eben doch an mir lag.

«Normalen» Sex fand ich einfach langweilig, und es dauerte eine Weile, etliche Bücher und Pornos, bis ich ein Konzept entwickelte, woran das lag. Die schlichte Wahrheit war, dass ich eine recht stark ausgeprägte devote Ader hatte.

Nachdem wir uns mit unserer ganz besonderen Beziehung arrangiert hatten, gingen wir beide auf Männerfang – allerdings unabhängig voneinander, und wir sprachen nicht darüber. Sebastian suchte sich schwule Männer und ich mir dominante.

Leider war ich mir ziemlich sicher, dass Jakob nicht in diese Kategorie gehörte. Immer wieder schielte er auf meine Beine. «Ich hoffe, ich habe dir da keinen blöden Rat gegeben», sagte er dann. «Wenn du doof angemacht wirst, ist das wohl irgendwie meine Schuld.»

Da musste ich grinsen. «Keine Sorge, ich gehe nicht auf den Straßenstrich oder strippen oder so. Du weißt selbst, dass das Kochs ein total harmloser Laden ist. Und sollte doch irgendetwas sein, habe ich ja deine Handynummer, und du holst mich ab.»

Eifrig nickte er und sah zu, wie ich ausstieg.

Durch seine Hilfe kam ich sogar wirklich pünktlich. «Danke, Jakob. Du hast mir praktisch das Leben gerettet. Bis später!»

Erst als ich durch die Tür war, startete er wieder den Motor.

3

Koch, der Namensgeber der Kneipe, saß noch bei einem Kaffee im Hinterzimmer und war offensichtlich zufrieden mit meinem Outfit. Er zeigte mir den Feuerlöscher und den hinteren Notausgang. Dann erkundigte er sich, ob ich die Nummer der Feuerwehr wüsste.

«Klar. Eins-eins-zwei», antwortete ich irritiert.

Koch nickte. «Wunderbar, damit hätten wir die Sicherheitsschulung hinter uns gebracht. Willkommen an Bord!» Er hielt mir seine kräftige Pranke hin. «Die Schuhe wirst du in ein paar Stunden schon bereuen, Mädchen.»

Schuldbewusst sah ich nach unten. «Ich weiß, auf die Schnelle hatte ich keine anderen.»

Koch zuckte mit den Schultern, als wollte er sagen, dass es nicht seine Füße seien. Dann brachte er mich in den Bereich hinter der Theke und ließ mich ein Bier zapfen. Das konnte ich glücklicherweise schon, und er entließ mich mit den Worten: «Dann kann ja nichts mehr schiefgehen.»

Drei Stunden später lehnte ich im kleinen Badezimmer für Mitarbeiter meine Stirn gegen den kühlen Spiegel und versuchte, zur Ruhe zu kommen. Mit mir waren noch zwei Mädels da, die alle Aufgaben spielend meisterten, während ich vollkommen überfordert war.

Ich konnte noch nicht einmal sagen, woran es lag. Schon allein durch die Tatsache, dass ich kurz vor dem Uni-Abschluss stand, war ich fest davon überzeugt, dass ich nicht blöd war. Trotzdem war ich nicht in der Lage, mir eine simple Getränkebestellung zu merken, geschweige denn, wer welches Getränk geordert hatte. «Hoffnungslos» war das Wort, das mir heute Abend schon unzählige Male durch den Kopf geschossen war.

Plötzlich ging die Tür auf, und Claudia, eine der anderen Kellnerinnen, stand vor mir. Mitleidig sah sie mich an und klopfte mir auf die Schulter. «Kopf hoch, das ist echt kein Job für jeden. Ist doch nicht so schlimm.»

Toll, sie gab sich nicht einmal Mühe, so zu tun, als wäre das nur ein Anfängerproblem. Nein – offensichtlich lag es an mir. Schulterzuckend sagte ich: «Da hast du wohl recht.»

«Machst du die Schicht noch zu Ende?», erkundigte sie sich eine Spur zu beiläufig.

Ich wurde hellhörig. «Wieso? Bin ich so grauenvoll?» Ein Hauch von Panik schwang in meiner Stimme mit.

Claudia lachte. «Um Himmels willen, natürlich nicht. Aber ich könnte es verstehen, wenn du überwältigt bist. Vor allem in den Schuhen.» Vielsagend sah sie nach unten. Wenn ich das heute noch einmal hörte! Keine Ahnung, was ich dann tun würde.

«Ich ziehe den Abend durch und hoffe, dass Koch wenigstens genug Mitleid mit mir hat und mich bezahlt.»

«Okay, so furchtbar bist du jetzt auch wieder nicht. Aber ich hätte einen Vorschlag für dich. Du siehst aus, als könntest du dich mühelos durchsetzen.» Sie machte eine kleine Pause und faltete die Hände.

Hatte ich doch gewusst, dass sie etwas von mir wollte. Aber ihr Anfang war schon nicht schlecht. Nach dem Kompliment war ich durchaus geneigt, sie anzuhören.

«Ich kellnere gerade oben bei einem Junggesellenabschied, und eigentlich ist es simpel, sie trinken alle nur Bier und Korn.»

«Gut, der Wink mit dem Zaunpfahl ist angekommen. Ich bin eine miserable Kellnerin, aber das sollte selbst ich hinbekommen.» Wollte Claudia mir ihren Bereich anbieten? Meine Hoffnung wuchs, wenigstens nicht komplett zu versagen.

«Also, ich würde gern mit dir tauschen, muss dir aber fairerweise sagen, dass ein paar Typen da oben lange Finger machen. Bisher hat mir nur einer auf den Hintern geklopft, aber das hat mir ehrlich gesagt schon gereicht.»

«Sind sie sehr betrunken?»

«So sehr, dass sie recht viel Trinkgeld geben, aber ich habe einen ziemlich eifersüchtigen Freund, und wenn der zufällig hier vorbeikommt und mich da oben sieht, bekommt er einen Anfall.» Ihre Wangen hatten sich leicht gerötet, und ich begriff, dass sie sich schäbig fühlte. In ihren Augen zog sie mich gerade über den Tisch und nutzte meine Unerfahrenheit aus. Das konnte sie sich getrost sparen, spätestens bei dem Wort «Trinkgeld» war ich schon Feuer und Flamme gewesen.

Kurzerhand nickte ich nur und fragte: «Meinst du, dass Koch etwas dagegen hat?»

Sie schüttelte den Kopf. «Ich habe ihn zuerst gefragt. Danke, dass du das machst. Ehrlich.»

«Kein Thema.» Ich winkte nur wegwerfend ab. «Hauptsache, du knöpfst mir nachher nicht das einzige Trinkgeld ab, das ich jemals in meiner glänzenden Laufbahn als Kellnerin verdienen werde.»

Spontan umarmte sie mich. «Versprochen. Danke, danke, danke! Hier, komm mit!»

Sie führte mich zur Theke und gab mir ein volles Tablett mit Biergläsern. Dann deutete sie auf die Treppe. Ich hoffte nur, dass mich oben nicht Sodom und Gomorrha erwarteten. Andererseits war meine Schicht ohnehin in etwa einer Stunde vorbei.

Ich war noch nicht halb oben, da hörte ich sie schon. So konnte nur eine Gruppe Männer klingen – Frauen kicherten eher zusammen, Männer dröhnten. Aber ich mochte tiefe Männerstimmen, und Scheu, jemandem auf die Finger zu klatschen, hatte ich nicht.

Mit dem Ellenbogen drückte ich die Klinke herunter und betrat das Zimmer. Augenblicklich verstummte das Gebrüll, und alle starrten mich an. Verdutzt starrte ich erst einmal zurück. Was war denn so Besonderes an mir, dass mich alle ansahen? So durstig konnten die in der kurzen Zeit doch gar nicht geworden sein.

Plötzlich rief einer: «Na endlich! Kevin, schmeiß mal die Musik an!»

Ich verstand die Welt nicht mehr. Offenbar waren sie doch sehr durstig und hatten ihr Bier sehnsüchtig erwartet. Außerdem lief doch schon Musik?

Einer der Männer kam auf mich zu. Er trug ein knallpinkes Shirt mit dem Aufdruck *Trauzeuge* und nahm mir das Tablett aus der Hand, das er an einen anderen weiterreichte. Irritiert sah ich zu, wie es die Runde machte und schließlich leer auf dem Tisch landete. Der Trauzeuge beugte sich verschwörerisch zu mir herunter und raunte: «Hundertachtzig Euro, richtig?»

Wie bitte? Während ich noch tief Luft holte, um ihm so richtig die Meinung zu geigen, setzte sich in meinem Kopf ein unerwartetes Bild zusammen: Ich kam in einer aufgeknöpften weißen Bluse, einem kurzen Faltenröckchen und High Heels anstelle der Kellnerin zurück in den Raum … Die Männer hatten bereits massig 5-Euro-Scheine gezückt …

In diesem Moment wechselte die Musik zu *After Dark* von Tito & Tarantula. Scheiße! Die Typen hielten mich für eine Stripperin! Die Gedanken rasten durch meinen Kopf. Was sollte ich tun? Leider war mein Gehirn schneller als ich und hatte schon beim Anblick des Geldes eine Entscheidung getroffen. Hatte ich etwas zu verlieren? Nein, den Job hier war ich sowieso schon los. Hatte ich etwas zu gewinnen? Hallo? 180 Euro plus Trinkgeld! War meine Unterwäsche vorzeigbar? Ja, war sie.

Kurz entschlossen schenkte ich ihm mein verführerischstes Lächeln und nickte. Glücklicherweise war mein Gegenüber viel aufgeregter als ich und fühlte sich vermutlich gerade total verrucht bei dem, was er tat.

Mein Blick fiel auf seinen Ehering. Gut, dann mischte sich wohl eine Portion Schuldbewusstsein in seine Gefühle.

Aber Moment mal! Wie lange sollte ich das eigentlich durchziehen? Ich legte dem Trauzeugen die Hand auf den Arm, und er starrte mit aufgerissenen Augen darauf. «Es ist mir ein bisschen unangenehm, der Chef hat letztens ein paar Auftritte durcheinandergeworfen, und dann hatten alle Mädchen die falsche Musik. Könnten Sie mir wohl kurz die Lieder zeigen, bevor ich noch aus dem Takt gerate?» Stolz auf meine tolle Ausrede garnierte ich meine Frage mit einem Wimpernklimpern.

Er nickte nervös und holte einen kleinen Zettel aus der Hosentasche.

Schnell sah ich ihn mir an und hätte beinahe hysterisch gerufen: «Hundertachtzig Euro für drei Songs? Wozu studiere ich eigentlich?» Aber ich konnte mich gerade noch beherrschen und reichte ihm das Stück Papier zurück. Die ersten beiden Songs waren eher langsam, der dritte bildete wohl den Höhepunkt. Das sollte ich hinbekommen.

Der glückliche Bräutigam war nicht zu verfehlen, er saß mitten in einem Stuhlkreis und war von seinen Freunden mit gelbem Band gefesselt worden. *Police Line – Do not cross* stand darauf. Der Mann leckte sich nervös über die Lippen. Anscheinend wusste er nicht so recht, was er hier eigentlich tat. Na, da waren wir schon zu zweit.

Endlich wurde die Musik lauter, und ich legte los. Zuerst beschränkte ich mich nur auf sinnliches Schlängeln und streichelte mich selbst, während ich langsam auf mein Opfer zuging. Der arme Kerl lächelte, was dafür sorgte, dass ich mich mit einem Mal ganz zuversichtlich fühlte. Anzüglich kreisten meine Hände über der Bluse um meine Brüste. Die Männer johlten.

Ganz dicht vor dem Bräutigam blieb ich stehen und beugte mich mit einer eleganten Bewegung nach vorne. Zwei Knöpfe an meiner Bluse öffnete ich direkt vor seinem Gesicht. Seine Augen funkelten, doch ich richtete mich wieder auf, legte ihm eine Hand auf die Schulter und tanzte um den Stuhl. Schließlich sollten seine Freunde auch etwas von der Show haben. Also stützte ich mich auf der Stuhllehne ab, ließ meinen Hintern kreisen, bevor ich zu dem ersten Mann ging, der in dem größeren Stuhlkreis saß. Ein weiterer Blusenknopf wurde von mir geöffnet.

So arbeitete ich mich langsam und genüsslich durch den Stuhlkreis. Fast schon peinlich genau achtete ich darauf, dass ich jedem Mann einen netten oder sinnlichen Blick zuwarf – je nachdem, wie ansehnlich ich ihn fand. Hier berührte ich eine Schulter, dort streifte ich einen Oberschenkel und vermied es, darüber nachzudenken, dass ich die Situation erstaunlicherweise extrem aufregend fand.

Ich fühlte mich begehrt – die Blicke, mit denen die Männer mich bedachten, waren eindeutig, und mein Nacken prickelte. Zum letzten Ton von *After Dark* flatterte meine Bluse zu Boden. Wie verrucht ich jetzt mit dem Röckchen, dem schwarzen Spitzen-BH und den Riemchen-Heels aussehen musste …

Alannah Myles' rauchige Stimme erklang, und ich bewegte mich weiter zu *Black Velvet*. Mittlerweile hatte ich die Runde fast beendet, und es war gleich an der Zeit, dem Bräutigam eine kleine Privateinlage zu bieten. Nun stand ich mit dem Rücken zu dem nächsten Gast und mit dem Gesicht zum Bräutigam. Ich ließ mein Hinterteil kreisen und ging mit gespreizten Beinen in die Knie, erhob mich gleich wieder und drehte mich schwungvoll um. Dabei zog ich das Haargummi von meinem Zopf.

Sein Blick traf mich ohne Vorwarnung, und beinahe wäre ich

gestolpert. Die Worte meines Vaters schossen mir durch den Kopf: «Wenn du ihnen nicht in die Augen sehen kannst, Mo, dann guck auf die Nasenspitze. Keiner sieht den Unterschied, und du kannst deine Gefühle besser verbergen.»

Gut, Papas Tipp bezog sich aufs Pokern, aber er war sicherlich auch hier anwendbar. Du liebe Güte, der Mann war umwerfend. So umwerfend, dass ich sofort darüber phantasierte, an sein Bett gefesselt und ihm ausgeliefert zu sein … Oder über seinem Schoß zu liegen, in der prickelnden Vorfreude zu wissen, dass er gleich …

«Mo, reiß dich zusammen!», fuhr ich mich selbst in Gedanken an.

«Aber seine Augen», wisperte ein feines Stimmchen dazwischen. Sie waren grün wie eine Wiese nach einem Regenschauer und so tief, dass man sich darin verlieren konnte. Aber vor allem passte ihr Ausdruck nicht zu dem höflichen Lächeln auf seinen Lippen. Hungrig. Er war hungrig.

Schnell wandte ich mich wieder ab, um dem Bräutigam auf seinem Stuhl einen Besuch abzustatten. «Black velvet with that slow southern style …»

Ich sah, dass der Bräutigam recht nachlässig gefesselt war und die linke Hand frei bewegen konnte. Also tanzte ich an seine Seite, griff nach der Hand und legte sie mir auf den Schenkel. Verhalten streichelte er mein Bein, traute sich aber nicht so recht. Also drehte ich mich um, führte seine Hand zu dem Reißverschluss meines Rockes und bedeutete ihm, ihn hinunterzuziehen.

Um uns herum ertönten laute Pfiffe und begeisterte Zurufe. Doch ich war nicht mehr bei der Sache, zu irritiert war ich von seiner Anwesenheit. Die grünen Augen folgten mir bei jeder Bewegung, aber es lag nicht diese plumpe Begeisterung für nackte Haut darin, die die anderen hier auszeichnete, sondern etwas anderes. Etwas Dunkleres, das ich nicht benennen konnte.

Langsam wurde ich wütend darüber, dass er sich nicht genauso über meine Vorführung freute wie seine Kumpels. Verdammt noch mal, ich hatte keine Ahnung, was ich hier tat, aber ich gab mir schließlich größte Mühe.

Der Rock fiel und blieb um meine Knöchel liegen. Nun trug ich nur noch den BH und einen schwarzen String. Ich wusste so gut wie nichts vom Stripbusiness oder was mit dem Trauzeugen vereinbart worden war – aber egal. Von dem BH würde ich mich trennen, den String würde ich auf gar keinen Fall ausziehen.

Das Tempo wechselte, und *Nickelback* dröhnte nun aus den Boxen. Sanne wäre als riesiger *Nickelback*-Fan so stolz auf mich gewesen. Verführerisch bewegte ich mich zu *Figured You Out* und wackelte mit meinem Hintern dicht über dem Schoß des Bräutigams, angefeuert durch das Grölen seiner Freunde.

Warum sah er nicht aus, als würde er die Vorstellung einfach nur genießen? Wieder fing sein Blick mich ein und brachte mich aus dem Konzept. War das etwa ein spöttisches Lächeln? Mochte er meine Performance nicht? Warum interessierte mich das überhaupt?

Wieder drehte ich eine Runde durch den Stuhlkreis, dabei ließ ich die Hände über meinen Körper nach oben wandern und nach hinten zum Verschluss des BHs greifen. «I like the way you're not impressed …»

Ich schloss die Augen, bewegte mich im Takt und hakte die Finger unter den Stoff. Wut waberte durch mein Bewusstsein.

Der einzige unfassbar attraktive Mann im Raum war ausgerechnet derjenige, der nichts an mir zu finden schien. «I like the way you still say please …»

Mit dem Rücken zu ihm und dem Gesicht zum Bräutigam blieb ich stehen. Der BH fiel zu Boden, Applaus brandete auf. Doch ich achtete genau darauf, mich nicht umzudrehen. Zur Strafe würde ich nur ihm meine Brüste nicht zeigen.

Der *Nickelback*-Song neigte sich dem Ende zu, und ich ging zum Bräutigam, presste ihm einen Kuss auf die Wange. Dabei streiften meine Nippel das gelbe Absperrband. Dann richtete ich mich auf und deutete eine Verbeugung an.

Ein ganz Mutiger stand auf und steckte mir zwar grinsend, aber doch irgendwie respektvoll zwei 5-Euro-Scheine an die Seite des Strings. Ein anderer brachte mir meine Sachen. Noch immer stand ich mit dem Rücken zu dem Blödmann, spürte aber seine brennenden Augen in meinem Rücken. Es folgte noch eine Runde Trinkgeld, derweil schlüpfte ich in den BH.

Schließlich führte der Trauzeuge mich zur Seite, gab mir meinen Lohn und bedankte sich noch einmal. Allerdings fügte er irritiert hinzu, dass ich ja gar nicht rothaarig sei, wie in der Beschreibung angegeben war. Doch dann winkte er gleich ab. «Aber das macht nichts, dafür sind die Brüste größer.» Dazu reckte er einen Daumen hoch und hielt die Tür für mich auf. Die Gelegenheit nutzte ich und schlüpfte hinaus, ohne ihm einen weiteren Blick zu gönnen.

Unten warf ich Claudia einen entschuldigenden Blick zu und wollte schon aus der Tür eilen, da rief Koch mich zu sich. Mit klopfendem Herzen trottete ich hinter die Theke. Er konnte unmöglich ahnen, was oben gerade passiert war. Pokerface, Mo, denk an dein Pokerface, feuerte ich mich selbst an.

Koch bedachte mich mit einem gutmütigen Blick. «Ist nichts für dich, oder?»

Mit einem vorsichtigen Lächeln schüttelte ich den Kopf. «Tut mir wirklich leid. Hoffentlich habe ich dir keine Kundschaft vergrault.»

Er lachte dröhnend und reichte mir einen 20-Euro-Schein aus der Kasse.

«Okay?», fragte er mich, und ich nickte schnell. Dann stürzte ich aus der Kneipe – viel früher, als ich eigentlich geplant hatte.

Den Kopf in den Nacken gelegt, betrachtete ich die funkelnden Sterne über mir und spürte ein hysterisches Kichern in der Kehle aufsteigen. Ich hatte gerade gestrippt – für Geld! Einen Moment schloss ich die Augen und genoss nur die frische Nachtluft.

Vor mir lag der Abteiplatz mit dem Kopfsteinpflaster, rechts der mit Bäumen gesäumte Vorplatz der Kirche, links der Parkplatz der Kneipe. Wenn ich zügig ging, sollte ich in einer Viertelstunde zu Hause sein.

Ich warf einen Blick auf die Armbanduhr, es war gerade einmal kurz nach elf. Sollte ich vielleicht noch einen Abstecher ins D4rkster machen und einen Mann abschleppen? Ich fühlte mich gerade so herrlich aufgeputscht und wie ein richtiges Luder.

Ob ich Sebastian von meinem überraschenden Auftritt erzählen sollte? Nein, er würde vermutlich ohnmächtig zusammenbrechen. Sanne fiel auch aus, sie wusste ja nichts von Sebastians und meinem Doppelleben. Und Dons Gesicht wollte ich mir lieber gar nicht erst vorstellen. Dann musste es wohl mein kleines Geheimnis bleiben. Nachdenklich sah ich noch einmal auf die Uhr.

«Ich hoffe, du spielst nicht mit dem Gedanken, in diesem Aufzug noch irgendwo hinzugehen.»

Mein Herz raste, als ich herumwirbelte und ihn anstarrte. Also schleichen konnte er schon, das musste ich ihm lassen. Lässig stand er vor mir, die Hände in die Hosentaschen geschoben, und grinste mich an. Auf eine Art, die dafür sorgte, dass die feinen Härchen an meinem Körper sich aufrichteten – und zwar ausnahmslos alle. Wenigstens fing ich nicht auch noch an zu zittern.

«Erstens geht dich das überhaupt nichts an, und zweitens war genau das mein Plan.» Die Wut rauschte noch immer durch meine Blutbahnen, und ich war fest entschlossen, den Typ auflaufen zu lassen.

Er schnalzte mit der Zunge und kam langsam auf mich zu. Ich

wich zurück, doch er ließ sich davon nicht stören und umkreiste mich. «Ich weiß nicht – die Vorstellung gefällt mir ganz und gar nicht», meinte er dann.

Empört holte ich Luft. Was fiel diesem Kerl eigentlich ein? «Wie schön, dass das nicht die geringste Rolle spielt.» Damit drehte ich mich auf dem Absatz um und lief davon. Angst hatte ich keine, wir befanden uns noch immer auf dem hell erleuchteten Vorplatz, und obwohl ich zierlich war, hatten meine Brüder mir schon oft versichert, dass ich über ein beeindruckendes Lungenvolumen verfügte. Notfalls würde ich die ganze Stadt mit meinem Kreischen alarmieren.

Der Mann lief einfach neben mir her, und weil ich nicht wusste, was ich davon halten sollte, blieb ich abrupt stehen. Als er ebenfalls anhielt und dabei einen Schritt auf mich zumachte, wich ich zurück. Probehalber kam er noch näher, und ich wich wieder zurück. Schon ärgerte ich mich über mich selbst.

«Das reicht. Ich kann mich verteidigen.» Mein eiskalter Tonfall ließ keinen Zweifel daran, dass ich es ernst meinte. Eigentlich schade, denn der Kerl war wirklich attraktiv und roch obendrein ziemlich gut. Doch er war selbst schuld.

«Das glaube ich dir gern. Aber ich fürchte, du bist viel zu faszinierend, als dass ich dich einfach gehen lassen kann.»

«Soll das ein Kompliment sein, oder hast du dir das von einem irren Serienmörder abgeguckt?»

«Ein bisschen von beidem.»

Mit Mühe konnte ich das Lachen unterdrücken. Also hatte er auch noch Humor. Ich machte einen weiteren Schritt zurück.

So eine Scheiße! In Gedanken fluchte ich lauthals. Der Mann hatte mich so sehr aus dem Konzept gebracht, dass ich mit dem Rücken zu einem Baum stand.

Doch er machte keine Anstalten, mich zu berühren, er stand einfach nur sehr dicht vor mir und hielt die Hände hinter dem

Rücken verschränkt. Dabei legte er den Kopf schräg und sah mich eindringlich an. «Warum hast du das gemacht?»

«Ich weiß nicht, was du meinst.» Natürlich spielte er darauf an, dass ich ihm meine Brüste nicht gezeigt hatte – das war mir klar. Meine Brüste, deren Nippel ganz und gar nicht so auf ihn reagierten, wie ich mir das vorstellte. Statt ihn mit Nichtachtung zu strafen und im Ruhezustand zu bleiben, machten sie sich mit einem schmerzhaften Ziehen bemerkbar und schienen sich förmlich in seine Richtung drängen zu wollen.

«Du bist eine miserable Lügnerin!», stellte er schlicht fest und stützte eine Hand neben meinem Kopf an dem Baum ab.

Ich konnte es nicht verhindern, mein Unterkiefer klappte nach unten. Niemand konnte mich beim Lügen erwischen. Niemand! Nicht einmal mein Vater, der mir die ganzen Tricks und Kniffe beigebracht hatte. Was war das für ein Mann?

«Aufgeblasener Blödmann!» Ich war schon schlagfertiger gewesen.

Zu meinem Ärger lachte der Kerl nur leise und stützte nun auch die andere Hand gegen den Baum. Damit verlieh er dem Wort «gefangen» ganz neue Dimensionen. Mein Puls jagte, und das Blut rauschte in meinen Ohren. Er war mir zu nah, viel zu nah. «Bist du immer so biestig?», fragte er.

Ich wagte es nicht, mich nur einen Millimeter zu bewegen, um ihm keinen Hinweis auf meine Erregung zu liefern, und presste knapp hervor: «Ich bin zuckersüß, wenn ein Mann das erste Date überlebt.»

Wieder lachte er, und sein Atem streifte mein Gesicht. Oh Gott. Er kam näher, also seine Lippen, also er …

Urplötzlich brachen meine Gedanken ab, und alle Systeme schalteten auf Autopilot. Ich konnte nicht mehr denken, nicht mehr atmen oder fühlen. Ich existierte nur noch für diesen Kuss. Bis jetzt hatte ich gute, mittelmäßige und hervorragende Lover gehabt – aber dieser Kuss stellte alles in den Schatten. Der feste Druck seiner Lippen, die Art, wie seine Zunge meinen Mund eroberte und sinnlich mit meiner spielte. Es war der helle Wahnsinn.

Dann regte sich mein Widerstand. Ich war doch kein Opferlamm und musste das hier über mich ergehen lassen. Im Gegenteil!

Also stellte ich mich auf die Zehenspitzen und schlang die Arme um seinen Nacken, wühlte die Finger in sein dichtes Haar am Hinterkopf und kam ihm willig entgegen. Die Vorstellung, wie erst der Sex mit ihm sein mochte, brachte mich fast um den Verstand. Ich schmiegte mich an ihn, presste ihm mein Becken mit einer eindeutigen Geste entgegen. Zufrieden stellte ich fest, dass er hart war. In diesem Moment wusste ich, dass ich mit ihm nach Hause gehen wollte.

Doch er zog sich zurück und sah mich an. Triumph durchflutete mich, ich hatte seinen Blick vorhin richtig gedeutet. Er war hungrig – und zwar auf mich. Gott, hoffentlich wohnte er irgendwo in der Nähe, ich wollte ja nicht direkt hier auf dem Platz über ihn herfallen.

Im Bruchteil einer Sekunde durchzuckte mich die Erkenntnis, dass ich für ihn tatsächlich meine große, über allem stehende Regel brechen würde, niemals einen One-Night-Stand mit nach Hause zu nehmen. Natürlich nur für den Fall, dass wir nicht zu ihm gehen konnten.

Seine nächsten Worte trafen mich wie ein eiskalter Regenschauer. «Ich will ein Date mit dir. Ich kann es nämlich kaum erwarten, deine zuckersüße Seite kennenzulernen – wenn das hier die zickige ist.» Er deutete mit dem Kinn nach unten, und erst da merkte ich, dass ich noch immer meinen Unterkörper an ihn presste.

Ich straffte die Schultern und zischte: «Bedaure. Ich gehe nicht auf Dates.»

Erstaunt zog er eine Augenbraue hoch. «Was soll das heißen?»

«Ganz simpel, mein Lieber: Ich bevorzuge One-Night-Stands», antwortete ich.

Er wich zurück, als sähe er mich gerade in einem völlig neuen Licht. «Du lügst nicht», stellte er fest.

Konnte er irgendwie Gedanken lesen?

«Warum sollte ich? Und wenn du jetzt entschuldigen würdest, ich möchte langsam hier weg.» Bewusst sagte ich nicht «nach Hause».

«Nein», widersprach er simpel. «Ein One-Night-Stand reicht mir nicht.»

«Das ist wohl dein Problem.» Entnervt ließ ich mich gegen den Baum sinken.

Sein Blick ging mir unter die Haut. Meine Kopfhaut kribbelte, und durch den heißen Kuss war meine Pussy zum Leben erwacht und protestierte gegen meine Absage. Sie wollte diesen Mann.

«Was spricht gegen ein Date?»

Dagegen sprach eine Menge – doch ich schwieg nur trotzig, statt zu antworten. Meine Beweggründe gingen ihn überhaupt nichts an.

«Muss ich dich noch mal küssen, um dich vollständig zu überzeugen?» Die Herausforderung in seiner Stimme war nicht zu überhören.

«Danke, das ist nicht nötig», erwiderte ich bissig.

«Ich weiß, du bist schließlich schon erregt genug.»

Empört schnappte ich nach Luft und starrte ihn an. «Du bist wirklich ein arrogantes Arschloch.»

«Ich versuche nur, dich zu ergründen: Du bist nicht schüchtern oder verklemmt und nicht auf den Mund gefallen. Wieso sollte eine wunderschöne Frau, die sich spontan zu einem Strip hinreißen lässt, sich nicht auf ein Date trauen?»

Mit einem Mal fühlte ich mich, als hätte man mir beide Lungenflügel gleichzeitig aus dem Körper entfernt. Wie zum Teufel wusste er das alles? Um von dem unangenehmen Gespräch abzulenken, entgegnete ich: «Das war nicht spontan, das war ein geplanter Auftritt.»

Amüsiert nickte er. «Das mag sein, aber es war ganz bestimmt nicht deiner.»

Ich erwog ernsthaft, ihm vor das Schienbein zu treten. Dann kapitulierte ich. «Also gut. Selbst wenn das stimmen sollte, finde ich, dass ich meine Sache gut gemacht habe.»

«Darauf kannst du Gift nehmen. Ich hatte schon eine beachtliche Latte, bevor du die Bluse überhaupt ausgezogen hast.»

Wie bitte? Sofort machte ich mir eine Notiz, niemals mit diesem Mann zu pokern. Und ich hatte geglaubt, mein Pokerface wäre gut.

Trotzdem wollte ich nur noch hier weg, dieser Mann war zu reizvoll, und ich war noch nicht bereit, mich aus meinem Schutzpanzer hervorzuwagen. Bisher hatte ich noch nicht einmal alleine gewohnt, geschweige denn eine richtige Beziehung geführt. Resolut legte ich die Hand auf seine Brust und wollte ihn wegschieben. Stattdessen ergriff er sie, führte sie zu seinen Lippen und küsste die Stelle, an der mein Puls beinahe die Haut durchbrach, weil er so jagte.

«Ich will ein Date mit dir.»

«Ich weiß ja nicht einmal deinen Namen.» Langsam gingen mir sowohl die Argumente als auch der Widerstand aus.

«Daniel. Und deiner?»

Da leuchtete die sprichwörtliche Glühbirne in meinem Kopf auf. «Wenn du ihn errätst, gehe ich mit dir aus. Du hast drei Versuche.» Du meine Güte, ich war einfach brillant.

Seine Augen funkelten, und er dachte nach. «Franziska?»

Ich schüttelte den Kopf und konnte den Triumph schon auf

der Zunge schmecken. Viel lieber hätte ich seinen Schwanz dort gespürt, aber der Preis eines Dates war mir viel zu hoch.

«Kathrin?»

«Nein. Du hast noch einen Versuch.» Meine Stimme klang merkwürdig rau.

Wieder streiften seine Lippen die empfindliche Haut am Handgelenk. «Crystal?»

Empört entriss ich ihm meine Hand. «Sehr witzig. Leider verloren.»

Schnell schob ich mich an ihm vorbei. Allerdings kam ich nicht weit, da er mich am Oberarm packte. «Woher weiß ich, dass du mich nicht betrügst? Nicht, dass ich dir nicht vollkommen vertrauen würde, aber Kontrolle ist besser.» Auffordernd hielt er mir eine Hand hin.

Du meine Güte, ich war ja so blöd! Warum hatte ich meinen tollen Plan denn nicht zu Ende gedacht? Stumm schüttelte ich den Kopf, und sein teuflisches Grinsen wurde breiter.

«Muss ich ihn mir selber holen?»

Geschlagen ließ ich die Schultern sinken. Spielschulden sind Ehrenschulden, und die hatte ich mir zu allem Übel selbst zuzuschreiben. Ich holte mein Portemonnaie aus der Tasche und zog mit spitzen Fingern den Personalausweis hervor. Meinen Ausweis, auf dem bereits die neue Adresse stand. Brav und ordentlich war ich direkt zum Einwohnermeldeamt gerannt. So ein Mist.

Er nahm ihn mir ab und ließ mich los. Dann ruckte sein Kopf nach oben, und er starrte mich an. «Morielia?»

«Ich bevorzuge Mo. Die Wette hast du trotzdem verloren.»

«Selbstverständlich, Frau Wischnewski. Morielia Wischnewski.» Kopfschüttelnd gab er mir den Ausweis zurück. Ich steckte ihn ein und drehte mich um.

«Keine Chance?», fragte er leise mit einem Hauch von Bedauern in der Stimme.

«Willst du mehr als Sex?», wollte ich wissen.

«Auf jeden Fall!»

Jede andere Frau hätte diese Entgegnung vermutlich schmeichelhaft gefunden, mir jagte sie Angst ein. Hätte ich ihn ein halbes Jahr später getroffen, wäre das sicherlich anders gewesen. Aber an diesem Abend konnte ich mich nicht überwinden.

«Bedaure, ich bin nur ein Mädchen für eine Nacht.» Damit lief ich los und verfluchte Daniel und mich gleichermaßen.

Schritte erklangen hinter mir. «Mo?»

«Was?»

«Eine Frage noch. Ist Don dein Bruder?»

Für einen kurzen Moment befürchtete ich wirklich, zum ersten Mal in meinem Leben ohnmächtig zu werden. Ich musste gar nicht antworten, aus irgendeinem Grund konnte der Mann mich lesen wie ein offenes Buch.

«Grüß ihn von mir.»

Ich beschleunigte meine Schritte und ignorierte das Verlangen, loszurennen und mich hinter der nächsten Ecke zu verstecken. Eine Hälfte von mir wünschte sich, dass Daniel sich einfach in Luft auflöste. Die andere Hälfte hoffte immer noch, dass er zu mir kam, mich über die Schulter warf und in seine Höhle brachte. Doch offenbar hatte er meine Antwort akzeptiert.

4

Am nächsten Morgen verspürte ich nicht die geringste Lust aufzustehen und blieb entgegen meiner Natur einfach im Bett liegen. Normalerweise war ich keine große Langschläferin und wachte immer pünktlich zur gleichen Zeit auf.

Doch in der vergangenen Nacht hatte ich keinen Schlaf gefunden und mich unzufrieden von einer auf die andere Seite gewälzt. Immer wieder hatte ich Daniels grüne Augen vor mir gesehen, sobald meine Lider sich senkten. Also hatte ich kurzerhand versucht, so konzentriert wie möglich mit offenen Augen an die Decke zu starren.

Gegen Mittag klopfte es, und ich murmelte geistesabwesend: «Herein.»

Jakobs dunkler Haarschopf schob sich durch den Türspalt. «Alles okay? Du hast gestern nicht mehr angerufen, und ich habe gar nicht gehört, dass du nach Hause gekommen bist.» Verlegen rieb er sich über den Hinterkopf.

«Alles in Ordnung. Ich dachte nur, dass ich ein bisschen vorschlafe, wenn wir heute Abend wegwollen.»

«Eine gute Idee. Ich soll von Julian fragen, ob wir nicht vorher im Garten grillen wollen. Das Wetter ist ziemlich gut.»

Ich strich das Vogelnest auf meinem Kopf nach hinten und nickte. «Klingt toll. Soll ich meine Brüder fragen?»

«Klar, mach das.» Noch immer lungerte er in der Tür herum, anscheinend hatte er irgendetwas auf dem Herzen. Wenn ich ehrlich war, wollte ich es lieber nicht hören. Ich war schon froh, dass ich die gestrige Nacht überlebt hatte.

«Bevor ich es vergesse, um fünf Uhr kommt eine Freundin von mir. Sie ist solo und passt bestimmt toll zu Jonathan. Er ist doch auch Single, oder?»

«Wir sind alle Single», versicherte Jakob mir nachdrücklich.

Großartig, offenbar stand er wirklich auf mich. Als Antwort brachte ich lediglich ein höfliches Lächeln zustande. «Jakob?» Ich klopfte neben mir auf die Matratze. Dieses Gespräch musste dringend geführt werden.

Erwartungsvoll ließ er sich neben mir nieder.

«Du bist mit Abstand der attraktivste Mann im Haus hier – erzähl den anderen bitte nicht, dass ich das gesagt habe. Aber ich komme gerade frisch aus einer Beziehung. Sebastian und ich sind zusammen gewesen, seit wir sechzehn waren. Das hängt mir noch zu sehr nach. Du bist wunderbar und nett, aber ich kann jetzt gerade nicht so tun, als wäre alles in Ordnung. Vielleicht in ein paar Monaten.» Ich wagte es sogar, ihm tröstend den Rücken zu streicheln.

Zuerst sah er geknickt aus, doch dann richtete er sich auf. «Du bist eine tolle Frau, Mo. Irgendwie bist du so ehrlich, ohne dabei gemein zu werden.» Selbstvergessen legte er eine Hand auf meinen Oberschenkel, nahm sie aber erschrocken gleich wieder weg. «Ich verstehe das natürlich und wollte dich nicht bedrängen.»

«Keine Sorge, Jakob, so habe ich es auch nicht aufgefasst. Ich bin nur im Moment eher auf der Suche nach Freunden und Kumpels als nach einer neuen Beziehung und wollte dir keine falschen Hoffnungen machen.»

«Sehr anständig von dir. Darauf trinken wir nachher. Jonathan hat es immer noch nicht überwunden, dass du ihn vor deinem Einzug so mühelos unter den Tisch getrunken hast.» Damit verließ er mein Zimmer.

Ich grinste und dachte mit Schuldbewusstsein an die Pflanze zurück, die ich bereits heimlich entsorgt hatte. Vielleicht sollte ich bald wieder etwas für meine Karma-Kasse tun, bevor meine Taten mich noch einholten. Über diesem Gedanken schlief ich ein und erwachte tatsächlich erst wieder, als es schon fast Zeit für Sannes Besuch wurde.

Erschrocken sah ich auf die Uhr und griff nach meinem Handy. *Spontanes Grillen gefällig? Die Jungs sind ganz wild darauf, dass ihr auch kommt! In einer Stunde hier?*

Kaum hatte ich die SMS fertig getippt, sprintete ich unter die Dusche.

Als ich wenig später in zwei überdimensionierte Handtücher gewickelt wieder ins Schlafzimmer spazierte, hatte ich sowohl von Don als auch von Kai-Uwe eine Zusage fürs Grillen. Beide verkündeten außerdem, sie würden Freunde mitbringen.

Meine Brüder waren richtige Herdentiere, und je mehr Leute dabei waren, wenn wir um die Häuser zogen, desto besser war ihre Laune. Wahrscheinlich hockten sie schon seit Stunden mit ihren Freunden zusammen und sahen sich irgendwelche Sportübertragungen an.

Schnell lief ich die Treppe nach unten und machte mir einen Kaffee. Immerhin hatte ich heute noch gar keinen getrunken, das konnte so ja nicht weitergehen.

In der Küche saß Jonathan am Tisch und las mit krausgezogener Stirn einen Artikel in einer Zeitschrift. Er sah auf. «Mo, was ist eine Grädschänfrage?», fragte er.

Ich brauchte einen Moment, bis ich ihn verstanden hatte. «Gretchenfrage? Das sagt man hier so, wenn man jemandem eine Frage stellt, der sich immer vor der wahren Antwort drückt, und die Frage so formuliert ist, dass er sie auf jeden Fall beantworten muss.»

«Das ist aber ein komisches Wort.»

Ich lachte und kippte Milch in meinen Kaffee. «Wir sind ja auch ein komisches Volk.»

Jonathan grinste mich an und verschränkte die Arme.

«Meine Brüder kommen gleich zum Grillen – und eine Freundin von mir, die dir bestimmt gefällt. Sie heißt Susanne, aber wir nennen sie Sanne.»

Jonathan spitzte die Lippen. «Dann sage ich Susan.»

Ich reckte ihm den Daumen entgegen. «Sie wird dahinschmelzen.»

Versonnen starrte er an die Wand, bevor er mich wieder ansah. «Das tun sie alle. Mögen Mädchen Ausländer?»

Für einen Moment musste ich nachdenken. «Das ist zu pauschal. Ich glaube, es geht weniger um die Tatsache, dass du Ausländer bist, als um deinen niedlichen Akzent.» Ich musterte ihn. «Warum grinst du so?»

«War das eine Grädschänfrage?», erkundigte er sich stolz.

Ich schüttelte den Kopf. «Nein, mein Lieber. Aber ein netter Versuch.» Mit meiner Tasse spazierte ich in den Flur und die Treppe nach oben.

Vor meinem Kleiderschrank brütete ich über der Frage, was ich eigentlich anziehen sollte, und damit war ich immer noch beschäftigt, als Sanne eintraf.

Sie trug ein hübsches Sommerkleid und hatte eine große Tasche dabei, in der sich unter Garantie mindestens vier mögliche Outfits für den Abend befanden. Sie umarmte mich und drückte mich dabei fester als gewöhnlich. Schließlich hielt sie mich eine Armlänge von sich entfernt und studierte mein Gesicht. «Wie geht es dir so als frischer Single?»

«Ganz okay. Es gibt Momente, da empfinde ich eine fast schmerzhafte Sehnsucht, und dann wieder Augenblicke, in denen ich es vollkommen vergesse.» Das war nicht einmal gelogen.

Sie nickte verständnisvoll und setzte sich auf die Bettkante. «Ich finde, du schlägst dich tapfer. Und heute mit Freunden ordentlich einen draufzumachen ist bestimmt eine gute Idee.»

«Hoffentlich. Aber den Kopf freizubekommen ist auf jeden Fall der richtige Ansatz – auch für dich.» Kritisch runzelte ich die Stirn und versuchte erneut, mich für ein Outfit zu entscheiden.

Sanne griff nach ihrer überdimensionierten Tasche und begann, darin herumzuwühlen. «Wie war eigentlich das Kellnern gestern?»

Weil mir die Wärme ins Gesicht schoss, steckte ich den Kopf schnell tiefer in den Kleiderschrank. «Eine Katastrophe. Ich kam mir vor wie eine riesige Versagerin: Sobald mehr als drei Leute an einem Tisch saßen, konnte ich mir die Bestellungen einfach nicht mehr merken. Dann habe ich andauernd den Gästen die falschen Getränke hingestellt. Da gibt es nichts zu beschönigen, ich bin für diesen Job komplett ungeeignet.»

«Nenn mir mal die möglichen pharmakologischen Wirkungsweisen von Naturstoffen», forderte Sanne mich auf.

Ohne groß nachzudenken, antwortete ich: «Antibiotika, Immunsuppressiva, Enzym-Inhibitoren, Rezeptor-Antagonisten und -Agonisten, Toxine, antitumorale und antivirale Wirkungen sind möglich.»

Sie grinste mich an. «Zwei Fantas, eine Cola und einen Wodka-Red Bull.»

«Was?» Irritiert richtete ich mich auf und blinzelte sie an.

Ihre Mundwinkel zuckten bereits. «Na, wiederhol das mal!»

«Was jetzt? Die Getränke?», fragte ich nach.

Sanne lachte lauthals auf, und erst jetzt kapierte ich, dass sie mich ärgern wollte. «Sehr witzig», fauchte ich und warf das schwarze Neckholder-Oberteil nach ihr, das ich gerade zufällig aus dem Schrank gefischt hatte.

«Sieh es doch positiv: Wir haben gerade empirisch bewiesen, dass du dir wenigstens irgendetwas merken kannst. Ich hingegen habe das Gefühl, dass ich sogar meinen eigenen Namen nachschlagen muss, seit ich diese blöde Abschlussarbeit schreibe.»

Mit ihren langen Fingern faltete sie das Top auseinander und sah mich an. «Das ist hübsch, du solltest es anziehen. Warm genug ist es auf jeden Fall. Außerdem habe ich gehört, dass sie für den Sommer den Innenhof vom Starfox in so eine Strandbar umgebaut haben. Das ist ein tolles Outfit dafür.»

Ich nahm ihr das Top ab und überlegte, ob sie recht hatte. Dazu eine kurze Jeansshorts und Stiefel? Fragend sah ich Sanne an. «Was haben wir denn heute Abend vor, wenn wir weggehen?»

«Männer abschleppen. Ich muss dringend an etwas anderes als Formeln, Zahlen und Milligrammangaben denken!»

«Okay. Aber was ziehst du an?» Ich ließ mich neben sie auf das Bett fallen und spähte erwartungsvoll in ihre geheimnisvolle Tasche. Sanne war die ungekrönte Shoppingqueen und fand selbst in Läden, in die ich freiwillig niemals gegangen wäre, tolle Sachen zum Schnäppchenpreis, die immer viel teurer aussahen.

Wie ein Zauberer, der gleich das Häschen aus dem Hut zieht, griff sie in die Tasche und imitierte dabei einen Trommelwirbel.

Zum Vorschein kam ein schwarzer Overall mit kurzen Beinen und einem breiten Gürtel. Die perfekte Klamotte für Sannes beneidenswerte Sanduhrenfigur.

«Nur um dich zu ärgern, habe ich das Preisschild drangelassen.» Sie zwinkerte mir zu.

Ich streckte bereits die Hände aus und drehte das kleine baumelnde Pappschild um. Entsetzt schnappte ich nach Luft. «Fünf Euro? Du willst mich wohl verarschen!» Aus nächster Nähe betrachtete ich die Nähte und Knöpfe, aber ich konnte keine Mängel entdecken. Kopfschüttelnd reichte ich ihr den Overall zurück. «Umwerfend! Den musst du anziehen.»

Triumphierend sah sie mich an. So lange, bis ich nachgab und fragte: «Du hast noch mehr?»

«Ich habe mich total in Unkosten gestürzt und für dich ganze sieben Euro investiert.»

Gespannt setzte ich mich aufrecht hin und machte große Augen. «Echt?»

Sanne nickte und zog zwei Schuhkartons aus ihrem Shopper. Wieder einmal war ich sprachlos, wie hatte sie denn gleich zwei Kartons in diesem Beutel untergebracht? «Sag mal, hast du dadrin ein schwarzes Loch oder einen Durchgang in deinen Kleiderschrank?»

«Nein, ich kann nur geschickt packen. In meinem nächsten Leben werde ich professionelle Tetris-Spielerin.»

Das glaubte ich ihr aufs Wort.

«Also, Lust auf ein bisschen Partnerlook?», witzelte sie und reichte mir einen der Kartons, nachdem sie einen Blick auf die Schuhgrößen geworfen hatte.

Ich zog den Deckel ab und seufzte leise. «Der Wahnsinn!», murmelte ich andächtig. Vor mir lagen die perfekten Lederboots. Zumindest sah das Material wie hochwertiges Leder aus. Die Stiefel waren mit Schnallen und Nieten verziert und passten großartig zu meinem Outfit. Spontan fiel ich Sanne um den Hals. «Danke! Danke! Die sind wirklich ein Traum.» Ihre Schultern umfasst, sah ich sie eindringlich an. «Du klaust doch nicht, oder?»

Sie winkte ab. «Quatsch! Ich habe bei so etwas einfach unfassbares Glück. Aber wehe, ich steige nur einmal ohne Ticket in den Bus.» Sanne rollte mit den Augen und hielt mir die Schuhe unter die Nase. «Hier, riech mal.»

Waren die Schuhe etwa gebraucht? Vorsichtig schnüffelte ich, dann nahm ich überrascht noch eine Nase. «Ist das Curry?» Wieder steckte ich die Nase in den Schuh. «Curry und Hagebutte?»

«Sie verfügen über einen hervorragenden Riecher, Frau Wischnewski. Ich habe die Schuhe in einem Laden gefunden, der komplett ausverkaufen musste. Nebenan hat ein indisches Schnellrestaurant eröffnet, und alles in dem Laden stank nach Frittierfett und Curry. Die arme Besitzerin hat mir so leidgetan. Sie ist wohl schon vor Gericht gezogen, aber die Sachen musste sie trotzdem loswerden.»

Sie roch an dem anderen Schuh. «Ich habe Teebeutel benutzt, einfach die Schuhe damit ausgestopft, und nach ein paar Tagen war der penetrante Currygeruch fast weg. Für die Klamotten mussten der gute alte Textilerfrischer und die Waschmaschine her.»

Ich himmelte Sanne bewundernd an und presste die Schuhe an meine Wange. «Danke», flötete ich verliebt.

«Kein Problem. Ich dachte, ein wenig Trost könnte angebracht sein.»

In stiller Eintracht zogen wir uns um. Wie von Sanne vorgeschlagen, schlüpfte ich in einen trägerlosen BH und das Oberteil, das im Nacken zusammengebunden wurde. Kurze Shorts und die großartigen Boots vervollständigten meinen Aufzug, und nach einem Blick in den Spiegel war ich mir sicher, dass ich heute Abend bestimmt einen hübschen Mann würde aufreißen können.

Aber neben Sanne sah ich trotzdem blass aus, wie ich neidlos feststellen musste. Der Overall war wie für sie gemacht. Ihre Hüften waren rund, die Taille schmal und die Brüste voll. Dazu ringelten sich ihre schwarzen Locken auf dem Rücken und um das hübsche Gesicht. Natürlich ging der Overall nicht ganz zu und zauberte ihr damit ein so verlockendes Dekolleté, dass selbst meine Fingerspitzen bei dem Anblick juckten.

«Du siehst scharf aus, wenn ich das mal bemerken dürfte», versicherte ich ihr voller Anerkennung.

«Klar, du mit deinen schmalen Schenkeln siehst in den Shorts natürlich abstoßend aus – und dein Rücken erst. Also an deiner Stelle würde ich so nicht rausgehen.» Wie immer konnte Sanne überhaupt nicht mit Komplimenten umgehen.

Ich schüttelte nur lachend den Kopf. «Schminken sollten wir uns vielleicht noch.»

Sie nickte. «Vermutlich eine gute Idee. Kann ich mir wieder diesen Wahnsinns-Mascara leihen?»

Sofort zückte ich das gewünschte Objekt und war froh, dass ich etwas zu unserem Ritual beisteuern konnte, wenn Sanne mich schon mit neuen Schuhen ausstattete.

«Erzähl mir von deinen Mitbewohnern», bat sie keine fünf Minuten später und setzte sich wieder auf das Bett. Irgendwie war sie mit dem Schminken immer viel früher fertig als ich.

«Lass dich doch überraschen. So viel weiß ich noch gar nicht über sie.»

Da kamen gerade unüberhörbar meine Brüder samt Freunden an. Ich hatte mein Fenster geöffnet, das zur Einfahrt hinausging. Sanne beugte sich hinaus und raunte mir über die Schulter zu: «Zwei Autos voller Männer, so hatte ich mir das vorgestellt.»

Grinsend stellte ich mich neben sie und sah ebenfalls nach unten. Gerade stieg Don vom Beifahrersitz, und hinten kletterten drei Männer aus dem Wagen. Wie von der Tarantel gestochen machte ich einen Satz nach hinten.

Ist Don dein Bruder? Grüß ihn von mir.

Krampfhaft versuchte ich, meine Panik in den Griff zu bekommen. Diese verdammte Pissnelke! Wie zum Teufel war Daniel auf die Idee gekommen, meinen Bruder zu begleiten? Und viel wichtiger: Was sollte ich jetzt tun?

Sanne guckte mich an, als hätte ich den Verstand verloren. «Alles klar bei dir?»

«Ja. Ich dachte nur – nein, das ist lächerlich.» Ich winkte ab.

«Was denn?», fragte sie neugierig.

Meine Finger schlossen sich eng um den Mascara. «Ich dachte im ersten Moment, Sebastian wäre auch ausgestiegen. Da habe ich wohl nicht richtig hingesehen», improvisierte ich schnell.

«Ach, Süße. Das ist normal. Ihr wart so lange zusammen, da ist das verständlich. Mach dir nicht so einen Kopf. Komm, wir begrüßen die Jungs. Ich will jetzt endlich deine Mitbewohner kennenlernen.»

Ein flaues Gefühl machte sich in meinem Bauch breit. Unten wurde bereits die Haustür geöffnet, alle schienen bester Laune zu sein, und Sannes Hand lag schon auf der Türklinke.

Sie strich ihre Haare zurück. «Na, wie sehe ich aus?»

«Wie die Schönste im ganzen Land», antwortete ich, weil ich nicht mit unserem Ritual brechen wollte. «Und wie sehe ich aus?»

«Wie die Schönste im ganzen Land», entgegnete Sanne mit einem Zwinkern.

Damit trat sie in den Flur, und mein Puls begann zu rasen. Ich wollte nicht nach unten. Mit einem Mal waren meine Shorts zu kurz, das Oberteil zu knapp und die Boots fast schon schlampig. Aber was für einen Grund konnte ich vorschieben, um mich in meinem Zimmer zu verkriechen?

Sanne war schon auf der Treppe, und unten erklang bewunderndes Gemurmel. Ich konnte sie jetzt unmöglich alleine dort stehenlassen und musste sie meinen Freunden vorstellen. Daniel würde ich einfach ignorieren, diesen blöden Einfaltspinsel.

«So, Jungs, das ist meine Freundin Sanne. Sanne, das sind …» Eigentlich wollte ich gerade mit meiner Vorstellungsrunde beginnen, da drängten sich meine Mitbewohner alle gleichzeitig an den Treppenabsatz und wollten Sanne die Hand schütteln.

Grinsend betrachtete ich das Schauspiel. Dabei traf mein Blick auf Jakob, der mich warm anlächelte. Offenbar kam meine Garderobe ebenfalls an.

Jonathan bot Sanne den Arm und führte sie in den Garten. Kai-Uwe und Don hatten jeweils ein paar Klappstühle dabei und folgten ihnen nach draußen. Ich half Dons bestem Freund Frank dabei, das mitgebrachte Bier in unserem Kühlschrank unterzubringen.

«Alles klar?», erkundigte Frank sich liebevoll bei mir. Don hatte ihm also von der Trennung erzählt. Natürlich hatte er das – wieso sollte ich sonst woanders wohnen?

«Ja, danke.» Ich lächelte ihn an, damit er sah, dass wirklich alles in Ordnung war.

Beruhigt kündigte er an: «Im Auto ist noch eine Kühltasche, die hole ich mal schnell.»

Ich nickte nur und stapelte die letzten Flaschen in das unterste Fach. Als ich aufstand, ragte plötzlich eine hohe, himmlisch duftende Wand vor mir auf. Ungeniert sah Daniel mir von oben in den Ausschnitt. Die Lippen fest zusammengepresst, schwor ich mir, nicht diejenige zu sein, die zuerst etwas sagte.

Je länger seine Augen auf mir ruhten, desto heftiger brannte meine Haut. Verdammt sollte er sein! Selbst nur mit Jeans und schwarzem T-Shirt bekleidet sah er umwerfend aus.

«Mo?», erklang Jakobs Stimme im Flur, und ich sah mich um. Als Jakob in der Tür auftauchte, war Daniel bereits zurückgetreten und lehnte am Küchentisch.

Für einen winzigen Augenblick glitt Jakobs Blick von einem zum anderen, dann grinste er. «Was willst du trinken? Irgendeinen Cocktail?»

Eigentlich wollte ich lieber nüchtern bleiben – schon allein um Daniel kein leichtes Spiel zu bieten. Aber ich ahnte, dass das nur Fragen aufwerfen würde. «Gerne, überrasch mich.»

«Und du …?» Fragend wandte Jakob sich an Daniel.

«Daniel.»

«Hi, Daniel, ich bin Jakob. Ein Bier?»

Daniel nickte und deutete ein Lächeln an. Da ergriff ich die Chance und schob mich an den beiden vorbei aus der Küche.

Im Garten ließ ich mich auf den freien Stuhl neben Sanne fallen, die schon heftig mit Jonathan flirtete, und beäugte nervös den leeren Platz auf meiner anderen Seite. Zu meiner Erleichterung setzte sich dann aber Jakob dorthin, nachdem er Sanne und mir mit einer feierlichen Geste die Cocktails überreicht hatte.

Schließlich kam Daniel mit Don nach draußen und platzierte sich am anderen Ende des Tisches. Obwohl ich es vermied, in seine Richtung zu sehen, wusste ich, dass er mich von Zeit zu Zeit musterte. Es war leicht, bei einer dermaßen großen Runde ab und zu zu schweigen, und so lehnte ich mich in meinem Stuhl zurück und nippte an dem Cocktail. Wie würde das wohl nachher aussehen, wenn Sanne und ich mit – ich zählte kurz nach – elf Männern im Starfox aufliefen?

Nach dem Essen gab Julian die Geschichte zum Besten, wie ich bei meinem ersten Besuch in der WG mühelos mit dem Alkoholkonsum meiner Mitbewohner mitgehalten hatte. Kai-Uwe und Don grinsten nur wissend, und ich versuchte, das Ganze herunterzuspielen.

Irgendwann sah Tim, ein anderer Freund von Don, mich an und fragte: «Aber im Ernst, Mo? Was ist denn mit Sebastian los? Ich hätte dich bestimmt nicht gehen lassen.»

Das war nett von Tim, aber wirklich nicht das beste Tischgespräch. Ich suchte nach einer adäquaten Antwort, doch zu meiner Erleichterung kam Jakob mir schon zu Hilfe. «Bist du von Wölfen großgezogen worden? Das ist schon in einem Vieraugengespräch eine Frage, die man nur Freunden stellt. Aber so vor allen Leuten? Echt unhöflich.»

Betreten nippte Tim an seinem Bier, und Don warf ihm einen strengen Blick zu. «Wo er recht hat, hat er recht.»

Kleinlaut murmelte Tim: «Sorry, Mo.»

Ich winkte nur ab und sah Jakob dankbar an. Glücklicherweise fing Kai-Uwe gleich darauf an, über Fußballergebnisse zu reden, und löste damit die leicht unangenehme Situation auf. Sanne tätschelte mitfühlend meine Hand, hing dabei aber die ganze Zeit an Jonathans Lippen, der ihr von seiner Heimat erzählte. Ich konnte ihr allerdings an der Nasenspitze ansehen, dass sie gar nicht zuhörte und stattdessen darüber nachdachte, wie der Amerikaner wohl nackt aussah.

Jakob brachte mir einen neuen Cocktail. Fast wäre ich zusammengezuckt, denn ich hatte gar nicht mitbekommen, dass er überhaupt aufgestanden war.

Das war nun bereits mein drittes Glas, und durch den süßen Geschmack konnte ich überhaupt nicht sagen, wie viel Alkohol in dem Mix enthalten war. Aber gleich wollte wir ohnehin zum Starfox aufbrechen, und dann würde ich einfach unauffällig auf Wasser umsteigen.

Als wir endlich alle im Flur standen, räumte Jakob, der den ganzen Abend nicht von meiner Seite gewichen war, noch die Stühle im Garten zusammen. Sofort wuchs Daniel neben mir aus dem Boden. Sehr zu meinem Leidwesen hatte er Don direkt im Schlepptau.

Don lächelte mich an. «Du hast gar nicht erwähnt, dass du Daniel kennst.»

Unerträgliche Hitze schoss durch meinen Körper, und ein entsetzliches Dröhnen breitete sich in meinen Ohren aus.

«Ich habe Don erzählt, dass ich dich gestern bei Kochs getroffen habe. Die grauen Augen sind ja nicht zu verwechseln. Da hat er mich doch glatt für heute Abend eingeladen.» Daniel grinste breit und sah zu Don. Ich traute meinen Augen kaum – hatte Don ihm gerade zugezwinkert? Was wurde hier eigentlich gespielt?

Dann öffnete endlich jemand die Haustür, und wir setzten uns in Bewegung. Schnell schloss ich zu Sanne auf, aber Daniel blieb beharrlich an meiner Seite. Er sagte nichts, vermutlich waren ihm zu viele Ohren um uns herum. Bald tauchte Jakob auf meiner anderen Seite auf, und so legte ich den Weg zum Starfox eingekeilt zwischen zwei Männern zurück. Das einzig Kluge war in meinen Augen, mich sofort aus dem Staub zu machen, wenn ich die Gelegenheit dazu bekam.

Im Starfox dröhnten uns 80er-Jahre-Hits entgegen, und die Gruppe verlief sich beinahe sofort. Ich nutzte die Gelegenheit und zog Don mit mir in den Schatten an der Wand. «Woher kennst du Daniel?»

«Aus der Schule und vom Studium, er ist an der Uni geblieben und gibt Kurse in Informatik. Ein supernetter Kerl, ich habe mich richtig gefreut, dass er mal wieder angerufen hat.» Don strahlte über das ganze Gesicht.

Entsetzen betäubte mein Gehirn. «Versuchst du gerade etwa, mir deinen Kumpel schmackhaft zu machen?»

Ertappt wich Don einen Schritt zurück und räusperte sich. «Natürlich nicht. Aber vielleicht ist er eine nette Ablenkung von Sebastian. Du musst ihn ja nicht heiraten.»

Eine Gänsehaut überzog meine Arme. Das war ja wirklich ganz großartig zu wissen, dass Daniel den Segen meines Bruders hatte. Entnervt ließ ich Don stehen.

Als ich einen Blick über die Schulter warf, hatte sich mein Bruder direkt in ein Gespräch mit einer hübschen Blondine vertieft. Du meine Güte. Das waren nicht einmal zehn Sekunden gewesen! Wie machte er das bloß?

Rechts von mir stand nun Jakob bei einem Teil der Gruppe, links an der Bar war Daniel und wandte mir den Rücken zu. Ich beschloss, in den Innenhof zu flüchten und meine Gedanken neu zu sortieren.

Sanne hatte recht gehabt, der Hof war mit Sand gefüllt worden, und überall befanden sich wuchtige Kübel mit Palmen, die mehrere kleine Sitzgruppen mit Strandliegen voneinander abschirmten. Zielsicher steuerte ich die letzte Sitzgruppe im Hof an und setzte mich mit dem Rücken zum Eingang direkt hinter eine Palme.

Gerade als mein Puls den lebensbedrohlich hohen Bereich verlassen hatte, hörte ich Schritte hinter mir. Ich betete stumm und wurde doch nicht erhört. Daniel setzte sich in die Liege neben meiner und streckte die Beine aus. Jetzt saß ich zwischen ihm und der Wand, sodass er meinen Fluchtweg versperrte. Das musste so eine Art Hobby von ihm sein.

«Hast du mit Jakob geschlafen?», fragte er ruhig und ließ mich dabei nicht eine Sekunde aus den Augen.

«Wie bitte?» In meinen Fingern juckte es gewaltig, ihm eine saftige Ohrfeige zu verpassen, und zwar mit Anlauf, damit ihm in einer Stunde noch die Ohren klingelten.

«Er benimmt sich so eifersüchtig, geradezu wie dein selbsternannter Beschützer.»

«Entschuldigung, ich habe immer noch nicht ganz verstanden, was zum Henker dich das eigentlich angeht.»

Anstelle einer Antwort streckte er die Hand aus und ließ sie über meinem Oberschenkel schweben. Ich bildete mir ein, die Luft dazwischen Funken schlagen zu sehen. Er fasste mich nicht an – es war eher, als würde er sich vorstellen, wie es wäre, wenn. «Ich versuche nur, das faszinierende Mysterium Mo zu ergründen.»

Langsam schüttelte ich den Kopf. Immer wieder sah ich zu seiner Hand. Der Typ machte mich nervös wie selten ein Mann zuvor. Natürlich wollte ich, dass er mich anfasste.

Gleichzeitig war die Liste der Dinge, die ich nicht wollte, ziemlich klar: Ich wollte keine Beziehung, ich wollte nicht, dass mein Bruder von meinen sexuellen Vorlieben erfuhr, und, nur um mich selbst daran zu erinnern, auf keinen Fall ein Date!

Bevor ich überhaupt in eine Diskussion geriet, sah ich ihn prüfend an. «Weiß Don von deinen sexuellen Vorlieben?»

Seine Augen blitzten anerkennend auf, doch er parierte mit einer Gegenfrage: «Weiß er denn, dass du strippst, wenn die Gelegenheit sich bietet?»

Ich stieß ein verächtliches Geräusch aus. «Dass du dich immer noch an der alten Geschichte hochziehst.»

Sein leises Lachen sorgte dafür, dass mein Herz kurz aus dem Takt geriet. Zumindest fühlte es sich so an.

«Alte Geschichte? Das war gestern und hat mir eine sehr angespannte Nacht beschert.»

Nicht nur dir, mein Freund. Nicht nur dir, dachte ich im Stillen. Mit einer wegwerfenden Handbewegung gab ich zurück: «Das ändert nichts an der Tatsache, dass du das Spielchen verloren hast, und damit endet unsere gemeinsame Geschichte bereits. Ich wäre dir also dankbar, wenn du mich jetzt in Ruhe lassen würdest.»

Sein Kopfschütteln kannte ich schon zur Genüge, und trotzdem machte es mich wütend. «Ich kann die Finger nicht von dir lassen. Es mag nicht deine Art sein, auf Dates zu gehen. Es ist aber nicht meine Art, einfach so aufzugeben. Also sehen wir einfach, wer zuerst einknickt.»

«Einverstanden.»

«Das ist doch sicher wieder einer deiner Tricks», stellte er trocken fest.

Empört sah ich ihn an. «Was denn für Tricks?»

«Ach komm, ich hatte nie eine realistische Chance, deinen Namen zu erraten, und das wusstest du ganz genau.»

Ich konnte das Lächeln nicht unterdrücken, das nun meine Mundwinkel umspielte, und lehnte mich zufrieden in meiner Liege zurück. «Tja, wer kein Risiko eingeht, der kann nicht gewinnen.» Eine weitere Weisheit meines Vaters, mir persönlich war sie etwas zu eindimensional.

«Also möchtest du weiter spielen?», fragte er viel zu beiläufig.

Ich war auf der Hut, aber fest entschlossen, mir das nicht anmerken zu lassen. «Das kommt auf den Preis an. Was stellst du dir vor?» Jede Katze wäre auf das Schnurren in meiner Stimme stolz gewesen.

Jetzt berührte er mein Bein. Seine Fingerkuppen streichelten zart über meine Haut, und er raunte: «Ich stelle mir eine Menge vor, das kannst du mir glauben.» Dann schwieg er und sah mich nur mit diesen unfassbar grünen Augen an.

Mein verräterischer Körper reagierte mit purer Lust auf seine Worte, und ein süßes Ziehen lief durch meinen Bauch.

«Aber mit Rücksicht auf die Öffentlichkeit, in der wir uns befinden, würde ich mich mit einem Kuss zufriedengeben.»

«Von einem Date gehst du auf nur einen Kuss? Du schraubst deine Ansprüche aber schnell herunter.»

«Nein. Ich denke, das eine wird unweigerlich zum anderen führen.»

Wenn ich mich an den Kuss von gestern Abend erinnerte, hatte er damit vielleicht gar nicht mal so unrecht. Ich fühlte mich wagemutig und war fest davon überzeugt, dass er hier nichts allzu Schlimmes von mir verlangen konnte. «Und wenn ich gewinne, dann lässt du mich mit deiner absurden Forderung nach einem Date in Ruhe?»

Er nickte, seine Finger malten immer noch Kreise auf mein Bein.

Zu meinem eigenen Entsetzen bemerkte ich, dass bereits ein Stöhnen in meiner Kehle steckte. Schnell schluckte ich es herunter. «Okay, was für ein Spiel stellst du dir vor?» Ich war gespannt.

«Ich hatte da an das harmlose Spiel Wahrheit oder Pflicht gedacht. Ich stelle dir eine Frage, und wenn du dich weigerst, sie zu beantworten, tja, dann werde ich dich küssen.»

Wie verheißungsvoll das klang! Aus Angst, dass meine Stimme versagen könnte, nickte ich nur stumm. In diesem Moment lehnte er sich zufrieden in seinem Stuhl zurück, und ich wusste, dass ich in irgendeine Falle getappt war.

«Also, Mo. Wahrheit: Wie passen eine feste Beziehung, seit du sechzehn warst, und One-Night-Stands zusammen?»

Die Luft entwich meinen Lungen. Jede verdammte Frage hätte ich beantworten können, aber bei dieser hinderte mich schon allein mein Versprechen an Sebastian. Ich blinzelte und murmelte dann: «Fein. Was für einen Unterschied macht schon ein Kuss.»

Daniel lachte. «Einen großen. Ich wäre zum Beispiel ziemlich sauer, wenn Jakob jetzt einen von dir bekäme.»

Eifersucht? Damit konnte ich nicht umgehen. Bisher war noch niemand meinetwegen eifersüchtig gewesen. Wie auch – bei einem schwulen festen Freund?

Aber ich konnte nicht leugnen, dass mir die Vorstellung gefiel, von Daniel geküsst zu werden. Doch er stand auf und hielt mir die Hand hin. «Komm, wir gehen zu den anderen.»

Verwirrt sah ich zu ihm hoch. «Und der Kuss?» Plötzlich fühlte ich mich betrogen. Trotzdem ergriff ich seine Hand.

Kaum dass ich stand, zog er mich an sich. «Ich betrachte den Kuss als eine Art Joker, den ich einlösen kann, wenn ich es für richtig halte.»

Eigentlich wollte ich protestieren, zuckte aber stattdessen mit den Schultern. Seine Augen blitzten, und ich konnte deutlich sehen, dass er mich begehrte.

Er führte mich zurück ins Innere des Starfox, und kurz bevor wir die Gruppe erreichten, gab er meine Hand frei. Unauffällig mischten wir uns unter die anderen, und ich versuchte zu ergründen, was eigentlich in Daniel vorging.

Wenig später wollte Sanne tanzen und erlöste mich damit vom Grübeln. Zu Irene Caras *What A Feeling* alberten wir über die Tanzfläche, und Sannes ansteckende gute Laune tat mir gut. Dann gesellte sich Kai-Uwe zu uns, der seine Imitation zu den

Tanzszenen aus *Flashdance* vorführte. Bald hatte ich mein Dilemma vollkommen vergessen und amüsierte mich nur noch.

Als Queen mit *I Want To Break Free* später noch Don aus der Reserve lockte, der mit seiner neusten Errungenschaft tanzte, wurde es mir zu bunt. In Sannes Richtung gewandt deutete ich auf die Bar. Sie nickte und zwinkerte mir zu. Jonathan tanzte bereits verdächtig nah hinter ihr. Ich warf ihr einen Blick zu, der besagte, dass ich sie für unverbesserlich hielt. Ihre Antwort bestand aus einem Grinsen.

Spontan entschied ich, die Bar im Innenhof anzusteuern, draußen würde es leiser sein. Trotz meiner kurzen Kleidung war mir furchtbar warm. Ich setzte mich ganz ans Ende der Strandbar und bestellte ein stilles Wasser. Die Cocktails vom Grillen konnte ich noch deutlich spüren, und irgendetwas sagte mir, dass es besser war, in Daniels Nähe einen klaren Kopf zu bewahren.

Das Wasser rann herrlich meine Kehle hinab, und mit einem Mal besserte sich meine Laune. Eigentlich war doch alles in Ordnung. Worüber zerbrach ich mir überhaupt den Kopf?

Genau in diesem Moment – vermutlich hatte er mich denken gehört – tauchte Jakob auf. Er sah sich suchend um, und ich drückte mich in den Schatten. Zwei Minuten Ruhe, mehr verlangte ich doch gar nicht.

Da rempelte ihn jemand von hinten an: Daniel. Unwirsch drehte Jakob sich um, und ich konnte sehen, wie die beiden ein paar Worte wechselten. Daniel wirkte selbstsicher, während Jakob ganz offensichtlich aufgebracht war. Schließlich gingen sie gemeinsam wieder rein. Während ich noch überlegte, worüber sie geredet haben könnten, bemerkte ich den interessierten Blick des Mannes, der mir schräg gegenüber an der Theke saß.

Er hatte genau die Art von Händen, die ich an Männern schätzte: groß und stark mit feingliedrigen Fingern. Unter seinem Hemd zeichneten sich kräftige Muskeln ab. Langsam glitt mein Blick wieder nach oben. Seinem Gesicht war die freudige Erkenntnis anzusehen, dass ich einem Abenteuer nicht abgeneigt war.

Sollte er etwa mein Ticket nach draußen sein?

Natürlich nicht. Schon zum zweiten Mal heute schob sich ein schwarzes T-Shirt vor meine Nase. Daniel hatte eine Augenbraue gehoben und sah alles andere als amüsiert aus. Schuldbewusst senkte ich den Blick und biss mir gleichzeitig belustigt auf die Unterlippe.

«Vielleicht wäre jetzt ein guter Zeitpunkt, deine Spielschulden einzufordern», murmelte Daniel und blickte auf mich herunter.

«Vielleicht. Das bleibt ja dir überlassen.» Ich schob mich von dem Barhocker und warf meinem Flirt einen entschuldigenden Blick zu.

Daniel bestellte ein Tablett mit Tequila Shots. Das war gar nicht gut. Mein Magen drehte sich schon beim Anblick der Zitronenscheiben um. Nachdem Daniel das Tablett entgegengenommen hatte, ging er vor. «Halt mir die Tür auf. Ab jetzt würde ich dir raten, immer schön an meiner Seite zu bleiben. Noch einmal komme ich dich nicht suchen.»

Ich streckte ihm die Zunge raus und wartete, bis er wieder im Starfox war. Über die Schulter raunte er mir zu: «Übrigens solltest du Jakob mal klarmachen, dass du nicht an ihm interessiert bist.»

Entgeistert starrte ich auf Daniels Rücken. «Das habe ich heute Mittag doch erst getan.»

«Tja, er scheint da irgendwie anderer Meinung zu sein.»

Ich beeilte mich, Daniel einzuholen. «Wie meinst du das?»

Doch er antwortete mir nicht. Direkt vor Sanne blieb er stehen und hielt ihr das Tablett entgegen. Sie juchzte begeistert und drückte mir gleich einen Tequila in die Hand. In diesem Moment vermisste ich Sebastian. Zu seinen Funktionen als mein fester Freund hatte es unter anderem gehört, jede Art von Tequila an meiner Stelle zu trinken. Wie oft waren wir früher zusammen mit meinen Brüdern, ihren Freunden und Sanne um die Häuser gezogen? Und nun traute Sebastian sich nicht mehr mit.

Unsicher sah ich auf das Glas in meiner Hand. Bestimmt konnte ich es gleich draußen in eine der Palmen kippen. Da richtete Johannes das Wort an mich. «Ich will eine Revanche!»

Ich lachte hilflos und sah schlimme Visionen eines Tequila-Wetttrinkens vor mir aufziehen.

Unauffällig legte Daniel eine Hand auf meinen Rücken und flüsterte dicht an meinem Ohr: «Dann wollen wir mal sehen, ob du wirklich so trinkfest bist oder ob das eine weitere Ungereimtheit an dir ist.»

Die Musik war so laut, dass sicher niemand etwas hören konnte. «Komme ich aus der Nummer hier irgendwie raus?», versuchte ich die Verhandlungen zu eröffnen.

Er streichelte die nackte Haut, die nicht von dem knappen Top bedeckt wurde, und grinste mich breit an. «Auf gar keinen Fall. Ich lasse dich nicht aus den Augen, und da bin ich nicht der Einzige.»

Irritiert sah ich mich um. Tatsächlich starrte Jakob zu uns herüber, die Lippen aufeinandergepresst. Als er bemerkte, dass ich ihn anblickte, zwang er sich zu einem höflichen Lächeln. Weil ich nicht wusste, was ich sonst tun sollte, hob ich mein Glas zum Toast.

Kurz schloss ich die Augen, dann leckte ich das Salz von meinem Handrücken, kippte den Tequila herunter und biss in die Zitrone. Die Flüssigkeit brannte in meinem Hals. Welche perverse Sau hatte sich diesen Mist eigentlich ausgedacht?

Erst jetzt stellte ich fest, dass Daniels Arm mittlerweile lässig auf meiner Schulter lag. Dieses miese kleine Aas. Besonders Dons wohlwollender Blick, als auch er es sah, ging mir gehörig gegen den Strich. Ich brauchte doch keine Erlaubnis von ihm!

Wir quatschten ein wenig in der Runde, dann zog Sanne Jonathan wieder mit sich auf die Tanzfläche, und Kai-Uwe verkündete: «Ich hole die nächste Runde.»

Juchu. Ich konnte es gar nicht erwarten. Wieder fiel mir Jakobs finstere Miene auf. Daran musste ich dringend etwas ändern – ich konnte unser Zusammenleben nicht schwieriger werden lassen, als es durch sein Interesse an mir ohnehin schon war. Wenn ich Daniel nicht bald loswurde, hatte ich ein echtes Problem.

Wie ein richtiger Profi ließ ich meinen Blick durch den Raum schweifen. Es waren genügend Frauen anwesend, die Jakob interessiert musterten. Schnell sortierte ich alle aus, die meiner Meinung nach nicht in Frage kamen, und blieb schließlich an einer attraktiven Brünetten hängen. Sie war etwas größer als ich und hatte beeindruckende Brüste. Offenbar war sie mit ihren Freundinnen hergekommen und versuchte, Jakob durch die reine Kraft ihrer Gedanken dazu zu bringen, sich zu ihr umzudrehen.

Ohne dass Daniel mich hindern konnte, löste ich mich von ihm und eilte zu ihr. «Hi, ich bin Mo. Mir ist gerade aufgefallen, dass du meinen wunderbaren Mitbewohner betrachtet hast, der übrigens Single ist. Wie heißt du?»

Kichernd hielt sie sich an ihrer Cola fest. «Carola. Ist er wirklich Single?»

Ich nickte energisch und packte sie beim Arm. Bevor sie es sich anders überlegen konnte, tippte ich Jakob auf die Schulter und verkündete: «Jakob, das ist Carola. Carola, mein Mitbewohner Jakob.» Damit ließ ich die beiden verblüfften Menschen stehen.

Kai-Uwe war mit dem Tablett zurück, und ich nahm ein Glas, Johannes' und Daniels eindringliche Blicke ließen mir ohnehin keine Wahl. Großzügig verkündete mein Bruder: «Na, wenn Jakob schon einmal eine Frau an der Angel hat, dann darf er aussetzen. Dann bekommt Mo halt zwei!»

Für einen Moment fürchtete ich, meine Augen könnten mir

aus dem Kopf fallen. Waren hier heute alle gegen mich? Dabei hatte ich doch gerade erst eine gute Tat vollbracht, und das sozusagen im Vorbeigehen.

Aber das zählte offenbar nicht. Denn da stand ich wieder, dieses Mal mit zwei Schnapsgläsern in der Hand, Salz und Zitrone, Daniel neben mir. Vor den Augen aller blieb mir nichts anderes übrig, als beide Gläser zu leeren. Ich musste mich jetzt unbedingt verdrücken, noch eine Runde würde ich auf keinen Fall überleben.

Daniel nahm meine Hand und zog mich von der Gruppe weg. Seine Mundwinkel zuckten verdächtig, als er mich hinter eine der Säulen am Rand der Tanzfläche und damit aus dem Sichtfeld von allen schob, die sich hier aufhielten. «Ich werte es als gutes Zeichen, dass du Jakob mit einer Frau versorgt hast. Bevor ich meinen Gewinn fordere, gebe ich dir noch eine Chance, dir selbst zu helfen: Gehst du mit mir aus?»

«Was heißt denn hier ‹gutes Zeichen›? Das ist ja wohl …» Weiter kam ich nicht.

Daniel schlang einen Arm um meine Taille und küsste mich. Er schmeckte mehr nach Zitrone als Tequila und raubte mir den Atem. Mein ganzer Körper reagierte auf ihn und verzehrte sich förmlich nach seiner Berührung.

Als er sich von mir löste, prickelten meine Lippen. «Können wir nicht einfach ein bisschen Spaß haben?»

«Meinst du damit einfach nur Sex?» Seine Augen suchten in meinem Gesicht nach einer Antwort. Mir fiel das Atmen immens schwer, darum nickte ich nur schnell.

Er ließ seine Hand von meinem Rücken nach oben wandern, und plötzlich griff er in meine Haare. Fast schon schmerzhaft zwang er meinen Kopf in den Nacken und küsste meine entblößte Kehle. Mein heiseres Stöhnen entsetzte mich selbst. Die Feuchtigkeit sammelte sich zwischen meinen Schenkeln, und meine Klit begann, gierig zu pulsieren. Ich wollte mich an ihm reiben, enger an ihn heran, aber er ließ es nicht zu.

«Nein, Mo, so leicht kommst du nicht davon.» Er ließ mich los und strich mir fast schon liebevoll die Haare glatt. «Ein Date. Was spricht dagegen?»

Ja, was sprach dagegen? Ich suchte nach den richtigen Worten, um meine Unsicherheit zu verbergen, ihm von meiner Unerfahrenheit und meiner Beziehung zu Sebastian zu erzählen, ohne Sebastians Geheimnis auszuplaudern.

Da stand plötzlich Johannes neben der Säule, der mit wissendem Gesichtsausdruck zwischen uns hin- und herblickte. «Die nächste Runde steht an!»

Ich folgte ihm, Daniel lief direkt hinter mir her.

Johannes grinste mich an. «Du hast wirklich ein geschicktes Händchen. Jakob ist jetzt schon im siebten Himmel.» Er deutete auf die Wand hinter der Tanzfläche, wo die neuen Turteltäubchen bereits heftig knutschten.

«Soll ich für dich auch eine suchen?», schlug ich ihm hilfsbereit vor.

Er schüttelte nur den Kopf und reichte mir das Schnapsglas. Mein Magen rebellierte, doch das tat er schon den ganzen Nachmittag – immer, wenn ihm Daniels Anwesenheit wieder einfiel. Ich nahm mir fest vor, die nächste Runde wirklich auszusetzen!

5

Das Dröhnen in meinem Kopf setzte schon ein, bevor ich die Augen öffnete. So ein Mist, dieser verdammte Tequila. Sicherheitshalber beschloss ich, das Aufwachen heute einfach ausfallen zu lassen und noch ein bisschen zu schlafen.

Ich drehte mich um und schmiegte mich an die warme Männerbrust. Selig …

Ruckartig riss ich die Augen auf und stand fast senkrecht im Bett. Am liebsten hätte ich Daniel sein blödes Grinsen aus dem Gesicht geprügelt, aber der stechende Schmerz in meinem Hinterkopf zwang mich dazu, mich sofort wieder hinzulegen. Das dünne Laken, unter dem ich im Sommer statt einer Decke schlief, war herabgerutscht, und meine nackten Brüste leuchteten mir entgegen. Mit einem erstickten Geräusch zerrte ich das Laken hoch, klemmte es unter den Armen fest. Dann schloss ich die Augen. «Ich werde jetzt bis zehn zählen, und wenn ich dann gucke, bist du verschwunden.»

Stoisch zählte ich laut bis zehn. Dabei zermarterte ich mir das Gehirn darüber, was gestern Abend passiert war – oder besser: gestern Nacht.

«Zehn!» Langsam, damit ich vor Schmerzen nicht ohnmächtig wurde, drehte ich den Kopf – der gleiche Typ, das gleiche Grinsen.

«Okay, was ist passiert?»

Daniel besaß die Frechheit, mit dem Finger meine Schlüsselbeine nachzuzeichnen. «Du hast nach der vierten Runde Tequila schlappgemacht, und weil ich ein Gentleman bin, habe ich dich nach Hause gebracht, bevor du dich in irgendeiner Weise danebenbenehmen konntest.»

Hoffentlich hatte ich ihm auf die Schuhe gekotzt, das wäre ihm recht geschehen. «Hast du irgendwem Bescheid gesagt?»

Er nickte und zwirbelte nun eine meiner Haarsträhnen zwischen den Fingern. «Don und Johannes. Jakob war mit der Frau beschäftigt, die du ihm organisiert hast. Außerdem war meine Sorge zu groß, er könnte dich selbst nach Hause bringen wollen.»

Das klang bisher nicht, als wäre irgendetwas Schlimmes passiert. «Dann sollte ich dir wohl danken.»

«Jepp.»

Aber warum sah er so verdammt zufrieden aus? Und warum lag er eigentlich in meinem Bett? Nach Hause bringen beinhaltete doch nicht etwa – aus Panik unterbrach ich meinen eigenen Gedankengang. «Hatten wir Sex?»

Sein Gesichtsausdruck wurde noch zufriedener, und er schüttelte den Kopf. Jetzt verstand ich gar nichts mehr. Ich schluckte schwer und fragte mich flüchtig, ob er auch nackt war. Warum lag er überhaupt so dicht neben mir? Das Bett war 1,60 Meter breit – kein Grund, mir so auf die Pelle zu rücken.

«Warum genau bist du eigentlich hier?», erkundigte ich mich jetzt.

Er legte eine Hand auf meinen Oberkörper. «Ich würde sagen, ich habe gewonnen.»

Schon wollte ich wieder aufspringen, doch er hatte clevererweise vorgesorgt und hielt mich fest. Tief und langsam atmete ich ein und aus und versuchte, meinen jagenden Puls zu beruhigen. «Was meinst du damit?»

Genüsslich streckte er sich neben mir aus und rückte noch näher an mich heran. Wie konnte sein Körper nur eine solche Hitze ausstrahlen?

«Wir haben uns Freitag kennengelernt, und gestern Abend

waren wir aus. Wir haben uns geküsst, ich habe dich nach Hause gebracht, und wir hatten keinen Sex.»

Toll, Fakten aufzählen konnte ich auch. «Das weiß ich alles selbst.»

«Dann stimmst du mir zu?»

Mein Kopf dröhnte beinahe unerträglich. «Wozu?»

«Dass wir ein Date hatten», stellte er schlicht fest.

«Ein Date?» Meine Stimme überschlug sich fast. Noch immer hielt Daniel mich fest, doch er ließ seine Hand zielstrebig nach unten wandern und näherte sich dem Bettlaken.

«Finger weg!», zischte ich aufgebracht, während ich versuchte, Ordnung in das Chaos in meinem Kopf zu bringen. Das konnte er doch nicht ernst meinen. Das war kein Date gewesen! Jedenfalls kein richtiges! Auf der anderen Seite: Was wusste ich schon über Dates?

«Das war doch kein Date! Ich kann mich ja nicht einmal daran erinnern.»

«Erinnerst du dich an den Kuss?», fragte er. Anscheinend dachte er gar nicht daran, seine Hand von meinem Körper zu nehmen.

«Ja, natürlich.» Trotzig verschränkte ich die Arme über der Brust und machte mich ganz steif.

«Dann erinnerst du dich sicher auch noch daran, dass ich dir den Arm um die Schulter gelegt habe, als alle uns angesehen haben?»

Mürrisch nickte ich, bereute die Bewegung aber gleich. «Ja, tue ich.»

«Siehst du, das reicht doch. Ich hole dir jetzt eine Kopfschmerztablette und einen Kaffee. Danach kannst du dir überlegen, was wir heute Abend unternehmen wollen.» Enthusiastisch sprang er auf, und ich stellte erleichtert fest, dass er nicht nackt war. Aber mich hatte er komplett ausgezogen – was für ein Held.

Da die Kopfschmerzen mich lähmten, blieb ich einfach liegen und ließ die Gedanken durch meinen Kopf rattern. Daniel war verdammt hartnäckig, vermutlich kam ich um ein Date mit ihm eh nicht herum. Genervt nagte ich an meiner Unterlippe.

Viel zu schnell tauchte Daniel wieder auf, denn da war ich noch immer genauso schlau wir vorher. «Was willst du eigentlich?», fragte ich ihn, während ich nach der Kopfschmerztablette griff.

Er zuckte nur mit den Schultern und legte sich wieder neben mich. Das gefiel mir gleichzeitig irgendwie gar nicht und total gut. Wenn die Kopfschmerzen erst einmal weg waren, würden meine Gedanken bestimmt auch für mich selbst wieder Sinn ergeben.

Als ich mir den Kaffee nehmen wollte, entzog er mir die Tasse im letzten Moment und forderte: «Erst will ich einen Kuss.»

Trotz der immensen Anstrengung schaffte ich es, eine Augenbraue spöttisch hochzuziehen. «Du kriegst gar nichts. Wäre ich auch nur halbwegs kampftauglich, würde ich dich jetzt rauswerfen.»

Sein Lachen strafte meine Lüge mit Ignoranz und sorgte für ein aufgeregtes Flattern in meinem Unterleib. Kommentarlos beugte er sich vor und hielt mir auffordernd die Lippen hin.

Im Grunde hatte ich keine andere Wahl – ohne Kaffee war ich nur ein halber Mensch. Also beugte ich mich vor und drückte ihm einen schnellen Kuss auf den Mund.

Zufrieden reichte er mir die Tasse.

«Willst du mich jetzt den ganzen Tag von der Seite anstarren?»

«Irgendwann werde ich dich gewiss von oben oder von hinten betrachten, aber für den Moment nehme ich mit der Seite vorlieb.»

Beinahe hätte ich meinen Kaffee verschüttet. «Du bist dir deiner Sache wohl sehr sicher.»

Er nickte nur und kuschelte sich tiefer in mein Bettzeug.

«Und wieso?»

Mit einer Hand packte er mich beim Kinn und drehte meinen Kopf zu sich. Plötzlich waren seine Augen so dunkel und abgründig, dass eine Gänsehaut meinen Nacken überzog. «Das weißt du ebenso gut wie ich. Ich habe genau gesehen, wie du dich im Kochs umgeguckt hast, bevor du dich als Stripperin ausgegeben hast. Und mir ist nicht entgangen, wie du auf mich reagiert hast. Das hat mich gereizt.»

Es fühlte sich an, als vibrierten seine Worte durch meinen ganzen Körper, und für einen Moment fürchtete ich, dass er meine Gedanken im Kochs ebenfalls gelesen haben könnte.

Sanft knabberte er an meiner Unterlippe, hielt meinen Kopf aber weiter so eisern fest, dass mir klar war, was er wollte: meine Unterwerfung.

Ich kam mir vor, als würde ich am Rand einer Klippe stehen und wild mit den Armen rudern, in der Hoffnung, das Gleichgewicht nicht zu verlieren.

«Du glaubst gar nicht, wie sehr ich mich beherrschen musste, als mir klarwurde, was du vorhast.» Mit der freien Hand riss er plötzlich die Bettdecke weg, und zu meinem Entsetzen wimmerte ich leise, als seine Hand sich um meine Brust schloss.

Noch immer sah er mich ununterbrochen an, nahm jede noch so kleine Regung von mir zur Kenntnis. Weil ich nicht widerstehen konnte, drückte ich den Rücken durch, presste mich seiner Hand entgegen.

Nur einmal, ganz kurz, zupfte er schmerzhaft an meinem harten Nippel. «Nein. Nicht jetzt und nicht hier. Die Begeisterung stand Jakob regelrecht ins Gesicht geschrieben, als ich ihn gerade in der Küche getroffen habe. Ein zweideutiges Geräusch von dir, und er steht hier im Zimmer.»

Damit ließ er mich los und legte sich auf den Rücken. Entspannt verschränkte er die Arme hinter dem Kopf. Ich verfluchte ihn still, während ich verzweifelt darum kämpfte, meinen Atem wieder zu normalisieren. Leugnen war zwecklos: Ich war scharf – und zwar richtig.

In den letzten Wochen war ich so mit dem Desaster namens Sebastian, dem nahenden Uni-Abschluss und meinem Wohnungsproblem beschäftigt gewesen, dass ich gar nicht dazu gekommen war, mir irgendeinen Mann zu suchen.

Wie es aussah, hatte ich jetzt einen gefunden.

«Worüber denkst du nach, kleine Furie?»

«Andere Männer.» Die schnippische Antwort konnte ich mir nicht verkneifen.

Doch er grinste nur, und ehe ich michs versah, lag seine Hand auf meinem nackten Oberschenkel.

Während ich noch darüber nachdachte, ob ich mich vielleicht einfach auf ihn werfen sollte, hörte ich auf einmal sein ruhiges und gleichmäßiges Atmen. Das gab es doch wohl nicht! Daniel war eingeschlafen.

Wütend drehte ich mich von ihm weg und überlegte, ob ich ebenfalls noch schlafen sollte. Aber egal, wie sehr ich es versuchte, es ging einfach nicht.

Entnervt rüttelte ich an Daniels Schulter. Zuerst reagierte er überhaupt nicht. Als er dann aufwachte, wünschte ich direkt, ich hätte ihn schlafen lassen und wäre einfach nach Madagaskar ausgewandert. Seine Augen öffneten sich, und er warf mir einen sinnlichen Blick zu.

Innerhalb von Sekunden hatte er die Arme um mich geschlungen und mich auf seine Brust hinuntergezogen. Okay, das war neu. Ich lag da, versuchte, mich nicht zu bewegen, und lauschte seinem Herzschlag.

«Kannst du es nicht erwarten, oder warum hast du mich geweckt?»

«Du blockierst mein Bett, und ich kann nicht schlafen.» Du lieber Himmel. Jetzt, da ich hier so auf seinem Brustkorb lag … Der Mann war ganz schön trainiert und fühlte sich ziemlich gut an.

«Kommst du heute Abend zu mir?» Obwohl das ganz eindeutig eine Frage war, schaffte er es, einen Unterton in seiner Stimme mitschwingen zu lassen, der nur eine Antwort zuließ.

«Ja.»

«Gut. Sieh bitte zu, dass du unterwegs nicht wieder aus Versehen strippst.»

«Ich versuche mein Bestes.»

Als die Panik überhandnahm, tat ich das für mich einzig Logische und rief Sebastian an. Nachdem ich eine Weile ins Handy hyperventiliert hatte, konnte ich reden.

«Ich habe ein Date», flüsterte ich verheißungsvoll in den Hörer.

Ich konnte Sebastians hochgezogene Augenbraue förmlich durch das Handy sehen. «Ein Date? So schnell hast du mich vergessen?»

«Blödmann. Hilf mir! Ich stehe kurz vor einem Nervenzusammenbruch.»

«Okay. Was für ein Date ist es denn?»

Scheiße! Der Schweiß brach mir aus. Ein Date, das auf Sex hinauslief? So wie Daniel mich angesehen hatte, bevor er gegangen war, konnte unsere Verabredung prinzipiell direkt im Schlafzimmer anfangen. Sollte ich ehrlich sein? «Ich schätze, es wird auf Sex hinauslaufen», murmelte ich betreten.

Sebastian holte zwar tief Luft, verkniff sich aber jede Frage. Deswegen war er ein phantastischer Freund. «Ach, Süße, dann zieh irgendein hübsches Kleid und keine Unterwäsche an. Männer stehen doch auf so etwas, oder nicht? Also Hetero-Männer.»

«Das ist ehrlich gesagt eine genauso simple wie brillante Idee. Warum bin nicht selbst darauf gekommen?»

«Dafür sind Freunde da, meine Liebe. Wie bist du denn an den Mann gekommen?», fragte Sebastian beiläufig, und ich konnte hören, dass er das Handy zwischen Schulter und Kinn geklemmt hatte. Das bedeutete, dass er gerade vor der offenen Kühlschranktür stand und nach Essen suchte.

«Er ist ein Freund von Don und war gestern mit im Starfox.» So weit, so gut – das war zwar nur die halbe Wahrheit, aber wenigstens keine Lüge.

«Und er hat sich einfach getraut, dich in Dons Anwesenheit nach einem Date zu fragen?», erkundigte Sebastian sich ungläubig. Ich konnte hören, wie er im Hintergrund mit dem Besteck klapperte.

Ich kicherte leise. «Tatsächlich hat Don ihn zu keinem anderen Zweck mitgeschleppt, als mich auf andere Gedanken zu bringen.»

«Andere Gedanken?» Jetzt klang mein bester Freund eindeutig beleidigt. «Don hat es ja ganz schön eilig, dich wieder an den Mann zu bringen. Wie ist er denn so?»

Ich wusste, dass Sebastian mein Date und nicht Don meinte. Mit einem Mal fühlte ich mich, als bewegte ich mich auf dünnem Eis, und das Gespräch bekam einen merkwürdigen Beigeschmack. Sebastian hatte immer gemeint, dass Don ihn in Wahrheit nicht leiden könnte, und sah sich nun natürlich bestätigt.

«Ach, Sebastian. Jetzt fang nicht wieder damit an. Ich muss jetzt aufhören, sonst bin ich mit dem Feintuning nicht fertig, bis ich los muss. Was machst du denn heute Abend?»

Er seufzte tief. Als er schließlich antwortete, hatte er den Mund voll. «Ich treffe mich wahrscheinlich mit Tobi.»

Sein überbetontes «Wahrscheinlich» machte mich nervös. Kriselte es etwa zwischen den beiden? Ich wollte nicht noch das

Feuer schüren und danach fragen, wann Tobi eigentlich einziehen wollte. Mit einem Blick auf die Uhr wurde mir außerdem klar, dass ich spät dran war. «Sebastian, ich muss los. Wenn irgendetwas ist, dann ruf mich an, okay?»

Er murmelte eine Zustimmung in den Hörer, die sich traurig anhörte.

«Ich meine es ernst. Egal, wie spät es ist, ruf einfach an.»

Sein erneuter Seufzer schien die Last der Welt auszudrücken. «In Ordnung.» Dann legte er einfach auf.

Nicht einmal Glück für mein Date hatte er mir gewünscht, doch mir blieb keine Zeit, mir darüber Gedanken zu machen.

Ich war kein großer Sommerfan. Obwohl ich noch keine zehn Minuten unterwegs und wirklich luftig angezogen war, fühlte ich mich schon wieder reif für eine eiskalte Dusche. Es war nach 19 Uhr, doch das Thermometer hatte sich bisher noch nicht unter die 30-Grad-Marke bewegt.

Meine Aufregung machte die Sache auch nicht besser. Eigentlich war ich schon den ganzen Tag ein nervliches Wrack gewesen, und je näher ich meinem Bestimmungsort kam, desto nervöser wurde ich. Was hatte Daniel nur an sich, dass ich mich so fühlte? Dabei war ich normalerweise entspannt im Umgang mit Männern. Aber er ging mir auf eine unbekannte Art und Weise unter die Haut. Wie ein angenehmer Juckreiz – dieser überaus passende Vergleich wollte mir nicht aus dem Kopf, und ich musste grinsen.

Die Tasche vibrierte unter meinem Arm. Ich kramte das Handy hervor und las die SMS von Sebastian: *Meld dich, wenn du heute Nacht zu Hause bist. Ich mache mir sonst Sorgen. S.*

Verwirrt betrachtete ich das Display. Das waren ja ganz neue Töne. Offensichtlich steckte Sebastian meinen Auszug nicht ganz so gut weg, wie er vorgab. Eilig versicherte ich ihm, dass ich mich melden würde, sobald ich in meinem eigenen Bett lag.

Vor Daniels Tür blieb ich stehen und kämpfte mit dem dringenden Verlangen, einfach die Flucht zu ergreifen. Eigentlich war ich ihm ja nichts schuldig. Je länger ich dort stand, desto schwächer fühlte ich mich. Ich konnte unmöglich auf den Klingelknopf drücken. Worüber sollte ich denn überhaupt mit ihm reden? Was wusste ich von ihm? Für mich war es eine ganz neue Situation – und ich mochte sie nicht. Ein Date? Um Himmels willen, was hatte ich mir dabei gedacht?

«Also, ich könnte den ganzen Tag hier stehen und dich beobachten», drang Daniels belustigte Bemerkung zu mir herüber.

Entsetzt fuhr ich herum. Da stand er neben dem Haus hinter einem hüfthohen Zaun und grinste mich an. Großartig! Wahrscheinlich hatte er mich die ganze Zeit betrachtet. Damit war meine Chance zu flüchten wohl dahin.

Ich zuckte mit den Achseln. «Ich bin eben nicht gut in so etwas.» Was ich mit «so etwas» meinte, ließ ich ungesagt. Langsam ging ich auf den Zaun zu.

«Das hätte ich ja gar nicht gedacht.» Er öffnete das Gartentörchen und trat einladend zur Seite. «Jedenfalls kannst du jetzt nicht mehr weglaufen.»

«Scheint so, was?», erwiderte ich matt. Was hatte ich mir nur gedacht?

Ich zuckte beinahe zusammen, als er das Tor hinter uns ins Schloss fallen ließ. Vor mir erstreckte sich ein kleiner Garten, der fast komplett von einer knapp zwei Meter hohen grünen Hecke umgeben war. Nur das Stück mit dem Gartentor war ausgespart. Neben einem Stück Rasen befand sich eine Terrasse, auf der ein kleiner Tisch und zwei Stühle standen.

Daniel deutete auf die Sitzgelegenheiten. «Setz dich, ich hole uns etwas zu trinken.»

Unschlüssig fixierte ich die beiden Stühle und überlegte, welcher wohl besser wäre.

«Mo?» Mein Name klang irgendwie sexy, wenn er ihn sagte.

«Ja?» Ich sah ihn an, froh, dass ich die schützende Sonnenbrille auf der Nase hatte.

«Komm nicht auf die Idee, dich aus dem Staub zu machen.»

Mein Gesicht begann zu glühen, und energischer als beabsichtigt warf ich meine Tasche auf den Tisch. Daniel verschwand hinter einer Fliegenschutztür. Egal, was er dazu sagte, ich entschied mich für den Stuhl, der näher beim rettenden Törchen stand. Als Daniel wiederkam, rutschte ich immer noch nervös auf meinem Platz herum.

Er stellte zwei Gläser und eine Karaffe mit Limonade auf den Tisch, in der Zitronenscheiben und Minzblätter schwammen.

Gequält verzog ich das Gesicht. «Ich hoffe, da ist kein Tequila drin.»

Er lachte und schüttelte den Kopf. Dann ließ er sich auf den zweiten Stuhl fallen, streckte die Füße aus und sah mich an. Stumm erwiderte ich den Blick, immer noch ahnungslos, wie es jetzt weitergehen würde.

«Du meine Güte, warum bist du so angespannt?»

Kurz wollte ich so tun, als wüsste ich gar nicht, wovon er redete, doch dann folgte ich seinem Blick und stellte entsetzt fest, dass ich unbewusst die Tasche vom Tisch genommen hatte und nun krampfhaft umklammert hielt. Ich atmete tief aus und legte sie weg.

«Tut mir leid, ich weiß es nicht. Ich schätze, ich bin wohl etwas aus der Übung. Und du bist …» Ich brach ab und suchte nach dem richtigen Wort. Doch dann wedelte ich einfach mit der Hand durch die Luft, als wäre das eine ausreichende Erklärung.

«Ich bin was? Jetzt bin ich neugierig.»

Ich musterte ihn von oben bis unten. Seine grünen Augen funkelten, und seit heute Morgen hatte er sich nicht rasiert. Der dunkle Bartschatten stand ihm ausgesprochen gut und gab ihm einen verwegenen Touch. Wieder trug er ein schwarzes T-Shirt und dazu olivfarbene Cargoshorts, seine Füße steckten in Flipflops. Er war geradezu der Inbegriff von Lässigkeit.

«Anstrengend. Du akzeptierst kein Nein und könntest mit Abstand der penetranteste Mann sein, den ich je getroffen habe.»

Daniel beugte sich vor und goss uns Limonade ein. Ich versuchte währenddessen, nicht zu übertrieben auf seinen Bizeps zu starren.

«Und doch bist du hier», stellte er schlicht fest.

«Ich glaube, ich hatte einfach zu lange keinen Sex», lautete meine lakonische Antwort.

«Autsch. Sehr schmeichelhaft. Hattest du nicht behauptet, dass du nach dem ersten Date umgänglicher wirst? Warte, wenn ich mich recht entsinne, hast du das Wort ‹zuckersüß› benutzt.»

Zufrieden lehnte ich mich im Stuhl zurück. «Das gilt nur für freiwillige Dates und nicht für welche, bei denen mein eigener Bruder mich praktisch meistbietend versteigert.»

Bei Daniels dröhnendem Lachen stellten sich die Härchen an meinen Armen auf. Ich schlug die Beine übereinander und probierte die Limonade. War Daniel der Typ für K.-o.-Tropfen?

«Hat Jakob dich eigentlich noch mit guten Ratschlägen versorgt, bevor du gegangen bist?»

Wahnsinn, die Limonade schmeckte wirklich gut. Sehr gut. Ich nahm noch einen Schluck, dann antwortete ich. «Nein, dafür aber Sebastian.»

«Dein Exfreund», stellte Daniel ruhig fest.

Mist! Seit wann dachte ich denn nicht mehr nach, bevor ich redete? «Ja, genau.» Schnell trank ich noch einen Schluck.

«Wie lange seid ihr jetzt nicht mehr zusammen?», wollte er nun wissen.

Da musste ich erst einmal nachdenken. «So ungefähr vier Wochen, würde ich schätzen.» Mental machte ich mir eine Notiz,

Sebastian an dieser Information teilhaben zu lassen. Dass ich daran nicht vorher gedacht hatte! Weil wir unsere Beziehung ja nur vorgespielt hatten, gab es gar kein offizielles Trennungsdatum.

«Und das hast du erst vor einer Woche deinem Bruder erzählt?» Ungläubig sah Daniel mich an, und meine Lüge fiel wie ein angestochener Luftballon in sich zusammen.

«Ich wusste nicht, dass ich dazu verpflichtet bin, meinem Bruder direkt alles zu erzählen. Soll ich ihn vielleicht anrufen? Dann kannst du ihm ja sagen, was wir vorhaben.»

«Zum Abendessen habe ich dich eingeladen – ich wüsste nicht, was daran verwerflich sein sollte.»

Offenbar sah ich ziemlich betroffen aus, denn Daniels Mundwinkel zuckten verdächtig. «Keine Sorge, ich habe den definitiven Plan, dich zu vögeln», versicherte er mir schnell.

Gott sei Dank. Wieso war ich schließlich sonst hier?

«Aber vorher möchte ich dich kennenlernen.»

Entgeistert starrte ich ihn an und hoffte, dass mir noch in diesem Jahrtausend eine clevere Antwort darauf einfiel. Im Moment sah es nicht danach aus, und so seufzte ich ergeben. «Ich bin absolut uninteressant.»

Er schüttelte den Kopf. «Das sehe ich anders.»

Ich nahm meine Sonnenbrille ab und legte sie auf den Tisch, dann blickte ich ihn an und leckte mir kurz über die Unterlippe. Wenn ich gerade eins nicht wollte, dann war es, stundenlang über mich zu reden. Mein Privatleben war ein absolutes Minenfeld, und ich war nicht bereit, mich hier so schutzlos zu präsentieren. Andererseits wollte ich Daniel gern gefallen, und diese Erkenntnis schockierte mich.

Während ich überlegte, wie ich darum herumkam, mein Innerstes offenzulegen, formte sich in meinem Kopf ein Plan. Ich konnte nicht verhindern, dass ein sinnliches Lächeln sich auf meinem Gesicht ausbreitete.

«Du denkst an Sex», stellte Daniel fest, und zum ersten Mal hatte ich das Gefühl, dass er irritiert war.

«Vielleicht …» Gelassen ließ ich den Blick über seinen Körper wandern.

«Siehst du, genau das ist so faszinierend an dir. Du willst nicht über dich selbst reden und gibst dich ganz furchtbar nervös und schüchtern – nur um dich zwei Sekunden später in ein kleines Luder zu verwandeln.» Er stellte sein Limoglas auf den Tisch. «Im Starfox hast du das auch getan. Ich dachte, ich traue meinen Augen nicht, als ich gesehen habe, wie du mit diesem Typen geflirtet hast.»

Leise lachte ich. «Dabei war das noch gar nichts. Ich hatte ja nicht ernsthaft vor, ihn abzuschleppen.»

Stumm betrachtete mich Daniel, als wäre ich eine seltene Spezies, die dringend unter sein Mikroskop gehörte. Langsam hatte ich seine forschende Art satt, ich war hier schließlich bei einem Date und nicht bei einem Polizeiverhör. Tapfer erwiderte ich seinen Blick. In der Ferne hörte ich es donnern.

Weil ich nicht mehr weiterwusste, erhob ich mich von meinem Stuhl und blieb dicht vor Daniel stehen. Er sah mich fasziniert von unten an und wartete sichtbar darauf, was ich als Nächstes vorhatte. Für einen Mann sah er verboten gut aus, und ich konnte nicht widerstehen. Mit dem Zeigefinger zog ich seine volle Unterlippe nach. Ehe ich reagieren konnte, ließ er seine Zunge vorschnellen und leckte auf eine äußerst erotische Weise über meine Fingerkuppe, bevor er sie mit den Lippen umschloss und daran saugte. Ein unerträglich heißes Brennen schoss durch meinen gesamten Körper, und ich erschauerte.

Wie erwartet packte Daniel mich bei der Taille und zog mich auf seinen Schoß. «Du wirst nicht jedes Mal auf diese Art ein Gespräch vermeiden können.»

Ich wusste, dass meine Augen funkelten, als ich antwortete:

«Wir werden sehen.» Die Hände um sein Gesicht gelegt, beugte ich mich vor und küsste ihn. Seine Bartstoppeln kratzten über meine Handflächen, und ich war verzaubert.

Er presste mich an sich. Willig ließ ich mich gegen ihn sinken, spürte nur zu deutlich seinen harten Schwanz zwischen uns. Dabei hielt Daniel mich fest gepackt, als fürchtete er, dass ich noch immer flüchten könnte. Aber das würde ich nicht tun – nicht solange dieses kaum erträgliche Verlangen ungestillt war.

Noch immer konnte ich mir nicht erklären, warum ich so stark auf ihn reagierte. Instinktiv wusste ich, dass niemand außer ihm in der Lage sein würde, meine Begierde zu befriedigen. Er wühlte sich mit der Hand in meine Haare und zog meinen Kopf hart nach hinten. Ich musste den Rücken durchdrücken, um den Zug zu lockern. Sein heißer Mund brannte auf der nackten Haut meines Halses. Mit den Lippen zog er eine verlockende Spur nach unten, und ich schnappte nach Luft, als er durch den Stoff des Kleides an meinen Nippeln saugte. Ich war so gierig, dass meine Finger bereits an den Trägern lagen, bereit, mich auszuziehen.

«Verhütest du?» Seine Stimme war leise, aber eindringlich.

Zögernd nickte ich. «Ich nehme die Pille.»

Er betrachtete mich aufmerksam. Der Träger rutschte von meiner Schulter, und eine Seite des dünnen Sommerkleids glitt herunter, enthüllte meinen rosigen Nippel, der sich bereits gierig zusammenzog.

«Aber ich habe noch nie ohne Kondom gevögelt.» Das flüsterte ich nur noch und war mir selbst nicht sicher, warum ich Daniel das überhaupt mitteilte. Okay, natürlich wusste ich es – ich wollte ihn ganz spüren. War das unvernünftig? Energisch schob ich den Gedanken beiseite. Irgendwie ahnte ich, dass Daniel kein verantwortungsloser Typ war, der leichtfertig durch die Weltgeschichte vögelte.

«Mal sehen, was ich mit dieser Information anfangen werde.»

Das war mir ehrlich gesagt egal, denn jetzt beugte er sich vor und saugte meinen harten Nippel zwischen die Lippen. Plötzlich war ich nicht mehr in der Lage, auch nur einen klaren Gedanken zu fassen. Stattdessen presste ich mich ihm entgegen.

«Ich will dich!» Zuerst war mir gar nicht klar, dass ich gesprochen hatte. Daniels Augen glitzerten, als er von unten zu mir hinauf sah.

In diesem Moment begannen dicke, eiskalte Tropfen auf uns herabzuprasseln. Erstaunt sahen wir beide nach oben. Der gesamte Himmel war mit grauen Wolken bedeckt, und es grollte verdächtig.

Die Lust musste uns ganz schön mitgerissen haben, immerhin hatte keiner von uns den Wetterumschwung bemerkt. Ein scharfer Wind pfiff, und plötzlich überzog mich eine Gänsehaut. Das Kleid klebte an meinem Körper, und Daniel ächzte gequält: «Du hast wirklich gar nichts drunter, oder?»

Genüsslich schüttelte ich den Kopf, dann kletterte ich von ihm herunter. Ein Blitz zuckte über den Himmel, und sofort darauf donnerte es. Das Gewitter musste direkt über uns sein. Daniel nahm mich bei der Hand und zog mich mit sich. Im letzten Moment schnappte ich mir geistesgegenwärtig die Handtasche.

Die Tür war noch nicht ganz geschlossen, da setzte der Hagel ein. Fasziniert guckte ich nach draußen, während Daniels Lippen meinen Nacken liebkosten. Ich neigte den Kopf nach vorne und lächelte.

«Ich hole uns schnell ein Handtuch.» Damit verschwand er, und für den Bruchteil einer Sekunde war ich versucht, ihm einfach zu folgen. Doch stattdessen nutzte ich die Gelegenheit, mich erst einmal umzusehen.

Unfassbar. Ich drehte mich um mich selbst und starrte die Regale an. Offensichtlich war Daniel ein Büchernarr. Vom Boden bis zur Decke war der gesamte Raum mit Bücherregalen bedeckt, gefüllt mit Krimis und Thrillern, so weit das Auge reichte. In der Mitte des Raumes befanden sich eine Couch und ein Tisch – sofort tauchten Visionen von entspannten Sonntagnachmittagen vor meinem inneren Auge auf. An Daniel gekuschelt auf der Couch liegen, lesen und ab und zu neuen Kaffee holen – mit so einer Vorstellung konnte ich durchaus leben.

Dann erstarrte ich. Seit wann machte ich mir denn solche Gedanken?

Hinter mir ertönten Schritte, und Daniel bot mir ein flauschiges Handtuch an. Dankbar griff ich danach und trocknete mich ab. Nachdem ich mir auch die Haare abgerubbelt hatte, nahm er es mir wortlos ab und verschwand erneut.

Dieses Mal stieg ich hinter ihm die Treppe hinauf. Im Badezimmer hängte Daniel die Handtücher ordentlich zum Trocknen auf. Davon abgesehen gab es nur zwei weitere Räume hier oben, und ich öffnete die erste Tür. Dieses Zimmer wurde von einem großen Bett förmlich beherrscht, und beim Anblick der Bettpfosten beschleunigte sich mein Puls.

Ich holte tief Luft, wollte mich umdrehen – da stand Daniel schon hinter mir. Die Hitze, die von seinem Körper ausstrahlte, war nicht misszuverstehen. Bevor ich mich bewegen konnte, legte er seine Hände von hinten um meine Brüste und flüsterte dicht neben meinem Ohr: «Du bist sehr zielstrebig, Mo.»

Und wie! Doch ich antwortete nicht, sondern tastete nur nach seinem Schwanz. Amüsiert streichelte ich über die deutliche Wölbung seiner Hose. «Als ob du an etwas anderes denkst.»

«Das habe ich nie behauptet.» Er schob mich vorwärts. Es stand außer Frage, dass er ab sofort die absolute Befehlsgewalt hatte, und ich liebte es jetzt schon.

Daniel knetete meinen Busen, streifte dabei immer wieder meine Nippel. Am liebsten hätte ich geschnurrt, ich lechzte geradezu nach seinen Berührungen. Also griff ich kurzerhand hinter mich und zog den Reißverschluss des Kleides hinunter. Daniel streifte mir die Träger von den Schultern, und mit einem leisen Platsch fiel der nasse Stoff zu Boden.

Statt mich wieder zu berühren, raunte Daniel: «Dreh dich um.»

Fast schon feierlich wandte ich mich ihm zu, klimperte kokett mit den Augenlidern und sah ihn von unten an. Er betrachtete mich zufrieden und umfasste mein Kinn, dann beugte er sich vor und küsste mich hungrig. Ich konnte die Hände einfach nicht bei mir behalten und tastete nach seinem Schwanz, der sich mir entgegendrängte.

Als Daniel sich von mir zurückzog, zögerte ich nicht und ließ mich auf die Knie nieder. Ohne unseren Blickkontakt zu unterbrechen, knöpfte ich seine Hose auf, griff in den Slip und holte seinen Penis heraus. Er war wunderschön. Ein-, zweimal ließ ich meine Hand über die gesamte Länge gleiten, bevor ich mit den Lippen die pralle Eichel umschloss. Sanft saugte ich und war nicht weiter erstaunt, als Daniels Augen sich merklich verdunkelten. Seine Hand legte sich auf meinen Hinterkopf, und ohne zu viel Druck auszuüben, drängte er sich tiefer in meinen Mund. Mit der Zunge massierte ich die Unterseite des Schafts und nahm zufrieden zur Kenntnis, dass Daniels Atem deutlich schwerer ging.

Sein Griff wurde fester, er strich meine Haare zusammen und wickelte den Zopf um seine Hand. Dann begann er, das Tempo vorzugeben, und stieß tiefer in meinen Hals. Ich wollte ihm unbedingt Lust bereiten und ließ es willig geschehen, obwohl ich kaum Luft bekam. Mit den Händen stützte ich mich an seinen Oberschenkeln ab, während er immer schneller zwischen meine Lippen pumpte.

Mit einem Mal verharrte er still und zog sich mit einem leisen Seufzen zurück. Er umfasste meine Oberarme und drängte mich auf das Bett. Gehorsam legte ich mich auf den Rücken und krallte die Finger nervös in das Bettlaken. So aufgeregt war ich schon lange nicht mehr gewesen.

Daniel kniete sich neben mich und lächelte mich an – wie ein hungriger Wolf das ahnungslose Schaf. Dabei war ich doch eigentlich alles andere als ahnungslos. Er strich über meine Schultern, fuhr an den Armen nach unten und packte mich bei den Handgelenken. Nachdem er mir die Hände über dem Kopf zusammengelegt hatte, raunte er mir zu: «Du lässt sie dort liegen. Egal, was passiert.»

Ich biss mir auf die Unterlippe, nickte aber. Es war viel gemeiner, nicht gefesselt zu sein, denn die Versuchung, die Arme doch herunterzunehmen, würde irgendwann übermächtig werden.

Zufrieden küsste er mich auf die Stirn. Seine Finger waren bereits wieder auf Wanderschaft gegangen. «Vertraust du mir, Mo?»

Mein Name perlte von seinen Lippen, und zwischen meinen Schenkeln pulsierte die Lust prompt noch stärker als vorher. Meine Antwort klang entgegen meiner Befürchtung kraftvoll und klar, war keineswegs das heisere Flüstern, das ich erwartet hatte. «Ja.»

Seine Hand ruhte auf meinem glattrasierten Venushügel, bewegte sich nicht. Sicher spürte er die feuchte Hitze, die von meiner Pussy ausging. Unwillkürlich spreizte ich meine Beine etwas weiter und öffnete mich förmlich für ihn.

«Das ist schön. Gibt es irgendetwas, was du gar nicht magst?»

Ich konnte nicht widerstehen und wandte ihm das Gesicht zu. «Wenn du angezogen bleibst …»

Amüsiert lachte er auf und nahm seine Hände von mir. Beinahe hätte ich protestiert, doch im letzten Moment beherrschte ich mich. Schnell hatte er sein T-Shirt, Shorts und Unterwäsche abgestreift. Meine Finger zuckten beim Anblick seiner erregten Männlichkeit, was ihm nicht entging. Mahnend sah er auf meine Hände. Die Warnung war unmissverständlich.

Mit einer fließenden Bewegung kniete er sich zwischen meine Schenkel, die Hände stützte er rechts und links neben meinem Brustkorb ab. Bevor er seine Lippen um meinen Nippel schloss und sanft hineinbiss, spürte ich seinen heißen Atem.

Als das Knabbern fester wurde, keuchte ich leise auf. Ohne aufzuhören, legte Daniel eine Hand auf die andere Brust und kniff in die aufgerichtete Brustwarze. Ich zuckte und bebte unter ihm, meine Erregung steigerte sich, und schon jetzt fiel es mir schwer, die Hände ruhig zu halten.

Als er die Spur küssend, saugend und beißend über meinen Bauch fortsetzte, ächzte ich bereits leise und hob ihm auffordernd mein Becken entgegen. Alles, was ich damit jedoch erreichte, war ein leichter Klaps auf meinen Venushügel.

Daniel biss in die Innenseite meines Oberschenkels, und obwohl ich erschrak, gab ich ein heiseres Stöhnen von mir. Wieder strichen seine Lippen über die empfindliche Haut, und ich wollte ihm ausweichen. Doch als ich mich auf dem Bett nach oben schlängeln wollte, packte er meine Hüften und zog mich nach unten. Er lachte leise und legte seine Hand auf meine Pussy. Entsetzt schloss ich die Augen – wenn er spürte, wie feucht ich war, würde er mich trotz allem für ein Luder halten.

Ich wartete auf eine Bemerkung, irgendeinen selbstgerechten, blöden Spruch – aber er blieb aus. Stattdessen drang er so unerwartet mit zwei Fingern in mich ein, dass ich nach Luft schnappte. Wieder zuckten meine Arme, und ich presste sie fast gewaltsam in die Matratze.

Geschickt fingerte er mich, rieb über mein Inneres, traf meinen G-Punkt. «Oh Gott, ja!», stieß ich hervor.

Als er seine Lippen um meine kleine Lustperle legte, war ich zu keinem klaren Gedanken mehr fähig. Er hatte kaum angefangen zu saugen, da explodierte ich auch schon unter ihm. Fast hätte ich einen Krampf im Oberschenkel bekommen, doch im letzten

Moment drückte ich meine Ferse in das Laken, und der Muskel entspannte sich – ganz im Gegenteil zum Rest von mir. Plötzlich fühlte ich mich wahnsinnig empfindsam und ausgeliefert.

Daniel hielt mich mit einer Hand auf meinem Bauch auf das Bett gepresst, während er immer noch mit den Fingern der anderen Hand in mich stieß. Erst als ich wieder ruhiger atmete, leckte er kurz über meine Klit. Ich war so empfindlich, dass ich heftig zusammenzuckte. Wieder sog er die Knospe zwischen seine Lippen, dieses Mal bewegte er dabei seine Finger viel schneller, und ich wimmerte leise, als ich erneut zu zittern begann. Mein ganzer Körper erschauerte und bebte unter seiner Zunge, unter seinen Fingern, die sich rasend schnell bewegten.

Bevor ich wusste, was ich tat, wühlten meine Hände sich in seine Haare, und ich presste seinen Kopf fester gegen meinen Schoß.

Erschüttert blieb ich kurze Zeit später liegen. Das war womöglich der intensivste Orgasmus meines Lebens gewesen. Aber ich hätte mir eher die Zunge abgebissen, als Daniel diese Tatsache mitzuteilen. Doch da schob sich schon sein selbstzufriedenes Gesicht vor meine Augen. Verlegen wich ich seinem Blick aus und starrte angestrengt an die Decke.

Aus dem Augenwinkel konnte ich sehen, dass mein Oberkörper von roten Flecken überzogen war. Das Blut rauschte mir in den Ohren, und meine Beine zitterten unkontrolliert. Außerdem kämpfte ich mit den Tränen.

Wieder umfasste er mein Kinn und zwang mich, ihn anzusehen. «Was hatte ich gesagt?»

Vor Verwirrung flatterten meine Lider, und ich starrte in sein ebenmäßiges Gesicht. Er musste ein Cyborg sein oder etwas Ähnliches, anders konnte ich mir seine ganzen Fähigkeiten nicht erklären. Außerdem hatte ich keine Ahnung, worauf er hinauswollte. Als ich nicht antwortete, schlug er mir auf den Oberschenkel.

«Wo sind deine Hände, Mo?» Der sanfte Ton in seiner Stimme passte überhaupt nicht zu seinem flammenden Blick.

«Oh» war alles, was ich hervorbrachte.

Grimmig küsste er mich, und ich schmeckte mich selbst auf seinen Lippen, auf seiner Zunge. Ich schlang die Arme um ihn und zog ihn auf mich. Noch nie hatte sich das Gewicht eines Männerkörpers so gut auf mir angefühlt. Willig spreizte ich die Schenkel und seufzte, als er sich dazwischen niederließ. Ich rieb mein Becken an ihm, streifte seine verlockende Erektion.

«Bitte», flüsterte ich. «Bitte fick mich endlich.» Ich hielt es einfach nicht mehr aus.

Sein Blick bohrte sich in meinen, und als ich schon dachte, ich würde diesen forschenden Ausdruck nicht mehr ertragen, richtete er sich auf und drehte mich um.

Recht unsanft landete ich auf meiner Vorderseite. Bevor ich allerdings protestieren konnte, zog Daniel mich auf die Knie. Dann packte er mich wieder bei den Handgelenken und führte sie auf meinen Rücken. Er umfasste sie mit einer Hand, mit der anderen streichelte er meine Wange. Dieser miese Kerl. So hatte ich nicht die geringste Chance, seinen Stößen irgendetwas entgegenzusetzen. Ich lag mit dem Oberkörper auf dem Bett, mein Arsch ragte in die Luft.

«Ich habe dir gesagt, du sollst die Hände oben lassen», erinnerte er mich voller Genugtuung. Seine Latte streifte meine erhitzte Haut, während er sich in Position brachte. «Ach ja, ich glaube, ich hatte es noch nicht erwähnt: Jeder Orgasmus kostet dich ein weiteres Date, meine Süße.»

Wütender Protest lag schon auf meiner Zunge, doch als Daniel in mich eindrang, schienen die Worte keinen Sinn mehr zu ergeben. Hart und tief stieß er in mich, und ich ballte die Hände zu Fäusten. Es war so ein intensives Gefühl, dass ich bereits wieder die aufsteigenden Tränen spüren konnte.

Immer schneller bewegte er sich, und meine Möse zog sich eng zusammen, meine Klit pulsierte. Als hätte er es geahnt, legte er den freien Arm um mich und rieb die kleine Perle. Ich wimmerte, spürte hilflos, wie sich ein neuer Höhepunkt in mir aufbaute. Himmel, einen weiteren Orgasmus in dieser Stärke konnte ich unmöglich überleben.

Doch das schien Daniel egal zu sein, er ignorierte mein Flehen und stieß immer härter in mich hinein. Als ich unter ihm bebte und meine Beine fast nachgaben, nahm ich nur am Rande wahr, dass ich seinen Namen stöhnte.

«Daniel, ich … Oh Gott! Daniel!» Am Ende klang ich geradezu empört, und erst als ich nicht mehr zitterte, ließ seine Hand endlich von mir ab.

Stattdessen umfasste Daniel meine Hüften und fickte mich noch härter. Mit jedem Stoß wurde ich in die Matratze gepresst. Schließlich erschauerte er und stieß ein letztes Mal tief in mich. Ich spürte das vertraute Zucken in mir und schloss zufrieden die Augen.

6

Seit einer gefühlten Ewigkeit lag ich wach und starrte an die Decke. Ich schluckte schwer, meine Kehle fühlte sich unfassbar trocken an. Noch immer kam ich nicht über Daniels Unverfrorenheit hinweg. Er lag natürlich ruhig neben mir und schlief vollkommen entspannt.

Nach dem Sex hatte ich eine angemessene Zeitspanne gewartet, dann war ich aufgestanden und hatte mein Kleid aufheben wollen. Noch bevor ich die Chance dazu bekommen hatte, war Daniel aufgesprungen und hatte es sich geschnappt.

«Was wird das, wenn es fertig ist?»

Wortlos hatte ich ihn angestarrt. Es verstand sich ja wohl von selbst, dass ich nach Hause gehen wollte. Aber ich hatte nicht die geringste Chance gehabt. Daniel hatte mich direkt wieder ins Bett beordert und mir eindringlich klargemacht, dass ich die ganze Nacht darin liegen bleiben würde.

Ich drehte mich auf die Seite und begutachtete nun die Wand anstelle der Decke. So konnte ich nicht schlafen, auf gar keinen Fall. Außerdem brauchte ich etwas zu trinken, vermutlich hatte das ganze Stöhnen meine Stimmbänder strapaziert. Wenn ich schon nicht nach Hause durfte, in die Küche konnte ich ja wohl gehen.

Vorsichtig, um Daniel nicht zu wecken, kletterte ich aus dem Bett. Als ich aufrecht stand, bemerkte ich die typischen Anzeichen dafür, dass ich ordentlich rangenommen worden war. Doch das störte mich nicht, im Gegenteil. Es war mein bester Sex seit langem gewesen.

In der Tür drehte ich mich um und betrachtete Daniel. So langsam gewöhnte ich mich gegen meinen Willen an sein Interesse an mir – obwohl ich nicht ganz nachvollziehen konnte, worauf es sich begründete.

Leise schlich ich über die Stufen nach unten und suchte im Küchenschrank nach einem Glas. Alles war sauber und ordentlich, ich hatte keine Probleme, eins zu finden, und ließ es unter dem Wasserhahn volllaufen. Wie viele Nächte hatte ich schon in Wohngemeinschaften verbracht, wo bereits dies ein Ding der Unmöglichkeit gewesen war?

Meine Finger verkrampften sich um das Gefäß. Damals hätte ich lediglich mit den Schultern gezuckt und wäre einfach nach Hause gegangen. Ein untrügliches Gefühl versicherte mir, dass ich das bei Daniel vergessen konnte. Ich traute ihm glatt zu, dass er mir folgen und mich wieder in seine Höhle schleifen würde. Mein Magen machte einen nervösen Satz. War das etwa Zuneigung, die ich da verspürte?

Ich füllte mir gerade zum zweiten Mal nach, als ich das vertraute Geräusch meines vibrierenden Handys hörte. Die Handtasche stand noch immer im Wohnzimmer, und ich konnte schwach den Schein des Displays erkennen. Das Glas stellte ich auf die Küchenanrichte, dann ging ich zu der Tasche. Ich zog das Handy heraus und löste die Tastensperre. Fünf entgangene Anrufe und acht SMS, alle von Sebastian, der von Nachricht zu Nachricht panischer klang!

Ein Blick auf die Uhr verriet mir, dass es kurz vor halb zwei war. Sofort tippte ich eine Antwort. *Meine Güte, beruhig dich. Ich hatte das Handy lautlos und nicht mit im Schlafzimmer. Es ist alles in Ordnung!*

Was war nur mit meinem besten Freund los? So aufgelöst kannte ich ihn gar nicht. Schnell überflog ich die Mitteilungen. Oje, wie es aussah, war es zwischen ihm und Tobi vorbei. Gestresst wischte ich mir mit der Hand über das Gesicht. Das hatte in unserem chaotischen Privatleben gerade noch gefehlt!

Stumm leuchtete das Display auf und kündigte eine neue Textnachricht an. *Kommst du zu mir? Ich brauche dich!* Sebastian schien geradezu verzweifelt.

Augenblicklich eilte ich wieder ins Schlafzimmer und betrachtete mit Gewissensbissen den schlafenden Mann. Ich würde einfach wieder hier sein, bevor er wach wurde. Zuerst überlegte ich, Daniel eine Nachricht zu hinterlassen. Doch was hätte ich schreiben sollen? *Bin kurz bei meinem Exfreund*? Auf gar keinen Fall!

Ich würde zu Sebastian sprinten, und in maximal anderthalb Stunden wäre ich wieder unter Daniels Decke. Um mein schlechtes Gewissen zu betäuben, würde ich ihn dann für den nächsten Sex wecken. Meiner Meinung nach war das ein hervorragender Plan.

Mit spitzen Fingern klaubte ich mein Sommerkleid vom Boden und schlich aus dem Raum. Kurz erstarrte ich, weil Daniel sich unruhig im Bett bewegte, doch dann atmete er gleichmäßig weiter.

Unten schlüpfte ich in das Kleid und zog eine Grimasse, als der klamme Stoff meine Haut berührte. Dann griff ich nach meiner Tasche und nahm die Schuhe in die Hand. So leise wie möglich zog ich die Eingangstür hinter mir zu. Die Gartenpforte war noch offen. Später wollte ich einfach durch den Garten wieder reinschleichen.

Schon als Sebastian die Tür schwungvoll aufriss und mich in seine Arme zog, bekam ich ein ungutes Gefühl. Schließlich hielt er mich eine Armlänge von sich entfernt, begutachtete mich von oben bis unten und murmelte: «Gott sei Dank!»

Ich runzelte die Stirn. Als Sebastian hinter mir die Tür schloss, fragte ich: «Also, was ist passiert?»

Lässig zuckte er mit den Schultern. «Tobi hat das Date abgesagt.»

Für einen Moment dachte ich, mein Kopf würde explodieren. «Was?», sagte ich und bemerkte selbst, wie scharf das klang. *Bleib ruhig, Mo, bleib ruhig.*

Sebastian ignorierte meinen wütenden Blick und wollte mich in Richtung der Couch schieben, als würde ich rein gar nichts wiegen. Ich wirbelte herum und bohrte ihm einen Finger in die Brust.

«Was soll der Quatsch? Sebastian, ich habe mich gerade in einer Nacht-und-Nebel-Aktion heimlich aus dem Haus geschlichen, weil ich dachte, dass ich dein gebrochenes Herz flicken muss.»

Besänftigend legte er die Hände auf meine Schultern und drückte mich auf das Polster. «So dramatisch würde ich das nicht formulieren. Ich habe mir nur Sorgen um dich gemacht.»

Wie bitte? Das hatte er doch früher nie getan. Im Gegenteil, ich konnte mich noch genau an seine Erleichterung erinnern, als ich das erste Mal losgezogen war, um mir einen Mann zu suchen. In diesem Moment hatte er sich nämlich nicht mehr mit seinem schlechten Gewissen mir gegenüber herumschlagen müssen. Außerdem war er ein hervorragender Freund und hatte mich mehr als einmal mitten in der Nacht mit dem Auto abgeholt, wenn ich mal wieder den letzten Bus verpasst und kein Geld mehr für ein Taxi gehabt hatte.

«Mir geht es gut. Herrgott!» Entnervt stand ich auf und lief im Kreis um den Wohnzimmertisch. Ich würde jetzt einfach zurück zu Daniel gehen, entschied ich.

«Mori, setz dich. Ich muss mit dir reden.»

Abrupt blieb ich stehen und musterte meinen besten Freund. Bei seinem Tonfall verkrampfte sich mein Magen, und augenblicklich setzten alle Fluchtreflexe ein. Mit misstrauischem Blick ließ ich mich auf das Sofa sinken.

Seufzend griff Sebastian nach meiner Hand. «Ich glaube, ich bin eifersüchtig.»

Obwohl ich mitbekam, wie schwer ihm dieses Geständnis fiel, konnte ich die scharfe Entgegnung nicht zurückhalten. «Hast du getrunken?» Anders konnte ich mir sein Verhalten nicht erklären. Er war eigentlich ein entspannter Typ und gerade in Bezug auf mich nicht besitzergreifend. Zwar hatte er sich in der Vergangenheit gern als Beschützer aufgespielt, aber ich hatte geglaubt, über diese Phase wären wir hinaus.

Empört sah er mich an. «Natürlich nicht. Ich habe den ganzen Abend hier gesessen und mein Handy angestarrt, in der Hoffnung, dass du dich endlich meldest. Ich will nicht, dass du dich weiter mit ihm triffst.»

Okay, ich musste auf dem Weg hierhin irgendwie in eine Parallelwelt geraten sein. Eine andere Erklärung konnte es nicht geben. Oder vielleicht hatte ich mich einfach nur verhört? Langsam blinzelte ich. «Wie bitte?»

«Es war ein furchtbarer Fehler, dass du ausgezogen bist und dass wir Schluss gemacht haben», erklärte mir Sebastian.

Mit einem Mal prickelte mein Nacken unangenehm. «Was ist eigentlich los mit dir? Bist du übergeschnappt?»

Doch er schüttelte nur den Kopf und sah dabei vollkommen überzeugt aus.

«Sebastian, ich fürchte, ich verstehe das nicht.»

Noch immer hielt er meine Hand. «Ich liebe dich, Mori, und ich ertrage den Gedanken an einen anderen Typen nicht.»

«Ich liebe dich auch, aber eben nur wie einen Bruder.»

Ich wollte wieder aufstehen, doch zu meinem Entsetzen zog Sebastian mich zu sich. Plötzlich spürte ich seine Lippen auf meinem Mund. Erst als seine Zunge sich bemerkbar machte, erwachte ich aus meiner Starre und boxte gegen seine Brust. Sofort gab er mich frei.

In meiner Wut fauchte ich: «Was ist nur los mit dir? Du bist schwul, falls du das vergessen haben solltest!» Ich sah, wie er zusammenzuckte, doch es war mir egal. Schnell sprang ich auf und rieb mir über die Lippen.

Gerade wollte ich zu einer Predigt ansetzen, die es in sich hatte, als es klopfte. Gleichzeitig guckten wir zur Tür. «Super, das ist sicher dein geliebter Tobi», schimpfte ich. «Der wird sich bestimmt freuen, mich hier zu finden.»

Sebastian stand auf. «Quatsch, Tobi und ich hatten Streit.»

«Worüber? Darüber, dass Tobi keine Brüste hat?» Die Spitze konnte ich mir nicht verkneifen.

Sebastian presste die Lippen aufeinander. Er war wütend – aber noch lange nicht so wütend wie ich. Dabei stritten wir uns normalerweise so gut wie nie, was die Situation enorm unangenehm machte.

Jetzt klopfte es energischer und steigerte sich zu einem Hämmern.

«Mori, Tobi und ich …»

«Mach endlich die verdammte Tür auf!», fiel ich ihm einfach ins Wort. Dann stiefelte ich zur Couch und nahm meine Tasche. Sobald Tobi in der Wohnung wäre, wäre ich draußen. Ich hätte gar nicht erst kommen sollen! Was hatte Sebastian sich nur gedacht?

Ich drehte mich um und erstarrte. Grimmig lächelnd stand Daniel im Türrahmen.

In meinem Kopf überschlugen sich die Gedanken. Entgeistert starrte ich Daniel an, während Sebastian zwischen ihm und mir hin- und herblickte.

«Was für ein Zufall. Dabei dachte ich, ich hätte mich klar ausgedrückt.» Daniel klang vollkommen ruhig. Das schien nicht nur mich, sondern auch Sebastian zu alarmieren, der sich sofort schützend zwischen mich und Daniel stellte. Doch dieser machte nicht die geringsten Anstalten, die Wohnung zu betreten – im Gegenteil.

Seelenruhig legte er den Kopf schräg und fragte: «Kommst du, Morielia?»

«Nein. Sie geht nirgendwohin», fuhr Sebastian wütend dazwischen.

Daniel sah Sebastian zum ersten Mal direkt an. «Das entscheidet Mo», antwortete er gelassen, und ich spürte, dass ich ihm folgen und Sebastian allein lassen würde. Ich musste sowieso erst verdauen, was für einen unglaublichen Unsinn er gerade von sich gegeben hatte.

«Mori!», rief mein bester Freund völlig fassungslos, als er erkannte, dass ich tatsächlich vorhatte, mit Daniel zu gehen.

Ich schüttelte nur stumm den Kopf und hoffte, dass er mich einfach vorbeiließ. Als ich gerade aus der Tür war, packte Sebastian mein Handgelenk. Daniel zuckte zwar kurz, hatte sich dann aber erstaunlich gut im Griff. Schnell entwand ich Sebastian die Hand.

«Aber was ist mit dem Kuss?»

Bei der Frage sah ich geradewegs in Daniels Augen, sie flackerten kurz, dann waren seine Regungen wieder hinter einer glatten Maske verborgen. Wie konnte Sebastian eine katastrophale Situation noch so viel schlimmer machen?

«Ich habe dich nicht darum gebeten!», zischte ich ihm leise über die Schulter zu, dann folgte ich Daniel.

Erst im Treppenhaus wagte ich es, wieder zu atmen. Ich konnte kaum mit Daniel Schritt halten. Mein Herz schlug mir mit einem ungesunden Tempo heftig gegen die Rippen, und das Luftholen fiel mir schwer.

Erstaunt sah ich Daniels Auto in der Einfahrt stehen. Verwirrt drehte ich mich zu ihm und wollte ihn danach fragen, mich entschuldigen und die Situation erklären, alles zur gleichen Zeit. Doch bevor ich den Mund öffnen konnte, hielt er mir die Beifahrertür auf und sagte leise: «Sei still.»

Obwohl es mich traf, wusste ich, dass er eine Menge guter Gründe hatte, sauer zu sein. Er blieb einen Moment neben der Tür stehen und sah nach oben. Ich folgte seinem Blick und konnte Sebastian am Fenster erkennen.

Während der Fahrt schielte ich immer wieder zu Daniel, der eisern schwieg. Ehrlich gesagt war ich erstaunt, dass ich überhaupt hier saß.

Glücklicherweise dauerte es nicht lange, bis er in der Einfahrt parkte. Schweigend schloss er die Wohnungstür auf und bedeutete mir vorzugehen. Mir war übel. Außerdem breitete sich langsam die Gewissheit in mir aus, dass ich dieses Mal nicht um ein Gespräch herumkommen würde.

Unschlüssig blieb Daniel im Halbdunkeln stehen und schien nachzudenken. Meine Handflächen waren feucht, ich wagte es nicht, etwas zu sagen.

«Ich überlege gerade, wo ich am wenigsten Gefahr laufe, komplett auszurasten.» Dass er endlich etwas sagte, wertete ich als gutes Zeichen. Doch zu mehr als einem Achselzucken war ich nicht fähig.

Schließlich nickte er in Richtung Wohnzimmer. Beklommen ließ ich mich auf die Couch sinken. Daniel nahm neben mir Platz. Seine unglaubliche Präsenz füllte den Raum aus, und ich kam mir furchtbar klein und verletzlich vor. Aber so im Dunkeln traute ich es mir wenigstens zu, dieses Gespräch zu führen.

Als hätte er wieder einmal meine Gedanken gelesen, knipste er die kleine Leselampe hinter der Couch an. Nie war der Vergleich mit einem Reh im Scheinwerferlicht passender – nur dass meine Beine glücklicherweise nicht so haarig waren.

Er fixierte mich mit seinen grünen Augen, der Blick hielt mich gefangen. «Ich bin ganz Ohr und würde dir raten, vorne anzufangen.» Ein Muskel auf seiner Wange zuckte verräterisch, und ich schluckte schwer.

Vorne anfangen, der Mann hatte leicht reden. Sebastians Bitte, seine sexuelle Orientierung für mich zu behalten, fiel mir wieder ein. Doch ehrlich gesagt war mir das in diesem Moment egal. Erstens hatte er mit diesem verdammten Kuss selbst Schuld daran, und zweitens wollte ich es mir nicht mit Daniel versauen. Dieser Gedanke überraschte mich am meisten.

Meine Hände verkrampften sich, und ich räusperte mich. «Ich hatte noch nie ein Date.» Peinlich berührt schwieg ich und fing eine lebhafte Diskussion mit mir selbst an, weil das unter Garantie nicht das gewesen war, was ich eigentlich hatte sagen wollen.

Daniel schwieg und zog vielsagend die Augenbraue hoch, also erläuterte ich: «Wirklich noch nie, deswegen wollte ich mit dir auch kein Date. Ich …» Wieder brach ich ab und suchte nach den richtigen Worten. «Sebastian … Also wir … Ich …»

Plötzlich konnte ich die Tränen nicht mehr aufhalten und begann zu meinem Entsetzen zu heulen. Das war kein Weinen, bei dem mir elegant platziert zwei perfekt geformte Tränen über die noch wohlgeformteren Wangen liefen, sondern Heulen – mit Sturzbächen im Gesicht, roter Nase, geschwollenen Augen, Schluchzern und Schnodder. Jetzt hatte ich Daniel unter Garantie die Lust auf mich verdorben. Meine Schultern bebten, und ich bekam kaum Luft.

Seufzend stand Daniel auf und kehrte wenig später mit einer Packung Taschentücher zurück, dann verschwand er wieder. Ich war froh, dass ich mir in Ruhe die Nase putzen konnte, denn das musste er nun wirklich nicht mitbekommen.

Ich schloss die Augen und zählte meine Atemzüge, um mich wieder zu beruhigen. Es war schon ewig her, dass ich das letzte

Mal so geheult hatte. Meistens hatte ich glücklicherweise keinen Grund dazu.

Trotz meiner zugeschwollenen Nase konnte ich Kaffee riechen und staunte nicht schlecht, als Daniel eine Tasse vor mir auf den Tisch stellte. Dankbar griff ich danach und umklammerte sie mit den Händen.

«Tut mir leid. Ich neige sonst nicht so zum Heulen.»

Natürlich antwortete der Blödmann nur ruhig: «Ich weiß. Das hätte mich auch gewundert.»

Wenn der Affe schon alles wusste, wozu mühte ich mich dann hier ab? Während ich an meiner Unterlippe nagte, suchte ich nach den richtigen Worten. «Sebastian und ich waren erst sechzehn, als wir ein Paar wurden. Es war nicht einmal unsere aktive Entscheidung, es hat sich eher so ergeben, weil alle der Meinung waren, wir würden hervorragend zusammenpassen. Wir hielten Händchen, knutschten ein bisschen, mehr passierte da nicht. Auch nicht wenn wir alleine waren. Anfangs ist mir das nicht aufgefallen, wir hatten sowieso ein intimes Verhältnis, konnten über alles reden.»

Mein Hals fühlte sich schrecklich trocken an, und ich nahm schnell einen Schluck Kaffee. Ehrlich gesagt wäre mir sogar ein Tequila recht gewesen, um mir das Erzählen leichter zu machen. «Wir waren bestimmt schon achtzehn, bis wir uns das erste Mal an das Thema Sex wagten. Es war ein Desaster – und damit meine ich nicht die üblichen Geschichten von gerissenen Kondomen, sondern eine echte Katastrophe. Das Erlebnis war so grauenvoll, dass wir es sicher über ein Jahr nicht mehr versuchten. Natürlich redeten wir nicht darüber, denn sonst lief ja alles wunderbar zwischen uns. Dann bekam Sebastian Streit mit seinen Eltern, und ich wollte sowieso längst von zu Hause ausziehen. Wir waren schon ein paar Jahre zusammen, also erlaubten Sebastians Eltern, dass wir in eine ihrer Eigentumswohnungen zogen. Meine Eltern stimmten wohl oder übel zu.» Nervös drehte ich die Kaffeetasse in meinen Händen. Ich hatte noch nie irgendjemandem davon erzählt. Nicht einmal Sebastian kannte meine Seite der Geschichte. «In unserer ersten Nacht in der Wohnung bestellten wir Pizza, mit dem Essen kamen zwei Flaschen Rotwein. Wir waren reichlich betrunken und beschlossen irgendwann, dass es eine gute Idee wäre, die Wohnung mit Sex einzuweihen. Obwohl es nur schwer vorstellbar ist, schafften wir es tatsächlich, das Ganze zu einer noch traumatischeren Erfahrung als das erste Mal werden zu lassen.»

Daniels Augenbrauen schossen in die Höhe, doch er war klug genug zu schweigen, lehnte sich dafür aber interessiert nach vorne und stützte sich auf den Oberschenkeln ab.

«Nachdem wir mit Hilfe der zweiten Flasche Wein und einer halben Flasche Jägermeister den Schock verdaut hatten, fingen wir an, uns gegenseitig zu versichern, dass es jeweils an uns und nicht am anderen lag. Dann äußerte Sebastian seine Vermutung, schwul zu sein.»

Daniels Schock schien sich noch in Grenzen zu halten, ich hatte mit Schlimmerem gerechnet. Dafür guckte er allerdings etwas ungläubig.

«Wir redeten die ganze Nacht darüber. Zuerst brach unsere Welt zusammen. Wir waren gerade frei, gerade ausgezogen, hatten unser Erspartes in die Wohnungseinrichtung gesteckt. Ich wollte nicht zurück nach Hause, Sebastian schon gar nicht. Aber er war noch nicht bereit, seine sexuelle Orientierung vor der ganzen Welt offenzulegen.»

Nervös stand ich auf und begann, im Wohnzimmer umherzulaufen. «Ehrlich gesagt habe ich keine Ahnung, wie sieben Jahre so schnell vergehen konnten. Ich schätze, wir haben uns einfach an unsere Maskerade gewöhnt. Sebastian streckte die Fühler aus und traf sich mit ein paar Männern. Irgendwann wurde ich auch neugierig auf die ganze Sexgeschichte, meine bisherigen Erfahrungen waren ja eher enttäuschend gewesen, also …» Ich machte eine Pause. Das konnte ich einfach nicht laut sagen.

«Hast du dir einen One-Night-Stand gesucht», vervollständigte Daniel meinen Satz.

Ich nickte, dabei scharrte ich verlegen mit dem Fuß auf dem Boden. «Natürlich blieb es im Laufe der Jahre nicht bei einem. Außerdem bot unser Arrangement trotzdem eine Menge Vorteile. Wir hatten immer eine Begleitung, wenn wir eine brauchten, und eine perfekt funktionierende WG, so gut wie nie Streit. Dann lernte Sebastian Tobi kennen, und seinem neuen Freund war es nicht geheuer, dass ich die ganze Zeit in der Wohnung hockte.»

Daniel strich sich durch die Haare und lehnte sich wieder zurück. Ich konnte ihm ansehen, dass es in ihm arbeitete. Schließlich winkte er mich zu sich. Unsicher ging ich auf die Couch zu. Er nahm mein Handgelenk und zog mich auf seinen Schoß. Dankbar kuschelte ich mich an seine Brust.

«Und was ist heute Nacht passiert?»

Ich verbarg mein Gesicht in seinem T-Shirt und stöhnte leise. «Ich weiß es nicht. Zuerst konnte ich nicht schlafen, dann bekam ich Durst. Als ich mir in der Küche etwas zu trinken holte, vibrierte andauernd mein Handy. Sebastian hatte angerufen, mir geschrieben und es dabei so klingen lassen, als wäre seine Beziehung mit Tobi am Ende.»

Er streichelte meinen Rücken. «Als beste Freundin bist du ihm also zu Hilfe geeilt. Hast du deswegen die Gartentür geöffnet?»

«Ich wollte wirklich zurückkommen. Wärst du nicht dazwischengeplatzt, hätte ich Sebastian vermutlich erwürgt. Er hat davon gefaselt, eifersüchtig auf dich zu sein, und mich einfach geküsst. Zwischen ihm und Tobi gab es nur ein bisschen Streit.»

Daniel lachte leise. «Das erklärt eine Menge.»

«Tut es das?», murmelte ich an seinem Shirt.

«Natürlich, du bist immer noch ein faszinierendes Geschöpf. Aber jetzt wirkst du nicht mehr komplett wahnsinnig.»

Abrupt setzte ich mich auf und starrte ihn an. «Legst du es immer darauf an, mit Frauen auszugehen, die du für psychologisch bedenklich hältst?»

«Nur wenn sie so umwerfend aussehen wie du und diese unterwürfige Aura ausstrahlen.»

«Wie bitte?»

Er lachte und stand auf, hielt mich aber dabei fest. Panisch umklammerte ich seinen Hals. «Keine Sorge, ich bin mir sehr sicher, dass nur wenige Männer diese Art der Ausstrahlung erkennen.»

Eigentlich wollte ich ihn anmeckern, doch stattdessen gähnte ich herzhaft. «Bringst du mich ins Bett?», flüsterte ich, weil mir die Vorstellung außerordentlich gut gefiel.

«In mein Bett?», wollte er wissen, und seine Stimme klang dabei regelrecht samtig.

Mehr als ein Nicken brachte ich nicht mehr zustande, dann fielen mir die Augen zu.

Im Morgengrauen wachte ich auf. Vor dem Fenster herrschte trübes Halbdunkel, und durch die Vorhänge konnte ich schon erahnen, dass es heute wieder heiß werden würde.

Ich lag auf der Seite, Daniel hatte einen Arm um mich geschlungen. «Du bist wach.»

«Als wach würde ich diesen Zustand noch nicht bezeichnen», murmelte ich müde.

Er rutschte mit einem leisen Lachen näher an mich heran und küsste meine nackte Schulter. «Ich hole uns gleich einen Kaffee.»

Ich nickte nur still und ließ derweil die Geschehnisse der letzten Nacht an mir vorbeiziehen. «Woher wusstest du eigentlich, wo ich war?»

Bildete ich mir das ein, oder hatte er gerade seinen Arm angespannt? Als er den anderen Arm auch noch um mich legte und mich eng an sich presste, verdrehte ich die Augen. «Lass mich raten, die Antwort wird mir nicht gefallen.»

Daniel antwortete nicht sofort, sondern küsste meine entblößte Halsseite. Mit der Zunge zeichnete er die Halsschlagader nach, und sofort erfasste Erregung meinen Körper.

«Bevor ich dir das sage, möchte ich dich daran erinnern, dass wir umwerfenden Sex hatten und du weggelaufen bist – das erforderte nun einmal besondere Maßnahmen.»

Ich zappelte unruhig in seinen Armen, was ihn dazu veranlasste, mich noch fester zu packen. Während seine eine Hand nach wie vor auf meinem Bauch lag, schlang er ein Bein um meine Schenkel und legte die andere Hand um meine Kehle.

«Ich habe Don angerufen.»

«Du hast meinen Bruder …» Meine Stimme überschlug sich und brach. Wütend wollte ich aufspringen, doch ich hatte nicht die geringste Chance. Daniel kostete seine Überlegenheit gnadenlos aus und knabberte an meinem Nacken.

«Wie konntest du nur? Was zum Henker hast du ihm denn gesagt? Warte mal, das war doch mitten in der Nacht!»

Langsam ließen meine Kräfte nach, und das Strampeln brachte ohnehin nichts. Großartig, den Vortrag von Don wollte ich mir unbedingt so schnell wie möglich anhören.

«Da ist noch etwas.» Plötzlich ließ Daniel mich los und sah mich schuldbewusst an.

Wütend wickelte ich mich in das Bettlaken und sprang auf, mein Kleid hatte der Schuft einfach versteckt. «Und das wäre?» Böse funkelte ich auf ihn herunter. Ich konnte mir kaum vorstellen, dass er diese letzte Hiobsbotschaft noch toppen konnte.

Unverschämt gut aussehend in seiner engen Unterwäsche, spazierte er auf mich zu, ergriff meine Hand und führte mich in die

Küche. Misstrauisch sah ich mich um, dann entdeckte ich mein Handy in einer Plastikdose voller Reis.

Während ich peinlich genau darauf achtete, das Bettlaken unter den Achseln festzuklemmen, verschränkte ich die Arme vor der Brust und betrachtete das Handy. «Na, auf die Erklärung bin ich gespannt.»

Daniel gab sich zwar den Anschein, zerknirscht zu sein, aber irgendwie kaufte ich ihm das nicht so ganz ab. «Sebastian hat andauernd angerufen.»

Frustriert wollte ich die Hände in die Luft werfen, doch dann hätte ich plötzlich nackt in der Küche gestanden. Und ich brauchte mir nichts vorzumachen: Daniel hätte ich sogar in meinem momentanen Zustand nicht widerstehen können.

«Das Handy einfach auszuschalten war keine Option, du musstest es gleich ersäufen?»

Gelassen zuckte er mit den Schultern. «Ich wollte auf Nummer sicher gehen. Außerdem wollte ich dich nicht wecken, nachdem du endlich eingeschlafen warst.»

Ganz großartig, wirklich. «Okay, ehrlich gesagt hänge ich sowieso nicht besonders an dem Ding. Sollte es kaputt sein, besorgst du gefälligst ein neues. Ich habe nämlich nicht den geringsten Nerv, mich mit Technik auseinanderzusetzen.» Damit stiefelte ich aus der Küche und die Treppe hoch. In seiner Gegenwart konnte ich einfach nicht denken. Prompt folgte er mir. Als ich mich umdrehte, stand ich zwei Stufen über ihm. «Hattest du nicht etwas von Kaffee erwähnt?»

Sein Gesichtsausdruck gefiel mir überhaupt nicht. Dieses sinnliche Lächeln, das um seine Mundwinkel spielte, und das Funkeln in seinen Augen verhießen nichts Gutes.

«Musst du nicht eigentlich arbeiten?», fragte ich.

Er trat eine der beiden Stufen zu mir hinauf. «Vorlesungsfreie Zeit, meine Süße.»

Ach ja, richtig. Daniel arbeitete an der Uni, das hatte ich vergessen. Seine Nähe machte mich nervös, und ich wollte erst das Ausmaß des Schadens abschätzen, den er angerichtet hatte.

«Schön, dann haben wir ja Zeit für ein ausgiebiges Frühstück.»

Sein Grinsen sorgte für ein abruptes, scharfes Ziehen in meinem Unterleib. «Du ahnst gar nicht, wie ausgiebig.»

Eilig stürzte ich den Rest der Treppe hoch, sein Lachen folgte mir. Oben blieb ich stehen und fragte mit gebührendem Sicherheitsabstand: «Kann ich mal telefonieren?»

«Du hast mitbekommen, dass es nicht einmal halb sechs ist, richtig?», erkundigte er sich mit lauerndem Tonfall. Er ahnte vermutlich, dass ich mit dem Gedanken spielte, bei Sebastian und Don anzurufen, und das gefiel ihm wohl ganz und gar nicht.

«Stimmt.» Geschlagen verschwand ich ins Schlafzimmer und ließ mich auf die Matratze fallen. Wollte ich überhaupt wissen, was er meinem Bruder erzählt hatte? ‹Wir haben gevögelt, und plötzlich ist Mo davongerannt, direkt in die Arme ihres Exfreundes›? Ich schüttelte den Kopf und ignorierte die Gänsehaut, die sich bei diesem Gedanken auf meinem Körper bildete.

Als Daniel endlich mit dem Kaffee kam, saß ich aufrecht im Bett und lehnte mit dem Rücken am Kopfteil. «Also gut, was hast du Don gesagt?»

«Ich bin ziemlich nah an der Wahrheit geblieben.»

Meine Augen wurden schmal. Für meine Begriffe bot ‹ziemlich nah an der Wahrheit› immer noch einen großen Spielraum. «Und die wäre?»

Daniel seufzte und stellte die Tassen ab. Dann packte er meine Fußknöchel. Einen heftigen Ruck später lag ich mitten auf dem Bett und sah entsetzt zu, wie Daniel sich über meine Taille hockte.

Abwehrend fuhr ich mit den Händen hoch, doch er griff nach den Handgelenken, als hätte er mit nichts anderem gerechnet.

«Ich habe gesagt, dass du die Nacht hier verbracht hast und

plötzlich verschwunden bist. Als ich gefragt habe, ob er eine Ahnung hätte, wo du sein könntest, hat er direkt die Adresse deines Exfreunds ausgespuckt. Er kann ihn überhaupt nicht leiden, oder?»

Langsam schüttelte ich den Kopf.

Daniel presste die Handgelenke neben meinem Kopf in die Matratze und raunte dicht vor meinen Lippen: «Das kann ich ihm nicht verübeln. Ich mag ihn auch nicht.»

Bevor ich Sebastian in Schutz nehmen konnte, küsste er mich. Sofort erlahmte mein Widerstand, und ich bot mich ihm offen an. Meine Nippel zogen sich zusammen und richteten sich auf, als würden sie eigenständig versuchen wollen, Daniels Zuwendung zu erbetteln. Ich konnte es nicht leugnen, sexuell war ich diesem Mann absolut verfallen. Anders konnte ich mir die Tatsache, dass ich noch immer in seinem Bett lag, nicht erklären. Jeden anderen Erklärungsansatz, der möglicherweise Emotionen enthielt, verbannte ich aus meinen Gedanken.

Daniel hatte mich längst losgelassen, doch in meiner Erregung hatte ich das nicht einmal bemerkt und hielt meine Handgelenke noch immer neben dem Kopf. Als er seine Hände auf meine Oberschenkel legte, zuckte ich zusammen.

Das nächste Mal würde ich einen verdammten Schneeanzug tragen, wenn ich ihn besuchte, so viel stand fest. Es war einfach unfair, dass er jederzeit Zugriff auf mich hatte. Andererseits hätte ich ihm glatt zugetraut, dass er meine Kleidung notfalls zerriss. Vielleicht war es doch nicht so übel, nackt zu sein.

Ich schnappte nach Luft und packte entsetzt sein Handgelenk. Ohne zu zögern, war er mit zwei Fingern in mich eingedrungen und bewegte diese nun sacht vor und zurück. Meine Lider flatterten, und ich wollte mich ihm entziehen, doch seine Stimme hielt mich zurück.

«Sieh mich an, Mo.» Er duldete keinen Widerspruch.

Verschämt hob ich den Blick. Sein unwiderstehliches Sex-Lächeln sorgte dafür, dass mein Herz einen Satz machte und ich direkt noch feuchter wurde.

Dann legte er den Daumen auf meine Klit, und ich reagierte mit einem lauten Keuchen. Langsam ließ er den Finger kreisen, und meine Lustknospe antwortete mit einem heißen Pulsieren. Ohne mich aus den Augen zu lassen, zog Daniel sich aus meiner Pussy zurück und drang gleich darauf mit drei Fingern erneut in mich ein. Ich biss mir auf die Unterlippe und drängte mich seiner Hand entgegen. Noch immer rieb er meinen Kitzler, verstärkte die Lust, die schon durch meinen ganzen Körper strömte.

Leise wimmernd wand ich mich unter seiner Hand. Wenn er nicht bald aufhörte, würde ich gleich kommen, unter ihm und nur durch seine Finger – ich konnte an seinem Gesicht ablesen, dass er das genau wusste und es genau das war, was er wollte. Also ließ ich mich fallen. Statt weiter sinnlos seinen Arm festzuhalten, klammerte ich mich am Bettlaken fest, krallte meine Finger regelrecht hinein.

Die Lust steigerte sich zu einem heißen Brennen, mein Atem war deutlich beschleunigt, meine Brust hob und senkte sich schnell. Stumm flehte ich ihn an, doch endlich schneller zu werden und mir die nötige Erlösung zukommen zu lassen.

Ich hörte nichts außer meinem eigenen Hecheln. Energisch stemmte ich die Fersen in die Matratze und versuchte, den Druck zu erhöhen, indem ich mich seiner Hand noch weiter entgegenschob.

Sein zufriedenes Grinsen verriet mir alles, was ich wissen musste. Obwohl es mich die größte Mühe kostete, nicht die Augen zu schließen, sah ich ihn fest an, während ich mir mit der Zunge über die trockenen Lippen leckte und schließlich wisperte: «Bitte! Lass mich kommen!»

«Sag meinen Namen», forderte er mit sanfter Stimme.

Gerade als ich gehorchen wollte, bewegte er seine Finger in mir und presste den Daumen fest auf die kleine Perle. Ich explodierte sofort unter seiner Hand und stöhnte seinen Namen kehlig heraus. «Daniel!»

Er bewegte seine Finger unbeirrt weiter, während ich so heftig zitterte, dass ich froh war, mich festhalten zu können. Meine Pussy krampfte sich zusammen, umklammerte seine Finger, sodass ich beinahe Angst hatte, ihm wehzutun.

Gerade war das letzte Zucken verklungen, da wollte ich ihn von mir schieben und mir einfach nur noch das Laken über den Kopf ziehen, um mich zu verstecken.

Aber offenbar hatte Daniel ganz andere Pläne. Ohne die Finger aus mir zu nehmen, beugte er sich vor und knabberte aufreizend an meinem Nippel. Meine Fingerknöchel traten weiß hervor, so fest krallte ich mich erneut in die Matratze.

Erst saugte er an der aufgerichteten Brustwarze, ließ mich dann wieder seine Zähne spüren. Mittlerweile zitterte ich unkontrolliert am ganzen Körper und konnte an nichts anderes als meine brennende Klit denken.

«Nicht! Bitte, hör auf!», flehte ich ihn an.

Statt einer Antwort bewegte er nur weiter seine Finger in mir und begann, heftiger in die enge Nässe zu stoßen. Entsetzt spürte ich, wie der zweite Orgasmus sich aufbaute. Das würde ich nicht überleben! Das *konnte* ich unmöglich überleben!

«Bitte, Daniel, ich …» Mein heiseres Flüstern ging nahtlos in ein lüsternes Wimmern über, als der zweite Höhepunkt über mich hereinbrach. Ich bebte, zitterte und zuckte und wusste kaum mehr meinen eigenen Namen. Alles, was ich spürte, war unfassbare Lust – und alles, was ich sah, waren diese unglaublich grünen Augen, die jede meiner Regungen aufsogen.

Als ich danach die Augen wieder aufschlug – so erschöpft, dass ich kaum fähig war, mich nur einen Millimeter zu rühren –, küsste Daniel mich zart auf die Stirn und reichte mir den Kaffeebecher.

Offenbar besaß er einen ausgeprägten Überlebensinstinkt, denn er verkniff sich jeden Kommentar darüber, dass meine Hand zitterte, als ich den Kaffee entgegennahm. Doch wir hatten es beide gesehen, daran gab es keinen Zweifel.

Vorsichtig nippte ich an dem duftenden Getränk. Lange konnte dieses Intermezzo nicht gedauert haben, denn der Kaffee war noch immer heiß. Sosehr ich es auch versuchte, ich konnte nicht verdrängen, dass eine unglaublich satte und müde Zufriedenheit sich in meinem Körper ausbreitete. Meine Oberschenkel schmerzten durch die Anspannung, während meine Pussy mir durch ein zufriedenes Summen zu verstehen gab, dass sie mit meiner Männerwahl mehr als einverstanden war.

Die kritische Stimme in meinem Hinterkopf lachte. Streng genommen hatte ich mir Daniel ja gar nicht ausgesucht, ich hatte mich wie ein Beutetier von ihm überwältigen lassen. Meinem Unterleib war das egal, er suhlte sich weiter in der Befriedigung.

Nur mit diesen verflucht engen Briefs bekleidet, lag Daniel neben mir. Seine Tasse war längst leer, und er lehnte entspannt mit dem Oberkörper am Kopfteil des Bettes. All meinen Verzögerungsversuchen zum Trotz wurde langsam mein Tassenboden sichtbar. Allerdings wagte ich es nicht, die Tasse wegzustellen – wer wusste schon, was der verrückte Mann dann mit mir anstellen würde?

«Keine Sorge, ich falle nicht wieder über dich her. Jedenfalls nicht sofort.» Seine Belustigung war kaum zu überhören.

Erleichtert stellte ich die Tasse auf dem Nachttisch ab und drehte mich zu ihm. Mir lagen etliche Fragen auf der Zunge, doch ich wusste nicht so recht, wie ich sie für ihn verständlich formulieren sollte.

Meine dringlichste Sorge war die Tatsache, dass er mich so mühelos lesen konnte. Ich hingegen konnte ihm nur ansehen, wenn er Sex wollte, ansonsten war sein Gesicht meistens vollkommen undurchdringlich. Als er mich bei Sebastian eingesammelt hatte, hatte ich nicht sagen können, ob er wütend gewesen war oder nicht.

Wie straff seine Bauchmuskeln selbst in dieser entspannten Position hervortraten … Es juckte mir in den Fingern, die Konturen nachzuzeichnen. Vor allem die des anziehenden V, das unter seiner Wäsche verschwand.

Daniel streckte die Arme aus. Verständnislos starrte ich ihn an. Hatte er nicht gerade gesagt, ich bekäme eine Ruhepause?

«Mo, ich warte nicht gern. Komm her!» Er winkte mich zu sich. Unsicher näherte ich mich ihm und war überrascht, als er mich einfach an sich zog, meinen Kopf auf seine Brust bettete und die Arme um mich schlang.

Schmusen? Der Mann wollte tatsächlich mit mir schmusen? Ich war verwirrt, so etwas machte ich normalerweise nicht – mit Sebastian hatte ich es manchmal getan, aber noch nie mit einem Sexpartner.

Sein Kinn ruhte auf meinem Kopf, und Daniel schien vollkommen entspannt zu sein. Ganz im Gegensatz zu mir, da ich noch immer versuchte, die Situation zu entschlüsseln.

Irgendwann, lange nachdem er angefangen hatte, mir über den Rücken zu streicheln, wagte ich zu sprechen. «Ich habe verloren, oder?»

Sein Lachen vibrierte durch seinen Brustkorb, was ich angenehm an meiner Wange spürte. Überhaupt fühlte es sich hier verdammt gut an. Draußen wurde es langsam heller.

«Wenn du es unbedingt so willst, dann hast du wohl verloren. Jetzt kannst du dich ja vielleicht langsam in meiner Gegenwart entspannen.»

Ich gab ein ersticktes Geräusch von mir. «Ich habe nicht die geringste Ahnung, wovon du redest.»

«Natürlich nicht», murmelte er an meinem Haar. «Heißt das eigentlich jetzt, dass ich dich jedes Mal, wenn du hier schläfst, so oft zum Kommen bringen muss, dass du die Nacht durchschläfst und nicht die Flucht ergreifst?»

Mein Magen verkrampfte sich bei seinen Worten, meine Zehen krümmten sich. «Du willst das hier wiederholen?» Atemlos wartete ich seine Antwort ab.

«Klar. Ich habe hier auch noch irgendwo einen Verlobungsring herumliegen, den hole ich dir gleich.»

Für eine Sekunde befürchtete ich ernsthaft, ohnmächtig zu werden. Dann richtete ich mich abrupt auf und sah entsetzt auf ihn herunter. Seine Mundwinkel zuckten, und aus den Augen blitzte ihm der Schalk.

Du meine Güte! Seit wann fiel ich denn auf solche dummen Witze herein?

Er zog mich wieder an seine Brust. «Entschuldige, ich konnte einfach nicht widerstehen. Du bist wunderbar, Mo, und ich werde dich bestimmt so schnell nicht wieder gehen lassen. Aber ich verstehe schon, dass das alles neu für dich ist und du sicher noch öfter kalte Füße bekommst.»

Weil sich plötzlich ein großer Kloß in meinem Hals bildete, nickte ich nur stumm und atmete den Duft seiner Haut ein.

Er streichelte beruhigend meine Schulter. «Musst du heute irgendwohin?»

«Haben wir Montag?», fragte ich automatisch nach. «Nein, ich habe frei.»

«Dann schlaf doch noch ein wenig. Die Nacht war kurz.»

7

Egal, wie tapfer ich versuchte, mich zu wehren: Kaum war ich aufgewacht, wogte Panik in mir auf. Ich war noch nie über Nacht im Bett eines Mannes geblieben. Aus dem ersten Impuls heraus schob ich ein Bein unter der Decke hervor und tastete mit den Zehen nach dem Fußboden.

Doch dann hielt ich inne, atmete tief durch und schob mein Bein wieder unter die Bettdecke. Ich schielte zu Daniel hinüber, der mit dem Rücken zu mir lag und noch zu schlafen schien. Gut, das gab mir eine kleine Verschnaufpause um nachzudenken.

Im hellen Tageslicht fühlte ich mich sicherer. Wir hatten Sex gehabt, umwerfenden Sex – und ich war noch immer hier, weil Daniel sehr deutlich darauf bestanden hatte. Den kleinen Ausflug zu Sebastian ließ ich bei meinen Überlegungen außen vor, der spielte für meine Überlegungen keine Rolle. Trotzdem machte ich mir eine mentale Notiz, meinen besten Freund später anzurufen.

Vorsichtig richtete ich mich auf, schlang die Arme um meine angewinkelten Beine und betrachtete Daniel beim Schlafen. Jetzt, da er die Augen geschlossen hatte, fiel mir zum ersten Mal auf, wie lang seine dunklen Wimpern waren. Kein Wunder, dass sein Blick so intensiv wirkte. Daniel war schlank, aber ziemlich trainiert. Vielleicht sollte ich ihn fragen, ob er Sport trieb. So machte man das doch, oder? Sich für den anderen interessieren?

Ich raffte mich mit Mühe und Not dreimal in der Woche zum Laufen auf. Wenn ich dann allerdings unterwegs war, genoss ich es in vollen Zügen und legte meistens eine Strecke von etwa sieben

Kilometern zurück. Abgesehen davon, dass mir das Laufen dabei half, mich zu entspannen, machte es wirklich hübsche Beine – sonst hätte ich mich vermutlich nicht halb so oft dazu durchringen können, mich in enger Sportbekleidung vor die Tür zu bewegen.

Wieder reizte mich der Gedanke, Daniels Körper mit den Fingern zu erforschen. Bisher war ich ja noch gar nicht richtig dazu gekommen. Abgesehen von dem, was ich von Don erfahren und bisher beobachtet hatte, wusste ich nichts über ihn.

Plötzlich flatterten seine Lider, er wachte auf. Es dauerte nicht lange, bis er mir einen Blick zuwarf. Vermutlich wollte er kontrollieren, ob ich noch da war. Er lächelte mich an, und obwohl ich ihm nur einen guten Morgen wünschen wollte, platzte es aus mir heraus: «Hast du Geschwister?»

Amüsiert hob er die Augenbrauen. Er blinzelte einmal, dann nickte er. «Zwei ältere Schwestern.»

Was genau ich mit dieser Information anfangen sollte, war mir nicht ganz klar, aber irgendwie hatte ich das Gefühl, eine wichtige Hürde gemeistert zu haben.

Zufrieden ließ ich meinen Kopf auf das Kissen sinken. So weit, so gut. Ich hatte schon immer schnell gelernt, ich würde das hinbekommen. Sobald ich wusste, was ‹das› eigentlich war. Aber immer einen Schritt nach dem anderen.

Erstaunlicherweise erlaubte mir Daniel, nach dem Frühstück nach Hause zu gehen. Allerdings nicht ohne den obligatorischen Haken, der bei ihm inklusive zu kommen schien.

Mit der Sonnenbrille auf der Nase wollte ich aus der Tür, doch er hielt mich fest. «Nicht so schnell», raunte er an meinen Lippen. Sein Kuss war erstaunlich sanft. «Wann sehe ich dich wieder?», fragte er mich, ohne mich loszulassen.

Schnell überlegte ich, was eine angemessene Zeitspanne war. Wann hatte ich wohl wieder Lust auf Sex und war von den Strapazen erholt? Nach einer stillen Diskussion in meinem Kopf heftete ich den Blick auf seine vollen Lippen und fragte: «Freitag?»

Sein lautes Lachen beunruhigte mich. War Freitag zu früh? Immerhin war heute erst Montag. Dann sollte er doch etwas vorschlagen. Doch erst küsste er mich erneut, legte eine Hand auf meinen Rücken und zog mich näher zu sich. Schnell machte ich mich los. Wenn wir schon wieder im Bett landeten, kam ich nie nach Hause.

«Du bist wirklich süß, Mo. Sei um neunzehn Uhr hier, ich koche und quäle dich dann mit persönlichen Fragen.»

Die Vorstellung klang zwar alles andere als prickelnd, aber wenn ich wieder mit solch umwerfenden Orgasmen belohnt würde, konnte ich damit leben. Also nickte ich. Wieder hielt er mich zurück. «Heute um neunzehn Uhr, nicht am Freitag.»

Ich riss die Augen auf. Zufrieden zwinkerte Daniel mir zu, dieser unverschämte Mistkerl. «Und wenn ich schon etwas vorhabe?», fragte ich herausfordernd.

Statt einer Antwort bekam ich einen schnellen Kuss auf die Nasenspitze, dann schob er mich aus der Haustür. Entsetzt starrte ich auf die geschlossene Tür und schüttelte den Kopf. Er hätte wenigstens so tun können, als ob ich irgendetwas bei der Sache zu melden hätte. Im Gegenzug hätte ich allerdings weniger sabbern können, wenn ich an Sex mit ihm dachte. Bei jedem Schritt erinnerte mich das wunde Gefühl zwischen meinen Schenkeln an die Nacht, die hinter mir lag.

Als ich überlegte, was ich mit dem Tag anfangen sollte, fiel mir ein, dass ich mich bei Sebastian melden wollte. Mein doch noch voll funktionstüchtiges Handy hatte Daniel mir überreicht, bevor ich gegangen war. Jetzt fragte ich mich, ob ich ihm sagen sollte, dass ich Sebastian besuchen würde. Entnervt drehte ich mich um und marschierte zurück zum Haus. Bevor der Mut mich verlassen konnte, drückte ich den Klingelknopf.

«Gerade hast du noch so spröde getan, und jetzt kannst du es doch gar nicht erwarten, mich wiederzusehen?» Mit verschränkten Armen sah Daniel auf mich herunter.

«Sehr witzig. Ich bin überfordert mit dieser Situation hier.» Mit dem Handy in der Hand beschrieb ich den Abstand zwischen uns. «Ich muss mich mit Sebastian auseinandersetzen und will nicht, dass du das in den falschen Hals bekommst.»

Seine Gesichtszüge wurden weich. «Solange Sebastian nicht wieder versucht, dich zu küssen, ist es allein deine Sache, ob du ihn besuchst oder nicht. Ich mische mich da nicht ein.»

Dankbar nickte ich und drehte mich um. Seine Stimme hielt mich zurück. «Mo!»

Ich sah ihn über die Schulter an. Seine Mimik hatte sich verändert, wirkte viel dunkler als noch vor einigen Sekunden. «Diese Ausnahme beinhaltet Sebastian und deine Brüder, sonst exakt keinen anderen Mann. Habe ich mich klar ausgedrückt?»

Du meine Güte! Er war tatsächlich eifersüchtig. Warum machte mein Magen einen Satz bei diesem Gedanken, und warum hatte ich noch nie einen Mann wie ihn getroffen?

Wie hypnotisiert nickte ich, und er lächelte mir wohlwollend zu. Zum Abschied winkte ich, dann eilte ich die Straße hinunter.

Vor Sebastians Wohnung zögerte ich. Der Schlüssel befand sich noch immer in meinem Besitz, aber irgendwie erschien es mir falsch, ihn einfach zu benutzen. Also klingelte ich und wartete.

Zuerst öffnete die Tür sich nur einen Spalt, und Sebastian schielte mit einem Auge heraus. Als er mich sah, erschrak er und warf sie wieder zu. Zwei Herzschläge lang herrschte Stille, dann schwang die Tür auf. Sebastian trottete bereits mit dem Rücken zu mir auf die Couch zu.

Ich trat hinter ihm ein, nahm mir eine Dose Eistee mit Kohlensäure aus dem Kühlschrank und setzte mich neben meinen besten Freund. Schließlich hob ich den Blick und suchte nach den richtigen Worten. Da schlug ich erschrocken die Hand vor den Mund, doch Sebastian drehte schon den Kopf weg.

«Du hast zwei Sekunden, mir zu erklären, wie das passiert ist», forderte ich ihn auf.

Er schüttelte unwillig den Kopf. Seine Unterlippe war eindeutig geschwollen und aufgeplatzt, und als ich seine Fingerknöchel betrachtete, bemerkte ich auch dort die aufgeschürften Stellen. Man musste nicht Sherlock Holmes sein, um das Puzzle zusammenzusetzen.

«Mit wem hast du dich geprügelt? Etwa mit Tobi?», wollte ich wissen.

Sebastian schnaubte verächtlich. «Natürlich nicht.»

«Mit wem dann?» Langsam wurde ich wütend.

«Mori, lass gut sein. Hat dein Wachhund dich gehen lassen?» Für seine Verhältnisse klang er bitter.

«Ich habe ein Recht zu erfahren, mit wem du dich geschlagen hast. Immerhin bin ich deine beste Freundin.»

Stumm schüttelte er den Kopf, und ich raufte mir innerlich die Haare. Wenn er nicht mit mir darüber reden wollte, konnte ich wohl nichts tun. Zögernd streckte ich die Hände aus und strich über seinen Rücken. «Was ist überhaupt los, Hase?»

Als er seinen Spitznamen hörte, schüttelte er mich ab und stand auf. Auf dem Weg in sein Zimmer sagte er: «Du solltest jetzt gehen. Ich verspüre kein Bedürfnis nach weiterem Besuch, der sich vorher nicht ankündigt.»

Damit fiel die Tür hinter ihm zu, und ich wusste, dass ich hier nichts weiter tun konnte. Wenn Sebastian nicht reden wollte, dann konnte ich nur warten, bis er sich beruhigt hatte.

Ich leerte die Dose mit dem Eistee und warf sie in unseren Pfandkorb. Sofort korrigierte ich mich selbst: in *Sebastians* Pfandkorb – ich wohnte nicht mehr hier.

Da Don montags von zu Hause aus arbeitete, beschloss ich, ihm als Nächstes einen Besuch abzustatten. Ich musste einfach wissen, wie viel Chaos gestern Nacht entstanden war.

Im Gegensatz zu mir war mein ältester Bruder ein Langschläfer, vielleicht konnte ich ihn gleich mit Brötchen besänftigen.

Wenig später surrte die Sprechanlage blechern, und Don grummelte: «Ja?»

Hatte ich ihn etwa geweckt? «Ich bin's, und ich habe Brötchen dabei.»

Ich hörte einen schweren Seufzer und dann lange nichts, bevor der Summer ertönte. Rasch drückte ich die Tür auf. Dabei versuchte ich, mich nicht davon verunsichern zu lassen, dass mich heute offenbar niemand hereinlassen wollte.

Strahlend präsentierte ich Don die Brötchentüte. Kurz danach schwang mein Gefühl, mich entschuldigen zu müssen, in Zorn um. Mit ausgestrecktem Finger zeigte ich auf meinen Bruder. «Du willst mich wohl verarschen!»

Wenigstens besaß er den Anstand, vor mir zurückzuweichen. Er hob die Hände. «Beruhig dich, Mo!»

«Den Teufel werde ich tun! Ich komme gerade von Sebastian, der nicht mit mir reden wollte, aber rein zufällig haargenau so aussieht wie du!» Mittlerweile brüllte ich, dass die Bilderrahmen an der Wand wackelten, doch das war mir egal. «Was fällt dir eigentlich ein?»

Don fuchtelte mit der Hand durch die Luft. «Das war sowieso schon lange überfällig. Ich habe beinahe einen Herzinfarkt bekommen, als Daniel mich angerufen hat.»

«Keine Sorge, den werde ich mir auch noch vorknöpfen! Aber das ist noch lange kein Grund, meinen besten Freund zu verprügeln.» Drohend schritt ich auf Don zu, der Größen- und Gewichtsunterschied erschien mir nicht weiter gravierend.

Sein Mund klappte auf, doch ich fiel ihm ins Wort. «Komm jetzt bloß nicht auf die Idee, mir weiszumachen, dass Sebastian angefangen hat.»

«Hat er aber!» Eingeschnappt fuhr mein Bruder herum und starrte angestrengt aus dem Fenster.

Ich stutzte, Don log für gewöhnlich nicht. Entnervt griff ich nach der Tüte mit den Brötchen, die ich in meiner Wut auf die Kommode neben der Eingangstür geschmissen hatte, und lief in die Küche.

Während ich den Tisch deckte und Kaffee aufsetzte, versuchte ich, meine Gedanken zu sortieren. Warum sollte Sebastian eine Rauferei mit Don anfangen? Ihm musste doch klar sein, dass er absolut keine Chance gegen ihn hatte.

Der Kaffeeduft lockte meinen Bruder schließlich in die Küche. Zerknirscht hockte er sich auf seinen Stuhl und schwieg. Das konnte ich allerdings besser. Niemand in meiner Familie ertrug es, wenn ich ausnahmsweise die Klappe hielt, und so knickte er nach wenigen Minuten ein.

«Okay, okay. Ich gebe zu, dass ich hingefahren bin. Aber eigentlich wollte ich nur mit ihm reden.»

Ich warf ihm einen tödlichen Blick zu, der besagte, dass ich schon von dieser Idee nichts hielt.

«Ich habe geklopft und mir zurechtgelegt, was ich sagen wollte. Da reißt dein feiner Freund die Tür auf, kriegt einen knallroten Kopf, schreit mich an, dass das alles nur meine Schuld sei, und holt aus. Ich war so verdutzt, dass er zwei Treffer landen konnte, bevor ich überhaupt dazu kam, mich zu wehren. Ein einziges Mal habe ich zugeschlagen, dann hat er die Tür zugeknallt und sich versteckt. Dieser miese Feigling.»

Dann schwieg Don. Mir war klar, dass er die Wahrheit sagte. Als Friedensangebot schenkte ich ihm Kaffee nach.

Seine Lippen waren aufgeplatzt, auf der Wange hatte er eine

leichte Schwellung – nichts, was in ein paar Tagen nicht verheilt wäre. Allerdings war ich vermutlich dafür verantwortlich, ihn zu besänftigen, damit er Sebastian nicht für immer hasste.

Hinter meiner Schläfe begann es zu pochen. Aufkommende Migräne – kein Wunder, wenn ich bedachte, wie sehr ich mir in den letzten Tagen den Kopf zerbrochen hatte, zumal in der letzten Nacht an Schlaf nicht zu denken gewesen war.

«Hast du eine Migränetablette für mich?»

Sofort sprang er auf und war wieder ganz der besorgte große Bruder.

Wenn ich das Chaos in meinem Privatleben eindämmen wollte, war es wohl oder übel Zeit für ein umfassendes Geständnis. Während Don in seinem Medizinschränkchen wühlte, sah ich nach, was seine Bar hergab. Ich entschied mich für den guten alten Jim. Leider hatte Don nur den besonders kräftigen Devil's Cut da, aber wenn ich Glück hatte, würden sich die Kopfschmerzen auch damit verziehen.

Ich stellte das Frühstücksgeschirr auf die Anrichte und holte zwei Gläser aus dem Schrank. Nachdem sie reichlich gefüllt waren, wartete ich auf Don.

Als er zurückkam, sagte er nur: «Oh, oh.»

Grimmig nickte ich. «Setz dich lieber.»

Obwohl ich sehen konnte, dass allein die Aussicht auf mein Geständnis ihm Magenkrämpfe bereitete, stießen wir an und leerten unsere Gläser jeweils in einem Zug. Sicherheitshalber sorgte ich erst dafür, dass sie wieder gefüllt waren, bevor ich zu erzählen begann. «Was ich dir jetzt sage, ist momentan nur für deine Ohren bestimmt – nur für deine. Kein Wort zu den Eltern und Kai-Uwe.»

Er biss die Zähne zusammen und nickte. Ich sah, wie sich seine Hand bereits auf das Glas zubewegte. Wie sollte ich nur anfangen?

«Sebastian ist schwul.»

Ich ließ die Aussage so stehen und wartete, bis mein Bruder sie vollständig begriffen hatte. Das dauerte ein Weilchen. Dann leerte er geschockt das zweite Glas.

«Ich weiß das seit ungefähr sieben Jahren.» Wieder wartete ich. Im Fall meines Bruders hielt ich es für angemessen, ihm die Wahrheit in kleinen Häppchen zu servieren – und die auch nur in Auszügen.

«Ist das so eine Art blöde Ausrede, um den Arsch zu verteidigen?»

«Nein», erwiderte ich scharf. «Und der Arsch ist immer noch mein bester Freund, also nimm dich zurück. Sonst schlag ich dir nämlich ein blaues Auge, und im Gegensatz zu Sebastian treffe ich besser.»

Don zuckte zusammen, denn er wusste, dass das stimmte – immerhin hatte er mir selbst beigebracht, mich zu verteidigen, als ich in der siebten Klasse wegen meines Namens gehänselt worden war. Brummend schenkte er sich wieder nach.

«Gestern Nacht war ich bei Daniel, das hat Sebastian gestresst, nehme ich an. Er ist sensibel und hatte wohl einfach Angst vor den neuen Umständen. Er hat einen kleinen Streit mit seinem Freund aufgebauscht, damit ich komme und ihn tröste.» Ich ignorierte, wie Dons Augen sich bei dem Wort ‹Freund› weiteten, und fuhr fort: «Wir haben uns gestritten, Daniel hat mich wieder eingesammelt, und das ist das Ende der Geschichte. Sebastian denkt bestimmt, dass du schuld an der ganzen Sache bist, weil du mir Daniel angedreht hast. Es tut mir leid, dass er dich geschlagen hat.»

Don schluckte und drehte das leere Glas zwischen seinen Händen. «Wenn er schwul ist, warum hast du dann die ganze Zeit nichts gesagt?»

Ich seufzte. «Ich schwöre, er hat es mir an dem Abend erzählt, als wir zusammengezogen sind, und ich wollte wirklich kein Geheimnis daraus machen. Aber auf einmal war so viel Zeit vergangen.»

Nachdenklich lehnte er sich in seinem Stuhl zurück und schwieg. Das musste er erst einmal verdauen, und ich konnte es ihm nicht verübeln. An seiner Stelle wäre es mir nicht anders gegangen.

«Dann hattest du all die Jahre keinen Sex?»

Ich verdrehte die Augen. «Nein. Ich bin noch Jungfrau.» Männer! Das wäre selbstverständlich die erste Frage gewesen, die auch ich dazu gestellt hätte.

Keine Ahnung, ob er schon zu viel getrunken hatte oder sein Gehirn die neuen Informationen noch verarbeiten musste – ich konnte nur eine Grimasse ziehen, als er fragte: «Du bist wirklich noch Jungfrau?»

«Herrgott, Don!» Hastig schnappte ich mir die Whiskeyflasche und schüttete mein Glas voll. Trotz Dons Begriffsstutzigkeit war ich froh, endlich mit ihm darüber sprechen zu können.

Irgendwann ging ihm ein Licht auf. «Oh. Okay, vermutlich will ich es nicht wissen, oder?»

Ich nickte. «Aber ich kann dir versichern, dass ich noch nie von einer Freundin oder Ehefrau überrascht worden bin, die zu früh nach Hause gekommen ist.» Die spitze Bemerkung konnte ich mir einfach nicht verkneifen.

Don verzog das Gesicht, als hätte er Zahnschmerzen. Zufrieden grinste ich – es gefiel mir, ihn zu ärgern. Doch ich wusste, wann es an der Zeit war aufzuhören, und strich über seinen Arm. «Ich wollte euch nicht anlügen, es hat sich einfach so ergeben.»

Mein Bruder nickte nur und griff nach der Flasche, dabei bedeutete er mir, ihm zu folgen. Gemeinsam hockten wir uns auf die Couch. Er schaltete den Fernseher an, und wir guckten gemeinsam Shopping-TV, während wir viel zu viel Whiskey tranken.

Nach einer ganzen Weile schien sich ein Gedanke in Dons Kopf zu bilden. «Was ist denn mit Daniel?»

Du meine Güte, meine Wangen wurden tatsächlich rot. «Ich habe es ihm gestern Nacht schon gebeichtet, aber irgendwie hatte er mich vorher schon durchschaut. Es ist völlig unmöglich, den Mann auszutricksen», stieß ich empört hervor.

Ungläubig zog Don eine Augenbraue hoch. «Ich kann mich nicht dran erinnern, dass du schon mal rot geworden bist – und lügen kannst du ja wohl wie gedruckt.»

«Geschickt flunkern», verbesserte ich ihn. «Ich glaube, ich mag Daniel.» Mein Bekenntnis verunsicherte mich selbst, doch Don nickte nur.

Jetzt, da die Katze aus dem Sack war und der Alkohol meine Zunge lockerte, wagte ich, ihn zu fragen: «Was genau hast du eigentlich gegen Sebastian?»

«Glaub mir, ich brauche noch mindestens zwei Flaschen Jim Beam, bevor ich dir das erkläre.»

Die Haut in meinem Nacken prickelte, und ich beschloss, mich einfach mit dieser Antwort zufriedenzugeben.

Schweigend folgten wir einer Präsentation im Fernsehen, in der wir davon überzeugt werden sollten, dass wir ohne ein Collier aus Südsee-Muschelkernperlen unmöglich länger unser Dasein fristen konnten. Nach einer Weile stieß ich Don vorsichtig mit der Schulter an. «Bist du sauer?»

«Nicht so richtig.» Er zuckte mit den Achseln und dachte nach. «Wirst du es Ma und Paps erzählen?»

«Ich weiß es nicht.» Nervös wühlte ich mir durch die Haare. «Ich habe nicht die geringste Ahnung, wie ich ihnen das alles beibringen soll.»

«Ich glaube, solange Sebastian sich nicht selbst outet, solltest du ihnen weiter einfach nur erzählen, dass ihr euch getrennt habt.»

Da hatte er vermutlich recht.

Als ich es irgendwann nach Hause geschafft hatte, waren meine Mitbewohner glücklicherweise alle ausgeflogen.

Sanne hatte in meinem Zimmer eine riesige Sauerei veranstaltet, indem sie mit Lippenstift auf meinem Spiegel geschrieben hatte. Mit Mühe und Not entzifferte ich, dass sie sich dafür bedankte, dass ich ihr Jonathan vorgestellt hatte.

Erschöpft ließ ich mich auf das Bett fallen und fummelte das Handy aus meiner Handtasche. *Kein Problem. Kuss.* Zufrieden mit meiner SMS an Sanne, schickte ich sie ab.

Meine Finger kreisten über der Tastatur, aber was ich auch schreiben wollte, die Worte klangen alle falsch. Kurz entschlossen wählte ich Daniels Nummer und drückte den grünen Hörer – ich musste ein Auge zukneifen, um die Taste zu erwischen.

Es klingelte nur zweimal, dann ging er ran. «Hi, Mo.»

Spontan entschied ich mich, direkt zum Punkt zu kommen. «Ich bin betrunken», stellte ich so sachlich wie möglich fest.

Mit angehaltenem Atem wartete ich auf seine Reaktion.

Schließlich lachte er. «Mit dir wird es einfach nicht langweilig. Es ist gerade mal sechzehn Uhr.»

Zur Bestätigung nickte ich, dann fiel mir ein, dass er das ja nicht sehen konnte. «Ich weiß, sieben Minuten nach vier.» Ich war stolz darauf, dass ich die Uhr noch lesen konnte.

«Wunderbar.» Wieder lachte Daniel. «Und wie kommt es, dass du um sieben nach vier betrunken bist?»

«Ich habe Don alles gebeichtet und dachte, wir würden das beide besser mit einem Schluck Whiskey verkraften.»

«Die Flasche ist jetzt leer, nehme ich an.»

«Korrekt.» Dann bekam ich zu meinem Entsetzen Schluckauf.

«Willst du mir gerade beibringen, dass du mich heute Abend versetzt?»

«Mitnichten, mein Herr.» Wieder hickste ich hörbar.

Mittlerweile bekam Daniel sich vor Lachen kaum noch ein. «Mitnichten? Du bist bezaubernd, wenn du getrunken hast.»

Empört zog ich die Nase kraus. «Ich habe nicht getrunken, ich bin voll bis unter die Dachrinne.»

«Verzeihung, ich wollte Mylady nicht zu nahe treten.»

Wieder milde gestimmt, nickte ich nachsichtig. «Ausnahmsweise verzeihe dir. Jedenfalls besteht die Möglichkeit, dass ich trotz Kaffee und eiskalter Dusche in drei Stunden noch nicht wieder nüchtern bin. Würdest du mich abholen kommen?»

«Stets zu Diensten», antwortete er belustigt.

Ich hätte schwören können, dass ich hörte, wie er sich verbeugte, aber das war bestimmt nur der Alkohol.

Um Punkt 19 Uhr klingelte es an der Tür, und ich war froh, dass ich bereits am Küchentisch saß. Selbst nach einem Liter Wasser, einer Unmenge an Kaffee und zwei kalten Duschen fühlte ich mich immer noch recht benommen. Aber ich wollte nicht, dass Daniel mich für eine Alkoholikerin hielt – es war immerhin schon das zweite Mal in drei Tagen, dass er mich betrunken erlebte. Keine schöne Bilanz, um ehrlich zu sein.

Noch bevor ich aufstehen konnte, eilte Jakob pflichtbewusst zur Tür und öffnete sie. Sein nicht gerade enthusiastisches «Oh» konnte ich bis in die Küche hören.

Schnell kippte ich den restlichen Kaffee hinunter, da tauchte mein neuer Liebhaber schon im Türrahmen auf. Genau wie gestern trug er Shorts, dazu dieses Mal allerdings ein graues T-Shirt, das seine Augen noch intensiver strahlen ließ. Seine Füße steckten in Chucks, in den Händen hielt er eine Sonnenbrille. Zum Glück saß ich noch, denn sein Grinsen ließ meine Knie auf eine mir unbekannte Weise weich werden. Jakob stand mit finsterer Miene und verschränkten Armen hinter ihm im Flur.

Als Daniel sich vorbeugte und offensichtlich einen Kuss erwartete, sah ich gerade noch Jakobs Grimasse, bevor er verschwand. Dann schloss ich die Augen und spürte Daniels weiche Lippen auf meinen. Sofort flatterte es in meinem Bauch. Es dauerte einen Moment, bis ich das Gefühl richtig einordnen konnte und nicht mehr befürchtete, ich müsste mich vielleicht wegen des Alkohols übergeben.

Jakob kriegte sich hoffentlich wieder ein, immerhin hatte er mir gerade noch ganz stolz erzählt, dass er die Nummer von Carola hatte und sie tatsächlich anrufen wollte. Aber Jakob war gerade mein wesentlich kleineres Problem im Vergleich zu Sebastian, der weder auf meine Anrufe noch meine SMS reagierte.

Nachdem ich meine Tasse in die Spülmaschine geräumt hatte, griff ich nach dem fertiggepackten Beutel und bedeutete Daniel, dass ich ihm folgen würde. Dieses Mal hatte ich vorausschauend Unterwäsche zum Schlafen dabei. Irgendwie hatte ich nämlich den Verdacht, dass es sicher wieder darauf hinauslaufen würde, dass ich bei ihm übernachtete.

Im Flur kamen wir an den aufgereihten Schuhen vorbei, und Daniel legte den Kopf schräg. «Sind das deine?» Mit der Hand wies er auf lila-pinke Laufschuhe von Nike, und ich nickte.

«Ich laufe auch», erklärte er.

Mit einem Blick auf seine kräftigen Waden und den Ansatz der Oberschenkelmuskeln, der unter den Shorts zu sehen war, fragte ich: «Das ist aber nicht das Einzige, was du machst, oder?»

In Gedanken zog ich die Konturen seiner schrägen Bauchmuskeln mit der Zunge nach – und zwar so weit nach unten, bis ich bei seinem prächtigen Schwanz angekommen war.

Als ich ihm wieder ins Gesicht sah, grinste er breit und flüsterte leise: «Du unanständiges Mädchen!»

Ich konnte nicht verhindern, dass ich rot wurde, und fragte mich, ob ich meine Phantasien gerade laut mitgeteilt hatte. «Ich bin durch und durch anständig.»

Er grinste und hielt mir die Eingangstür auf. «Früher bin ich nur gelaufen, da hat mir aber die Abwechslung gefehlt. Jetzt trainiere ich für meinen ersten Triathlon.»

Sofort stiegen vor meinem inneren Auge Bilder von Daniel auf, der mit freiem Oberkörper aus einem Pool stieg, auf seiner Brust glitzerten unzählige Wassertropfen, die ich nur zu gern mit der Zunge weggetupft hätte …

«Äh, Mo, würdest du einsteigen?»

In Träumereien versunken stand ich neben seinem Auto, den Türgriff bereits in der Hand. Eilig öffnete ich die Tür und setzte ich mich auf den Beifahrersitz. Ich nahm mir vor, meine Lust nun etwas zu zügeln. Was war denn nur los mit mir? Das war doch sonst nicht meine Art.

Daniel drehte sich um und parkte aus, dabei stieg mir sein würzig-männlicher Duft in die Nase. Ich schluckte schwer. Dieser Mann war der pure Wahnsinn und gar nicht gut für mein sonst so tadellos funktionierendes Gehirn. Wenn er mich fragte, würde ich einfach sagen, der Alkohol wäre an allem schuld.

Aber er sah mich nur wissend von der Seite an – wissend und zufrieden. Genervt ließ ich mich tiefer in den Sitz sinken.

«Wie war es bei Sebastian?», fragte er eine Spur zu beiläufig.

Zuerst war ich versucht, ihn zu ärgern, und von wildem Versöhnungssex zu schwärmen. Aber das wäre keine gute Idee gewesen, in seiner Gegenwart fühlte ich mich meiner Sache viel zu unsicher. «Frag nicht! Du musst mich ohnehin schon für ein emotionales Wrack halten.»

«So hart hätte ich das nicht formuliert. Vermutlich hätte ich eher das Wort ‹Herausforderung› benutzt.»

«Erst wollte Sebastian mich gar nicht hereinlassen», begann ich zögernd. «Als ich dann doch in der Wohnung war, musste ich feststellen, dass er sich geprügelt hatte. Er wollte mir weder sagen, mit wem, noch, warum. Nachdem er sich in seinem

Zimmer eingeschlossen hatte, bin ich unverrichteter Dinge zu Don gegangen.» Ich holte tief Luft. «Es kam mir gleich komisch vor, dass Don mich auch nicht reinlassen wollte. Tja, und schon hatte ich denjenigen gefunden, mit dem Sebastian sich geprügelt hatte.»

Überrascht warf Daniel mir einen Seitenblick zu, konzentrierte sich aber gleich wieder auf den Verkehr. Überhaupt war er ein sehr guter Fahrer, und selbst mein innerer Kontrollfreak hatte nichts an seiner Fahrweise auszusetzen – im Gegenteil, in seinem Auto fühlte ich mich sicher.

«Dein Bruder ist losgezogen und hat deinen Exfreund verprügelt? Das sollte ich mir für die Zukunft merken – nicht, dass ich planen würde, dich loszuwerden.»

Ich ignorierte das warme Gefühl in meiner Brust, das seine Worte auslösten. «Schlimmer!», stieß ich aufgebracht hervor. «Don wollte Sebastian die Leviten lesen, und der hat dann zuerst zugeschlagen. So kenne ich ihn überhaupt nicht. Er kann nicht einmal eine Spinne töten, die müssen immer raus in den Garten getragen und mit einer festlichen Zeremonie in die Freiheit entlassen werden.»

«Hm.» Mehr sagte Daniel nicht dazu. In meinen Ohren klang es sehr bedeutungsschwanger.

«Was soll das heißen?», hakte ich nach.

«Nichts. ‹Hm› ist ein neutraler Gesprächsbeitrag.»

Angriffslustig verschränkte ich die Arme. «Ein neutraler Gesprächsbeitrag?»

«Ja, ich kann dir die Passage im *Internationalen Handbuch der Männerkommunikation* zeigen», erwiderte er gelassen.

Für einen Moment brachte er mich aus dem Konzept. «*Internationales Handbuch*? Sehr witzig. Lenk nicht ab! Du willst mir doch nicht weismachen, dass du keine Meinung dazu hast.»

«Natürlich habe ich eine Meinung dazu, aber die sichere

Variante lautet ‹Hm›.» Stoisch sah er auf die Straße, und ich kochte auf kleiner Flamme auf dem Beifahrersitz.

«Wunderbar. Egal. Wo war ich? Ach ja. Dann habe ich Don erst einmal gehörig zusammengestaucht, weil ich nicht der Meinung bin, dass er sich überhaupt einzumischen hat. Danach war die Beichte fällig. Auf den Schreck haben wir Whiskey getrunken und QVC geguckt.»

«QVC? Du machst mich fertig, Morielia!»

Irgendwie mochte ich, wie er meinen Namen sagte. Aus seinem Mund klang er überhaupt nicht mehr lächerlich. «Es ist mir egal, was du denkst. QVC gucken ist wahnsinnig entspannend.» Diese Aussage unterstrich ich mit einem erhobenen Zeigefinger.

«Wie betrunken bist du gerade eigentlich noch?»

Kurz überlegte ich und lauschte dabei in mich hinein. «Ich sollte vermutlich kein Auto fahren oder Operationen am offenen Herzen vornehmen, aber ich fühle mich im Vollbesitz meiner geistigen Kräfte und finde, dass ich mich klar artikulieren kann.»

Weil ich nicht widerstehen konnte und wir ohnehin schon fast da waren, streckte ich eine Hand aus und legte sie auf Daniels strammen Oberschenkel. Natürlich schob ich sie unter den Stoff der Shorts, die weit genug waren, dass ich mühelos daruntergleiten konnte.

«Vielleicht etwas enthemmter als sonst», flüsterte ich in verführerischem Tonfall.

Daniel holte scharf Luft, und ich war zufrieden, dass ich ihn wenigstens auch ab und zu aus dem Konzept bringen konnte. «Noch enthemmter als Freitag, wo du einfach so vor einer Horde Männer gestrippt hast?»

Ich grinste ihn nur vielsagend an, und um ein Haar wäre er in sein eigenes Garagentor gefahren. Glücklicherweise rollte der Wagen nur noch und kam rechtzeitig zum Stehen. Trotzdem warf Daniel mir einen vorwurfsvollen Blick zu.

Auf dem Weg zur Haustür ließ er mir den Vortritt, und spontan drehte ich mich um, damit ich ihn küssen konnte. Dabei erwischte ich ihn, wie er mir ungeniert auf die Beine starrte. Spöttisch zog ich eine Augenbraue hoch und wartete, dass er die Haustür aufschloss.

«So hungrig, wie du guckst, sollte man nicht meinen, dass ich bloß ein paar Stunden weg war», sagte ich belustigt und stellte drinnen meine Tasche ab.

«Du hast natürlich nur vollkommen unschuldige Gedanken», raunte er mir zu.

«Natürlich», entgegnete ich ungerührt und ging in die Küche. Ich kam nicht weit, da umfasste Daniel meine Schultern und drängte mich gegen den Tisch. Mit dem Rücken zu ihm hielt ich gespannt die Luft an.

«Willst du mir etwa weismachen, dass du in diesem Augenblick nicht einmal feucht bist?»

Das nicht gerade, trotzdem nickte ich tapfer. Sofort glitten seine Hände um meine Taille und machten sich an dem Verschluss meiner Shorts zu schaffen. Seine Latte konnte ich bereits hinter mir spüren. Wäre ich nicht schon längst nass gewesen, beim Kontakt mit dem harten, pulsierenden Fleisch wäre ich es sicherlich geworden.

Mit einem Ruck glitten die Shorts nach unten und legten sich um meine Knöchel. Daniel zeichnete die Umrisse meines Strings mit den Fingern nach und jagte mir damit einen Schauer über den Rücken. Er musste mir die Unterwäsche nicht einmal ausziehen, mein Höschen war längst feucht, was deutlich durch den Stoff zu spüren war.

«Du bist wirklich eine miserable Lügnerin», stellte er zufrieden fest. Damit legte er eine Hand auf meinen Venushügel, umschloss ihn fest. Dabei streiften seine Finger meine Klit, die längst zum Leben erwacht war.

Stoff raschelte hinter mir, kurz darauf spürte ich seine Erektion auf meiner nackten Haut. Daniels Lippen wanderten über meinen Hals, meinen Nacken und die Schultern. Ich legte den Kopf zurück und ächzte leise.

«Bitte mich», raunte er ebenso unnachgiebig wie verführerisch.

Schnell trat ich aus den Shorts, der String folgte, dann spreizte ich die Beine und ließ den Oberkörper auf die Tischplatte sinken. Mit den Fingern klammerte ich mich an den Rand, und ich flehte ihn an: «Fick mich, Daniel, bitte, fick mich!»

Als ich seine Eichel zwischen meinen Schamlippen spürte, schloss ich genießerisch die Augen und presste meine Wange auf die kühle Oberfläche des Tisches. Obwohl ich wusste, dass er in mich eindringen würde, schnappte ich nach Luft, als er es tat. Er füllte mich vollkommen aus, weitete mich und gab mir nicht eine Sekunde Zeit, mich an ihn zu gewöhnen. Hart und tief stieß er in mich.

Mein leises Wimmern ging in ein Schluchzen über, so intensiv empfand ich alles. Willig überließ ich mich ihm und seinem Schwanz, mein Becken kreiste, die Lust pulsierte in heißen Wellen durch meinen ganzen Körper. Ich würde niemals genug von diesem Mann bekommen.

Ohne Vorankündigung zog er sich plötzlich aus mir zurück, ich öffnete die Augen. «Hey, was soll das?», protestierte ich.

Als Antwort erhielt ich einen festen Hieb auf meinen Hintern. Ich zuckte verlangend zusammen. Daniel war zurückgetreten und drehte mich um. Er umfasste meine Taille, setzte mich auf die Tischkante und nahm meine Hand. «Berühr dich selbst.»

Zielstrebig streckte ich die Finger aus und reizte meine Knospe. Ich war ohnehin bis an die Grenze des Erträglichen erregt und verschaffte mir nur zu gerne Erleichterung. Daniel beobachtete mich und ich ihn. Er hatte die Hand um seinen Penis gelegt und massierte ihn mit langen Streichbewegungen.

Ich konnte die Augen nicht von dem Anblick lösen, der mich nur noch mehr erregte. Gerade als ich kurz vor dem Höhepunkt stand, kam er auf mich zu.

Kehlig stöhnte ich auf, als er in mich eindrang. Meine Hand rieb noch immer über die Klit, und zusammen mit seinen harten Stößen dauerte es nicht lange, bis ich unter ihm bebte.

Daniel beugte sich vor und küsste mich. Seine Zunge imitierte die Stöße seines Schwanzes, und ich konnte mich nicht länger beherrschen. Tief krallte ich meine Nägel in seine Schultermuskeln und klammerte mich wie eine Ertrinkende an ihn, während mein Körper beim Erreichen des Höhepunkts erschauerte.

Daniel zog mich eng an sich und atmete scharf ein. Dann zuckte sein Penis in mir, wie auf Befehl zog meine Pussy sich eng um den Schaft zusammen. Ohne zu blinzeln, sah Daniel mir in die Augen und verbot mir ohne Worte wegzusehen.

«Wir müssen wirklich an unserer Selbstbeherrschung arbeiten», sagte ich, als ich barfuß in die Küche geschlendert kam. Weil ich mich noch immer übermütig fühlte und Daniel mich immerhin schon verkatert, verheult und verschlafen gesehen hatte, war ich ungeschminkt und nur mit einem Tanktop und Panties bekleidet. Für alles andere war es einfach zu warm.

Ich hatte Daniel den Vortritt ins Badezimmer gelassen, weil er mir angeboten hatte zu kochen, während ich duschte.

Er drehte sich um, und ich konnte deutlich sehen, wie seine Pupillen sich weiteten. Erschrocken trat ich einen Schritt zurück. Daniel wollte doch nicht schon wieder über mich herfallen, oder?

«Du siehst wunderschön aus.»

Sofort glühten meine Wangen, und ich winkte ab. Um meine Verlegenheit zu überspielen, öffnete ich den Küchenschrank und streckte den Kopf hinter die Tür. Ich ließ mir mehr Zeit als nötig, um ein Glas herauszuholen.

Es war nicht das erste Mal, dass mir jemand sagte, ich sei attraktiv. Und so leicht, wie es mir fiel, Männer anzuflirten, musste da etwas dran sein – aber aus Daniels Mund klang das Kompliment irgendwie anders. Ehrlicher.

Als ich den Schrank wieder schloss, befand sich sein Gesicht plötzlich dicht vor meinem. Verblüfft blinzelte ich, doch er presste mir nur einen leichten Kuss auf die Lippen. «Setz dich. Ich bin gleich fertig.»

Erleichtert ließ ich mich auf den Stuhl sinken. «Was gibt es überhaupt?»

Statt zu antworten, drehte er sich schwungvoll um und stellte mit einer kleinen Verbeugung einen Teller vor mich. Bewundernd beugte ich mich darüber. Pasta mit getrockneten Tomaten, frischem Basilikum und Mozzarella – es duftete verführerisch. Beherzt griff ich nach meiner Gabel und wartete ungeduldig darauf, dass auch Daniel sich setzte.

«Guten Appetit», sagte er lächelnd.

Ich nickte nur und begann mit Heißhunger, die Nudeln in mich hineinzuschaufeln. Erst jetzt fiel mir auf, dass wir gestern Abend nichts gegessen hatten und ich heute früh bei Don lediglich ein Brötchen verdrückt hatte. Kein Wunder, dass ich so schnell so betrunken gewesen war.

«Wahnsinn! Das ist köstlich!», rief ich begeistert und konnte mich gerade noch davon abhalten, den Teller abzulecken.

Daniel lächelte mich nur an. «Wer hat denn vorher bei euch gekocht?»

«Keiner. Sebastian ist da genauso untalentiert wie ich. Meistens haben wir uns von Brot mit vegetarischem Aufstrich ernährt.»

«Du bist Vegetarierin?», erkundigte er sich interessiert.

Schnell schüttelte ich den Kopf. «Nee, nur zu faul zum Einkaufen. Sebastian isst kein Fleisch, also habe ich im Grunde gegessen, was er gegessen hat – was übrigens nicht immer empfehlenswert war.» Bei der Erinnerung an manche Gerichte schüttelte ich mich.

Daniel lachte. «Was war denn besonders schlimm?»

Ich kniff die Augen zusammen und dachte nach. «Am schlimmsten fand ich die falsche Ente. Das war wirklich keine schöne Erfahrung.» Neugierig lehnte ich mich zur Seite und schielte an Daniel vorbei. «Ist noch etwas da?»

«Klar, gib mir deinen Teller.»

«Ich kann auch selbst aufstehen», bot ich halbherzig an.

«Schon du mal deine Kräfte», raunte er mir zu und zeigte dabei sein unverschämtes Grinsen.

Wurde ich etwa schon wieder rot? Mein Magen machte jedenfalls den gleichen Satz wie 2009, als ich den Fehler begangen hatte, mich auf Deutschlands höchste Achterbahn zu begeben. Dass der Mageninhalt freiwillig an seinem Platz geblieben war, war mir bis heute ein Rätsel.

Äußerlich gelassen bemühte ich mich, meine Atmung zu normalisieren. Eigentlich hätte ich schon längst genug von Daniel haben sollen. Abgesehen von den zwei kläglichen Versuchen mit Sebastian, die streng genommen nicht einmal etwas in der Kategorie «Sex» zu suchen hatten, hatte ich noch nie öfter als einmal mit demselben Mann geschlafen.

Doch Daniel war offensichtlich mein Nutella. Mal ehrlich, wer konnte schon einem frischen Glas Nutella widerstehen? Die Folie, die man genüsslich abzog, bevor sich die unberührte Oberfläche dieser göttlichen, streichfähigen Creme offenbarte … Ich gab gerne zu, dass meine Zunge sich schon in mehr als einem Glas befunden hatte. Der große Nachteil an Nutella-Gläsern war neben dem Kaloriengehalt nur die Tatsache, dass ich es niemals vollständig auslecken konnte, weil es einfach zu tief war.

Da drehte sich mein persönliches Nutella-Glas um und servierte mir die zweite Portion Nudeln. «Du guckst schon wieder ganz verdächtig und hast viel zu lange geschwiegen. Worüber denkst du nach, Mo?»

Kurz biss ich mir auf die Unterlippe. Für das Nutella-Bekenntnis war es definitiv zu früh, niemand kannte mein kleines Geheimnis. «Dass du der einzige Mann bist, mit dem ich öfter als zweimal geschlafen habe.»

Jetzt war es raus. Zu meiner Erleichterung reagierte er aber recht gelassen und zuckte mit den Schultern. «Ich weiß nicht, ob es dich ängstigt oder beruhigt, aber ich plane, diese Zahl noch um ein Vielfaches zu erhöhen.»

Verlegen starrte ich auf meinen Teller und fühlte mich kurzzeitig wie ein kleines Schulmädchen. «Ich denke, das beruhigt mich», gab ich dann doch zu.

War das daten? Wenn ja, dann fand ich es grauenvoll. Dauernd befürchtete ich, etwas Falsches zu sagen oder zu tun. Doch Daniel lächelte mich nur an und zeigte seine wunderbaren Zähne. Der Mann musste doch irgendwelche Macken haben!

Nachdem er abgeräumt und sich dabei geweigert hatte, meine Hilfe anzunehmen, gingen wir gemeinsam ins Wohnzimmer. Mit einem Mal wogte eine unbekannte Aufregung durch mich hindurch, und innerhalb von Sekunden fühlte ich mich hypersensibel.

Was hatte Daniel jetzt wohl vor? Sex? Sosehr ich darauf hoffte – ich war mir sicher, dass er jetzt eher auf die persönlichen Fragen aus war, die er angekündigt hatte. Unschlüssig blieb ich vor dem Sofa stehen. Wie sollte ich dieser Situation nur entkommen?

«Entspann dich, Mo. Deine Überlebenschancen sind ausgesprochen gut.» Daniel hatte bereits das komplette Sofa in Beschlag genommen und sich so breitgemacht, dass mir nichts anderes übrigbleiben würde, als mich praktisch auf seinen Schoß zu setzen. In mir erwachte der leise Verdacht, dass dies möglicherweise seine Absicht war.

Er streckte die Arme aus und schenkte mir ein einladendes Lächeln. Während ich innerlich in panische Schnappatmung verfiel und am liebsten sofort die Flucht ergriffen hätte, reagierte mein Unterleib unmissverständlich auf dieses Lächeln.

Mit einem schweren Seufzen nahm ich auf der äußersten Kante des Sofas Platz und balancierte mehr oder weniger erfolgreich vor mich hin. Daniel schüttelte grinsend den Kopf und griff nach der Fernbedienung.

Nervös starrte ich aus dem Fenster in den Garten. Am Horizont brauten sich dicke Wolken zusammen. Nicht mehr lange, dann würde es wieder regnen. Das Flimmern des Bildschirms erhellte das Wohnzimmer, und ich drehte neugierig den Kopf. Mein Lieblingsshoppingsender flimmerte über den Bildschirm.

Für einen Moment vernachlässigte ich meine Deckung, und sofort schlang Daniel die Arme um mich. Ehe ich mich versah, lag ich vor ihm auf der Couch, den Kopf auf seinen Arm gebettet, und starrte finster zum Fernseher. Obwohl – so übel fühlte sich das hier gar nicht an. Ich hatte nur noch nie so ausgiebig mit einem Mann gekuschelt. Sebastian zählte da nicht wirklich. Die Wahrscheinlichkeit, dass er eine Latte bekam, wenn ich aus Versehen auf der Suche nach einer bequemeren Liegeposition zu viel mit dem Po wackelte, war doch eher gering. Bei Daniel hingegen hätte ich nicht einmal etwas dagegen gehabt, wenn sein Penis hart geworden wäre.

Nach einer Weile konnte ich deutlich spüren, wie meine Panik nachließ. Es war nicht so schlimm, mit Daniel zu schweigen, wie ich befürchtet hatte – im Gegenteil, es wirkte fast schon beruhigend.

«Besser?» Sein Atem kitzelte mein Ohr.

«Warum fragst du, wenn ich die Genugtuung in deiner Stimme sowieso schon hören kann?», erwiderte ich angriffslustig.

«Damit du es selbst merkst. Wenn du es laut aussprichst,

wird es dir vielleicht bewusst, und du kannst dich richtig entspannen.»

Ich gab ein ersticktes Geräusch von mir, das alles hätte bedeuten können. «Don meinte heute, ich könnte lügen wie gedruckt. Aber ich habe ihm erzählt, dass du mich immer sofort durchschaust.»

Daniel streichelte meinen Oberarm und schwieg einen Moment. «Ist das schlimm?»

Draußen begann der Regen gegen die Fensterscheibe zu prasseln. Mit einem Mal fühlte es sich hier drinnen behaglich und gut an. «Vielleicht nicht. Immerhin wächst man ja bekanntlich an seinen Aufgaben.»

Er küsste meinen Hinterkopf und streckte die Beine aus. «Ich wage stark zu bezweifeln, dass du es jemals schaffen wirst, mich hinters Licht zu führen. Alles, was du denkst, erscheint direkt in deinen großen Augen.»

Das musste ich erst einmal verdauen. «War das eine Herausforderung? Ich kann mir eine gute Sonnenbrille besorgen.»

«Auf keinen Fall, ich mag deine Augen. Überhaupt hast du ein hübsches Gesicht, das ich mir gerne ansehe.»

Wieder zog ich es vor zu schweigen.

8

Als ich wieder aufwachte, lag ich noch immer auf der Couch, und Daniel atmete so ruhig und gleichmäßig hinter mir, dass ich dachte, er würde schlafen. Vorsichtig wollte ich mich aus seiner Umarmung schälen, da verstärkte sich sein Griff.

«Ein Uhr nachts, und die Prinzessin versucht, sich aus dem Schloss zu stehlen», neckte er mich amüsiert, und ich war froh, dass das Wohnzimmer nur vom Fernseher erhellt wurde. Vermutlich war ich ein wenig rot geworden.

«Habe ich lange geschlafen?», erkundigte ich mich, ohne auf seine Bemerkung einzugehen.

«Zwei Stunden vielleicht. Ich wusste gar nicht, dass du schnarchst.»

Abrupt setzte ich mich auf, dann erst sah ich sein Grinsen. Empört griff ich nach dem Sofakissen und schlug auf ihn ein. Abwehrend hob Daniel den Arm und kam ebenfalls hoch.

«Du bist so ein Mistkerl!» Immer wieder schleuderte ich das Kissen gegen seinen Kopf – zumindest versuchte ich es. Dann schlang Daniel einen Arm um meine Taille und packte mit der anderen Hand mein Handgelenk.

«Streck die Waffen, Mädchen», grollte er leise, während ich noch versuchte, mich loszumachen.

«Niemals», stieß ich mit einer Mischung aus Atemlosigkeit und Trotz hervor.

Wortlos verstärkte er den Griff um das Handgelenk und zwang meinen Arm nach hinten. Irgendwann konnte ich das Kissen nicht mehr halten, und es fiel nutzlos auf den Boden. Ich starrte die verlorene Waffe an, als könnte ich sie auf diese Weise zwingen, von alleine wieder zu mir zu schweben.

Mit einem Ruck zog Daniel mich auf seinen Schoß. «Ergibst du dich?», murmelte er dicht vor meinen Lippen.

«Niemals!» Ich war wirklich eine grauenvolle Lügnerin, da hatte Daniel recht. Denn noch während ich protestierte, begann ich, meinen Unterleib an seinem Bein zu reiben. Für sein leises Lachen hätte ich ihn am liebsten erdolcht. Stattdessen begnügte ich mich mit einem bösen Blick.

Mit einer schnellen Bewegung seines Beins bugsierte Daniel mich auf den Boden vor der Couch und sah auf mich herunter. Ich besaß seine ganze Aufmerksamkeit, sein intensiver Blick erforschte jeden Winkel meines Bewusstseins – jedenfalls fühlte es sich so an. Trotzdem schaffte ich es, seinen Augen nicht auszuweichen.

Vorsichtig verlagerte ich mein Gewicht und sank auf die Knie. Während ich mir auf eindeutige Art und Weise mit der Zunge über die Lippen strich, ließ ich die Hände an Daniels strammen Oberschenkeln hochwandern. Statt direkt seine Shorts zu öffnen, konnte ich nicht widerstehen und glitt unter sein Shirt, streichelte den flachen Bauch und die zarte Haut, die sich straff über die Muskeln spannte.

Schließlich öffnete ich den Hosenknopf und zog quälend langsam den Reißverschluss nach unten. Daniels harter Schwanz zeichnete sich bereits deutlich unter dem Stoff seiner Unterwäsche ab, und ein zufriedenes Lächeln umspielte meine Mundwinkel.

Daniel hob die Hüften an, damit ich ihn ausziehen konnte, dabei ließ er mich nicht aus den Augen. Tapfer hielt ich seinem Blick stand – auch als ich seinen Penis in den Mund nahm. Daniels Pupillen weiteten sich, und er presste kurz die Lippen zusammen.

Dann konzentrierte ich mich ganz auf den Schaft, der pochend und leicht zitternd auf meiner Zunge lag. Ich mochte seinen Geschmack und das Gefühl, wie er sich immer tiefer in meine Kehle drängte. Endlich legte Daniel eine Hand um meinen Nacken und begann gemächlich damit, in meinen Mund zu stoßen.

Doch dieses Mal war er nicht so rabiat wie in unserer ersten Nacht, stattdessen hatte ich den Eindruck, dass er das Erlebnis vollkommen auskosten wollte.

«Du machst das viel zu gut, weißt du das eigentlich?» Der heisere Ton seiner Stimme drang ohne Umwege zwischen meine Schenkel. Anstelle einer Antwort ließ ich meine Zunge kreisen und genoss das überraschte Keuchen, das ich damit auslöste. Blowjob-Tipps waren einer der Vorzüge eines schwulen besten Freunds.

Daniels Druck auf meinen Nacken verstärkte sich, und ich gab willig die Führung ab. Immer wieder eroberte Daniel mit kleinen Bewegungen meinen Mund und stöhnte leise unter meinen Liebkosungen.

Fast war ich ein bisschen enttäuscht, als er sich mir mit einem Ächzen entzog und murmelte: «Zieh dich aus!»

Überrascht sah ich ihn an. Sollten wir nicht vorher ins Schlafzimmer gehen? Zögernd verharrte ich auf dem Boden vor dem Sofa und sah ihn unsicher an.

Daniels Blick verdunkelte sich. «Jetzt, Mo!», forderte er energisch.

Mit zittrigen Fingern schob ich mein Tanktop hoch und betrachtete aus dem Augenwinkel die Couch. Der Gedanke, darauf vor Daniel zu knien, hatte durchaus seinen Reiz.

Doch er hatte einen ganz anderen Plan. Kaum war ich nackt, legte er die Hände auf meine Schultern und schob mich zum Wohnzimmertisch. Keinen Wimpernschlag später lag ich auf dem Rücken mit dem kühlen Holz unter mir. Der Mondschein fiel ins Zimmer und tauchte die ganze Szene in ein silbriges Licht.

Daniel packte mich bei den Hüften und zog mich mit einem Ruck bis an die Tischkante, bevor er meine Knie auseinanderdrängte. Empört keuchte ich auf und wollte mich aufrichten, doch seine Hand auf meinem Bauch hielt mich davon ab. Ich konnte die Hitze seines Körpers schon an meiner Pussy spüren, doch noch berührte er mich nicht. Nur seine Hand lag aufreizend auf mir.

Eigentlich hatte ich es für unmöglich gehalten, aber als er endlich die Finger um meinen harten Nippel schloss, wurde dieser noch härter. Das süße Ziehen jagte durch meinen Körper, und ich ächzte leise. Daniel kniff sanft in die Spitze. Trotz meines Protests verriet mich meine Lust, und der Nippel stand geschwollen und aufgerichtet zwischen seinen Fingern, bettelte geradezu nach mehr.

Schließlich legte er seine zweite Hand auf die andere Brustwarze. Zuerst streifte Daniel sie nur mit der Handfläche – immer wieder und immer wieder, bis ich den Rücken durchdrückte und ihm entgegenkam.

Er neckte mich weiter, ließ nur seine Hand kreisen. Unbefriedigt wimmerte ich auf und öffnete erstaunt die Augen, als ich seinen Atem auf meinen Lippen spürte.

«Sprechenden Menschen kann geholfen werden, Mo.» Endlich umfasste er meine Brüste fest mit beiden Händen und küsste mich hungrig. Ich stöhnte unter der Berührung, unter dem Kuss und tastete ungeduldig nach seinem Schwanz.

Doch bevor ich ihn anfassen konnte, packte Daniel meine Handgelenke und hielt mich fest. Gegen seinen eisernen Griff hatte ich keine Chance.

«Daniel!», stieß ich wütend hervor.

Er reagierte nicht, stattdessen leckte er über meinen Hals und küsste die Stelle, an der die Halsschlagader unter dem jagenden Puls zu explodieren drohte. Nutzlos zerrte ich an meinen Handgelenken.

Plötzlich saugte Daniel fest an meinem Nippel, ließ mich seine Zähne spüren. Obwohl das Blut in meinen Ohren rauschte, hörte ich mein eigenes kehliges Stöhnen. Seine Zunge setzte die Reise fort und strich über meinen Bauch, näherte sich gefährlich meinem Unterleib. Das würde mein Untergang sein. Schon jetzt ertrug ich die Erregung kaum noch, und Daniel würde es genießen, mich hinzuhalten. Meine geschwollene Lustperle meldete sich mit einem eindringlichen Pochen.

Ohne mein Zutun bewegten meine Hüften sich über dem Holz.

«Was ist denn?» Daniels Stimme schien auf meiner Haut zu vibrieren, so intensiv nahm ich ihn wahr. Er streckte die Zunge aus und strich sanft über meine Klit.

«Oh Gott!», stieß ich erstickt hervor.

Wieder lachte er, und sein Atem auf meiner verräterischen Nässe ließ mich erschauern. Seine Lippen lagen auf der kleinen Knospe. Es reichte, dass ich nach Luft schnappte, war aber nicht genug, um mich kommen zu lassen. Sanft saugte er, neckte meine Klit weiter mit der Zungenspitze.

Irgendwann verlor ich das Gefühl dafür, wie lange er mich auf diese bittersüße Art quälte. Hilflos fehlte ich: «Bitte, lass mich kommen! Ich kann nicht mehr!» So abgehackt erkannte ich meine Stimme fast nicht wieder.

«Ich glaube, du hältst noch ein wenig durch.» Seine Antwort war genauso unnachgiebig wie sein Griff, mit dem er noch immer meine Handgelenke hielt. Wieder leckte er über die empfindliche Perle, das Pulsieren steigerte sich zu einem Brennen. «Außerdem kann ich so deinen Geschmack länger genießen.»

Bei diesen Worten war mein Gesicht bestimmt feuerrot geworden. Schockiert ließ ich den Kopf sinken und starrte konzentriert die Zimmerdecke an. Dieser verdammte und gleichzeitig wunderbare Schuft! «Bitte, ich will deinen Schwanz in mir spüren», unternahm ich noch einen letzten Versuch.

«Das wirst du.»

Endlich intensivierte er seine Berührungen. Seine Lippen schlossen sich um meine Klitoris, er saugte fest, reizte mich, und meine Muskeln verkrampften sich. Schon lange war ich nicht mehr so erregt und feucht gewesen. Die Lider fest zusammengepresst, horchte ich in meinen Körper und spürte den Orgasmus nahen. Mein heiseres Stöhnen konnte ich nicht unterdrücken, obwohl ich befürchtete, dass Daniel mich dann erst recht hängenließ.

Doch das tat er nicht, stattdessen erhöhte er den Druck und trieb mich endgültig über die Klippe. Er hielt mich fest, unterbrach trotz meines Bebens nicht sein Zungenspiel und streichelte mit den Daumen meine Handgelenke.

Hinter meinen Lidern flackerten unzählige Sterne auf, der Orgasmus wollte einfach nicht enden. Mit einem Schluchzen sank ich schließlich auf den Tisch zurück.

Doch mir war nicht die kleinste Verschnaufpause vergönnt. Als wäre ich ein Spielzeug, hob Daniel mich hoch, drehte mich um, und schon lag ich wieder auf dem niedrigen Tisch. Meine Knie berührten gerade eben den Boden, und schnell hielt ich mich an der Kante fest.

Mit einem harten Stoß versenkte Daniel sich in mir. Ich wimmerte auf, nach dem Höhepunkt war ich immer empfindlich und besonders sensibel. Sein Schwanz füllte mich vollständig aus, und obwohl ich extrem überreizt war, hob ich ihm gierig das Becken entgegen.

«Oh, Daniel, das ist so …» Ich hatte den Satz zu Ende bringen wollen, aber ich konnte nicht. Er ging in ein Stöhnen über, weil Daniel seinen Winkel leicht veränderte und meinen G-Punkt streifte. Meine Fingerknöchel traten weiß hervor, als ich erschrocken die Tischkante fester umklammerte.

Der zweite Orgasmus hätte mich von den Beinen gefegt, wenn ich nicht auf dem Tisch gelegen hätte. Am Rande meines Bewusstseins spürte ich, wie Daniel sich über mich beugte und an meinem Nacken knabberte, bevor er mich tatsächlich biss.

Meine Pussy zog sich eng um seinen Schaft zusammen, und Daniel keuchte leise an meinem Ohr. Mit einer Hand hielt er meine Schulter fest, die andere war in meinem Hintern vergraben. Immer heftiger pumpte er in mich hinein, überzog meinen Hals mit den Spuren seiner Zähne. Dann kam auch er. Ohne mich loszulassen oder seine Lippen von meiner Haut zu nehmen, verharrte er in mir, und ich spürte, wie sein Schwanz pulsierte.

Ermattet blieb ich auf dem Tisch liegen und lauschte meinem schweren Atem. Noch immer hatte Daniel sich nicht zurückgezogen, und ich fühlte seinen festen Herzschlag an meinem Rücken. Hatten meine Ohren mir gerade einen Streich gespielt, oder hatte er sehnsüchtig meinen Namen geflüstert? Obwohl der Gedanke ein Kribbeln in meinem Magen auslöste, wagte ich es nicht, Daniel zu fragen. Was ich da möglicherweise gehört hatte, hatte viel zu bedeutungsschwanger geklungen, und ich fürchtete, dass er dann über Gefühle reden wollte.

Als er aufstand, machte unsere verschwitzte Haut ein leises Schmatzgeräusch. Ich musste grinsen. Daniel hielt mir die Hand hin, und ich ergriff sie. Er zog mich in seine Arme, küsste mein Handgelenk an der Stelle, wo mein Puls schlug, legte dann eine Hand unter mein Kinn und zwang mich, ihm das Gesicht entgegenzuheben.

Erst gab er mir einen sanften Kuss auf die Stirn, danach eroberte er meinen Mund. Ich öffnete die Lippen und schmiegte mich an ihn. Vielleicht konnte ich mich an dieses Nach-dem-Sex-Schmusen gewöhnen. Auf jeden Fall genoss ich, wie er mit federleichten Berührungen meinen Rücken streichelte und mich jetzt festhielt, als wäre ich zerbrechlich – und nicht als hätte er mich gerade mit seinem gesamten Gewicht an den Wohnzimmertisch genagelt. Meine Lider flatterten, und ich schenkte ihm ein dankbares Lächeln. Wofür ich allerdings dankbar war, erschloss sich mir nicht so ganz. Ein wilder Hormoncocktail tanzte durch meine Blutbahn und verwirrte mich. Vermutlich waren die berauschenden Orgasmen für mein Gefühlsdurcheinander verantwortlich.

Nachdem wir eine Weile geschwiegen hatten, fragte Daniel: «Lust auf eine Dusche?»

«Liebend gern.» Ich spürte nämlich eine gewisse Klebrigkeit zwischen meinen Schenkeln, die ich nur zu gern loswerden wollte.

Als Daniel das Licht im Bad neben seinem Schlafzimmer anknipste, verstand ich erst, dass er zusammen mit mir duschen wollte. Schon würde die Vision von seinem mit Wassertropfen überzogenen Körper wahr werden, die ich erst vor ein paar Stunden gehabt hatte!

Er hielt mir die Tür auf und ließ mir den Vortritt. Schnell schob ich mich an ihm vorbei und stieg in die Duschkabine. Nachdem ich mein Duschgel sorgfältig neben seinen Kosmetikartikeln positioniert hatte, drehte ich mich um und sah mich Daniels belustigter Miene gegenüber.

«Weißt du, du könntest deine Sachen einfach hierlassen, dann musst du sie nicht andauernd mit dir herumschleppen.»

Meine erschrockene Miene zeigte ihm wohl sehr deutlich, was ich davon hielt, denn Daniel hob abwehrend die Hände. «Okay, okay. Schon gut, es war nur ein Vorschlag. Lass es dir einfach durch den Kopf gehen.»

«Hmpf.»

«Ist das deine endgültige Antwort?», neckte er mich.

Bevor er reagieren konnte, packte ich den Duschkopf und drehte das Wasser auf. Der eiskalte Strahl traf Daniel am Bauch, und er krümmte sich zusammen. Leider konnte ich meinen Triumph nur kurz genießen, dann hatte Daniel mir den Duschkopf entwunden und presste mich gegen die ebenso kalte, gekachelte Wand der Dusche.

Ich quiekte noch lauter als er zuvor. Fluchend ließ er wärmeres Wasser nachlaufen und beäugte mich dabei kritisch. «Dich sollte man wirklich nicht aus den Augen lassen.»

«Damit könntest du recht haben», erwiderte ich grinsend.

«Dreh dich um.» Seine Augen schimmerten, und sofort bekam ich weiche Knie.

«Warum? Was hast du vor?»

«Die Panik in deiner Stimme ist entzückend, daran könnte ich mich gewöhnen. Dreh dich um!» Dieses Mal kam der Befehl mit mehr Nachdruck.

Zögernd gehorchte ich. Plötzlich spürte ich seine Hand an meinem Kopf. Verblüfft begann ich zu schnurren – er schäumte meine Haare ein und massierte dabei die Kopfhaut. Sicherheitshalber stützte ich mich an der Wand ab, nur für den Fall, dass meine Beine nachgaben. Der fruchtige Pfirsichduft meines Shampoos erfüllte die kleine Kabine.

«Okay, wenn du das jeden Tag machst, lasse ich meine Sachen freiwillig hier.»

«Deal.»

Genießerisch seufzte ich und legte den Kopf in den Nacken, während Daniel sorgfältig meine Haare ausspülte.

Nachdem er fertig war, ließ er seine Hände weitergleiten und umfasste meine Schultern. Dann trat er dicht hinter mich und küsste die Seite meines Halses. Ich legte den Kopf schräg, dabei lehnte ich mich an seinen Körper. Erschrocken riss ich die Augen auf und warf ihm einen Blick über die Schulter zu. «Ernsthaft?»

Statt einer Antwort presste Daniel mich wieder gegen die Wand. Meine Nippel zogen sich bei der Berührung mit den kalten Kacheln zusammen. Er schob einen Fuß zwischen meine Beine und zwang mich, sie zu spreizen. Seine Latte presste er dabei gegen meinen Rücken.

«Möchtest du so tun, als wolltest du ernsthaft protestieren?»

Ich biss mir auf die Unterlippe und überlegte, welche Folgen eine freche Antwort hätte. Kurzerhand entschied ich mich dagegen. «Nein, nein. Ich bin nur beeindruckt, mein Lieber.»

«Ha!», stieß er verächtlich hervor. «Schleimerin!»

Plötzlich packte er meine Taille so fest, dass seine Handabdrücke garantiert morgen mehr als deutlich zu sehen sein würden. Trotzdem stöhnte ich lüstern auf.

Dann spürte ich seine Eichel zwischen meinen Labien und griff nach unten. Mit den Fingerspitzen ertastete ich die Stelle, an der sein Schwanz in mich eindrang, und schob meinen Zeigefinger einfach dazwischen. Daniel schnappte nach Luft und vergrub seine Finger für einen Augenblick schmerzhaft in meiner Haut.

Auch ich keuchte auf, es war ein absolut faszinierendes Gefühl, Daniels Schwanz auf diese Art in mir zu spüren. Ein-, zweimal bewegte ich den Finger rein und raus, dann zog ich meine Hand zurück. Ich achtete darauf, dass Daniel genau sah, wie ich den Finger zwischen meine Lippen schob und mich selbst kostete.

«Du machst mich verrückt», keuchte er heiser und stieß noch tiefer in mich hinein. «Ich will, dass du kommst, während ich in dir bin.»

Gehorsam ließ ich wieder eine Hand zwischen meine Schenkel gleiten und legte Zeige- und Mittelfinger auf die Klit, die im ersten Moment protestierte. An der Art, wie Daniel seinen harten

Schaft immer wieder in mich trieb, wusste ich, dass es nicht mehr lange dauern würde, bis er kam.

Ich presste mein Gesicht an die kühlen Fliesen und streichelte meine kleine Lustperle. Obwohl ich fürchtete, zu keinem weiteren Orgasmus mehr fähig zu sein, steuerte ich doch überraschend schnell auf einen Höhepunkt zu. Daniels Hand legte sich auf meine, und unwillkürlich stöhnte ich auf. Mit einem letzten Stoß erzitterte er hinter mir und vergrub sein Gesicht an meiner Schulter. Hektisch rieb ich meine Klit, geführt durch Daniels Hand. Meine Zehen krümmten sich, die Oberschenkel zitterten, und ich drückte meine freie Handfläche gegen die Wand. Das Wasser prasselte auf uns herab. Zufrieden beobachtete Daniel, wie ich kam. Ich ließ den Kopf nach hinten auf seine Schulter sinken und bebte in seinen Armen.

Es dauerte einige Minuten, bis ich mich überhaupt wieder regen konnte. Bleierne Müdigkeit überfiel mich, sodass ich kaum noch die Augen aufhalten konnte. Daniel verließ zuerst die Duschkabine und präsentierte mir ein kuschliges Handtuch, das ich dankbar ergriff.

Die Tränen, die mit einem Mal in meinen Augen brannten, schob ich auf die Müdigkeit. Dabei war mir klar, dass sie durch die überwältigenden Emotionen beim Sex hervorgerufen worden waren. Doch ich konnte nicht schon wieder vor Daniel heulen. Stattdessen beugte ich mich vornüber und trocknete mir energisch die Haare – so lange, bis ich mir sicher war, dass meine Tränendrüsen in den Feierabend gegangen waren.

Einen Kloß spürte ich trotzdem im Hals, als ich ins Schlafzimmer trat und Daniel, der schon auf dem Bett lag, einladend die Decke zurückschlug. Was machte dieser Mann nur mit mir?

«Guten Morgen, Schlafmütze!», trällerte Daniel mir fröhlich entgegen. Gequält verzog ich das Gesicht.

«Morgen», nuschelte ich und versteckte den Kopf unter dem Kissen. Nur noch eine halbe Stunde, dann würde ich mich sicherlich nicht mehr so schrecklich erschöpft fühlen. Wie gut, dass ich heute nur in die Bibliothek wollte. Ich war mir sicher, dass die Bücher auf mich warten würden. Die meisten durften ohnehin nicht ausgeliehen werden und waren bestimmt da, wenn ich eintraf.

Der Gedanke tröstete mich, und ich kuschelte mich zufrieden ins Kissen. Auf einmal schien die Sonne in mein Gesicht, und Daniel strahlte mit ihr um die Wette. Angestrengt kniff ich die Augen zusammen. «Du bist ein Schwein!»

Er lachte nur, und als ich vorsichtig zu blinzeln wagte, erkannte ich, dass er Sportsachen trug. «Moment mal, willst du mir jetzt erzählen, dass du schon sportlich unterwegs warst, während ich hier im Koma lag?»

Sein Nicken raubte mir den letzten Nerv. «Du hast so süß geschlafen, dass ich dich nicht wecken wollte. Aber nachher ist es mir zu heiß, und in zwei Stunden muss ich in der Uni sein. Feriensprechstunde, olé!»

«Ich hasse dich!», stieß ich erstickt hervor und zog das schützende Kissen wieder über mein Gesicht. Was für ein mieser Mensch! Woher nahm er eigentlich diesen nahezu unerschöpflichen Vorrat an Energie? Bestimmt hatte er eine ganze Palette Red Bull im Kühlschrank und kokste jedes Mal, wenn ich gerade nicht hinsah. Dieser Gedanke war Balsam für mein wundes Selbstbewusstsein – obwohl ich wusste, dass es nicht stimmte.

«Tust du gar nicht.» Er gab sich nicht einmal Mühe, seine Belustigung zu verbergen. «Weil ich so ein netter Mensch bin, habe ich übrigens etwas beschlossen.»

Entnervt durch seine kryptische Art, lugte ich unter dem Kissen hervor und hoffte, dass meine schmalen Augen ihm meine Meinung klarmachten. «Ich bin mir sicher, dass ich einige

Blessuren an meinem Körper finde, die beweisen, dass du alles andere als nett bist.»

Lächelnd strich Daniel eine Haarsträhne aus seinem Gesicht. «Beschwerden kannst du mit guter Argumentation schriftlich einreichen. Ich würde sie mir anhören, aber meine Ohren klingeln noch immer von deinem hemmungslosen Stöhnen.»

Erbost warf ich das Kissen nach ihm, doch er sprang leichtfüßig zur Seite.

«Da du ja nicht so viel Erfahrung hast, was Dates und Beziehungen anbelangt, dachte ich, wir holen das nach.»

Mit der Hand wischte ich mir über das Gesicht und blinzelte noch immer in das helle Sonnenlicht. Dann wälzte ich mich auf der Matratze herum und stöhnte. «Nichts von dem, was du sagst, ergibt auch nur den geringsten Sinn. Bevor ich meinen Kaffee bekommen habe, weigere ich mich, dieses Gespräch weiterzuführen.»

Galant deutete Daniel eine Verbeugung an und marschierte aus dem Zimmer. Kaum war er draußen, richtete ich mich auf und angelte nach dem Kissen, das ich zuvor nach ihm geworfen hatte.

Eine Dusche konnte ich gleich auch gebrauchen, so viel stand fest.

Als er wieder ins Schlafzimmer kam, konnte ich ihn eingehender in seiner Laufkleidung betrachten. Wie eine zweite Haut lag das ärmellose Shirt an seinem Oberkörper an – die Brustmuskeln zeichneten sich deutlich ab, und es brauchte nicht viel Phantasie, um zu erahnen, dass sich kaum ein Gramm Fett an seinem Körper befand. Die Shorts endeten knapp über dem Knie. Während ich eine Hand nach der Kaffeetasse ausstreckte, sagte ich: «Ich bin froh, dass du auf diese engen Läufershorts verzichtest. Du siehst so ja schon verboten gut aus.»

Überrascht sah er an sich herunter und kratzte sich dabei am

Hinterkopf. Hatte ich ihn etwa in Verlegenheit gebracht? «Das erklärt zumindest, warum diese Blondine mich immer so begeistert grüßt, wenn sie mir entgegenkommt.»

Was für eine Blondine? Im letzten Augenblick konnte ich mich gerade noch daran hindern, ihm diese Frage entgegenzuspucken. Stattdessen lächelte ich ihn an. «Ich kann dich ja bei der nächsten Runde begleiten, wenn du dich alleine nicht durch den Stadtpark traust.»

«Nur wenn ich dich unterwegs ins Gebüsch zerren darf.»

Ich zeigte ihm einen Vogel und schnupperte am Kaffee. Allein die Vorstellung, wie ich nach einem Lauf roch, funktionierte bei mir als hervorragendes Verhütungsmittel.

Daniel zog sein Shirt über den Kopf. «Du kannst wahrscheinlich sowieso nicht mit mir mithalten.» Damit schlenderte er lässig mit nacktem Oberkörper ins angrenzende Bad. Vor Empörung hätte ich mich fast an meinem Kaffee verschluckt.

Ach du Scheiße! Kein Wunder, dass Daniel über so viel Energie verfügte. Wenn ich bloß einen einzigen weiteren Schluck von diesem Gebräu zu mir nahm, konnte ich nur mit der Kraft meiner Arme zum Mond fliegen. Das war mit weitem Abstand der stärkste Kaffee, den ich in meinem ganzen Leben getrunken hatte!

«Was ist das?», rief ich erstickt und musste husten.

Daniel streckte den Kopf aus der Badezimmertür, und ich ahnte, dass er bereits nackt war. Jedenfalls blitzte dort ein Stück Oberschenkel, das mein Interesse weckte. «Ach ja, ich habe dir die Ehre zuteilwerden lassen, meinen Kaffee zu trinken.»

Seinen Kaffee? Ich wusste nicht, was ich hier in den Händen hielt, aber Kaffee war das nicht. Probehalber nahm ich noch einen weiteren Schluck. Ausgeschlossen, den bekam ich nicht herunter. Außerdem wollte ich nicht für den Rest meines Lebens an Schlaflosigkeit leiden.

«Was genau habe ich denn bis jetzt von dir bekommen?»

Daniel war schon wieder im Bad verschwunden. «Die Mischung für Gäste.»

Natürlich, wer hatte nicht zwei Kaffeesorten im Haus? Eine für Normalsterbliche und eine direkt aus dem Vorhof der Hölle. Ich stellte die Tasse weg und starrte auf meine Hand. Ja, sie zitterte eindeutig.

Es gab schlimmere Anblicke, als Daniel beim Duschen zu beobachten, stellte ich wenige Minuten später fest. Ich lehnte am Türrahmen und fühlte mich mit einem Mal erstaunlich wach. «Das nächste Mal möchte ich wieder die Mischung für Gäste.»

Daniel drehte sich um, seine Augen funkelten. «Es gibt also ein nächstes Mal?»

Statt einer Antwort machte ich eine wegwerfende Handbewegung. «Was meintest du vorhin mit dem Nachholen?»

Gerade verteilte er eine großzügige Menge Duschgel auf seinem Körper, und ich hätte absolut nichts dagegen gehabt, mit dem Duschgel zu tauschen.

«Du hast doch gesagt, dass du nie ein erstes Date gehabt und keine dieser typischen Sachen gemacht hast.»

Argwöhnisch nickte ich, denn noch war ich mir nicht sicher, worauf das Gespräch hinauslief.

«Das könnten wir alles nachholen.»

«Und was ist mit Sex?» Ich konnte mir nicht helfen, das war nun einmal die erste Frage, die mir durch den Kopf geschossen war.

Weil er den Kopf zum Wasserstrahl gehoben hatte, konnte ich sein Gesicht nicht sehen. Das leise Knurren, das in seiner Stimme mitschwang, sorgte für ein kräftiges Prickeln auf meiner Kopfhaut. «Also so nett, dass ich auf Sex mit dir verzichten würde, bin ich nun auch wieder nicht.»

Das erleichterte mich ungemein, und ich sagte leichthin: «Okay, warum nicht? Das klingt lustig.»

«Ich kann dich natürlich ab und zu abends nach Hause bringen und bei dir schlafen.»

Energisch schüttelte ich den Kopf. «Wie du schon selbst bemerkt hast, kann ich mich beim Sex nicht beherrschen. Da ich annehme, dass mein Stöhnen dich nicht besonders stört, würde ich es vorziehen, hier zu stöhnen, um meine Mitbewohner nicht damit zu belästigen.» Nachdem ich ihm mein bestes Lächeln geschenkt hatte, schlenderte ich wieder ins Schlafzimmer und legte mich aufs Bett.

9

Nach und nach leerte sich die Bibliothek, und ich sah zum ersten Mal auf die Uhr. Entschlossen klappte ich die Bücher zu. Für heute war es wirklich genug, seit fast sechs Stunden saß ich jetzt vor diesen dicken Wälzern.

Ich hatte mich an Daniels Rhythmus angepasst, und immer, wenn er zur Uni aufbrach, verkrümelte ich mich in die Bibliothek. Ein angenehmer Tagesablauf, der meistens mit Sex in Daniels Haus endete. Beschweren konnte ich mich überhaupt nicht.

Schnell trug ich die Bücher zurück zu den Regalen und klappte den Laptop zu. Heute Morgen hatte Daniel sich sehr kryptisch geäußert, als ich ihn gefragt hatte, wann er Feierabend machen würde. Er war einer Antwort so lange ausgewichen, bis ich keine Lust mehr gehabt hatte nachzubohren. Also wollte ich jetzt zuerst nach Hause fahren.

Kaum war ich draußen, blieb ich stehen und starrte verblüfft mein Fahrrad an. Schnell sah ich mich um, musterte aus zusammengekniffenen Augen die Büsche rechts und links neben dem Gebäude, konnte aber nichts Verdächtiges entdecken.

Der knallrote, herzförmige Luftballon, der an meinen Fahrradlenker gebunden war, schwebte ruhig in der Luft. Heute Morgen war er definitiv noch nicht da gewesen. Langsam ging ich auf das Rad zu. Hinter mir erklangen Schritte, und ich nahm den Hauch von Eau Savage wahr.

Sofort wirbelte ich herum und strahlte Sebastian an. «Warst du das?» Bestimmt war der Luftballon ein Friedensangebot von ihm.

Doch seine Miene verfinsterte sich, und mit zusammengepressten Lippen schüttelte er den Kopf. Dann sah er zu Boden, die Hände tief in die Hosentaschen geschoben. Als ich ihn zur Begrüßung umarmen wollte, wich er vor mir zurück.

Der Luftballon schwebte unverändert über meinem Fahrrad, und mittlerweile war ich mir sicher, dass er von Daniel kam. Mein Herz klopfte schneller. Da entdeckte ich die Karte, die am Band des Ballons an meinem Lenker baumelte. Es juckte in meinen Fingerspitzen.

Sebastian folgte meinem Blick. «Seit wann stehst du auf so einen Kitsch?» Sein Tonfall war fast emotionslos, und mit einem Mal wurde ich wütend. Daniel bemühte sich um mich – das hatte Sebastian niemals tun müssen.

Aber weil ich nicht schon wieder Streit wollte, ignorierte ich seine bissige Frage. «Wie geht es dir?»

Er starrte angestrengt an meinem Ohr vorbei. «Es ging mir schon besser», murmelte er. «Triffst du dich noch mit ihm?»

Es nervte mich ungemein, dass er sich so merkwürdig benahm. «Daniel. Sein Name ist Daniel, und ja, ich treffe mich noch mit ihm. Sebastian, bitte sei nicht so.»

Zum ersten Mal sah er mich direkt an, und ich erschrak bei dem Anblick des Schmerzes in seinen Augen. «Zieh wieder bei mir ein.»

Langsam schüttelte ich den Kopf. «Wozu sollte das gut sein?»

Er streckte die Hand aus und streichelte meine Wange. «Ich vermisse dich.»

«Ich wohne nicht einmal eine Viertelstunde mit dem Fahrrad von dir entfernt. Warum kommst du mich nicht besuchen?»

Da richtete Sebastian sich zu seiner vollen Größe auf. Ich musste den Kopf in den Nacken legen, um ihm weiter ins Gesicht zu sehen. «Ehrlich gesagt habe ich keinen Bock darauf, die Nummer zwei zu sein.»

Verblüfft blinzelte ich, während ich versuchte, die wilden Gedanken in meinem Kopf zu sortieren. «Ich weiß nicht einmal, was ich zu diesem Unsinn sagen soll.»

Sebastian musterte mich. «Als ob dein Macker damit umgehen könnte, dass ich dein bester Freund bin. Früher oder später wird er nicht mehr wollen, dass wir uns treffen, machen wir uns doch nichts vor.»

«Aber du bist schwul», entgegnete ich leise.

«Das weiß er ja nicht», antwortete Sebastian schärfer als nötig.

Jetzt war ich in der Zwickmühle. Sebastian wäre ausgeflippt, wenn ich ihm gesagt hätte, dass Daniel längst eingeweiht war.

«Ich könnte es ihm doch erzählen. Er ist wirklich nett, du würdest ihn auch mögen. Lern ihn doch einfach kennen.»

«Nein, danke.»

«Daniel ist kein eifersüchtiger Typ», versprach ich, obwohl es eine glatte Lüge war. Aber irgendwie musste ich ihn davon überzeugen, sich nicht mehr so verrückt aufzuführen. «Er wird kein Problem damit haben, dass wir so eng befreundet sind. Du bist mein bester Freund, und das wird sich auch nicht ändern.»

«Das fühlt sich momentan nicht so an.» Auf dem Absatz drehte Sebastian sich um und ging davon.

Ich brachte es nicht über mich, ihm hinterherzurufen. Ich wusste ja nicht einmal, was ich zu ihm sagen sollte oder was er überhaupt von mir gewollt hatte.

Mit hängenden Schultern hievte ich meine schwere Büchertasche in den Fahrradkorb. Dann löste ich den Knoten der Luftballonschnur und zog den Zettel ab. Weil ich nicht wusste, wohin ich damit sollte, hielt ich den Ballon fest und las dabei die Nachricht.

Es ist so weit. Ich lade dich auf unser erstes «richtiges» Date ein. 19.00 Uhr vor dem UCI am Bahnhof. D.

Deswegen hatte er sich so rätselhaft verhalten. Vorfreude und Spannung stiegen in mir auf. Unsicher sah ich zu dem Luftballon.

Warum konnte es mit Sebastian nicht so einfach sein wie mit Daniel? Oder war das nur der schöne Schein, und die Ernüchterung würde noch folgen?

Mit der einen Hand hielt ich das mit Helium gefüllte Herz, mit der anderen wühlte ich in meiner Büchertasche nach dem Handy. Ich wählte die Nummer, dann lauschte ich dem Tuten. So lange, bis die Mailbox meinen Anruf entgegennahm und die Automatenstimme mich aufforderte, eine Nachricht zu hinterlassen. Obwohl ich es besser wusste, versuchte ich es noch zweimal, aber Sebastian ignorierte meine Anrufe.

Sobald das Kino in Sichtweite war, fiel es mir nicht schwer, Daniel auszumachen – wobei ich merkwürdige Schwierigkeiten dabei hatte, meinen Blutdruck auf einem gesundheitlich unbedenklichen Level zu halten.

Ein Grinsen breitete sich auf seinem Gesicht aus, kaum dass er mich erspäht hatte. Als ich ihm gegenüberstand, zog er mich in seine Arme und ließ seine Lippen sacht über meine streichen. Ich konnte mir nicht vorstellen, dass alle ersten Dates sich so herzlich begrüßten. Dennoch wollte mein schüchternes Lächeln nicht weichen.

Trotz meines Protests bestand er darauf, die Karten zu kaufen. Dafür stellte ich mich schnell in die Popcorn-und-Getränke-Schlange. Ich hielt meinen Plan für ziemlich clever, doch unversehens wuchs Daniel neben mir aus dem Boden und drängelte sich frech vor. Aus schmalen Augen funkelte ich ihn an, erntete aber nur ein Lachen von ihm.

«Wir sind auf einem Date. Das macht man so», erläuterte er mir gelassen und hielt mir die Tüte mit Popcorn hin. Schnell schnappte ich sie mir und sah mich sicherheitshalber um, ob ihn jemand gehört hatte. Beinahe fühlte ich mich, als täten wir hier gerade etwas höchst Unanständiges.

Daniel bemerkte meinen Blick, legte mir einen Arm um die Schulter, zog mich an sich und presste mir einen Kuss auf die Schläfe.

«Ist das nicht sehr aufdringlich für ein erstes Date?», grummelte ich, die Nase tiefer als nötig im Popcorn vergraben.

«Du kannst mir nichts beweisen», verkündete er voller Genugtuung, während er der Kartenabreißerin unsere Tickets reichte.

«Hmpf», machte ich und schob mir eine weitere Ladung Popcorn in den Mund, dann musste ich wenigstens nicht reden.

Daniel ließ mir den Vortritt und las dabei halblaut unsere Platznummern vor. Vor der Reihe C blieb ich stehen und wunderte mich überhaupt nicht, dass wir vor der letzten Loge auf der rechten Seite standen. Hier gab es nur vier Sitze pro Reihe, und so leer, wie der Saal war, bezweifelte ich stark, dass wir sie uns mit anderen Gästen würden teilen müssen.

Die Werbung flimmerte über die Leinwand, und ich sah mich um. Außer uns waren vielleicht noch fünf weitere Pärchen im Saal. Bei dem herrlichen Wetter draußen kein Wunder.

Nach einer knappen Dreiviertelstunde des Films gab Daniel ein ersticktes Geräusch von sich. Erleichtert drehte ich mich zu ihm um. «Bitte sag, dass du den Film auch grauenvoll findest!», flehte ich ihn an.

«Unerträglich», raunte er zurück. «Dabei klang die Beschreibung so spannend. Außerdem hatte ich gehofft, dass ein Horrorfilm dich dazu animiert, kuscheln zu kommen.»

Der Plan war total danebengegangen. Was Horrorfilme anbelangte, war ich außerdem dank meiner zwei Brüder vollkommen abgestumpft. Aber wenn Daniel Körperkontakt wollte, konnte er ihn haben. Wenn wir schon ganz hinten in einem dunklen Kinosaal saßen, konnte ich das auch ausnutzen.

Ganz unauffällig legte ich meine Hand auf Daniels Oberschenkel. Seine Muskeln konnte ich selbst durch den festen Stoff der Jeans spüren. Zuerst ließ ich die Hand einen Moment dort liegen. Sobald ich mit ihr hochwanderte, zuckte Daniel zusammen.

Doch ich hielt meine Augen geradeaus auf die Leinwand gerichtet und beglückwünschte mich zu der Entscheidung, mich links von ihm hinzusetzen, denn so konnte ich meine rechte Hand benutzen.

Als ich bei den Knöpfen im Schritt angekommen war, versteifte Daniel sich merklich, sagte aber nichts. Niemand beachtete uns, und ich machte mich daran, seine Hose zu öffnen. Geschickt schob ich die Hand in den Schlitz und überwand mit meinen Fingern den hinderlichen Stoff.

Daniel atmete scharf ein, als ich seinen Schwanz befreite und meine Faust darum schloss. Aus dem Augenwinkel konnte ich sehen, wie er mit sich kämpfte. Wir befanden uns an einem öffentlichen Ort und konnten erwischt werden, aber gleichzeitig war er offenbar neugierig, ob ich es durchziehen würde. Und ob ich das würde!

Mittlerweile hatte sich sein Penis zur vollen Größe aufgerichtet, und selbst im Dunkeln konnte ich den kleinen Tropfen auf der Kuppe erkennen. Ich verrieb ihn mit dem Daumen, bevor ich den Finger zu meinem Mund führte und ihn ableckte.

Daniel legte den Kopf in eine Hand und rieb sich über die Augen. Dass der Abend so eine Wendung nehmen würde, hatte er wohl nicht erwartet.

Meine Hand glitt auf und ab, langsam und gleichmäßig wichste ich seinen wundervollen Schwanz und bedauerte dabei, dass ich mich nicht einfach auf Daniels Schoß setzen konnte. Als ich mich nach vorne beugte und kurz über die Eichel leckte, schnappte Daniel entsetzt nach Luft. Glücklicherweise ging der Laut im Sound des Films unter, vor dieser Geräuschkulisse war Daniels schweres Atmen praktisch nicht zu hören.

Seine Konzentration hatte er mittlerweile ganz auf mich gerichtet, und seine Latte zuckte in meiner Hand. Vorsichtig beschleunigte ich mein Tempo, vollkommen davon fasziniert, wie sein Schaft sich anfühlte. Am liebsten hätte ich ihn ganz in den Mund genommen und in meine Kehle gleiten lassen, aber das wäre zu auffällig gewesen.

Daniel hatte die Finger in die Armlehnen gegraben und sah aus, als müsste er sich arg zusammennehmen, um nicht laut zu stöhnen. Er wirkte äußerst konzentriert, und ich verliebte mich auf Anhieb in seinen Gesichtsausdruck – vor allem, weil ich dafür verantwortlich war.

Immer wieder rieb ich seinen harten Schaft, versuchte, den Höhepunkt so lange wie möglich hinauszuzögern und Daniels Reaktionen zu deuten. An der Art, wie seine Fingerknöchel weiß hervortraten und er um Beherrschung kämpfte, konnte ich ablesen, dass er kurz davorstand.

Mit einem schnellen Blick vergewisserte ich mich, dass auch wirklich niemand auf uns achtete, dann beugte ich mich vor und schloss die Lippen um seinen Schwanz. Erschreckt keuchte Daniel auf.

Meine Hand pumpte schon fast ruckartig auf und ab. Es dauerte keine fünf Sekunden, bis ich Daniels tiefes Atmen hörte und der Schaft zwischen meinen Lippen zuckte.

Um den Orgasmus zu verlängern, saugte ich fest und presste meine Zunge von unten gegen seine Eichel. Erst nachdem ich das gesamte Sperma geschluckt hatte und sicher sein konnte, dass er wirklich befriedigt war, richtete ich mich wieder auf.

Atemlos starrte Daniel mich an, sein Gesicht erhellt durch das Flimmern auf der Leinwand. Er sagte nichts, sondern schüttelte nur fassungslos den Kopf. Dann verstaute er mit eiligen Handgriffen seinen erschlafften Penis in der Hose und zog mich an seine Schulter.

«Das nächste Mal halten wir uns im Tageslicht auf! Du hast mich vielleicht aus dem Konzept gebracht.» Nachdem wir den Kinosaal verlassen hatten, grinste Daniel mich schief an. Sein Geständnis schmeichelte mir. Wenigstens konnte ich mir sicher sein, dass ihm mit mir nicht langweilig wurde.

«Vielleicht suche ich aber auch einfach den nächsten Film aus. Was das anbelangt, ist dein Geschmack echt bescheiden.»

Empört versuchte Daniel, nach mir zu greifen. Doch ich tänzelte leichtfüßig zur Seite und lachte. Dann ergriff ich sicherheitshalber die Flucht und eilte vor ihm die Treppe hinunter. Vor dem Kino blieb ich unschlüssig stehen. Ich hatte meinen Plan nicht durchdacht: Da ich nicht wusste, was er jetzt vorhatte, konnte ich ihm gar nicht vorauslaufen.

Als ich mich umdrehte, stieß er bereits die Tür auf und ächzte. Der Temperaturunterschied zwischen der schwülen Sommernacht und dem klimatisierten Kino war unglaublich. Abwehrend hob ich die Hände. «Frieden?»

Er musste erst abwägen, ob er mir traute. Dann nickte er. «Dann komm. Ich bringe dich nach Hause.»

Entsetzt sah ich ihn an. «Warum?» Meine Frage klang verzweifelter als beabsichtigt.

«Na, das ist unser erstes Date, da kann ich dich doch nicht in meine Höhle schleifen und über dich herfallen.»

«Das sehe ich aber anders.» Schmollend trottete ich neben ihm her. «Es ist doch noch nicht so spät», moserte ich weiter.

«Ich muss morgen früh raus, und du bist doch kein Mädchen, das schon beim ersten Date zu haben ist, oder?» Daniel hatte sichtlich Spaß daran, mich aufzuziehen.

«Für dich bin ich das!», stieß ich erbost hervor und achtete gar nicht darauf, was ich da eigentlich sagte. Ich wollte nicht nach Hause, viel lieber wollte ich in Daniels Bett. «Außerdem ist morgen Samstag. Du musst nicht in die Uni!»

«Auf mich wartet morgen aber ein ordentliches Stück Radfahren.»

«Für dein Triathlontraining?», fragte ich nach.

Daniel nickte nur und blieb an einer roten Ampel stehen.

«Warum kann ich dann nicht bei dir schlafen?»

«Weil ich früh aufstehe, damit ich die Distanz schaffe, bevor die Sonne so knallt. Morgen sollen es achtunddreißig Grad werden!»

Ich war noch immer verstimmt. «Toll. Wie viele Kilometer sind das denn?»

«Ich trainiere auf Mitteldistanz. Also achtzig Kilometer.»

Kein Wunder, dass der Mann Oberschenkel aus Stahl hatte. «Bitte sag mir, dass du Witze machst und mich nur beeindrucken willst.»

Er gab ein verächtliches Geräusch von sich. «Als ob ich das nötig hätte.»

Versöhnlich stieß ich ihn mit meiner Schulter an. «Okay, aber beeindruckt bin ich trotzdem.»

Das schmeichelte ihm offensichtlich, doch er versuchte, sich nichts anmerken zu lassen. «Was hältst du davon, wenn wir als Entschädigung danach grillen?», wechselte er das Thema. «Bei euch im Garten war das doch ganz spaßig. Willst du deine Mitbewohner einladen? Und deine Brüder natürlich auch. Dann schleppe ich meine Schwestern an.»

Darüber musste ich nachdenken. Seine Schwestern kennenlernen? War es dafür nicht noch viel zu früh?

Er blieb stehen und umfasste meine Schultern. «Du meine Güte, Mo. Dir steht ja die Panik auf die Stirn geschrieben.»

Entschuldigend starrte ich ihn an, nicht in der Lage, einen geraden Satz zu formulieren.

Seufzend griff Daniel meine Hand, verschränkte seine Finger mit meinen und küsste meine Fingerkuppen. «Was ist los?»

«Ist es dafür nicht etwas früh?», quietschte ich verunsichert.

Belustigt zog er eine Augenbraue hoch. «Wie lange treffen wir uns denn jetzt schon?»

Wenn dieses Gespräch so weiterging, lag ich bestimmt in einer Minute zuckend und krampfend auf dem Boden und erholte mich nie wieder davon. Woher zum Henker sollte ich denn wissen, seit wann wir uns trafen?

«Wenn du dich nicht erinnern kannst, dann ist es auch nicht zu früh, meine Schwestern kennenzulernen. Außerdem sind sie im Gegensatz zu meiner Mutter harmlos.» Seine Belustigung war nicht zu überhören. Das waren ja großartige Aussichten.

«Ich kann nicht gut mit Frauen umgehen», unternahm ich einen weiteren verzweifelten Versuch, ihn davon zu überzeugen, dass das einfach keine gute Idee war.

«Willst du mir weismachen, dass du besser mit Männern klarkommst? Was für eine riesige Überraschung.»

Wütend wollte ich ihm meine Hand entziehen, aber er ließ mich nicht los. Verwundert sah ich mich daraufhin um. «Wo sind wir?»

«Im Park. Die wenigsten kennen dieses Fleckchen hier. Ich versuche nur, den Nachhauseweg unnötig in die Länge zu ziehen.»

Blöderweise versöhnten mich seine Worte wieder, und für einen Augenblick vergaß ich auch die Aussicht auf ein Zusammentreffen mit seinen Schwestern.

Zuerst bemerkte ich gar nicht, dass er stehengeblieben war, doch es zog an meinem Arm, und ich hielt an. Mit einem unwiderstehlichen Gesichtsausdruck zog Daniel mich an sich und presste seine Lippen auf meine. Ich schlang die Arme um seinen Nacken und kam ihm willig entgegen. Vielleicht konnte ich ihn ja doch noch davon überzeugen, heute Nacht das Bett mit mir zu teilen.

Meine Zunge glitt zwischen seine Lippen, und meine Finger wühlten sich in seine dichten Haare. Daniel seufzte leise und erwiderte die Zärtlichkeiten. Ich hätte schwören können, dass für einen Moment die Zeit stehenblieb.

Schließlich löste er sich von mir und murmelte dicht vor meinem Mund: «Ich bringe dich trotzdem nach Hause.»

Beleidigt legte ich die nächsten Meter zurück und versuchte dabei, mich mit der Idee anzufreunden, dass ich wohl um ein Familientreffen nicht herumkommen würde. «Dir ist klar, dass deine Schwestern mich vermutlich hassen werden und der Abend den Bach runtergehen wird?»

Er schüttelte den Kopf, umfasste meine Hand fester. «Das wird nicht passieren.»

«Wenn du meinst …», gab ich skeptisch nach.

«Warte, war das gerade deine Zustimmung?»

«Da ich Sexentzug befürchte, wenn du deinen Willen nicht bekommst, war das wohl meine Zustimmung», entgegnete ich schmollend.

«Gut, ich habe nämlich schon alle eingeladen.»

Bei so viel Unverfrorenheit blieb mir glatt die Spucke weg. «Toll, dann kann Jakob mich ja zu dir begleiten.»

«Du legst wohl großen Wert darauf, den Hintern versohlt zu bekommen!», entgegnete Daniel scharf.

«Gott sei Dank, ich dachte schon, du würdest nie auf die Idee kommen», antwortete ich mit einem Augenrollen, und Daniel musste lachen.

Vor meinem Haus blieben wir stehen, und ich wünschte mir sehnlichst, es wäre Daniels. Bevor ich mich ihm zuwenden und meinen Gutenachtkuss fordern konnte, ging die Haustür auf, und Julian strahlte uns an.

«Die Turteltauben sind zurück», brüllte er in voller Lautstärke über die Schulter.

«Was für ein wundervoller Empfang!» Ich funkelte Julian böse an, der mich aber einfach ignorierte.

«Sollen wir morgen noch irgendwas mitbringen? Fleisch, Bier, Klappstühle?» Mein Mitbewohner war viel mehr an Daniel interessiert als an mir.

Daniel kratzte sich am Hinterkopf. «Eigentlich nicht. Ich müsste genug Stühle im Keller haben. Aber Bier ist wohl nie verkehrt.»

«Cool.» Julian lehnte im Türrahmen und machte keine Anstalten, sich zu verziehen.

Dann tauchte auch noch Jonathan hinter ihm auf und hielt Daniel die Hand hin. «Hey, dude!»

Mein Begleiter schüttelte seine Hand, und mit jeder Bewegung wuchs meine Frustration.

Als die Jungs anfingen, über die beste Sorte Grillkohle zu philosophieren, kam mir die Geduld abhanden. «Ihr verzieht euch jetzt sofort nach drinnen, oder ich mache euch Beine», grollte ich bedrohlich leise.

Jonathan riss die Augen auf – er hatte sich noch immer nicht dran gewöhnt, dass ich nicht sein All-American-Sweetheart war, und dachte jedes Mal, wenn ich motzte, ich wäre wirklich sauer. Julian lachte nur und verschwand in der Wohnung.

Entnervt zog ich die Tür zu und murmelte: «Dates sind einfach grauenvoll.»

Daniel lachte, zog mich an sich und hauchte unzählige leichte Küsse auf meinen Hals. «Also für dein erstes Date hast du dich gut geschlagen.»

«Ich weiß nicht … Es kam mir doch etwas unorthodox vor», wandte ich ein.

Sein Atem kitzelte meinen Hals. «Dann solltest du vielleicht noch etwas darüber nachdenken. Ich rufe dich nachher an.» Dann presste er mir einen simplen Kuss auf die Lippen und sagte: «Gute Nacht, Mo.»

Jakob saß am Küchentisch und brütete wieder über seinen Büchern. Als ich in den Raum kam, sah er kurz auf, sagte aber nichts. Ich holte meine Flasche aus dem Kühlschrank und trank gierig das eiskalte Wasser. Weil ich sehr eigen war, was meine Getränke anbelangte, besaß ich lauter wiederverwendbare Flaschen, die ich immer mit Sprudel gefüllt im Kühlschrank lagerte. Alle waren mit meinem Namen versehen – meine Brüder hatten mir früher zu oft Streiche mit Zucker- und Salzwasser gespielt.

Noch immer schwieg mein Mitbewohner stoisch, blätterte aber verdächtig laut und energisch um. Schließlich konnte ich meine Neugier nicht länger beherrschen. «Alles okay bei dir, du charmanter Mann?» Die Ironie tropfte aus jedem Wort, denn er hatte mir ja nicht einmal zur Begrüßung Hallo gesagt.

Mit zusammengezogenen Augenbrauen hob er den Kopf und musterte mich. Ich konnte förmlich sehen, wie es hinter seiner Stirn arbeitete.

Nachdem wir uns eine knappe Minute, ohne zu blinzeln oder zu sprechen, angestarrt hatten, knickte Jakob ein. Der Sieg wäre ohnehin meiner gewesen.

«Ihr Frauen treibt mich noch in den Wahnsinn!», stieß er entnervt hervor und zerwühlte seine sorgfältig hergestellte Gelfrisur.

«Ach, alle Frauen direkt?» Ich setzte mich auf den Stuhl ihm gegenüber und verschränkte die Arme vor der Brust. Meine Wasserflasche stand vor mir auf dem Tisch.

«Du zählst nicht. Auf dich kann ich sowieso irgendwie nicht sauer sein», nuschelte er leise.

«Warum solltest du auch sauer sein?», fragte ich ihn verwundert.

Aus großen Augen blickte er mich an, und prompt bekam ich das Gefühl, etwas falsch gemacht zu haben.

«Du machst Witze, oder?», wollte er wissen.

Als ich den Kopf schüttelte und ihn nur groß ansah, ließ er den

Kopf sinken und schlug wiederholt mit der Stirn auf die Tischplatte.

Entsetzt schob ich meine Hand dazwischen. «Ich bin enorm schlecht in so etwas. Klär mich mal bitte auf», bat ich ihn vollkommen überrascht.

Entgeistert sah er mich an, wischte sich mit der Hand über das Gesicht. «Du meinst das echt ernst?»

Ich nickte und drehte mich zur Küchentür, um sie zuzustoßen.

«Mo, du machst mich fertig. Du erzählst mir, dass du frisch aus einer Beziehung kommst und das ganze Blabla, und keine zwölf Stunden später gehst du mit einem anderen Typen nach Hause.»

Okay, so formuliert, klang das wirklich merkwürdig. «Glaub mir, die ganze Geschichte ist viel komplizierter als das!», versuchte ich zu erklären und erinnerte mich dabei an das erste Zusammentreffen mit Daniel.

Angriffslustig betrachtete mich Jakob. «Ist es das?»

Plötzlich verspürte ich das Verlangen, meine Geschichte mit irgendwem zu teilen. Außerdem hoffte ich, es würde die Atmosphäre zwischen uns bereinigen.

«Kannst du ein Geheimnis für dich behalten, Jakob?»

«Natürlich.» Er klang vollkommen überzeugt.

«Selbst wenn ich dir sage, dass das eine Geschichte ist, die du vermutlich um jeden Preis weitererzählen willst?», hakte ich nach.

«Klar. Ich kann dichthalten.»

«Okay. Dann halt dich fest. Ich habe Daniel während meiner glorreichen Kellner-Karriere im Kochs kennengelernt, und seitdem hat er einfach nicht lockergelassen.»

«Das heißt, als du mir am nächsten Morgen den Vortrag gehalten hast, kanntest du ihn schon?» Jakob zog ungläubig eine Augenbraue hoch.

«Ja, aber das ist nicht der schmerzhafte Teil der Geschichte.»

«Daniel ist mir einfach nur zuvorgekommen?» Er schien mir gar nicht zuzuhören. «Dann kann ich auf ihn wohl nicht sauer sein.»

Männerlogik – ich konnte ihm überhaupt nicht folgen.

«Dann lass mal hören», forderte er jetzt.

«Ich habe mich furchtbar blöd beim Kellnern angestellt, und aus Mitleid haben sie mich nach oben zu einem Junggesellenabschied geschickt. Die Männer dort haben nur Bier und Schnaps getrunken – das konnte selbst ich nicht durcheinanderbringen. Du erinnerst dich noch an mein Outfit?»

Jakob nickte. «Als ob ich das vergessen würde. Sei froh, dass ich mich aufs Fahren konzentrieren konnte.»

Für einen Moment verblüffte mich seine Offenheit, doch dann fuhr ich fort: «Also, die Männer haben mich für eine Stripperin gehalten, und als ich das Geld gesehen habe …» Ich machte eine Pause und überlegte, wie ich den folgenden Teil formulieren sollte. Doch Jakob verstand mich auch so.

«Oh mein Gott! Nein!»

Ich nickte nur langsam und verzog das Gesicht.

Da begann er lauthals zu lachen. «Du hast nicht wirklich gestrippt, oder?»

«Und ob! Ich kann es selbst nicht glauben.» Nervös griff ich nach meiner Wasserflasche und spielte mit dem Verschluss.

«Ich hätte dich wirklich nicht aus dem Auto steigen lassen sollen. Ich glaub's nicht!» Er lachte immer heftiger, sodass ich ihn kaum noch verstehen konnte.

«Jedenfalls saß Daniel zwischen den anderen und hat keine Miene verzogen, das hat mich total wütend gemacht. Deswegen habe ich ihn geärgert.»

Abwehrend hob Jakob die Hände. «Keine Details bitte. Überspring den Teil, bei dem du dich ausgezogen hast. Sonst fange ich an zu weinen, weil ich nicht dabei war.»

Ich warf ihm einen vorwurfsvollen Blick zu, der nur dafür sorgte, dass er wieder zu lachen anfing. «Allein die Vorstellung! Du hast echt die Ruhe weg!»

Schulterzuckend entgegnete ich: «Offensichtlich. Jedenfalls ist Daniel angepisst genug gewesen, um mir nachzulaufen und ein Date zu fordern. Ich habe abgelehnt, aber er hat einfach nicht lockergelassen. Irgendwann habe ich gedacht, ich könnte ihn austricksen, und habe ihm angeboten, dass ich mit ihm ausgehe, wenn er meinen Namen errät.»

«Er hat deinen Namen erraten?», unterbrach Jakob mich ungläubig.

«Natürlich nicht, aber er hat sich meinen Ausweis angeguckt, um sicherzugehen, dass ich nicht gelogen habe. Dann hat er den Nachnamen erkannt, weil er früher mit Don in einer Schulklasse gewesen ist. Ich bin beinahe tot umgefallen, als er mich gefragt hat, ob Don mein Bruder ist.»

«Und am nächsten Tag ist er hier mit deinem Bruder aufgelaufen. Was für ein schlauer Mistkerl», sagte Jakob mit meiner Meinung nach völlig unangemessener Bewunderung in der Stimme. Als ich nickte, hob Jakob eine Hand und zeigte mit den Fingern einen kleinen Abstand. «So knapp!»

«Was soll ich dazu sagen?» Meine Frage war zwar ernst gemeint, doch Jakob winkte nur ab.

Dann fiel mir seine ursprüngliche Aussage wieder ein. «Wo ist denn jetzt das Problem mit uns Frauen?»

Wieder raufte er sich die Haare. «Du hast mir doch Carola vorgestellt. Irgendwie ist die Frau ein Buch mit sieben Siegeln.»

«Gefällt sie dir denn, oder ist sie dir zu anstrengend?»

Er sah mich strafend an. «Natürlich gefällt sie mir!»

«Ist ja gut, ich wollte nur die Parameter bestimmen. Wo drückt also der Schuh?»

Plötzlich verwandelte Jakobs Gesicht sich in eine überreife

Tomate. Er senkte den Blick und starrte konzentriert auf die Tischplatte. Rasch breitete sich die Röte über seinen Hals aus und verschwand unter seinem T-Shirt.

Das Grinsen konnte ich mir nicht verkneifen. «Jetzt bin ich wirklich neugierig. Es kann unmöglich peinlicher sein als mein improvisierter Strip – ich mache dich übrigens einen Kopf kürzer, wenn du nur daran denken solltest, irgendwem davon zu erzählen.» Den letzten Teil des Satzes zwitscherte ich geradezu.

Verlegen malte Jakob mit dem Zeigefinger Kreise auf dem Tisch. «Also, Carola meldet sich immer nur, wenn ...» Hilflos brach er ab, und plötzlich wusste ich, woher der Wind wehte.

«Du bist ihr booty call? Sie ruft dich für Sex an?»

«Schrei doch noch lauter!», zischte Jakob aufgebracht, wobei er nervös die Küchentür beobachtete.

«Ich dachte, Männer finden solche Arrangements gut», murmelte ich vor mich hin. Sofort fing ich mir den nächsten strafenden Blick von Jakob ein.

«Was mache ich denn jetzt?», wollte er von mir wissen. Als hätte ich eine Ahnung, wie Beziehungen und der ganze Balztanz vorher funktionierten.

«Hast du sie mal gefragt?» Das schien mir naheliegend.

Jakob glotzte mich einfach nur an. «Was gefragt?»

Okay, wer von uns beiden hatte hier eigentlich keine Ahnung? «Na, ob sie mit dir ausgehen will?», klärte ich ihn auf.

Jetzt starrte Jakob mich an, als hätte ich den Verstand verloren. «Ich soll sie nach einem Date fragen?»

«Willst du denn ein Date mit ihr?» Unser Gespräch hatte gerade definitiv Grundschulniveau erreicht.

«Ich denke schon.»

«Also, ich habe die Weisheit nicht mit Löffeln gefressen und bin aus der Übung, aber ich habe eine vage Ahnung, dass es so funktionieren könnte.»

«Hm.» Aufschlussreich war seine Antwort nicht gerade.

Bevor er reagieren konnte, schnappte ich mir also sein Handy und riss die Küchentür auf. Ich folgte den Stimmen von Julian und Jonathan in den Garten und warf schwungvoll die Terrassentür hinter mir zu. «Schnell! Haltet die Tür zu!», forderte ich die Jungs auf. Die beiden stellten meine Anweisung gar nicht erst in Frage, sondern gehorchten aufs Wort.

Während ich im Telefonspeicher nach Carolas Nummer suchte, hämmerte Jakob wutentbrannt von drinnen gegen die Tür. Ich gab ihm nur schulterzuckend zu verstehen, dass ich ihn nicht verstand.

«Was machen wir eigentlich gerade?», erkundigte Julian sich vorsichtig.

«Wir besorgen Jakob eine Verabredung für morgen.»

Jonathan reckte mir den Daumen entgegen. «Awesome!»

Eilig tippte ich die Kurznachricht an Carola, dann bedeutete ich Julian und Jonathan, dass sie die Tür freigeben konnten. Sofort schob Jakob sie auf. Wütend zeigte er mit dem Finger auf mich. «Ich werde dich erwürgen!»

Ich warf ihm eine Kusshand und das Handy zu, seinen bösen Blick ignorierte ich. Dann ertönte ein kurzer Klingelton, und Jakob sah entsetzt auf sein Telefon.

«Was hast du getan?», fragte er beinahe erstickt.

«Nichts, nur Carola eine SMS geschrieben.»

Er machte einen Schritt auf mich zu, und ich brachte mich lieber hinter dem Gartentisch in Sicherheit. «Ich habe lediglich gefragt, ob sie dich nicht morgen zu einer spontanen Grillparty begleiten will.»

Jakob stöhnte, als hätte ich ihm ein Fleischermesser zwischen die Rippen gestoßen.

«Jetzt mach schon! Lies die Antwort», mischte Julian sich ein.

Eine ganze Weile starrte er nur auf das Display, dann grinste er breit. «Ich soll sie um achtzehn Uhr abholen.»

Gleichzeitig stimmten wir ein Jubelgeschrei an, das einem Fußballfanclub alle Ehre gemacht hätte. Dieses Mal wich ich nicht zurück, als Jakob auf mich zukam. Er drückte mir einen Kuss auf die Wange. «Danke», raunte er mir leise zu.

«Alles cool?», flüsterte ich genauso leise zurück.

«Alles cool!»

Wir hatten zusammen Bier getrunken und mit hochgelegten Füßen den lauschigen Sommerabend genossen. Später war Johannes dazugestoßen, und es hatte Spaß gemacht, einfach draußen zu sitzen und zu quatschen. Allerdings hatte ich einen kleinen wehmütigen Moment gehabt, als ich feststellte, dass ich Sebastian vermisste. Er hätte wunderbar in die Runde gepasst.

Jetzt lag ich endlich auf dem Bett und fühlte mich so entspannt wie schon lange nicht mehr. Da es noch immer schrecklich warm war und der leichte Windhauch, der im Garten so angenehm geweht hatte, in meinem Zimmer nicht zu spüren war, hatte ich auf einen Schlafanzug verzichtet. Als ich vielleicht eine Viertelstunde in meinem neuen Krimi hatte schmökern können, klingelte mein Handy.

«Hi, Schöne, was machst du gerade?»

Daniels Stimme sorgte wie immer für ein Flattern in meinem Unterleib, und ich fragte mich zum wiederholten Mal, wieso er diese Wirkung auf mich hatte.

«Nackt auf deinen Anruf warten.»

«Die perfekte Antwort», schnurrte er leise.

«Warte, ich schicke schnell Jakob raus.» Die Spitze konnte ich mir nicht verkneifen.

«Ich warne dich, wenn du das nächste Mal in meinem Bett liegst, wirst du deine Worte bereuen.»

Meine Klit begann gierig zu klopfen, und ich hoffte inständig, er würde seine Drohung wahr machen.

«Bist du bereit für ein Geständnis?», fragte ich ihn.

«Jederzeit.» Es war nicht zu überhören, dass er neugierig war.

«Ich glaube, ich habe mich noch nie so in der Gegenwart eines Mannes gefühlt wie bei dir. Alle anderen Männer lösen eher kumpelhafte Gefühle in mir aus.»

«Und ich nicht?»

Ich sah ihn vor mir, wie er sich über meine Worte freute. Sicher funkelten seine grünen Augen, während er beim Lächeln seine ebenmäßigen Zähne zeigte. In meinem Bauch zog es, doch nicht nur aus Verlangen – da war noch etwas anderes, was ich nicht einordnen konnte.

«Nein. Bei dir ist es irgendwie anders. Mehr kann ich dir momentan nicht dazu sagen.»

«Das reicht mir schon. Schlaf gut, mysteriöse Mo.»

«Du auch», flüsterte ich leise.

Dann legte Daniel auf, und ich fragte mich, warum ich das so sehr bedauerte.

10

Mitten in der Nacht wachte ich schweißgebadet auf. Ich hatte einen Albtraum gehabt, an dem jeder Psychologe seine helle Freude gehabt hätte. Bevor ich wusste, was ich tat, griff ich nach meinem Handy und wählte wie automatisch die Nummer.

«Ja?» Sebastian klang schlaftrunken, dennoch war er sofort ans Handy gegangen.

«Ich hatte einen Albtraum», wisperte ich in den Hörer.

Er drehte sich auf die Seite, das konnte ich am Rascheln des Bettzeugs hören. «Ach, Mori», seufzte er leise.

«Bist du allein? Ich will nicht, dass du Ärger mit Tobi bekommst.» Meine Stimme klang gefährlich wacklig, und ich war den Tränen nah.

«Ich bin allein, mach dir keine Sorgen. Worum ging es in dem Traum?» Schon lange hatte er nicht mehr diesen weichen Tonfall gehabt, wenn er mit mir sprach.

«Die Botschaft war, dass ich nicht gut darauf reagiere, wenn du mich hasst.»

«Ich hasse dich doch nicht», beschwichtigte Sebastian mich milde. «Wenn ich jemanden hasse, dann deinen bescheuerten Bruder.»

Er wusste, dass ich es nicht mochte, wenn er gegen Don stänkerte, aber ich war zu aufgewühlt, um Sebastian zurechtzuweisen. «Glaub mir, Don hat rein gar nichts mit Daniels Hartnäckigkeit zu tun. Ich vermisse dich und will keinen Streit mehr. Das ist grauenvoll!», sprudelte es aus mir heraus, während ich mir das feuchte Bettlaken von der erhitzten Haut zog.

«Wir haben keinen Streit, nur verschiedene Meinungen.» Wie diplomatisch Sebastian auf einmal sein konnte.

«Aber wie bringen wir unsere Meinungen auf einen Nenner?»

«Bitte hör auf zu weinen, Hase.» Bis Sebastian mich so eindringlich anflehte, hatte ich gar nicht gemerkt, dass mir mittlerweile die Tränen über die Wange liefen.

«Sag mir, was ich machen soll!», forderte ich von ihm.

«Zieh wieder zu mir!»

Eigentlich wollte ich ein verächtliches Geräusch machen, aber durch meine verstopfte Nase wurde daraus nur ein abgehacktes Schluchzen. «Was soll das denn bringen? Dann kannst du nicht mit Tobi zusammenziehen. Und ich habe gerade erst überall herumerzählt, wir hätten uns getrennt!»

«Und wenn wir wieder ein Paar wären?», schlug Sebastian ganz ruhig vor.

«Wie soll das funktionieren? Das ist Unsinn, und das weißt du auch.» Ich wischte die Tränen beiseite. Schon wieder hatte ich das Gefühl, in einer Sackgasse zu stecken.

«Ich glaube, dieses Mal könnte es klappen. Ich will dich, Mori!» Die ernste Art, mit der er das sagte, jagte mir einen Schauer über den Rücken. Er klang, als wäre er wirklich überzeugt davon.

«Du meinst doch nicht etwa auf sexuelle Art?»

«Wäre das so abwegig?», fragte er zurück.

«Sebastian! Natürlich ist es das! Ich habe unseren letzten Versuch noch gut in Erinnerung und keinen Bedarf, dieses Desaster zu wiederholen.»

«Ich aber!»

Stumm schüttelte ich den Kopf und suchte nach den richtigen Worten. «Glaub mir, für mich wäre es nicht befriedigend.»

«Wieso? Ich lerne schnell.» Sebastian schien so furchtbar überzeugt zu sein, dass ich nur mit dem Kopf schütteln konnte.

«Vergiss es. Diese Diskussion ist absurd. Ich will mich nicht länger mit dir streiten und wieder normal mit dir reden können.»

«Schlaf mit mir!»

Das konnte unmöglich seine Lösung für unseren Konflikt sein. War das Klischee etwa doch nicht so absurd, und Sex diente wirklich als die männliche Universallösung für alle Probleme?

«Ganz im Ernst, Sebastian, was soll das bringen?» Nervös nagte ich an meiner Unterlippe. Nur ungern wollte ich meinen sensiblen Freund auf den Boden der Tatsachen holen, indem ich ihm meine sexuellen Vorlieben aufzählte.

«Dann führen wir endlich die Beziehung, die du verdienst, und du kannst den Typen in den Wind schießen.»

Jetzt reichte es mir! Ich atmete tief durch und ermahnte mich, nicht zu schreien – ich lag in meinem WG-Zimmer, das durfte ich nicht vergessen. «Sein Name ist Daniel. Sperr jetzt deine Lauscher auf, Sebastian Walters! Du bist mein bester Freund, daran ändert auch Daniel nichts. Daran änderst nur du etwas, wenn du dich weiterhin wie ein riesengroßer Idiot aufführst. Bisher habe ich mich echt bemüht, dich zu schonen, aber jetzt will ich dir was erklären. Selbst wenn wir miteinander schlafen würden, wäre es für mich nicht sonderlich befriedigend. Ich bevorzuge es hart, mein Lieber, und wenn ich hart sage, dann meine ich es auch so. Würdest du es über dich bringen, mir an den Haaren zu ziehen? Mich zu schlagen oder sogar zu würgen, während du mich so richtig hart durchfickst?»

Obwohl ich ganz leise gesprochen hatte, wirkte mein Monolog selbst auf mich ziemlich harsch. An der Art, wie Sebastian scharf Luft geholt hatte und jetzt schwieg, konnte ich ablesen, dass zumindest die Botschaft angekommen war.

Nur um sicherzugehen, legte ich nach: «Du benimmst dich im Moment wie ein verwöhntes Einzelkind, dem jemand sein Spielzeug weggenommen hat. Konzentrier dich lieber auf Tobi, statt dir einzureden, du hättest neuerdings deine Libido nicht mehr im Griff, wenn ich in der Nähe bin. Wenn du bereit bist, dich wieder wie ein Erwachsener zu benehmen und Daniel kennenzulernen, kannst du anrufen.»

Damit legte ich auf. Erst jetzt bemerkte ich, dass meine Hand zitterte und mein Atem schwer ging. So hatte ich mir den Verlauf des Gesprächs nicht vorgestellt. Ich konnte selbst nicht glauben, dass ich tatsächlich das Wort «ficken» benutzt hatte. Jetzt würde ich abwarten müssen, was Sebastian mit meiner Information anfing.

Am nächsten Morgen kam ich mir wie ein emotionsloser Klotz vor. Nachdem ich Sebastian die Meinung gegeigt hatte, war ich eingedöst und hatte den Rest der Nacht friedlich wie ein Baby geschlafen. Sicher stimmte irgendetwas nicht mit mir.

Selbst der Gartenparty sah ich mittlerweile gelassen entgegen. Daniels Schwestern würden mir schon nicht den Kopf abbeißen – zumindest hoffte ich das.

Als ich einmal versucht hatte, Daniel über sie auszufragen, hatte er mir lediglich verraten, dass seine Schwestern älter waren als er und Elena und Helen hießen. Keine sonderlich hilfreichen Infos. Danach hatte er nur noch gegrinst und geschwiegen.

Ich griff nach meinem Handy: keine Nachricht von Sebastian. Vermutlich sollte ich das Ganze mit einem Schulterzucken abtun, er würde sich schon wieder einkriegen – aber unser Streit nagte an mir.

Da klopfte es zaghaft an der Tür. Schnell sah ich an mir herunter. «Moment!», rief ich geistesgegenwärtig. Glücklicherweise lag mein Pyjama in Reichweite, und ich schlüpfte schnell hinein. «Okay. Was gibt es?»

Eine Hand, die ich unschwer als Jakobs identifizierte, schob sich durch den Türspalt und präsentierte mir eine Tasse Kaffee.

Ich lachte. «Mir war nicht klar, dass ich dich schon so gut erzogen habe.»

Jakobs schiefes Grinsen folgte der Kaffeetasse. «Guten Morgen.»

«Morgen.» Gierig streckte ich den Arm aus und griff nach der Tasse.

Jakob zog sich den Schreibtischstuhl vor mein Bett und setzte sich. «Danke, dass du mir Carola vorgestellt hast.»

Ich winkte nur ab und genoss den Kaffee.

«Nein, im Ernst. Ich habe mich total zickig benommen, und du warst trotz allem so nett.»

Plötzlich klingelte mein Handy. Zuerst dachte ich, es könnte Sebastian sein, doch der Anrufer war Daniel. «Du kannst dich gleich revanchieren. Hier, geh ran.»

Kritisch beäugte Jakob das Display. «Bist du sicher, dass das eine gute Idee ist?»

«Absolut.»

Er holte tief Luft und drückte auf Annahme. «Hallo?» Sofort zog Jakob eine Grimasse und sagte ruhig: «Ja, sie ist hier, einen Moment.» Er reichte mir das Telefon.

«Was wolltest du eigentlich?», wisperte ich, während ich das Mikrophon mit der Hand bedeckte.

«Meinst du, ich sollte Carola Blumen mitbringen?»

«Oh Gott. Ich bin total schlecht in so was. Lass dir von Jonathan Sannes Nummer geben und frag sie. Ernsthaft. Ich ruiniere dir das sonst nur.»

Nervös beäugte Jakob mein Handy. «Solltest du nicht rangehen?»

Als Antwort scheuchte ich ihn mit einer Handbewegung aus dem Zimmer und lehnte mich dann entspannt im Bett zurück. «Guten Morgen. Jakob hat mir Kaffee ans Bett gebracht, ist das zu glauben?»

Daniels Knurren elektrisierte meinen ganzen Körper. «Du wirst dir so sehr wünschen, du hättest das besser nicht gesagt.»

«Aber es ist die Wahrheit», erwiderte ich unschuldig. «Er wollte sich bedanken, weil ich ihm ein Date mit Carola besorgt habe. Sie begleitet ihn heute Abend. Außerdem hat er Frieden mit dir geschlossen.»

«Wie komme ich zu der Ehre?» Wirklich versöhnt klang Daniel noch nicht.

«Er hat sich damit abgefunden, dass du ihm zuvorgekommen bist, aber dass Carola auf der Bildfläche erschienen ist, hat natürlich geholfen.»

Daniel schwieg.

«Ich hoffe, du überlegst dir gerade eine angemessene Strafe für mich.»

«Darauf kannst du Gift nehmen, meine Schöne», ließ Daniel sich endlich zu einer Antwort hinreißen. «In Gedanken höre ich dich schon betteln. Ein Jammer, dass meine Schwestern so früh kommen, sonst hätte ich dich glatt jetzt hierherbeordert.»

«Warum kommen deine Schwestern früher?»

«Zum einen sind sie der Meinung, dass ich niemals in der Lage sein könnte, die Baguettes rechtzeitig in den Ofen zu schieben, und zum anderen wollen sie mich einer intensiven Befragung unterziehen.»

Das alarmierte mich. «Wieso?»

«Ob du es glaubst oder nicht, ich habe bisher sehr selten meinen Schwestern eine Frau vorgestellt – und schon gar nicht bevor die betreffende Dame einen Besuch bei meiner Mutter überlebt hatte.»

Mein Magen krampfte sich zusammen, während meine Kopfhaut merkwürdig heiß wurde. Was an dieser Aussage beunruhigte mich am meisten? Ich wollte lieber gar nicht darüber nachdenken.

«Großartig, ich habe hier bestimmt noch irgendwo das Nonnenkostüm vom Karneval herumfliegen», moserte ich.

Er lachte. «So schlimm wird es nicht. Entspann dich und sei einfach du selbst – ohne zu strippen, ansonsten bist du großartig.»

«Du magst es nicht, wenn ich strippe?» Mir gelang es sogar, pikiert zu klingen.

«Doch, aber nicht wenn andere Leute anwesend sind.»

Jetzt begann mein Magen zu flattern, und ich kam meinen ganzen Emotionen gar nicht mehr hinterher. «Ich habe gestern Nacht mit Sebastian telefoniert», wechselte ich lieber schnell das Thema. «Das Ganze steckt jetzt noch schlimmer in der Sackgasse als vorher.»

«Meinst du nicht, er meldet sich, wenn er dazu bereit ist?»

«Ich hoffe es. Leider war ich gezwungen, ein paar sehr klärende Worte zu sprechen. Seine neuste fixe Idee ist nämlich, dass wir unbedingt Sex haben sollten.»

«Was?» Daniel schaffte es tatsächlich, offenbar noch fassungsloser zu sein als ich. «Hast du ihm gesagt, dass er dein schwuler bester Freund ist?»

«Sehr deutlich. Außerdem auch, dass er sich das schön aus dem Kopf schlagen kann.»

Anscheinend fehlten Daniel die Worte, und er schwieg. Da ich auch nichts weiter dazu zu sagen wusste, wechselte ich erneut das Thema. «Bist du schon von deiner Fahrt zurück?»

«Ja, aber ich war etwas langsamer, als ich gehofft hatte.»

«Ich trau mich gar nicht zu fragen, was das bedeutet. Stattdessen stelle ich mir dich lieber unter der Dusche vor.»

«Du kleines Luder», neckte er mich.

«Ich tue, was ich kann.» Bevor ich weitersprach, benötigte ich einen kurzen Moment der Überwindung. «Ich freue mich schon darauf, heute Nacht in deinem Bett zu schlafen.»

«Glaub mir, du wirst nicht schlafen.»

Damit legte er auf und überließ mich dem erregenden Kribbeln in meinem Unterleib.

Gut gelaunt zog ich mit den Jungs gegen 18 Uhr los. Jakob war vorher wie ein kopfloses Hühnchen durch das gesamte Haus gelaufen und hatte vor Aufregung kaum einen geraden Satz rausgebracht. Natürlich hatten wir ihn geneckt und geärgert, bis er fast die Geduld verloren hatte.

Jonathan war ein wenig geknickt, weil Sanne nicht mitkommen konnte, gab sich aber Mühe, dennoch gute Stimmung zu verbreiten. Damit er nicht vereinsamte, hakte ich mich unterwegs bei ihm unter. Über der Schulter trug ich einen überdimensionalen Shopper, der mit meinem Krempel und mit Grillfleisch gefüllt war. Außerdem hatte ich meine Laufsachen dabei. Ich wollte endlich gemeinsam mit Daniel eine Runde drehen und mich selbst davon überzeugen, dass er tatsächlich so schnell war, wie er behauptete.

Irgendwann stimmten die Zwillinge «Das Wandern ist des Müllers Lust» an, sodass unsere Ankunft sicherlich nicht zu überhören war – für die gesamte Nachbarschaft.

Daniel hatte das Gartentor offen gelassen, und wir drängelten uns förmlich darum, wer als Erster in den Garten durfte. Daniel kam mir entgegen und gab mir einen Kuss, bevor er gleich darauf mit dem Grillfleisch verschwand. Obwohl er versuchte, sich nichts anmerken zu lassen, wirkte er auf mich leicht genervt. Bestimmt hatten seine Schwestern Ernst gemacht und ihn wirklich verhört. Sofort wurde ich wieder nervös.

Vorsichtig sah ich mich um, doch im Garten waren sie definitiv nicht. Dafür hatte Daniel einen großen Schwenkgrill aufgebaut, um zwei kleine Tische hatte er Stühle herumgruppiert, daneben befanden sich noch ein paar Stehtische. Am Zaun hing eine Wimpelkette, auf die über und über das Wort «Party» gedruckt war. Fackeln standen am Rand des Rasens, um später die Dunkelheit zu vertreiben.

Als ich von drinnen aufgeregte Stimmen hörte, konnte ich meine Neugier nicht länger beherrschen und spitzte die Ohren.

«Das Baguette ist noch nicht fertig. Das sehe ich von hier aus», vernahm ich Daniels ungehaltenen Kommentar.

«Unsinn, es wird gleich verbrennen, und das nur, weil du so stur bist.» Eine eindeutig weibliche Stimme.

Das musste eine seiner Schwestern sein. Nur Geschwister sprachen permanent miteinander, als wäre der andere schwachsinnig. Und das unabhängig vom Alter – meine Mutter redete noch immer so mit ihrer jüngeren Schwester.

Vorsichtig schielte ich in die Küche und hielt den Atem an. Daniels Schwestern waren Zwillinge – und zwar eineiige! Auf den ersten Blick konnte ich abgesehen von der Kleidung keinen Unterschied zwischen den beiden erkennen.

Schneller, als mir lieb war, hatten die zwei mich erspäht und betrachteten mich eindringlich. Genau wie Daniel hatten sie grüne Augen und dunkelbraune Haare. Außerdem hatte ihr Bruder dezent unter den Tisch fallen lassen, dass sie atemberaubend hübsch waren.

«Hi, ich bin Mo.»

Die eine Zwillingsschwester sagte nur «Hm» und wandte ihren Blick zu Daniel, eine Augenbraue hochgezogen.

«Hallo, ich bin Elena. Schön, dich kennenzulernen.» Die andere kam auf mich zu und schüttelte meine Hand. Sie wirkte offen und locker, ganz im Gegensatz zu ihrer Schwester, die anscheinend nicht sprechen konnte.

Elena wies über ihre Schulter. «Das ist Helen. Ich würde mich gern für sie entschuldigen und behaupten, dass sie sonst nicht so wortkarg ist, aber dann würde ich lügen.» Sie hatte ein entwaffnendes Lächeln, das ich einfach erwidern musste. Wenigstens konnte ich die beiden auf diese Weise auseinanderhalten.

Elena trug ein pinkfarbenes Seidentop, das im Nacken verknotet war, und blaue Jeansshorts, aus denen beneidenswert lange Beine ragten. Ihre Schwester war ebenfalls mit Shorts sowie mit einem Tanktop bekleidet, beides in Schwarz. Auch sie konnte mit einem göttlichen Körper aufwarten.

Versöhnlich legte Daniel einen Arm um meine Schulter und presste mir einen Kuss auf die Schläfe. «Du musst Helen verstehen. Sie braucht alle Wörter, die ihr täglich zur Verfügung stehen, für ihren Job.»

Helen gab nur ein schnaufendes Geräusch von sich, griff nach dem Weinglas, das auf dem Küchentisch stand, und verließ die Küche.

Verwirrt sah ich ihr hinterher. «Habe ich etwas falsch gemacht?»

Elena lachte und stieß Daniel mit dem Zeigefinger in die Seite. «Ganz im Gegenteil. Ich glaube, sie mag dich.»

Ich zog die Nase kraus – und ich hatte gedacht, meine Familie wäre schräg.

Plötzlich ertönte Helens Stimme aus dem Wohnzimmer. «Das Baguette.»

Fluchend wirbelte Daniel herum und holte in Windeseile das fast verbrannte Brot aus dem Ofen.

Elena grinste nur und folgte ihrer Schwester aus der Küche.

Sofort wandte ich mich zu Daniel um. «Okay, jetzt ehrlich: Ist Helen immer so?»

Daniel nickte. «Ist sie. Es liegt nicht an dir, und sie taut im Laufe des Abends bestimmt noch ein wenig auf. Sie hasst solche Veranstaltungen.» Er machte eine Pause, dann lachte er. «Streng genommen hasst sie alle Menschen, und noch mehr hasst sie Orte, an denen fremde Menschen sich treffen und Spaß haben.»

«Was tut sie dann hier?»

«Ich schätze, die Neugier auf dich hat sie aus dem Haus getrieben.» Geschäftig öffnete Daniel den Kühlschrank und holte eine Schale mit Nudelsalat heraus.

«Was machen deine Schwestern beruflich? Modeln?»

«Quatsch! Was für eine absurde Idee!» Er schüttelte den Kopf und warf mir einen kritischen Blick zu, dabei hatte ich die Frage vollkommen ernst gemeint.

«Wieso? Dir ist schon aufgefallen, dass sie richtige Schönheiten sind, oder?»

Daniel stellte sich in die Küchentür und starrte angestrengt in den Garten. «Findest du?»

«Ich? Hat Don sie schon mal gesehen?»

Entsetzt drehte Daniel sich zu mir um. «Ich glaube nicht.»

Statt einer Antwort grinste ich nur vielsagend.

Doch Daniel winkte ab. «Da wird dein lieber Bruder nicht weit kommen. Elena ist verlobt, und Helen … Ich glaube, sie würde ihm den Kopf abreißen, wenn er auf die Idee kommt, mit ihr zu flirten.»

«Verlobt? Wow. Aber jetzt sag schon, was machen sie beruflich?»

«Nein, ich will nicht. Das ist mir peinlich», wich Daniel verlegen meiner Frage aus und stellte die Grillsoßen auf ein Tablett.

«Wieso? Ich werde sowieso nicht lockerlassen», drohte ich.

«Von mir aus. Aber sprich Helen bloß nicht darauf an, sonst reißt sie dir auch den Kopf ab. Sie ist Schriftstellerin.»

Beeindruckt warf ich einen Blick auf Helen, die in einem der Gartenstühle saß und ruhig das Treiben um sich herum beobachtete, ohne sich daran zu beteiligen. «Was schreibt sie denn?»

«Thriller. Aber sie redet wie gesagt nicht gerne darüber.»

«Ich habe den Eindruck, dass sie generell nicht so gesprächig ist. Was arbeitet Elena?»

Daniel zog eine Grimasse. «Steuerfahndung.»

«Du machst Witze! Ich dachte, Zwillinge hätten fast immer die gleichen Interessen. Eigentlich hätte ich jetzt damit gerechnet, dass Elena auch etwas Kreatives macht.»

«Ich wünschte, das würde sie. Aber nein. Sie arbeitet bei der Steuerfahndung, da hat sie auch ihren zukünftigen Mann Stephan kennengelernt. Er ist gerade auf einer Segeltour und kommt morgen zurück.»

Ohne seinen Protest abzuwarten, nahm ich das volle Tablett und ging wieder in den Garten. Inzwischen war auch Kai-Uwe mit zwei Freunden im Schlepptau angekommen und umarmte mich kurz, nachdem ich die Soßen auf den Tischen verteilt hatte.

Er nahm mich zur Seite und sah mich eindringlich an. «Ist alles okay?»

«Klar, warum fragst du?»

«Ich habe heute Sebastian gesehen, doch bevor ich mit ihm reden konnte, hat er tatsächlich die Straßenseite gewechselt und ist in einer Seitenstraße verschwunden.»

Großartig, das hatte mir gerade noch gefehlt. «Ich weiß nicht, vielleicht hat er dich nicht gesehen.»

Kai-Uwe schüttelte den Kopf. «Er hat mich definitiv gesehen, ich hatte ihn sogar schon gegrüßt, bevor er förmlich die Flucht ergriffen hat.»

Für einen Moment wusste ich nicht, was ich antworten sollte. Da tauchte Don auf und gesellte sich zu uns. «Familienkrise?»

Schnell winkte ich ab. «Nein, nein. Kai-Uwe hat sich nur gewundert, warum Sebastian ihm auf der Straße ausgewichen ist.»

Don versuchte es mit dem gleichen Erklärungsansatz wie ich: «Vielleicht hat er dich nicht gesehen?»

Kai-Uwe verschränkte die Arme und sah zwischen uns hin und her. «Ihr verheimlicht mir irgendwas.»

Seufzend rollte Don mit den Augen. «Ich hatte eine kleine Auseinandersetzung mit Sebastian, nachdem Mo ausgezogen ist. Vermutlich hatte er keine Lust auf eine Wiederholung.»

«Was genau darf ich unter einer Auseinandersetzung verstehen?» Kai-Uwe fixierte mich kritisch.

Abwehrend hob ich die Arme. «Mich musst du nicht fragen, ich hatte rein gar nichts damit zu tun. Aber ehrlich gesagt würde ich Sebastians Verhalten keinen zu großen Stellenwert beimessen, zu mir ist er gerade auch nicht unbedingt freundlich.»

Damit hatte ich eigentlich Kai-Uwe beruhigen wollen, stattdessen rief ich Don auf den Plan. «Was meinst du damit?»

Jetzt war meine Geduld am Ende. «Okay, es reicht. Wir sind auf einer Party, und ich habe keine Lust, darüber zu diskutieren. Ich breche gleich in Tränen aus, und ihr beide seid schuld!»

Allein diese Drohung reichte aus, damit meine Brüder verlegen das Weite suchten. Ich sah Kai-Uwe hinterher und wappnete mich innerlich bereits für die noch ausstehende Beichte. Das kleine Sensibelchen würde es bestimmt nicht gut aufnehmen.

«Du kommst wohl gut mit Männern zurecht?» Vollkommen lautlos war Helen neben mir aufgetaucht und betrachtete mich, als wäre ich ein Insekt unter ihrem Mikroskop.

«Nicht unbedingt. Das waren meine Brüder.»

Sie sagte: «Hm.» Dann drehte sie sich auf dem Absatz um und ließ mich stehen. Verblüfft sah ich ihr hinterher und überlegte, ob es wohl erfrischend war, wenn man sich einfach so benahm wie sie und es einem egal war, was andere über einen dachten.

Später ließ ich mich erschöpft in einen der Gartenstühle sinken.

Während Helen mich die ganze Zeit stumm beobachtet hatte, hatte Elena mir schon einige verfängliche Fragen gestellt, was meine Beziehung mit Daniel anbelangte. Dazwischen war ich Kai-Uwes fragendem Blick ausgewichen. Warum war diese Party nur so verflucht anstrengend?

Bald würde die Sonne untergehen, dann konnte ich mich einfach im Schatten verstecken, bis alles vorbei war. Daniel ließ sich in den Stuhl neben mir fallen und sah so fertig aus, wie ich mich fühlte.

«Hast du auch das Gefühl, du würdest auf einem untergehenden Schiff stehen?», raunte er mir leise zu.

«Und wie! Ich weiß gar nicht, wer schlimmer ist: deine Schwestern oder meine Brüder», antwortete ich.

«Dabei scheinen sich alle außer uns ganz wunderbar zu amüsieren.» Daniels Blick schweifte durch den Garten.

«Vielleicht machen wir irgendetwas falsch?» Ich grinste Daniel an.

In diesem Moment tauchten zwischen uns zwei Flaschen Bier auf. Ich blickte nach oben und erblickte Helen.

«Ergreift die Flucht, solange Elena und dein Bruder sich unterhalten.» Sie deutete mit dem Kopf ans andere Ende des Gartens, wo Kai-Uwe Daniels Schwester dabei half, die Fackeln anzuzünden.

Daniel ließ sich nicht zweimal bitten, griff die Flaschen und meine Hand. Zusammen stürzten wir aus dem Garten und hockten uns in die Einfahrt. Hinter der Buchsbaumhecke würde uns so schnell niemand sehen.

Daniel hielt mir die Flasche zum Anstoßen hin. «Siehst du, ich sagte doch, dass Helen dich mag.»

«Wenn du das sagst! So wie sie mich den ganzen Abend angestarrt hat, hätte ich eher gedacht, dass sie nur auf den passenden Moment wartet, um mich über eine imaginäre Klippe zu schubsen.»

Er lachte. «Glaub mir, Elena und ich haben ihr schon unzählige Male gesagt, dass sie so einfach nicht gucken sollte. Sie arbeitet in ihrem Kopf dann an irgendwelchen Szenen, und wenn du Glück hast, sieht die Leiche in ihrem nächsten Buch so aus wie du.»

«Schön, wie schmeichelhaft.»

Ich sah Daniel von der Seite an und bemerkte erst jetzt, dass er offenbar nicht dazu gekommen war, sich zu rasieren. Bevor ich mich beherrschen konnte, streckte ich die Hand aus und strich über die kratzigen Bartstoppeln.

Seine Augen verdunkelten sich. «Ich weiß genau, was du gerade denkst.»

Woher ich die Ruhe nahm, wusste ich nicht, aber ich schaffte es, seinem Blick standzuhalten. Tatsächlich hatte ich möglicherweise darüber sinniert, wie sich diese rauen Haare auf der Innenseite meiner Oberschenkel anfühlten. Ich musste wirklich an meiner Selbstbeherrschung arbeiten, wenn er mir so mühelos jeden Gedanken von der Stirn ablesen konnte.

Daniel wirkte, als würde er jeden Augenblick über mich herfallen wollen. Er streckte die Hand aus.

Zögernd legte ich meine hinein und ließ zu, dass er mich zu sich zog. Gerade als wir uns küssen wollten, hustete jemand hinter uns. «Du meine Güte, nehmt euch doch ein Zimmer. Oder habt ihr euch etwa ausgesperrt?»

Sanne schlenderte langsam durch den schwachen Schein der Straßenlaterne und grinste frech.

«So viel zum kleinen Frieden!», brummte Daniel.

Ich sprang auf und umarmte sie. «Was machst du denn hier?»

«Früher Feierabend, meine Kollegin hat mein Gejammer nicht mehr ertragen. Aber die interessantere Frage ist ja wohl, was ihr hier macht. Solltet ihr nicht da sein?» Sie deutete mit der Hand auf den Garten.

«Ja, aber unsere Geschwister spielen die Inquisition mit uns nach.»

Sanne zog eine Grimasse. «Ach ja, Familie. Man kann nicht mit …»

«Aber auch nicht ohne», vervollständigte Daniel die Phrase. Dann bedeutete er uns vorzugehen. Zusammen betraten wir wieder den Garten, und wie erwartet freute sich Jonathan besonders, Sanne zu sehen.

Grinsend stieß ich Daniel an und deutete mit dem Kinn auf seine Schwester. Helen verdrehte gerade die Augen, während Don sich sichtlich bemühte, ihr ein Gespräch aufzudrängen. «Siehst du?», raunte ich ihm zu. «Ich habe doch gesagt, dass deine Schwestern hübsch sind.»

Mit gerunzelter Stirn sah Daniel mich an. «Ich bin mir nicht sicher, ob mir gefällt, dass dein Bruder meine Schwester anbaggert.»

Um mir das Lachen zu verkneifen, hielt ich mir eine Hand vor den Mund. «Dir entgeht die Ironie der Situation hoffentlich nicht.»

«Nein, aber meine Absichten sind rein ehrenwert. Kannst du das Gleiche über den Charmeur da drüben sagen?»

«Natürlich nicht. Allerdings hast du mir glaubhaft versichert, dass Helen sich zu wehren weiß. Sie wird schon nicht auf Dons Masche reinfallen.»

In diesem Moment stand Helen auf, ließ Don, der gerade mitten in einem Monolog steckte, einfach sitzen und verschwand im Haus. Verwirrt sah Don sich um – viel Erfahrung hatte er mit Zurückweisungen nicht.

Als er uns bemerkte, stand er auf und kam herübergeschlendert. «Hat deine Schwester immer so schlechte Laune?», wollte er von Daniel wissen. Ich konnte mir mein Grinsen gerade eben verkneifen.

«Ja, hat sie.» Daniel verschränkte die Arme und starrte Don herausfordernd an, der genauso zurückfunkelte. Wieso hatte ich bloß das Gefühl, gerade einen wichtigen Teil der Unterhaltung zu verpassen?

«Sie hat doch keinen Freund, oder?», erkundigte sich mein Bruder jetzt.

Daniels finsterer Blick war Gold wert. Widerstrebend schüttelte er den Kopf.

Don nickte und strich sich über das Kinn, während er ins Haus sah. Genau dorthin, wo Helen gerade verschwunden war.

«Die Mühe kannst du dir sparen», bemerkte Daniel trocken.

«Wieso?» Don klang ziemlich beleidigt. Ich konnte mein Kichern nicht länger unterdrücken, was mir prompt einen bösen Blick einbrachte.

«Ich kenne meine Schwester schon länger. Vermutlich ist sie gerade nach Hause gegangen. Es ist nach dreiundzwanzig Uhr, und Helen findet, dass es dann sozial akzeptabel ist zu verschwinden.»

«Aber sie hat sich nicht einmal verabschiedet.» Die Empörung über diesen Frevel stand meinem Bruder ins Gesicht geschrieben. «Du musst mir ihre Nummer geben.»

Abwehrend hob Daniel die Hände. «Ich bin doch nicht lebensmüde. Helen bringt mich um, wenn ich das tue. Du kannst dein Glück bei Elena versuchen, vielleicht lässt sie sich weichkochen.»

Mit einem Seitenblick auf mich verkniff Don sich seine Antwort.

Kurze Zeit später brachen Jakob und Carola auf, denen sich Sanne und Jonathan ganz furchtbar unauffällig anschlossen. Als ich protestierte, ließ Sanne mich mit übertrieben unschuldiger Miene wissen, dass sie einfach sehr müde sei.

Helens Abfuhr war Don offenbar auf die Stimmung geschlagen, denn er verabschiedete sich direkt danach. Kai-Uwe und Elena folgten ihnen kurze Zeit später.

«Deine Mitbewohner haben echt Sitzfleisch», stöhnte Daniel, nachdem wir endlich die Tür hinter den letzten Gästen geschlossen hatten.

«Dass die beiden noch drei Stunden bleiben, hätte ich auch nicht gedacht.»

Die Zwillinge hatten es offensichtlich nicht eilig gehabt, nach Hause zu kommen. Selbst das plötzlich aufkommende Unwetter hatte die Party nicht beendet, sondern nur ins Innere des Hauses verlegt. Daniel hatte höflich vorgeschlagen, ihnen aufgrund des Wetters ein Taxi zu rufen, doch sie hatten abgelehnt und so lange über Filme geredet, bis wir uns geeinigt hatten, zusammen *Predators* anzusehen. Danach hatten sie sich endlich verabschiedet.

«Eigentlich hatte ich gedacht, der Film wäre schlechter. Dabei fand ich ihn doch ganz nett.»

Daniel zuckte mit den Schultern und verschränkte die Arme. «Ist halt gutes Popcorn-Kino. Wenn man nicht zu viel erwartet, ist man nachher nicht enttäuscht.»

Ich hatte nur auf ein Stichwort von ihm gewartet, nachdem Daniel mir schon seit Tagen praktisch versprochen hatte, mich endlich härter ranzunehmen. Die Worte «Hintern» und «versohlen» spukten bereits eine geraume Weile durch meinen Kopf.

«Etwas Ähnliches habe ich nach dem ersten Sex mit dir gedacht.»

Für einen Moment war er so verblüfft, dass er mich nur aus weit aufgerissenen Augen anstarrte. Ich wusste, dass dieser Zustand nicht lange anhalten würde, und nutzte die Gelegenheit, um mich in Sicherheit zu bringen.

Nicht einmal bis zur Hälfte der Treppe schaffte ich es, da legte sein Arm sich wie ein Stahlband um meine Taille. Obwohl ich zappelte und mich wie ein öliger Fisch wand, hatte ich keine Chance, seiner Umklammerung zu entkommen.

Ein grimmiges Lächeln umspielte seine Lippen, während er

mich durch die Tür in sein Schlafzimmer schob. Mein Herz klopfte voller Vorfreude, und ich hörte mich in Gedanken bereits wohlig stöhnen.

Doch dann warf Daniel mich unsanft aufs Bett und verschwand im Bad. Irritiert sah ich ihm hinterher und beschloss, mich schon einmal auszuziehen. Wenig später kam er wieder heraus, anscheinend hatte er sich die Zähne geputzt. Seelenruhig setzte er sich auf seine Bettseite, fischte nach seinem Schlafshirt, das er immer unter dem Kopfkissen liegen hatte.

Ich konnte sein Verhalten nicht deuten. Verwirrt ging ich ebenfalls ins Bad, um mich für die Nacht fertig zu machen. Als ich wieder herauskam, hatte Daniel das Licht ausgeschaltet und schien sich gerade zum Schlafen bereitzumachen.

Schnell kletterte ich ins Bett und legte mich auf meine Seite. Nachdem ich nicht einmal fünf Minuten frustriert die Decke angestarrt hatte, drehte ich mich um und kuschelte mich von hinten an Daniel. Er bewegte sich nicht und reagierte auch nicht auf meine Berührung.

Ich streichelte seinen Rücken, die Schultern und ließ eine Hand nach vorne gleiten, strich über seinen Bauch. Als ich seine imposante Latte berührte, stieß ich einen empörten Laut aus.

Belustigt erkundigte sich Daniel: «Ist irgendetwas?»

«Das ist unfair!», murrte ich. Meine Finger fanden wie von selbst den Weg unter die Boxershorts und schlossen sich um den Schaft.

Sofort hielt Daniel meine Hand fest. «Du hast gar keine Ahnung, wie unfair ich sein kann.»

Der Unterton sorgte für ein aufgeregtes Kribbeln auf meinem Rücken. «Aber du hast doch versprochen, mich zu bestrafen», versuchte ich es erneut.

«Das tue ich gerade, meine Liebe.» Mit ein wenig Druck sorgte er dafür, dass ich meine Finger öffnen musste und den Kontakt zu seinem Schwanz verlor. Wir rangelten kurz, doch ich konnte mich nicht aus seinem Griff lösen.

Also änderte ich meine Strategie und rieb mich an seinem Rücken. Wie lange würde er durchhalten, wenn ich versuchte, ihn herumzubekommen? Ich ließ meine Zungenspitze hervorschnellen und leckte über die Stelle an seinem Hals, wo der Puls schlug.

Daniel versteifte sich leicht, wich mir aber nicht aus. «Vielleicht möchtest du dich entschuldigen?», schlug er mit belegter Stimme vor.

Statt zu antworten, fuhr ich mit meiner freien Hand unter sein Shirt und kratzte ihm sacht über den Rücken. Mit einem unwilligen Geräusch warf Daniel sich herum, innerhalb einer Sekunde kniete er über mir und hielt meine Handgelenke neben meinem Körper fixiert. Böse sah er auf mich herunter und folgte dann meinem Blick, der auf den gespannten Stoff seiner Boxershorts gerichtet war. Auf eindeutige Art und Weise leckte ich über meine Lippen, bevor ich ihn im Zwielicht des Schlafzimmers unter meinen halbgeschlossenen Lidern hervor anschaute.

«Bitte», raunte ich anrüchig. «Du darfst alles mit mir machen, was du willst.»

Daniel stöhnte leise. «Das war zwar keine richtige Entschuldigung, aber ich lasse das mal so gelten.»

Statt einfach meine Klappe zu halten, konnte ich mir ein selbstgerechtes «Weil du zu mir nicht nein sagen kannst» nicht verkneifen.

Abrupt ließ er mich los. Stattdessen legte er eine Hand um meine Kehle, während er mit dem Knie meine Beine teilte. Mit den Fingern der anderen Hand strich er über meinen Bauch und wanderte langsam nach unten. Gierig spreizte ich die Schenkel.

Federleicht streifte er meine Klit, berührte flüchtig meine Labien und sorgte dafür, dass ich mich ihm entgegendrängen wollte. Doch sein unnachgiebiger Griff an meiner Kehle hielt mich davon ab.

Mit dem Daumen drang er in mich ein, und ich schloss genüsslich die Augen. Langsam und gemächlich stieß er ihn immer wieder in mich und steigerte meine Erregung. Meine Nippel standen steil ab und bettelten förmlich um Aufmerksamkeit.

Daniel zog den Daumen aus meiner Pussy und ließ mich merkwürdig leer zurück. Jetzt legte er ihn auf meine Lippen, und ich öffnete gehorsam den Mund. Sein Blick verdunkelte sich, als er zusah, wie ich meinen eigenen Geschmack von seinem Finger leckte.

Ohne mich loszulassen, rutschte Daniel mit dem Unterleib näher an mein Gesicht heran und zog dabei seine Boxershorts gerade weit genug herunter, dass sein harter Schwanz herausfederte. Ich streckte bereits die Zunge heraus und strich über die Unterseite seiner Eichel. Auf der Spitze zeigte sich der erste Lusttropfen, den ich kosten wollte.

Erst jetzt nahm Daniel die Hand von meiner Kehle und legte beide Hände stattdessen um meinen Kopf. Er ließ sich Zeit und eroberte meinen Mund Zentimeter für Zentimeter, ohne auch nur zu blinzeln. Dabei ließ er mir keine andere Wahl, als seinen Schwanz komplett aufzunehmen.

Fasziniert beobachtete er, wie ich sein geschwollenes Fleisch verschlang, und hielt inne, um das Gefühl vollständig auszukosten. Erst dann begann er, in meinen Mund zu stoßen. Ich konzentrierte mich darauf, gleichmäßig zu atmen und nicht etwa zu würgen, hielt dabei seinem eindringlichen Blick stand. Eine einzelne Träne löste sich aus meinem Augenwinkel und rollte über meine Wange.

Daniels Erregung nahm überhand, seine Hände fixierten meinen Kopf, und er stieß immer heftiger zwischen meine Lippen. Ich legte meine Hände auf seine Oberschenkel. Die Muskeln zitterten unter meinen Fingern, und auch an seinem heftigen Atmen konnte ich erkennen, dass er gleich kommen würde.

Immer schneller bewegte er sich, für einen Moment konnte ich den Reflex nicht kontrollieren und würgte leicht. Das hielt Daniel aber nicht davon ab, mich noch näher an ihn zu ziehen, sodass meine Lippen um seine Peniswurzel lagen und meine Stirn seinen flachen Unterbauch berührte.

Dann ergoss er sich zitternd mit einem leisen Keuchen in meinem Hals. Er verharrte noch zwei Herzschläge in dieser Position, bevor er meinen Kopf losließ, sich zurückzog und mir einen ehrfürchtigen Kuss auf die Stirn gab. Glücklich, für seine Befriedigung verantwortlich zu sein, lächelte ich ihn an.

«Auf den Bauch!» Sein Tonfall fuhr direkt in meine Möse und sorgte dort für ein heftiges Pulsieren.

Als er mit den Fingernägeln heiße Spuren über meine Seiten nach unten zu meinem Hintern zog, reagierte ich mit einem kehligen Stöhnen, das in einen Aufschrei überging, da er mich unsanft in den Hintern kniff. Doch Daniels Hand auf meinem Rücken verhinderte, dass ich empört aufsprang.

Wieder kratzte er über meinen Po, und ein wohliger Schauer lief meine Wirbelsäule entlang. Ich legte den Kopf auf das kühle Laken und gab mich seiner rauen Liebkosung hin. Mein Arsch prickelte leicht, wo er ihn bis jetzt berührt hatte, und ein böser Verdacht stieg in mir auf.

Als hätte Daniel wieder einmal meine Gedanken gelesen, presste er mich fester in die Matratze, bevor er zum ersten Mal auf meinen Hintern schlug. Immerhin hatte ich genug Beherrschung, meinen Schrei zu schlucken und nur geräuschvoll Luft zu holen.

«Erinnerst du dich daran, dass du mich darum gebeten hast?»

Weil ich nicht sofort antwortete, landete der nächste Hieb auf meinem Po, dieses Mal auf der anderen Seite.

«Da könnte etwas in meinem Hinterkopf vage klingeln.» Das

Ende meines Satzes ging bereits in ein tiefes Stöhnen über. Mittlerweile prickelte meine gesamte Hinterseite.

«Dann weißt du sicher auch noch, dass du gerade behauptet hast, ich könnte zu dir nicht nein sagen.»

Ein ungutes Gefühl meldete sich in meinem Inneren, und noch während ich unter seinen Schlägen keuchte, brachte ich mit erstickter Stimme hervor: «Komisch, daran kann ich mich gar nicht erinnern. Das musst du dir eingebildet haben.»

Entsetzt schnappte ich nach Luft, denn Daniel drang von hinten mit zwei Fingern in mich ein. Panisch krallte ich mich im Bettlaken fest. Innerhalb von Sekunden wusste ich nicht mehr, ob ich jammern oder vor Lust schreien sollte.

Er rieb über meinen G-Punkt, den er in dieser Position perfekt erreichte, und versohlte mir gleichzeitig gekonnt den Hintern. Meine Pussy umklammerte seine Finger und verlangte nach mehr, während mein Arsch in Flammen stand. Trotzdem waren meine Glieder zu schwach, als dass ich mich aus dieser süßen Pein hätte befreien können.

Sanft strich Daniel nun über meine erhitzte Haut und bewegte dabei seine Finger in mir auf eine Art, die mich wimmern ließ. Immer schneller stimulierte er mich, und gerade als ich die ersten Anzeichen eines Höhepunkts spüren konnte, hörte er auf und versetzte mir drei harte Schläge hintereinander.

Noch viermal wiederholte er diese Tortur, bis ich mit heiserer Stimme protestierte: «Hör auf damit! Lass mich endlich kommen!»

Der nächste Hieb fiel schärfer aus als alle vorherigen, und ich zuckte zusammen. «Mir gefällt dein Tonfall überhaupt nicht.»

Wieder trieb er mich dicht vor den Höhepunkt, streifte mit dem Daumen meine Klit, und ich zitterte bereits. Ich hob ihm mein Becken entgegen und holte tief Luft. Doch Daniel ließ mich hängen und hörte wieder auf.

«Bitte, Daniel! Bitte, lass mich kommen.»

Ich schloss die Augen, um sein zufriedenes Grinsen nicht länger sehen zu müssen. Die Erregung war unerträglich geworden, und ich schluchzte erleichtert auf, als er seine Finger wieder bewegte und dazu meine Lustperle stimulierte.

Meine Fingerknöchel traten weiß hervor, so fest krallte ich mich ins Laken. Meine Oberschenkel zitterten bereits, als Daniel plötzlich die Finger aus mir zog und mich stattdessen bei den Oberarmen packte.

Wütend schrie ich auf und wollte nach ihm treten. Doch er setzte sich auf meine Beine und hielt meinen Oberkörper fest.

«Nein.»

Das Wort hallte unnatürlich laut in meinen Ohren nach, und erst jetzt wurde mir bewusst, was für einen Fehler ich damit begangen hatte, ihn zu reizen.

Mein ganzer Körper bebte vor unerfülltem Verlangen, und ich konnte mir nicht einmal selbst Erleichterung verschaffen. Stattdessen spürte ich Daniels harten Schwanz an meiner Rückseite.

«Wenn du sehen könntest, wie atemberaubend du gerade aussiehst. Du zitterst am ganzen Körper vor Wut, deine Lippen sind fest zusammengepresst, und dein Hintern leuchtet in einem furchtbar einladenden Rot.»

Statt einer Antwort vergrub ich mein Gesicht tiefer im Laken und vermied es, ihn anzusehen. «Es tut mir leid», wisperte ich schließlich mit belegter Stimme.

Daniel bewegte die Hüften und ließ mich seinen Penis spüren. «Was tut dir leid?»

Mit einer Hand strich er über meinen heißen Hintern, mit der anderen stützte er sich auf meinen Rücken. Doch diese eine Hand reichte aus, dass ich mich nicht aufrichten konnte.

«Ich hätte dich nicht reizen sollen», gab ich zu.

«Wann genau jetzt? Bei unserer ersten Begegnung?»

Dieser Mistkerl genoss mein Geständnis viel zu sehr, und ich war auch noch selbst schuld.

«Nein, gerade auf der Treppe. Bitte, Daniel, ich ertrage es nicht mehr!» Unruhig bewegte ich mich unter ihm.

«Das kann ich mir vorstellen. Warte.» Er glitt mit seiner Hand zwischen meine Schenkel und fand zielsicher meine Klit. Geschickt rieb er sie zwischen den Fingern, während ich nur atemlos keuchte.

Doch um zum Höhepunkt zu kommen, waren die Berührungen zu sanft und die Bewegungen zu langsam. Aber das wusste er natürlich.

«Sieh mich an, Morielia!»

Obwohl ich diesen fordernden Ton an ihm mochte, brachte ich es nicht über mich, ihm zu gehorchen. Meine Emotionen lagen blank, und viel Beherrschung hatte ich nicht mehr übrig. In diesem Moment war es viel zu gefährlich, ihn in meine Augen sehen zu lassen. Wer wusste schon, was er dort lesen würde?

Er stimulierte meine Perle, und ich hielt mich keuchend am Laken fest. «Was willst du?», flüsterte ich und hob mein Becken verzweifelt an.

Zu meinem großen Erstaunen hörte er nicht auf, mich zu berühren. Im Gegenteil, er steigerte langsam die Intensität. «So viel will ich gar nicht, Mo.»

Wie hypnotisiert spürte ich, dass der erlösende Orgasmus mit berauschender Geschwindigkeit näher kam. Daniel brachte sein Gesicht dicht vor meins.

Laut schluchzte ich auf und zitterte am ganzen Leib, meine Muskeln verkrampften sich. Endlich kam ich, und mein Orgasmus war heftiger, als ich es jemals erlebt hatte. Daniel hörte nicht auf, meine kleine Knospe zu reiben.

«Ich will lediglich alles von dir, Mo.»

Ich hörte seine Stimme, doch in diesem Moment ergaben seine

Worte keinen Sinn für mich. Unfähig, mich zu wehren, nickte ich ermattet. Meine Kehle war trocken, und mein Körper war von einer feinen Schweißschicht bedeckt. Ich tastete nach der Decke, doch Daniel schob sie außerhalb meiner Reichweite.

«Ich bin noch nicht fertig mit dir.»

Prompt drehte er mich um und positionierte sich zwischen meinen Schenkeln. Schon bei der ersten Berührung seiner Zunge stöhnte ich auf und krallte meine Finger in sein dichtes Haar. Während er hart an meiner Klit saugte, drang er mit zwei Fingern in mich ein. Meine Pussy umklammerte sie gierig, und der nächste Höhepunkt fegte über mich hinweg. Ich hatte nicht gewusst, dass ich so schnell hintereinander kommen konnte.

Eigentlich wollte ich Daniel von mir schieben, doch stattdessen ächzte ich nur kehlig, als er mich noch schneller mit seinen Fingern fickte und ich entsetzt spürte, dass ein weiterer Orgasmus sich nahtlos an den vorherigen anschloss. Das konnte ich unmöglich überleben!

Die Fersen in die Matratze gestemmt, wimmerte ich leise und presste die Augen fest zu. Bunte Funken stoben hinter meinen Lidern auseinander, und ich konnte meinen eigenen Pulsschlag in den Ohren hören. Ich fühlte mich wie im freien Fall, gleichzeitig berauscht und panisch.

Dann wogte ein süßes Gefühl durch meinen Körper, schien jeden Muskel, jede Ader auszufüllen und mein Nervensystem lahmzulegen. Vollkommen erschöpft lag ich auf dem Rücken, starrte fassungslos die Zimmerdecke an und fragte mich flüchtig, was das Feuchte auf meinen Wangen war. Außer meinem heftigen Atmen war nichts zu hören.

Daniels Anblick war zu viel für mich, und ich schloss die Augen. Zärtlich wischte er meine Tränen ab, während ich zu ergründen versuchte, warum ich überhaupt weinte.

Schließlich hob ich den Kopf und sah ihn an. Er lag lässig auf dem Rücken, nur seine Erektion verriet, dass er nicht wirklich entspannt war. Mir lagen unzählige Fragen auf der Zunge; Dinge, die ich loswerden wollte – aber ich konnte nur seinen Schwanz anstarren.

Statt irgendetwas zu sagen, umfasste Daniel meine Taille und zog mich auf seinen Schoß. Automatisch öffnete ich die Schenkel, und schon befand sich sein Penis eingeklemmt zwischen meiner heißen Möse und seinem Körper.

Mit einem Kopfschütteln murmelte ich: «Ich kann nicht mehr.»

Seine Latte zuckte unter mir. «Ach nein?», fragte Daniel amüsiert.

Er bewegte die Hüfte, und meine Klit rieb über seinen Schaft. Verlangen wogte durch meinen Körper, gemischt mit einem heißen Brennen, das sich rasend schnell in meinem Inneren ausbreitete. Es ging nicht, ich war zu aufgewühlt, zu empfindlich, zu …

Da schob Daniel die Arme unter meine Oberschenkel, hob mich mit gespreizten Beinen hoch und platzierte mich über seinem Schwanz. Ich streckte die Hand aus. Er fühlte sich so gut in meiner Hand an, und in mir würde er sich noch besser anfühlen. Warum beschlich mich nur der Gedanke, dass ich gerade kapitulierte?

Endlich konnte ich seinen intensiven Blick erwidern und stützte mich auf seinem Brustkorb ab. «Alles also?»

Er nickte bloß und ließ mich los, legte seine Hände stattdessen wieder um meine Taille.

«Okay.» Ich überließ mich ihm und sank nach unten.

Mit einem Stöhnen legte ich den Kopf in den Nacken und genoss das Gefühl, wie er mich langsam ausfüllte. Seine Hände glitten nach oben, umfassten meine Brüste, kneteten sie. Meine Nippel drängten sich ihnen entgegen, während ich begann, mich zu bewegen.

Das Gefühl war unbeschreiblich, und meine Erregung nahm tatsächlich noch zu. Wie konnte das so gut sein? Das war einfach nicht möglich.

Mein Stöhnen mischte sich mit seinem, und Daniel kam mir entgegen, stieß selbst in dieser Position hart in mich. Obwohl ich befürchtete, einen weiteren Orgasmus nicht zu überstehen, spürte ich, wie er sich unaufhaltsam aufbaute.

Unter Daniels aufmerksamen Augen strich ich mit einer Hand an mir hinab und ließ sie zwischen unsere Körper gleiten. Meine Klit reagierte sofort auf die Berührung, und meine Lider senkten sich.

«Nein! Sieh mich an», stieß Daniel keuchend hervor und umfasste mich fester. «Ich will, dass du mich immer ansiehst.»

Gehorsam blickte ich in seine grünen Augen und versank darin. Das Beben setzte ein, mein Mund öffnete sich. Ich rieb schon fast hektisch meine kleine Perle und spürte, wie meine Pussy sich verkrampfte. Daniels Brust hob und senkte sich hektisch, dann kam auch er. Sein Schwanz zuckte in mir, und der Ausdruck in seinen Augen wurde weich.

Daniel legte die Hände auf meinen Rücken und zog mich auf seine Brust. Vollkommen erschöpft sank ich nieder und legte die Wange auf seine Haut. Sein Herz schlug schnell und kräftig, zufrieden lauschte ich dem Klang.

Wenig später weckte mich Daniel. «Hey, Schöne.»

Verwirrt hob ich den Kopf und stellte fest, dass ich noch immer auf ihm lag. Erschrocken wollte ich von ihm herunterklettern, aber er hielt mich fest.

«Schon gut, bleib liegen. Ich wollte nur sichergehen, dass du mich nicht gerade anschmollst.»

Ich schnupperte an ihm und schmiegte wieder die Wange an seine Brust, die sich hervorragend anfühlte. «Nein, ich habe nicht den geringsten Grund zu schmollen. Du bist wunderbar.»

Er streichelte meinen Rücken mit federleichten Berührungen, und ich wusste nicht, wann ich das letzte Mal so befriedigt, müde und zufrieden gewesen war.

«Ich könnte schwören, dass du vor ein paar Minuten noch anderer Meinung warst.»

Leise lachte ich. «Das ist gut möglich, aber du hast ja nur getan, was du für richtig hältst. Ich …»

Verwirrt brach ich ab und sortierte meine Gedanken neu. Eigentlich hatte ich sagen wollen, dass ich Sex mit ihm liebte, weil es der Wahrheit entsprach. Aber das L-Wort erschien mir doch etwas zu gewaltig in diesem Moment.

«Ich stehe auf Sex mit dir.» Mit einem bekräftigenden Nicken unterstrich ich meine kluge Wortwahl.

«Möchtest du darüber reden?»

«Worüber?», erkundigte ich mich matt. Ich war unglaublich müde und glitt schon wieder in den Halbschlaf hinüber.

«Du hast geweint, also war es sehr intensiv für dich. Du solltest deine Emotionen nicht als Zeichen von Schwäche werten und zurückdrängen. Rede mit mir darüber.»

Ich musste gähnen und murmelte schlaftrunken: «Du bist großartig. Halt mich einfach fest, okay?»

Seine Antwort hörte ich schon nicht mehr, denn ich schlief vollkommen erledigt ein.

11

In dieser Woche quälte ich mich unsäglich mit dem Lernen, und ich hatte meinen Schreibtisch bereits diverse Male aufgeräumt. Auf dem Boden stand meine Büchertasche, aber ich verspürte nicht die geringste Lust, schon wieder die Nase in einem der dicken Wälzer zu vergraben.

Vor lauter Langeweile begann ich, mich selbst auf dem Schreibtischstuhl um die eigene Achse zu drehen. Als mein Handy klingelte, war ich über die Ablenkung so erfreut, dass ich nach der Tischkante griff. Doch ich hatte so viel Schwung, dass ich einfach vom Stuhl rutschte und benommen auf meinem Hintern landete. Übelkeit und Schwindel wogten kurz durch meinen Körper, und ich musste ein Kichern unterdrücken. Gut, dass ich alleine im Raum war. Manchmal benahm ich mich wirklich zu albern.

Nachdem ich meine Hose abgeklopft hatte, setzte ich mich wieder auf den Stuhl und griff nach dem Handy. Eine SMS von Daniel – diese simple Feststellung sorgte schon dafür, dass mein Herz schneller schlug. *Das nächste Date. Dieses Mal, wie angedroht, im Tageslicht. :) Ich hole dich morgen gegen 16 Uhr ab!*

Mist, er verriet mir gar nicht, was wir unternehmen würden. Woher sollte ich wissen, was ich anziehen sollte? Andererseits würden wir wohl kaum den K2 besteigen. Shorts, Shirt und Chucks gaben bestimmt ein taugliches Outfit ab.

Viel mehr störte mich allerdings, dass die Nachricht bedeutete, dass ich die Nacht allein verbringen würde. Eine Tatsache, die mir überhaupt nicht gefiel. Andererseits hatte ich noch einiges an Lektüre vor mir, immerhin hatte ich die Bücher aus der

Fernleihe bisher noch nicht angefasst. Außerdem tat es mir sicher gut, mal wieder eine Runde Laufen zu gehen. Trotzdem nagte die Neugier an mir. *Was hast du denn heute Abend vor?*

Ungeduldig wartete ich auf eine Antwort, doch das Handy blieb stumm. Meine Finger begannen bereits zu schmerzen, weil ich genervt auf der Schreibtischplatte herumtrommelte.

Sorry. Ich habe gerade Sprechstunde. Essen mit Elena und ihrem Verlobten. Möchtest du mitkommen?

Hätte ich besser gar nicht erst gefragt. Wahrscheinlich war ihm klar, dass ich gerade panisch wurde, und er amüsierte sich bei der Vorstellung köstlich.

Man konnte mir ja viel vorwerfen, aber feige war ich nicht. Außerdem kannte ich Elena ja jetzt und wusste, dass sie nett war. Also schrieb ich zurück: *Klar. Wenn ich euch nicht störe. :)*

Die Antwort kam prompt. *Warum solltest du? Ich hol dich gegen 19.30 Uhr ab. Wir gehen ins L'Appart.*

Direkt so schick? Ich würde tief in den Kleiderschrank tauchen müssen, um etwas Passendes zum Anziehen zu finden. Mit einem Seufzen griff ich nach der Büchertasche. Da mein Abend nun verplant war, musste ich wohl doch jetzt schon die Bücher wälzen. Als ich meinen Laptop aufklappte, um mein Dokument für Notizen parat zu haben, signalisierte mir eine kleine rote Eins, dass ich eine neue E-Mail bekommen hatte.

Mein Herz machte einen Satz, weil ich sah, dass sie von Sebastian war. Nachdem ich sie geöffnet hatte, war ich zuerst verwirrt, denn das Textfeld war leer. Dann entdeckte ich den Anhang, ein Foto. Obwohl die Datei nicht groß war, dauerte es eine gefühlte Ewigkeit, bis das Bild sich aufgebaut hatte. Ich schluckte schwer.

Die Aufnahme war vom letzten Winter, Don hatte eine Weihnachtsparty veranstaltet, und irgendjemand hatte ein Foto von mir und Sebastian aufgenommen. Er hatte den Arm um meine Schulter gelegt, und wir grinsten beide in die Kamera. Dabei trugen wir Nikolausmützen mit blinkenden Sternen. In den Händen hielt ich eine große Tasse, aus der es dampfte.

Es war einfach gemein, dass Sebastian mich mit solchen Sachen überfiel. Was sollte mir die E-Mail denn sagen? Ich fand es unmöglich, dass er so tat, als wäre unsere Freundschaft aufgrund von Daniels Existenz ruiniert.

Einen Tastendruck später war das Bild von meinem Bildschirm verschwunden, und ich atmete tief ein. Bis ich mich beruhigt hatte, zählte ich meine Atemzüge. Es war vermutlich besser, wenn ich vorerst nicht antwortete.

Als ich die Haustür öffnete, blieb mir fast die Luft weg. Daniel trug zwar eine dunkelblaue Jeans, aber das tat der Eleganz seines Outfits keinen Abbruch. Er sah umwerfend aus, das weiße Hemd unter dem schwarzen Jackett ließ ihn unwiderstehlich erscheinen. Frisch geduscht, schimmerte sein dichtes Haar noch feucht, und der dezente, männliche Duft seines Aftershaves hüllte mich ein.

Sicherheitshalber hielt ich mich am Türrahmen fest. In Gedanken knöpfte ich ihm schon hungrig das Hemd auf. Sollte ich ihn jemals in einem Smoking sehen, würde ich ihn vermutlich sofort anflehen, mir ein Kind zu machen. Ich musste wirklich dringend an meiner Selbstdisziplin arbeiten. Ob es Bücher zu dem Thema gab?

«Du siehst toll aus», sagte er, zog mich in die Arme und gab mir einen Kuss.

«Und du erst», brachte ich gerade noch hervor, bevor ich seinen Geruch inhalierte und mich darin verlor.

Glücklicherweise hatte ich noch ein vorzeigbares Kleid von der Silberhochzeit meiner Eltern gefunden. Es war dunkelgrau, hatte schmale Träger und endete knapp über dem Knie. Das Oberteil lag eng auf meiner Haut und mogelte optisch durch einen hübschen Ausschnitt etwas mehr Busen dazu. Der Rock schwang leicht um meine Beine, wenn ich mich bewegte. Wenigstens fühlte ich mich neben Daniel genau richtig angezogen.

«Wie ist der Verlobte deiner Schwester so?», fragte ich, als wir im Auto saßen.

«Stephan?», fragte Daniel verblüfft.

Ich verdrehte die Augen. «Hat sie denn noch einen anderen?»

«Entschuldige, ich habe mir darüber nur noch nie Gedanken gemacht. Nett, denke ich?»

«Nett? Wow, deine Schwester will den Mann heiraten, und alles, was dir einfällt, ist ‹nett›?»

Daniel stöhnte gequält auf. «Ich weiß einfach nicht, was ich über ihn sagen soll. Er ist nett, aber ein bisschen langweilig, und ich habe ihm nicht sonderlich viel zu sagen. Eigentlich bin ich sehr froh, dass du mitkommst, sonst würde ich Gefahr laufen, am Tisch einzuschlafen. Was findet meine Schwester nur an diesem Langweiler?»

«Jetzt hast du mich aber neugierig gemacht. Notfalls strippe ich einfach wieder!», erwiderte ich kichernd.

«Die Mühe kannst du dir sparen. So einem überkorrekten Typen wie Stephan würde ich glatt zutrauen, dass er sich die Augen zuhält, während meine Schwester sich dir vermutlich anschließen würde.»

Entsetzt riss ich die Augen auf. «Du machst Scherze!»

Daniel lachte. «Niemals. Meine Schwestern sind schlimm, echt! Als Achtzehnjähriger musste ich sie mehr als einmal nachts von der Polizeiwache abholen.»

«Du machst dich doch über mich lustig!», stieß ich hervor.

«Nein, wirklich nicht. Nach allem, was du erzählt hast und was ich so miterlebt habe, sind sie die Gegenstücke zu Kai-Uwe und Don, deswegen verstehe ich auch nicht, was Elena an Stephan findet. Sie ist früher ständig mit Helen bis zum Morgengrauen um die Häuser gezogen.»

Ich schwieg und versuchte, die Informationen zu verarbeiten. «Wieso sind sie denn damals auf der Polizeiwache gelandet?», fragte ich nach einer Weile.

Daniel rieb sich kurz über das Gesicht, dann legte er wieder beide Hände aufs Lenkrad. «Einmal haben sie sich auf irgendeiner Party danebenbenommen. Das heißt, die gesamte Party ist wohl aus dem Ruder gelaufen, und die Nachbarn haben die Polizei gerufen. Und meine Schwestern sind auf die glorreiche Idee gekommen, dass es nicht schaden könnte, einem der Polizisten Sex anzubieten.»

«Der Polizist hatte aber keinen Humor, oder?»

«Ehrlich gesagt schon – aber außerdem eine Ehefrau und ein kleines Kind. Als meine Schwestern sein Nein nicht akzeptieren wollten und praktisch über ihn herfielen, um ihn auszuziehen, verlor er doch die Ruhe. Also landeten die beiden hinten im Streifenwagen, und ich durfte sie abholen. Zum Glück haben sie nur eine Art Verwarnung bekommen.»

Ich lachte laut auf. «Und ich dachte, meine Brüder wären daneben!»

«Nur deine Brüder? Du kannst dich da gern einreihen, unbedingt besser als sie bist du schließlich nicht», stellte Daniel trocken fest.

Empört verschränkte ich die Arme und schmollte auf dem Beifahrersitz. «Tz. Du hast darauf bestanden, mit mir auszugehen. Ich habe dich mehrfach vorgewarnt.»

«Was soll ich sagen? Ich habe anscheinend eine ausgeprägte Schwäche für Luder.»

«Luder?» Meine Stimme überschlug sich fast.

In diesem Moment bogen wir auf den Parkplatz ein, und kaum stand der Wagen, wandte Daniel mir das Gesicht zu und grinste breit. Die Genugtuung, mich mit ihm zu streiten, wollte ich ihm nicht bieten. Also schnalzte ich nur mit der Zunge und stieg aus.

Neben uns hielt ein Taxi. Elena erkannte ich gleich wieder, also musste der blonde Mann Stephan sein. Die beiden tauschten einen schnellen Blick miteinander, und ich konnte deutlich Verlangen in Elenas Augen sehen. Damit war zumindest schon einmal klar, worin unter anderem Stephans Vorzüge liegen könnten. Sie stiegen aus, und wir begrüßten uns. Stephan hatte einen festen Händedruck und eine beeindruckend tiefe Stimme.

Gemeinsam gingen wir hinein und wurden an unseren Tisch geführt. Die Männer benahmen sich wie Gentlemen, und mir wurde zum ersten Mal in meinem Leben der Stuhl zurückgezogen.

Nachdem wir bestellt hatten, plätscherte das Gespräch angenehm vor sich hin, und so langweilig, wie Daniel ihn beschrieben hatte, fand ich Stephan überhaupt nicht. Er war ein interessierter Zuhörer und stellte gute Fragen. Nachdem er ein wenig von der Bootstour erzählt hatte, auf der er gewesen war, erkundigte er sich nach meinem Studium.

«Wie habt ihr euch denn kennengelernt?», funkte ihm Elena irgendwann dazwischen. «Ich habe Daniel bestimmt schon zehnmal gefragt, aber er weicht mir andauernd aus.»

Daniel sah mich beunruhigt von der Seite an.

«Ich habe auf einem Junggesellenabschied gestrippt, und Daniel ist mir danach hinterhergelaufen.» Ungerührt nahm ich einen Schluck aus meinem Rotweinglas und bemerkte aus dem Augenwinkel Daniels entsetzten Gesichtsausdruck.

Stephan betrachtete mich interessiert, und Elena blickte zwischen mir und ihrem Bruder hin und her.

«Okay. Dann nicht. Wenn ich keine vernünftige Antwort bekomme, gebe ich halt auf.» Elena hielt mir ihr Glas zum Anstoßen hin, und Daniel wagte es, wieder zu atmen.

«Vielleicht sollten wir uns auf eine Version einigen, die für die Öffentlichkeit geeignet ist. Es werden bestimmt noch mehr Leute fragen – meine Eltern zum Beispiel.» Herausfordernd sah ich Daniel an.

Elena verschluckte sich fast an ihrem Salat. «Du meine Güte, das war ernst gemeint?»

Verlegen fuhr Daniel sich durch die Haare. «Das ist nicht die ganze Geschichte, okay?»

Seine Schwester schüttelte den Kopf und starrte mich an. «Wenn ich das Helen erzähle!»

Lässig zuckte ich mit den Schultern. «Mach ruhig, Daniel hat mir vorhin berichtet, dass ihr auch … ähm … ganz schön herumgekommen seid.»

«Ach, nicht schon wieder die Geschichte mit der Polizeiwache, oder?»

Da ich nur grinste, verdrehte sie die Augen. «Hat er auch erzählt, dass Helen immer noch mit dem Polizisten befreundet ist und ihn für ihre Romane befragt?»

«Nein, hat er nicht. Dabei ist das total lustig. Warum ist Helen eigentlich nicht hier?»

Elena seufzte. «Ich habe sie natürlich gefragt. Ihre Antwort bestand aus einem trockenen Husten und, ich zitiere: ‹Zwei Pärchen und ich in einem eleganten Restaurant? Das klingt umwerfend.› Dann hat sie einfach aufgelegt.»

Stephan sagte nichts, sondern legte seinen Arm auf Elenas Stuhllehne. Ich konnte es natürlich nicht sehen, war mir aber sicher, dass er ihren Rücken streichelte, denn plötzlich war ihre linke Halsseite von einer Gänsehaut überzogen. Wie es Daniel entgehen konnte, wusste ich nicht: Die beiden waren einander komplett verfallen. Allein wie sie sich ansahen, reichte aus, um das ersichtlich werden zu lassen, und sie benahmen sich noch immer wie frisch verliebt, obwohl sie schon mehr als fünf Jahre zusammen waren.

Nach dem Essen entschuldigte sich Elena, um zur Toilette zu

gehen. Stephans Blick ruhte erst auf mir, dann musterte er wohlwollend Daniel. Die Ellenbogen auf den Tisch gestützt, beugte er sich vor und sagte: «Ich bin wirklich froh, dich wieder mit einer Frau zu sehen. Nach dem Drama mit Melanie hatten wir die Hoffnung schon fast aufgegeben.»

Daniel versteifte sich kurz, und ich fühlte mich plötzlich sehr unbehaglich. Stephan hatte es sicherlich nur nett gemeint, aber ich kam mir wie der letzte Depp vor. Wer zum Henker war denn bitte Melanie?

Unter dem Tisch ballte ich die Fäuste und zwang mich, ruhig weiterzuatmen. Ich hatte keinen Grund, sauer zu sein, meine Vergangenheit hielt ich schließlich auch unter Verschluss. Es fiel mir schwer, aber als Elena zurückkehrte, legte ich die Hand auf Daniels Oberschenkel und tätschelte ihn beruhigend. Der Blick, den er mir daraufhin zuwarf, war halb entschuldigend und halb erleichtert. Zumindest bildete ich es mir ein.

«Sollen wir dann direkt zahlen?», schlug Elena vor.

«Ach ja, wir nehmen die beiden gleich mit», wandte Daniel sich erklärend an mich. «Ich hoffe, das ist okay für dich?»

Toll. Natürlich nickte ich lächelnd, aber in Wahrheit war ich ein wenig angefressen. Die Neugier brannte mir förmlich auf den Nägeln, und ich wollte ihn nach Melanie fragen, während ich mit mir selbst rang, ob es mich überhaupt etwas anging. Aber mit den beiden im Auto würde dieses Gespräch wohl ausfallen.

Ich war mir nicht sicher, ob Elena es bemerkte, aber auf der Rückfahrt bestritt sie das Gespräch praktisch im Alleingang. Weil ich ihm glaubhaft versichert hatte, dass es für mich in Ordnung war, setzte Daniel mich zuerst ab.

Er stieg mit mir aus, gab mir einen zarten Kuss und sagte leise: «Wir reden morgen, okay?»

Krampfhaft zwang ich mich zu einem Lächeln. «Klar, schlaf gut, mein Süßer.»

Tapfer winkte ich dem Auto hinterher und schloss dann mit einem Seufzen die Haustür auf. Ich verzichtete darauf, das Licht anzuschalten, und warf meine Tasche einfach auf die Kommode im Flur. Mit hängenden Schultern schlurfte ich in die Küche und debattierte immer noch mit mir, warum ich überhaupt so schlecht gelaunt war.

Nach einigem Wühlen fand ich im Schrank ein Päckchen Tassenpudding, genau das Richtige für meine Laune. Plötzlich flammte das Licht auf, und ich zog irritiert den Kopf aus dem Kühlschrank, in dem ich gerade nach Milch gesucht hatte.

Johannes runzelte die Stirn. «Da bin ich glatt dabei.» Offenbar war seine Stimmung ebenfalls alles andere als gut, denn er ließ die Schultern hängen.

Als er den Schrank öffnen wollte, sagte ich: «Setz dich, ich mache das schon.» Dabei griff ich bereits nach der zweiten Tasse.

Während sich die Milch in der Mikrowelle drehte, riss ich die Päckchen mit der Fertigmischung auf. Eigentlich mochte ich solches Tütenfutter nicht, und bei Sebastian wäre es nicht ins Haus gekommen, aber irgendwie hatte ich gerade das Verlangen nach einem Trostspender.

«Müssen wir Daniel verprügeln?»

Mit einem schiefen Grinsen schüttelte ich den Kopf. Da ertönte über uns eine aufgebrachte Männerstimme, gefolgt von dem unverwechselbaren Geräusch eines aufs Telefon geworfenen Hörers.

«Mach schon mal eine dritte Tasse fertig», riet Johannes mir.

Kurz darauf stand Julian in der Tür und guckte finster. Wortlos ließ er sich auf den Stuhl neben seinem Bruder sinken.

Die drei Tassen stellte ich auf den Tisch, dann hockte auch ich mich hin. Einige Löffel schaufelten wir unter Schweigen in uns hinein. Schließlich räusperte ich mich. «Kann ich euch was fragen?»

Einhelliges Nicken.

«Ich bin ein wenig aus der Übung, was Dates und so etwas anbelangt. Redet man über seine vorherigen Beziehungen?»

Die Brüder tauschten einen Blick, dann antwortete Johannes: «Ich glaube, das kommt darauf an, ob beide Lust drauf haben und es wissen wollen.»

«Würdest du wissen wollen, mit wie vielen Männern deine neue Angebetete geschlafen hat?»

«Ja.»

«Nein.»

Verblüfft sahen die Zwillinge sich an. Offenbar konnten sie doch unterschiedlicher Meinung sein. Johannes zuckte mit den Schultern. «Mich interessiert es ehrlich gesagt nicht. Es ändert ja nichts daran, dass ich die Frau attraktiv oder interessant finde. Sie kommt mir doch nicht plötzlich anders vor, nur weil sie mit einer bestimmten Anzahl Männer geschlafen hat – oder eben nicht.»

«Ja, aber willst du gar nicht wissen, gegen wie viel – ich nenne es mal – Konkurrenz du antrittst oder wie viel Erfahrung die Frau hat?», widersprach ihm Julian.

«Ich glaube, das würde mich nur interessieren, wenn sie eine Witwe wäre, die sieben Männer überlebt hat. Das würde mich doch stutzig machen.»

Julian kratzte mit seinem Löffel über den leeren Tassenboden. «Ich bin irgendwie neugieriger, glaube ich. Was ist mit dir, Mo?»

«Wenn ich das nur wüsste. Ich denke nicht, dass ich mich bedroht fühlen würde, aber ich glaube, ich stimme Johannes zu. Was bringt es, der Vergangenheit hinterherzuhängen? Möglicherweise gibt es deswegen noch Streit.»

Da tauchte Jonathan im Türrahmen auf und strahlte uns an. «Buddies. What's up?»

Julian winkte unwirsch ab. «Wir diskutieren, ob wir die Vorgeschichte unserer Liebschaften wissen wollen oder nicht.»

«Vorgeschichte?» Der Amerikaner runzelte die Stirn.

«Die sexuelle Vorgeschichte», half ich ihm auf die Sprünge.

Er machte ein entsetztes Gesicht. «Um, no! Thank you!»

Er holte sich eine Cola aus dem Kühlschrank und wollte schon wieder verschwinden, doch Julian, mittlerweile stark in der Unterzahl mit seiner Meinung, hielt ihn zurück. «Warum nicht?»

«Who cares?» Mehr hatte Jonathan nicht dazu zu sagen und verdrückte sich schnell.

Hatten Jonathan und Johannes recht? Oder lag Julian richtig, und man musste zu Beginn einer Beziehung die große Beichte ablegen? Als ich später im Bett lag, grübelte ich noch immer über diese Frage nach. Die Zwillinge waren aufgrund der Diskussion fast in einen Streit geraten, den ich hatte schlichten müssen.

Ich würde morgen einfach abwarten, wie Daniel sich verhielt. Schließlich war ich mir selbst nicht sicher, ob seine Vergangenheit mich etwas anging und ob ich wirklich wissen wollte, wer Melanie war.

Daniel auf dem Fahrrad zu sehen überraschte mich im ersten Moment. Als er von Abholen gesprochen hatte, war ich davon ausgegangen, dass er wieder mit dem Auto kommen würde.

«Bin ich passend angezogen?», fragte ich ihn und drehte mich einmal um die eigene Achse.

«Was meinst du?» Belustigt zog er die Augenbrauen hoch. «Ziehst du dich aus, wenn ich nein sage?»

Mein strafender Blick traf ihn wohl nicht hart genug, denn er grinste noch immer. «Nein, du Blödmann! Ich weiß doch nicht, wo wir jetzt hingehen.»

«Ach so. Dafür bist du angemessen bekleidet. Auf dem Rückweg holen wir deine Sachen, und dann bringe ich dich in meine Höhle.»

Wider Willen musste ich lächeln. Schnell holte ich mein Fahrrad aus der Garage. «Welche Richtung?»

«Mir nach!»

Eine Weile fuhr ich still neben ihm auf dem Fahrradweg her und suchte nach den richtigen Worten.

«Du kannst ruhig fragen.» Daniel klang entspannt und gelassen.

«Ehrlich gesagt denke ich seit gestern Abend darüber nach, ob ich es überhaupt wissen will.»

«Und? Kannst du deine Neugier im Zaum halten? Immerhin hat Stephan es ja sehr spektakulär klingen lassen.» Ein Hauch Bitterkeit schwang in seiner Stimme mit.

«Bist du sauer auf ihn?»

«Ein wenig. Das war einfach unangemessen, Rotwein hin oder her.»

«Ich bin gespannt, wann ich dich das erste Mal betrunken erlebe.» Bei der Vorstellung zuckten meine Mundwinkel.

«Das hättest du wohl gern. Aber so leicht bin ich nicht betrunken zu machen.»

Das klang in meinen Ohren glatt nach einer Herausforderung, aber ich wollte nicht gleich wieder das Thema wechseln. «Ich möchte nicht leugnen, dass ich neugierig bin, aber bringt so ein Gespräch nicht mehr Schmerz als Informationen?»

Daniel zuckte mit den Schultern und bedeutete mir, die Straßenseite zu wechseln. Langsam, aber sicher näherten wir uns dem Stadtrand. Wo wollte er hin?

«Ich denke, das hängt von der persönlichen Einstellung ab. Deine Vorgeschichte kenne ich in etwa, und ich muss keine genaue Zahl wissen, falls dich das beunruhigt. Aber bei mir ist das eben etwas anders, und ich glaube, ich würde es dir gern erzählen.»

Einen Augenblick lang musste ich über seine Antwort nachdenken. «Nur wenn du es wirklich loswerden möchtest», meinte ich dann. «Ansonsten haben wir beide einen frischen, unberührten Neustart verdient.» Ein wenig stolz war ich auf meine diplomatische Antwort schon.

«Hast du schon mal Minigolf gespielt?»

Verblüfft hielt ich vor einem großen Holzschild an. Langsam schüttelte ich den Kopf. «Noch nie.»

«Sehr gut, ich gewinne nämlich gern.» Zufrieden schob Daniel sein Fahrrad in den Ständer und öffnete das große Schloss, das am Rahmen hing.

«Das kann ich mir vorstellen», murrte ich leise vor mich hin, während ich mein eigenes Rad abschloss.

Er hielt mir die Hand hin, und ich ergriff sie. «Mehr als zwanzig?»

Entrüstet blinzelte ich ihn an. «Natürlich nicht.» Gekränkt zog ich eine Schnute.

«Siehst du? Das reicht mir schon als Info.»

«Gehöre ich jetzt nicht mehr in die Luder-Schublade, und du lässt mich gehen?»

«Niemals.» Er packte meine Hand fester, und ich folgte ihm zu dem kleinen Kassenhäuschen.

Skeptisch begutachtete ich wenige Augenblicke später den schmalen Schläger in meiner Hand. «Also wie funktioniert das jetzt?»

«Schläger, Ball und dort das Loch. Ende.» Daniels Belustigung ging mir gehörig auf den Zeiger.

«Du hältst mich manchmal für lebensunfähig, oder?», fragte ich ihn, die Hände in die Seiten gestützt.

Abwehrend hob er die Hände. «Ich habe nie irgendetwas in dieser Richtung gesagt, ich freue mich nur auf meinen Sieg.»

«Ach ja, du gewinnst ja so gern. Okay, dann probiere ich das mal aus.»

Energisch stellte ich mich auf die Bahn. Wie schwer konnte es schon sein, diesen kleinen Ball einzulochen? Probehalber holte ich ein paarmal Schwung und ignorierte dabei Daniels breites Grinsen. Wenn er sich weiter so aufführte, würde ich das nächste Date planen.

Es gab ein leises Plopp, als die Kugel in das Loch am Ende der Bahn plumpste. Triumphierend sah ich zu Daniel, der sich kritisch über das Kinn strich. «Und du hast wirklich noch nie Minigolf gespielt?»

Zufrieden schüttelte ich den Kopf. «Noch nie. Aber ich glaube, es könnte mir Spaß machen.»

Daniel brummte nur und drängte mich von der Bahn. Er brauchte zwei Schläge, bis er den ersten Ball eingelocht hatte – und mit Genugtuung nahm ich zur Kenntnis, wie es ihn ärgerte.

Obwohl ich mich selbst zur Ruhe ermahnt hatte, brach es auf einmal doch aus mir heraus: «Okay, ich bin neugierig. Wer ist Melanie?»

«Meine erste große Liebe.»

Ich wusste nicht, was ich erwartet hatte – aber seine Antwort brachte mich total aus dem Konzept. Meine Stimme klang merkwürdig belegt, als ich entgegnete: «Oh. Das tut mir leid.» Keine Sekunde später ärgerte ich mich. Sprach man zu so einem Anlass sein Beileid aus? Es war ja niemand gestorben.

«Braucht es nicht, es ist jetzt über zwei Jahre her. Ich denke, ich bin darüber hinweg.» Er konzentrierte sich auf den nächsten Schlag und fluchte, weil er nicht auf Anhieb das Ziel traf.

«Darf ich fragen, was passiert ist? Ich schwöre, dass ich mir schon gestern fest vorgenommen habe, nicht neugierig zu sein. Aber Stephan hat es wirklich spektakulär klingen lassen.»

«Formulieren wir es so: Ich war ziemlich fertig danach.»

«Das tut mir leid.» Hatte ich eine neue Form des Tourette-Syndroms? Warum entschuldigte ich mich denn andauernd?

«Meine Güte, Mo. Du klingst, als würdest du gleich weinen.»

«Habe ich denn einen Grund dazu?» Zitterte meine Stimme so sehr, wie ich befürchtete?

«Das kommt darauf an, wie sensibel du bist. Nach außen hin schaffst du es ja, recht gefestigt zu wirken, aber ich weiß, was für ein Weichei du in Wirklichkeit bist.»

Meinen strafenden Blick sparte ich mir und konzentrierte mich lieber auf die nächste Bahn. Der Minigolfplatz war in einer Märchen-und-Schlösser-Thematik gehalten, und diese Bahn verengte sich in der Mitte ziemlich stark, um durch ein Burgtor zu passen. Mit zusammengekniffenen Augen peilte ich das Ziel an und beobachtete nach meinem Schlag zufrieden, wie der Ball darauf zurollte.

Aufgebracht rief Daniel: «Du willst mich doch ärgern! Du warst schon mal hier!»

«Nein, war ich nicht. Du bist echt ein mieser Verlierer.»

«Erstens: Noch habe ich nicht verloren. Zweitens: Kein Mensch spielt zum ersten Mal Minigolf und meistert jede Bahn mit nur einem Schlag. Du betrügst.» Er wies mit dem ausgestreckten Finger auf mich und wirkte ehrlich empört.

«Tue ich nicht. Überleg dir eben das nächste Mal eine größere Herausforderung.»

«Das werde ich!», erwiderte er grimmig. Dann trat er auf die Bahn und schlug den Ball prompt gegen das Burgtor. Genervt verdrehte er die Augen. «Okay, wo war ich?»

«Deine erste große Liebe. Tut mir leid.» Schaffte ich es vielleicht heute noch, mich nicht zu entschuldigen?

«Ja, Melanie. Ich möchte nicht zu sehr ins Detail gehen. Ich wollte heiraten, sie nicht. Kaum hatten wir uns getrennt, hatte sie einen Neuen und war weniger als vier Monate später verheiratet und schwanger.»

In meinen Ohren rauschte es. Ich hatte gerade mal das erste

Date meines Lebens hinter mich gebracht, und Daniel hatte schon einmal heiraten wollen! Als Nächstes offenbarte er mir wahrscheinlich, dass er irgendwo ein Grundstück für das Eigenheim besaß und die Plätze in der Privatschule für die Kinder auch schon reserviert waren.

Das Gefühl in meiner Magengrube fühlte sich verdächtig nach Panik an. Ich passte überhaupt nicht zu ihm. Stumm blinzelte ich ihn an, unfähig, auch nur ein Wort hervorzubringen.

«Alles okay, Mo?»

«Es tut mir leid» war alles, was ich von mir gab, und ich hasste mich sehr dafür.

Daniel winkte ab. «Schon gut. Der nervigste Teil war ehrlich gesagt, dass niemand meine Wut verstanden hat. Alle haben immer nur gesagt, dass ich das nicht persönlich nehmen soll. Wie genau soll man das denn nicht persönlich nehmen?» Er stützte sich auf den Schläger und sah mich mit schräggelegtem Kopf an. «Du bist ein wenig grün um die Nase. Ist wirklich alles gut?»

Ich nickte, dann schüttelte ich den Kopf und nickte wieder. «Es tut mir leid?»

Daniel lachte und führte mich zur nächsten Bahn. «Nur Helen hat mich in meinem Hass unterstützt und mir angeboten, ihre Kontakte zur Polizei zu nutzen, um ein paar Schlägertypen zu besorgen. Das hat mich aufgeheitert.» Plötzlich verzog er das Gesicht, als hätte er Zahnschmerzen. «Jetzt, wo ich das laut ausgesprochen habe, geht mir gerade auf, dass sie das vermutlich verdammt ernst gemeint hat. Damals hatte ich gedacht, sie macht Witze.»

Endlich löste ich mich aus meiner Erstarrung und fing an zu lachen. «Das ist für mich gerade alles etwas schwer zu verdauen.»

Daniel kam näher und legte mir eine Hand auf die Wange, streichelte die Haut mit dem Daumen. «Das mag ich an dir. Du bist so verdammt ehrlich, Süße.»

Er beugte sich vor und küsste mich. Mir wurde schwindelig, und ein warmes Gefühl breitete sich in meiner Brust aus. Sicherheitshalber lehnte ich mich gegen ihn. Endlich hob ich den Blick und sah ihn an. «Auf die Gefahr, dass ich das bereits gesagt habe, aber es tut mir wirklich leid.»

Wieder küsste er mich, dieses Mal drängender. Seine Zunge drang in meinen Mund, und sofort wurde ich willenlos und krallte mich in seinem Shirt fest. Jetzt umfasste er meinen Kopf mit beiden Händen und verbrannte mich fast mit seiner Leidenschaft.

Eine gefühlte Ewigkeit später und doch viel zu früh ließ er mich wieder los. «Was ist mit dir?»

Grinsend sagte ich: «Ich war noch nie verheiratet.» Dann holte ich Schwung und bezwang auch die vorletzte Bahn im ersten Schlag. «Wow. Kann man Minigolf professionell spielen? Ich glaube, da könnte ich Geld machen.»

«Warst du schon mal verliebt?», ging er einfach über meine Spitze hinweg.

Seine Frage brachte mich aus dem Konzept, und ich biss mir auf die Unterlippe. Kurz erforschte ich meine Gefühle für Sebastian. War ich damals in ihn verliebt gewesen?

Er war mein bester Freund, und ich würde ihn nie missen wollen, aber er hatte nie die gleichen Emotionen in mir ausgelöst wie Daniel. Schnell drehte ich mich um und schnappte nach Luft.

Daniel war glücklicherweise in seinen Schlag vertieft und bekam nichts davon mit. Ich betrachtete seinen breiten Rücken und versuchte herauszufinden, ob das seltsame Gefühl in mir bedeutete, dass ich in ihn verknallt war.

«Ich weiß nicht, ob das Teenie-Gehabe zwischen mir und Sebastian von damals unter Liebe fällt. Also lautet die ehrliche Antwort wohl Nein.»

Warum fühlte sich das wie ein Schuldeingeständnis an? Hatte ich irgendetwas falsch gemacht?

Er sah mich an und lächelte merkwürdig, doch er sagte nichts. Ich wünschte mir eine Art Absolution, aber den Gefallen tat Daniel mir nicht. Im Gegenteil, vermutlich wusste er genau, wie ich mich fühlte und dass ich damit total überfordert war.

Als ich zum letzten Schlag ausholte, fragte er aus heiterem Himmel: «Mehr als fünfzehn?»

Lässig antwortete ich: «Muss ich Sebastian eigentlich dazuzählen? Immerhin waren das keine wirklich befriedigenden Erlebnisse.»

Daniels Pupillen weiteten sich leicht, und er schüttelte den Kopf. Dann sah er sichtlich genervt zu, wie ich zielsicher auch den letzten Ball einlochte.

«Gut, es ist seit ungefähr der Hälfte der Strecke klar, aber ich denke, ich habe gewonnen.»

«Du hast meine Frage nicht beantwortet.» Noch immer schien er ganz ruhig zu sein und reizte mich damit, ihn zu ärgern.

«Ich dachte, du wärst nicht so neugierig.»

Statt einer Antwort bekam ich eine hochgezogene Augenbraue präsentiert.

«Von mir aus. Mit dir gezählt?»

Er nickte düster und machte sich anscheinend auf das Schlimmste gefasst.

«Nein», verkündete ich mit einem koketten Lächeln.

Bildete ich mir das ein, oder war er erleichtert?

Auf dem Rückweg war ich aufgrund meines unerwarteten Sieges so euphorisch, dass ich Daniel erlaubte, meine Hand zu halten – und das obwohl wir in der Öffentlichkeit unterwegs waren. Mit der jeweils anderen schoben wir unsere Fahrräder.

Die letzten Wochen waren unglaublich schnell vergangen. Mir erschien es völlig natürlich, dass wir jetzt zu ihm gingen und er kochen würde, bevor ich bei ihm übernachtete.

Als wir in die Straße einbogen, in der Daniel wohnte, grummelte er: «Ich kann noch immer nicht glauben, dass du noch nie Minigolf gespielt hast. Ich hatte nicht die geringste Chance gegen dich.»

Zufrieden strahlte ich ihn an. «Ich habe doch gesagt, dass ich bemerkenswert schnell lerne.»

Er schüttelte den Kopf, konnte sein Grinsen aber nicht verbergen und legte einen Arm um mich.

«Morielia Wischnewski! Ich glaube, ich sehe nicht recht!»

Schuldbewusst zuckte ich zusammen, und auch Daniel blieb wie angewurzelt stehen. Meine Mutter hatte manchmal einen Tonfall, mit dem sie problemlos Glas schneiden konnte.

Ich wagte es nicht, nur einen Schritt weiterzugehen. Meine Mutter stand mit verschränkten Armen in der Einfahrt, und selbst von hier aus glaubte ich ihre Augen funkeln zu sehen. Das war nicht gut. Das war gar nicht gut!

«Scheiße», zischte ich nur für Daniel hörbar. «Ich habe vergessen, meinen Eltern von dem ganzen Schlamassel zu erzählen.»

Daniel schluckte nur schwer und ging dann langsam auf meine Mutter zu. Doch sie blickte ihn nicht einmal an, sondern starrte vorwurfsvoll in meine Richtung. «Was denkst du dir nur, Kind?»

Kind? Ich war fast 26, aber gegen solche Zahlen war meine Mutter immun.

«Hi, Mama. Das ist Daniel», sagte ich höflich und deutete auf ihn. Vollkommen überflüssig, immerhin standen wir allein auf der Straße.

«Hallo.» Den Tonfall meiner Mutter als frostig zu bezeichnen wäre hemmungslos beschönigt gewesen. Sie hatte schon immer einen Narren an Sebastian gefressen. Einer der Gründe, warum ich es bisher vor mir hergeschoben hatte, meinen Eltern alles zu beichten.

Daniel reagierte viel souveräner als ich, ergriff einfach die Hand meiner Mutter und schüttelte sie eindrucksvoll. «Sie müssen Sybille sein, Mo hat mir schon viel von Ihnen erzählt. Im ersten Moment musste ich zugegebenermaßen stutzen, denn Mo hat ja nur Brüder und keine Schwester.» Er zwinkerte meiner Mutter zu und tätschelte ihre Hand, die er nur losließ, um die Haustür aufzuschließen.

Verblüfft sah ich zu, wie meine Mutter praktisch in Zeitlupe blinzelte und Daniel plötzlich anstrahlte.

Wie ein vollendeter Gentleman hielt er die Tür für uns auf und verbeugte sich leicht vor meiner Mutter. «Ich weiß, es ist noch recht früh, aber ich kann Ihnen doch bestimmt eine Weißweinschorle anbieten, oder?»

Meine Mutter folgte ihm ins Haus. Dann ging ein Ruck durch ihren Körper, und sie erinnerte sich augenscheinlich wieder daran, warum sie überhaupt hier war. Sie wirbelte herum, blitzte mich aus schmalen Augen an und verkündete verheißungsvoll: «Eigentlich bin ich hier, um mit meiner Tochter zu reden.»

«Selbstverständlich», erwiderte Daniel geschmeidig. «Am besten eignet sich dafür die Terrasse. Ich lege schnell die Polster raus und bringe den Wein.»

Fassungslos sah ich ihm hinterher, krampfhaft bemüht, den grauen Augen meiner Mutter auszuweichen. Daniel hatte sie glatt überrumpelt, und nun fanden wir beide uns in seinem Garten wieder. Schnell setzte ich mich in den Stuhl und hielt mich sicherheitshalber an den Lehnen fest – nur für den Fall, dass meine Mutter versuchte, mich zurück in mein Kinderzimmer zu schleifen.

Daniel stellte zwei gutgefüllte Weingläser auf den Tisch und verschwand dann lautlos. Ich wagte es nicht, auch nur einen Ton zu sagen. Abgesehen davon, dass mir die richtigen Worte fehlten, wusste ich nicht einmal, wie meine Mutter mich überhaupt gefunden hatte.

Mama holte tief Luft, und ich krallte mich unwillkürlich fester an den Stuhl. «Mo, ich weiß gar nicht, was ich sagen soll. Ich wollte euch spontan besuchen kommen und hatte Pflaumenkuchen mitgebracht. Kaum macht Sebastian die Tür auf und sieht mich, bricht er auch schon in Tränen aus. Was hast du dir nur dabei gedacht, Kind?»

Ich hielt kaum aus, wie vorwurfsvoll meine Mutter klang, und wünschte gleichzeitig Sebastian die Pest an den Hals. Natürlich konnte er nichts dafür, dass ich es versäumt hatte, meine Eltern zu informieren. Aber das war noch lange kein Grund, so auf die Tränendrüse zu drücken.

Gerade als ich zu einer Erklärung ansetzen wollte, schnitt meine Mutter mir mit einer Armbewegung das Wort ab. «Keine Sorge, ich kenne die ganze Geschichte. Trotzdem bin ich enttäuscht, dass du uns nichts davon erzählt hast.»

Weil ich absolut nicht wusste, wie ich darauf nun schon wieder reagieren sollte, griff ich nach dem Weinglas. Zu meinem großen Erstaunen tat meine Mutter es mir gleich.

«Was genau bedeutet, dass du alles weißt?», krächzte ich schließlich.

Zufrieden verschränkte meine Mutter die Arme und grinste. «Dein Bruder kann rein gar nichts für sich behalten. Nachdem Sebastian behauptet hat, dass Donald ihn geschlagen und dir einen anderen Mann vorgestellt hätte, habe ich ihm natürlich zuerst einen Besuch abgestattet.»

Natürlich war Don wie ein trockener Strohhalm im Wind eingeknickt. Das war mal wieder typisch. Müde rieb ich mir die Augen. «Es tut mir leid. Aber ich wusste nicht, wie ich euch das ganze Chaos beibringen sollte. Das mit Daniel war reiner Zufall. Hat Don wirklich alles erzählt?»

«Wenn du damit meinst, ob er ausgeplaudert hat, dass Sebastian schwul ist: Ja, hat er.»

Erstaunt ließ ich mich zurücksinken und wischte mir über die Stirn. Irgendwann bekam ich noch Ausschlag von dieser ganzen Geschichte. «Wie kommt es, dass du das so gelassen nimmst?»

«Sagen wir, Daniels Anblick hat mich davon überzeugt, dass hier hübschere Enkelkinder rausspringen, also versuche ich, mich damit abzufinden.»

Meine Mutter hatte die leisen Schritte sicher nicht gehört, aber ich war Daniels Geschleiche mittlerweile gewohnt und sah aus dem Augenwinkel sowohl die Weinflasche in seiner Hand als auch den geschockten Gesichtsausdruck, bevor Daniel in Rekordgeschwindigkeit den Rückzug antrat.

«Mama!», protestierte ich entsetzt. «Jetzt aber mal langsam, ich komme überhaupt nicht hinterher! Würdest du mir bitte alles erzählen?»

Sie seufzte theatralisch und stellte das fast leere Weinglas weg. «Zwischen Sebastians Geschluchze habe ich nur verstanden, dass du jetzt mit einem anderen zusammen bist und dass alles Donalds Schuld ist. Daraufhin habe ich deinem Bruder einen Besuch abgestattet, und der hat alles ausgepackt. Also wirklich, Morielia, wie konntest du nur ohne unser Wissen umziehen?»

Ich wünschte mir verzweifelt mehr Wein, da ich keine Antwort auf diese Frage hatte. Schließlich sagte ich, was jedes kleine Geschwisterkind gesagt hätte. «Don meinte, es wäre besser, wenn ich es euch erst einmal nicht erzähle.»

Skeptisch zog meine Mutter eine Augenbraue hoch, und als ich schon glaubte, dass ich ihrem Blick auf keinen Fall länger standhalten konnte, näherte sich Daniel mit polternden Schritten.

«Noch etwas Wein für die Damen?» Seine Stimme klang in meinen Ohren unnatürlich laut. Ich wünschte, ich könnte ihn beruhigen und die Worte meiner Mutter als Scherz abtun, aber bei ihr war ich mir da oft genug selbst nicht sicher.

Daniel goss mir nach, und Mama schenkte ihm ein Lächeln, das er tapfer erwiderte. Schließlich blieb er unschlüssig stehen, bis meine Mutter sagte: «Setzen Sie sich doch.»

Meine Atmung setzte fast aus. Deswegen war sie also hier, sie wollte Daniel verhören. Übelkeit stieg in meiner Kehle hoch. Ich hatte meinen Eltern noch nie einen Mann vorgestellt. Ganz im Gegenteil – Sebastian war das Kind der Freunde meiner Eltern. Großer Gott! Diese ganze Dating-Sache war noch schlimmer, als ich ursprünglich gedacht hatte.

Mit aufgerissenen Augen beobachtete ich das Schauspiel, fest der Überzeugung, gleich eine Tragödie zu sehen. Wie bei einem Zugunglück war ich weder in der Lage einzugreifen, noch konnte ich den Blick abwenden.

«Also, Daniel: Nehmen Sie oft anderen Männern die Freundin weg?» Meine Mutter ließ ihre Frage überaus süßlich klingen, doch bei ihren Worten blieb mir fast das Herz stehen.

«In der Regel sehe ich davon ab – es sei denn, das Mädchen ist absolut unwiderstehlich, klug und liebenswert. Wenn ich dann noch ihrer Mutter ansehen kann, dass meine Angebetete auch in zwanzig Jahren hinreißend aussehen wird – ich fürchte, dann ist es wohl um meine Selbstbeherrschung geschehen.»

Noch nie in meinem Leben hatte ich mich dermaßen zusammenreißen müssen. Dass Daniel auf jede Frage eine Antwort wusste, war ich bereits gewohnt. Aber in diesem Moment hatte er einen neuen Rekord aufgestellt.

Mit meiner Mutter hatte er jetzt die zweite Frau aus unserer Familie – die absolut und unter keinen Umständen jemals daran dachte, rot zu werden – zum Erröten gebracht. Meine Finger zuckten, so sehr wollte ich mein Handy aus der Tasche ziehen und ein Bild davon schießen. Don und Kai-Uwe würden mir niemals glauben, was hier gerade passierte.

Der Mund meiner Mutter klappte auf, während ihre Wangen

ganz bezaubernd glühten. Doch sie brachte keinen Ton hervor. Stattdessen griff sie nach ihrem Glas und kippte den Wein in einem Zug hinunter.

Diese Wirkung hatte Daniel also auf die Frauen in meiner Familie. Ich konnte es plötzlich kaum erwarten, ihn meiner Oma vorzustellen.

«Es tut mir leid», sagte ich plötzlich völlig ohne Zusammenhang in die Stille hinein und wusste selbst nicht so ganz, bei wem ich mich gerade für was entschuldigte.

Meine Mutter nickte abwesend und überprüfte den Sitz ihrer Frisur. Daniel lächelte noch immer charmant. Schließlich sah meine Mutter mich an und murmelte: «Deinem Vater erzählst du das aber selbst, am Sonntag kommt ihr zum Essen.» Damit stand sie auf, wehrte Daniel, der sich erheben wollte, mit einer Handbewegung ab und sagte: «Ich finde selbst raus!»

Dann rannte sie förmlich aus dem Haus. Verblüfft starrte ich ihr nach.

«Sollten wir ihr irgendwie hinterhergehen?», erkundigte Daniel sich besorgt.

Kurz überlegte ich, dann schüttelte ich den Kopf. «Nein, ich glaube, sie hat nicht mit deinem geballten Charme gerechnet. Sie muss jetzt erst einmal verdauen, was sie alles erfahren hat – und dass es davon gekrönt wird, dass sie dich nicht hassen kann. Dabei ist Sebastian wie ihr dritter Sohn. Er wäre ausgerastet, wenn er gesehen hätte, wie mühelos du sie um den Finger gewickelt hast.»

Daniel lehnte sich zurück und sah dabei ausgesprochen selbstzufrieden aus. Meine Mutter hatte er vielleicht eingewickelt, aber ich war hellhörig geworden. «Sieht so aus, als hättest du einige Übung im Umgang mit Müttern», stellte ich beiläufig fest. Dabei nippte ich an dem Wein und sah in den Garten.

«Frau ist Frau.» Das war alles, was Daniel dazu zu sagen hatte. Die knappe Antwort begleitete er mit einem Achselzucken.

«Ach, ist das so?» Wie gern wurde ich doch wahllos mit allen Frauen verglichen – inklusive meiner eigenen Mutter.

Er wandte mir das Gesicht zu und grinste mich an. «Möchtest du mir eine Frage stellen?»

Und ob ich das wollte! Aber das wusste er ganz genau, deswegen war er so zufrieden, während an mir die Frage nagte, mit wie vielen Frauen er zusammen gewesen war. Er war nicht sehr viel älter als ich, und wenn ich ihn mit meinem gleichaltrigen Bruder verglich …

Den Gedanken wollte ich gar nicht zu Ende führen. Was wusste ich von seinem sexuellen Vorleben, von dieser Melanie einmal abgesehen? Genauso viel wie er von meinem – das war die ehrliche Antwort. Allerdings konnte er mir die gleiche Frage stellen, deswegen hielt ich mich zurück. Nicht, dass meine Zahl astronomisch hoch gewesen wäre, aber ich fürchtete, dass sie seine bei weitem überstieg, wenn er wirklich so sehr auf dieses Pärchenzeugs und diesen Beziehungsquatsch abfuhr. Da im Moment alles in Ordnung zu sein schien, wollte ich nicht noch weiter im Wespennest herumstochern.

Entnervt stützte ich meinen Kopf in die Hand und rollte mit den Augen. «Nein, möchte ich nicht.»

«Zu schade», murmelte er leise. Sein Tonfall machte mir klar, dass wir dieses Gespräch bald weiterführen würden.

Tat man das, wenn man datete? Unterhielt man sich irgendwann bei viel Alkohol über verflossene Liebschaften und tauschte peinliche Geschichten aus? Schon die Vorstellung sorgte bei mir für eine Gänsehaut – eine der unangenehmen Sorte. Ein anderer Gedanke drängte sich in mein Bewusstsein. Langsam nervte mich Sebastians Verhalten, und mir fiel kaum noch etwas zu seiner Verteidigung ein – nicht einmal vor mir selbst.

«Was mache ich wegen Sebastian?», hörte ich mich in diesem Moment laut fragen. Eigentlich war es nicht abwegig, Daniel um

Rat zu bitten. Er war ruhig und besonnen, und ich schätzte seine Meinung. Ein leises Stimmchen meldete sich in meinem Hinterkopf und wies mich darauf hin, dass ich gerade dabei war, Daniel den Platz meines besten Freundes einnehmen zu lassen.

«Mit ihm zu reden wäre vermutlich ein erster Ansatz.»

«Sehr witzig, du Klugscheißer. Ich habe nur keine Ahnung, wie ich deinen tollen Rat umsetzen soll, wenn Sebastian jedes Mal, wenn wir uns sehen, entweder wütend wird oder zu heulen anfängt.»

«Dann triff ihn auf neutralem Boden, in einem Restaurant oder Café, da wird er wohl seinen Tränenfluss im Griff haben. Mach dich aber darauf gefasst, dass er aufspringt und dich mit der Rechnung sitzenlässt.»

Ich kippelte mit meinem Gartenstuhl nach hinten, verschränkte die Arme hinter dem Kopf und betrachtete die kleinen Wolken, die gemächlich über den Himmel zogen. «Wenn er mich sitzenlässt, rufe ich einfach dich an.»

«Klar, wenn du bereit bist, die Rechnung in meinem Bett abzuarbeiten.» Ohne ihn anzusehen, wusste ich, dass er schmunzelte.

«Ich muss dich warnen, ich bin nicht billig.» Diese kleinen Geplänkel mit ihm genoss ich mehr, als ich mir selbst eingestehen wollte.

«Das war mir schon bei unserer ersten Begegnung klar. Aber manche Sachen sind es einfach wert!»

«Daniel?»

«Ja?»

«Kommst du wirklich mit zum Essen zu meinen Eltern?» Mein Herz schlug bei dieser Frage heftiger, als ich es erwartet hatte.

«Das lasse ich mir auf keinen Fall entgehen.»

Beruhigt nickte ich.

«Mo?»

«Ja?»

«Weißt du auch, warum ich es mir nicht entgehen lasse?»

«Nein.» Ich war wirklich ahnungslos, hatte über seine Antwort allerdings nicht weiter nachgedacht.

«Das hat zwei Gründe. Der erste Grund ist, dass ich es kaum erwarten kann zu hören, wie du mich deinem Vater vorstellst. Und der zweite Grund ist, dass du dann auch mit zu meiner Familie kommen musst.»

«Oh.» Mein Magen schlug einen Salto, und ich versuchte nachzurechnen, wie viele Punkte Daniel heute schon gelandet hatte. Es war ein haushoher Sieg.

12

Neugierig beäugte ich den Topf. «Ich hätte einfach Popcorn im Supermarkt kaufen können. Das gibt es doch fertig.»

Daniel warf mir einen Blick zu, als hielte er mich manchmal für komplett verrückt. In dem Kochtopf begann es zu ploppen und platzen; ich beobachtete durch den gläsernen Deckel, wie die Maiskörner tanzten.

«Es ist viel leckerer, wenn man es selber macht», klärte mein Superliebhaber mich auf.

«Aha», antwortete ich wenig überzeugt.

Daniel schüttelte den Kopf, öffnete den Küchenschrank und holte eine Puderzuckermühle hervor.

«So was hast du?», rief ich überrascht.

Wieder schüttelte er mitleidig den Kopf. «Warmes Popcorn mit Puderzucker ist unersetzlich bei jeder Filmnacht. Wenn ich dich gleich damit füttere, wirst du mir schon zustimmen.»

Da konnte er recht haben, die Vorstellung gefiel mir zumindest. Andererseits wusste ich immer noch nicht, was ich von dieser ganzen Date-Geschichte halten sollte. Dieses Mal waren wir bei ihm – er nannte es Date, ich Samstagabend.

«Warum guckst du so böse?»

Ertappt hob ich den Kopf. «Ich finde Dates anstrengend wie ein unnötig langes Vorspiel.»

Daniel lachte, öffnete einen anderen Schrank und holte eine große Schüssel hervor. «Ein recht passender Vergleich. Aber du schlägst dich ganz tapfer.»

Jetzt wurde es im Topf verdächtig still. «Ist es fertig?»

«Mal sehen.» Daniel rüttelte am Griff, und prompt platzten noch einige Körner.

«Wie kommt es eigentlich, dass du so ein häuslicher Typ bist?»

Überrascht sah er mich an. «Häuslich?», wiederholte er und klang dabei irgendwie pikiert. Dann zog er Topfhandschuhe an und nahm den Deckel vom Topf.

Mit Mühe verkniff ich mir das Lachen, die Handschuhe waren ein Geschenk von Helen gewesen: pink mit kleinen Fliegenpilzen – überaus männlich und ganz und gar nicht häuslich.

«Keine Ahnung, was du mit ‹häuslich› meinst. Aber meiner Meinung nach spricht ab und zu nichts dagegen, entspannt zu Hause zu bleiben, statt mit Leuten, die man nicht leiden kann, in einem Club herumzuhängen, in dem Musik läuft, die man nicht mag.»

«Natürlich, so meinte ich das auch nicht. Ich liebe es, mit dir hier zu sein.» Ich machte eine weitläufige Handbewegung und lief im nächsten Moment knallrot an, weil mir meine Wortwahl bewusst wurde.

An das Flattern in meinem Bauch, das immer in Daniels Anwesenheit auftrat, hatte ich mich gewöhnt, aber ich schlich noch immer vorsichtig um alles herum, was mit Gefühlen zu tun hatte.

Daniel gab ein unverständliches Geräusch von sich und kippte den Inhalt des Topfs in die Schüssel. Schließlich hielt er mir die Mühle hin. «Möchtest du?»

«Ich glaube, ich sehe dir lieber dabei zu.» Abwehrend hob ich die Hände. So unbegabt, wie ich in solchen Dingen war, schaffte ich es glatt noch, das Popcorn zu ruinieren.

«Du bist also gern mit mir zusammen?» So viel Befriedigung in eine Feststellung zu legen, musste man auch erst einmal schaffen. Daniel warf mir einen vielsagenden, selbstzufriedenen Blick zu.

«Lass mich raten: Das wirst du mir jetzt ewig vorhalten.»

Er grinste. «Eher noch länger.»

Ich verdrehte die Augen und folgte ihm ins Wohnzimmer. Dort stellte er das Popcorn auf den Tisch, dann zog er mich in seine Arme und küsste mich.

Plötzlich klingelte mein Handy. Aufgeregt machte ich mich los. «Das ist der E-Mail-Alarm!», stieß ich hervor und fing an, kopflos in meiner Tasche zu wühlen.

«Der was?», fragte Daniel belustigt, während er nach der Fernbedienung griff.

«Ach, Neubauer, der beste Dozent bei uns, bietet einen Blitzkurs an. Das ist die beste Betreuung, die ich mir für die Diplomarbeit wünschen kann, aber es gibt nur wenige Plätze. Also habe ich die E-Mail-Benachrichtigung aktiviert, damit ich es nicht verpasse, wenn man sich online anmelden kann.»

Daniel nickte und legte die DVD in den Player, ich öffnete mein E-Mail-Postfach. Meine Laune verschlechterte sich schlagartig. Statt der erhofften Mail vom Uni-Server war der Absender *S. Walters* – Sebastian.

Neugierig sah Daniel über meine Schulter. «Was ist los? Alle Plätze weg?»

«Nein, die E-Mail ist von Sebastian.» Ärger schwang unüberhörbar in meiner Stimme mit.

«Willst du sie nicht aufmachen?» Daniel hockte sich auf die Couch und klopfte einladend auf das Polster neben sich.

Ich setzte mich hin. Noch schwankte ich zwischen den Optionen, die Nachricht zu lesen oder direkt zu löschen. «Ich fürchte, ich weiß schon, was drin ist.»

«Wie meinst du das?»

«Er hat eine neue Masche.» Mit einem Seufzen öffnete ich die Nachricht und reichte Daniel das Handy. «Hier, er schickt jetzt immer Bilder, um mich weichzukochen.»

Daniel lachte erstickt. «Mein Güte, wie alt bist du da?»

Wider Willen musste ich grinsen. «Dreizehn oder vierzehn, denke ich.»

Sebastian und ich lagen in Badesachen auf einer Wiese, im Hintergrund war der Baggersee zu sehen. Wir waren beide braun gebrannt und hatten strubbelige Haare. Zufriedene Teenager an einem Sommertag.

Wie auf allen Bildern, die er mir bis jetzt geschickt hatte, hatte Sebastian auch auf diesem den Arm um mich gelegt, unsere Köpfe lehnten aneinander. Kein Wunder, dass jeder uns abgekauft hatte, wir wären zusammen.

Daniel gab mir das Handy zurück. «Ehrlich gesagt verstehe ich noch immer nicht, was eigentlich sein Problem ist.»

«Im Grunde hat er Angst, dass du ihn nicht akzeptierst», erklärte ich ihm nun.

«Warum sollte ich das denn nicht?», erkundigte Daniel sich vorsichtig.

Genervt schloss ich die Augen und rieb über die Lider. «Ich stecke da in einer Klemme. Sebastian weiß nicht, dass du weißt, dass er schwul ist, und ich habe ihm geschworen, es niemandem zu erzählen.»

«Okay, daher weht der Wind. Dann bring ihn dazu, mich kennenzulernen, und ich überzeuge ihn, dass ich auch so kein Problem mit ihm habe. Irgendwann wird er dann hoffentlich genug Vertrauen haben und seine sexuelle Orientierung beichten – dann gebe ich mich ganz erleichtert.» Lässig lehnte Daniel sich zurück, stellte die Popcornschüssel zwischen uns ab und legte die Füße auf den Tisch.

«Das würdest du tun?»

«Natürlich. Falls es dir noch nicht aufgefallen sein sollte, Prinzessin, mir liegt eine Menge an dir. Und jetzt kuschel dich gefälligst an. Das ist ein gruseliger Film, und die Date-Regeln schreiben vor, dass du dich an mich schmiegst und ich dich beschütze.»

Der Aufforderung kam ich nur zu gern nach und öffnete willig den Mund, als Daniel mir abwesend das Popcorn hinhielt. Sein Blick klebte bereits wie gefesselt am Bildschirm.

Wow, er hatte recht. Selbstgemachtes Popcorn war eine ganz andere Liga.

Sanne saß auf meiner Bettkante und spitzte die Lippen. «Mo, jetzt hör auf, wie verrückt durch das Zimmer zu rennen.»

Seufzend blieb ich stehen und hockte mich neben sie auf das Bett. Genau zwei Sekunden verstrichen, dann hielt ich es nicht mehr aus und stand wieder auf. Ich marschierte drei Schritte, drehte mich um und ging drei Schritte in die andere Richtung.

Sanne warf entnervt die Hände in die Luft. Ich hatte sie getroffen, als sie gerade nach ihrem Besuch bei Jonathan das Haus verlassen wollte. Da wir schon lange nicht mehr ausgiebig gequatscht hatten, hatte ich sie eingeladen zu bleiben. Außerdem hoffte ich, sie könnte mich vor dem Treffen mit Sebastian beruhigen.

Zu meiner Erleichterung hatte sie auf mein Geständnis mit Sebastian gelassen reagiert. Nur mein Vater und Kai-Uwe wussten noch nichts. Aber das würde sich spätestens am Sonntag ändern, denn meine Mutter hatte ihre Drohung wahr gemacht und zum Essen geladen.

Doch das war es gerade nicht, was mich beschäftigte. «Ich habe keine Ahnung, was ich tun oder wie ich mich verhalten soll. Soll ich ihn umarmen? Ihm die Hand geben? Einen Kuss auf die Wange?»

«Was habt ihr denn sonst gemacht?», fragte Sanne vorsichtig nach.

«Wir haben uns einen Kuss auf die Wange gedrückt. Meistens zumindest. Ich weiß nicht, ich fühle mich echt unbehaglich. Bei meinem Auszug dachte ich, alles wäre in Ordnung.»

«So wie ich das verstanden habe, ist es nicht deine Schuld», beruhigte Sanne mich. Sie war neben Daniel die einzige Person, der ich das gesamte Dilemma gebeichtet hatte, inklusive Sebastians Kuss.

«Warum fühle ich mich dann schuldig?», fragte ich gequält.

«Weil Sebastian dir ein schlechtes Gewissen gemacht hat. Ihr werdet das heute Abend sicherlich klären und in ein paar Wochen darüber lachen.»

«Ich hoffe es», antwortete ich kraftloser als beabsichtigt.

Unser letztes Zusammentreffen vor der Uni-Bibliothek und das darauffolgende Telefongespräch steckten mir noch in den Knochen. Aber mittlerweile hatte er sich vielleicht beruhigt und sah ein, dass er sich wie ein Idiot benahm.

«Ich wünsche dir nur, dass er Daniel nicht mit einem Steakmesser niedersticht, wenn er ganz zufällig auftaucht.» Sanne grinste mich frech an.

«Danke, du weißt wirklich, wie du mich beruhigen kannst. Aber ich fürchte, es wäre etwas zu auffällig, wenn ich Sebastian zu Beginn direkt mit Handschellen an den Stuhl fessele.»

Sie lachte laut auf und winkte ab. «Das könnte in der Tat etwas zu dick aufgetragen sein. Du schaffst das, und bald ist wieder alles wie immer.»

«Du hast bestimmt recht», entgegnete ich optimistischer, als ich mich fühlte. «Aber jetzt erzähl mal, was läuft da eigentlich genau zwischen dir und Jonathan?»

Mit funkelnden Augen wickelte Sanne eine ihrer Locken um den Finger, dann seufzte sie. «Etwas Tolles, aber wir haben noch nicht genau darüber geredet. Irgendwie landen wir immer vorher im Bett.»

Ich wünschte, ich hätte das Gleiche über Daniel sagen können. Leider war er sehr geschickt darin, mir Geständnisse zu entlocken, und seit gestern war ich zum ersten Mal in meinem Leben stolze Besitzerin von zwei Zahnbürsten. Eine davon stand in Daniels Badezimmer, weil es praktischer war, wie er meinte. Ich hegte eher den Verdacht, dass er einen Plan verfolgte, doch noch konnte ich ihm nichts nachweisen. Allerdings fürchtete ich, dass es in dem Moment, in dem ich ihn seiner teuflischen Machenschaften überführte, für mich zu spät war.

Schließlich stand Sanne auf, umarmte mich und sagte sanft: «Du musst jetzt los. Bleib gelassen, du kennst Sebastian schon dein ganzes Leben. Ich gebe dir jetzt einen fiesen Frauenrat: Nutz das aus! Manipulier ihn und zwing ihn, wenn du musst.»

Sie sah mich so lange eindringlich an, bis ich kapitulierte. «Okay. Versprochen, ich werde ihm heute den Kopf waschen.»

Vor dem Restaurant stellte ich fest, dass ich mehr als eine Viertelstunde zu früh dran war, aber ich wollte nicht die ganze Zeit draußen herumstehen. Genauso gut konnte ich schon irgendetwas trinken. Kurz entschlossen zog ich die schwere Tür auf und nannte dem Kellner meinen Namen.

«Wunderbar, Ihre Begleitung wartet schon.» Er ging mit zwei Speisekarten bewaffnet voraus.

Ich folgte ihm, überrascht, dass Sebastian offensichtlich noch früher als ich hier aufgetaucht war.

«Hi.» Sebastian stand auf und legte mir eine Hand auf die Schulter, bevor er mir zur Begrüßung einen schnellen Kuss auf die Wange gab.

Ich lächelte verlegen. «Hi.» Dann setzte ich mich eilig hin und nahm dem Kellner die Karte ab. Als er endlich verschwunden war, fragte ich: «Bist du schon lange hier?»

Sebastian schüttelte den Kopf, doch dann zog er eine Grimasse. «Doch, fast eine Stunde. Bekloppt, oder? Ich habe es zu Hause einfach nicht mehr ausgehalten.»

«Ich habe Sanne gezwungen, mir seelischen Beistand zu

leisten.» Schief grinste ich Sebastian an und fragte mich, ob es ab jetzt immer so schrecklich zwischen uns sein würde.

«Mich wundert, dass er dich überhaupt hat gehen lassen.» Sebastian hatte seine Nase betont tief in die Speisekarte gesteckt und wagte es nicht aufzusehen.

«Daniel hat kein Problem mit dir. An den Gedanken kannst du dich ruhig gewöhnen.»

Sebastian antwortete nicht darauf, sondern verkündete nur: «Ich nehme das Gemüsegratin.»

«Schön, ich nehme ein Steak.» Das brachte mir sofort einen missbilligenden Blick vom Vegetarier ein, doch den ignorierte ich geflissentlich. «Wie geht es dir mittlerweile?»

«Ich versuche immer noch, unser nächtliches Telefongespräch zu verdauen.» Nervös schob er die Salz- und Pfefferstreuer auf dem Tisch umher. Der Kellner kam, um unsere Bestellung aufzunehmen. Als er wieder verschwunden war, fragte Sebastian: «Meintest du wirklich, was du da gesagt hast?»

Mit ernster Miene nickte ich.

Sebastian lehnte sich in seinem Stuhl zurück und betrachtete mich, als hätte er mich noch nie zuvor gesehen. «Warum hast du nie etwas davon erwähnt?»

«Wozu?», erwiderte ich. «Das hätte doch nichts an unserem Arrangement oder der Tatsache geändert, dass du nicht auf mich stehst – und damit meine ich in diesem Fall alle Frauen.» Den letzten Teil des Satzes flüsterte ich sehr leise, aber Sebastian verstand mich.

«Trotzdem», beharrte er. «Wir haben doch sonst immer über alles gesprochen.»

«Niemand weiß von meinen Vorlieben», entgegnete ich ruhig.

«Nicht einmal Sanne?», wollte Sebastian wissen.

Ich schüttelte den Kopf. «Niemand heißt bei mir wirklich niemand.»

«Aber er weiß davon», murmelte mein bester Freund, als hätte er eine wichtige Entdeckung gemacht.

Ich beugte mich über den Tisch und funkelte ihn aus schmalen Augen an. «Wenn du noch einmal ‹er› sagst, statt seinen Namen zu benutzen, stehe ich auf und gehe.»

Vor Schreck weiteten sich seine Augen, und er nickte widerwillig. Vielleicht hatte Sanne recht, und ich musste langsam gemein werden, Druck ausüben. Ich hatte wirklich keine Lust mehr auf diese Spielchen. Unauffällig schielte ich auf meine Armbanduhr – nur noch wenige Minuten, bis Daniel hier auftauchen würde. Ich zweifelte nicht daran, dass er pünktlich war.

Sollte ich Sebastian vorwarnen? Nein, besser nicht.

«Weiß Daniel von deiner ...» Sebastian stockte und suchte nach dem richtigen Wort. «Vorliebe?»

«Ja, natürlich, und bevor du fragst: Nein, ich habe es ihm nicht erzählt. Er hat einen sehr ausgeprägten Sinn dafür und es alleine herausgefunden.»

An seinem Gesicht konnte ich ablesen, dass ihn die nächste Frage schon eine geraume Zeit quälte. «Tut er dir weh?»

«Frag ihn doch selbst.» Über Sebastians Schulter sah ich, wie der Kellner Daniel an unseren Tisch führte.

«Was?» Sebastian fuhr zusammen, straffte den Rücken und machte Anstalten aufzustehen.

Ich funkelte ihn an und zischte so eindringlich, wie ich konnte: «Bleib sitzen! Wenn du nur den Hauch eines Aufstands machst oder gleich verschwindest, rede ich nie wieder ein Wort mit dir!» Obwohl ich ganz ruhig klang, raste mein Herz. Ich betete, dass Sanne recht hatte.

Sebastian starrte mich an, rang sichtlich mit sich. Mit der Miene eines trotzigen Grundschülers ließ er sich wieder auf seinen Stuhl sinken.

Daniel blieb vor dem Tisch stehen, ich stand auf und gab ihm einen Kuss. Nicht übertrieben lang oder intim, aber lang genug, dass Sebastian es nicht ignorieren konnte.

Als der Kellner mit der Karte kam, winkte Daniel ab. «Ich nehme einfach, was die Dame gewählt hat.»

Geflissentlich verbeugte der Kellner sich. «Dann frage ich schnell in der Küche nach, ob das Essen zeitgleich serviert werden kann.»

«Danke.»

Dann war der Kellner verschwunden, und Schweigen breitete sich aus. Während ich in meinem Kopf nach irgendetwas suchte, was ich sagen konnte, schmollte Sebastian eindrucksvoll.

«Ich hoffe inständig, dass ihr euch nicht schon so angeschwiegen habt, bevor ich gekommen bin.» Daniel schaffte es, mir mit seiner Frage ein Lächeln auf die Lippen zu zaubern.

«Natürlich nicht!», erwiderte Sebastian scharf. Jedoch fiel ihm jetzt offenbar wieder ein, worüber wir geredet hatten, und er presste die Lippen zusammen.

«Sebastian, stell dich nicht so an», wies ich ihn zurecht.

Daniel sah nur stumm zwischen uns hin und her.

«Pah! Ich stelle mich überhaupt nicht an. Aber ich werde nicht gern aus dem Hinterhalt überfallen.»

«Da haben wir ja außer Mo schon etwas gemeinsam, ich nämlich ebenfalls nicht. Dazu zähle ich übrigens auch, sie mitten in der Nacht bei ihrem Exfreund wieder aufgabeln zu müssen.»

Das saß. Sebastians Gesichtsausdruck fror ein, während Daniel entspannt am Tisch saß und die Ellenbogen aufstützte.

Schließlich fing mein bester Freund sich wieder, grinste und murmelte: «Autsch.»

Daniel lachte, und ich spürte, wie Erleichterung sich breitmachte. Zum ersten Mal seit langem hatte ich den Eindruck, dass auch Sebastians Lachen ehrlich war.

Das Gespräch stockte immer wieder und war noch ein wenig steif, doch endlich sah ich einen Silberstreifen am Horizont.

Als das Essen gebracht wurde, betrachtete Daniel interessiert seinen Teller. «Ah, es gibt Steak. Gut zu wissen.»

Ich feixte. «Du hättest mich ja vorher fragen können, was ich bestellt habe.»

«Wo wäre denn da die Aufregung geblieben?» Daniel zwinkerte mir zu und griff nach dem Besteck.

Kokett klimperte ich mit den Wimpern. «Es ist dir mit mir also nicht spannend genug?»

Daniel verschluckte sich fast. «Um Himmels willen, so war das auf keinen Fall gemeint.»

Aus dem Augenwinkel bemerkte ich, dass Sebastian zwischen uns hin- und herguckte und dabei fast schon angewidert wirkte. Doch als ich ihn direkt ansah, lächelte er nur zurückhaltend.

Das Essen nahm uns die Verpflichtung ab, die ganze Zeit Small Talk zu machen, und ich war einfach nur froh, dass es schien, als würden wir alle drei dieses Zusammentreffen überleben.

Nachdem wir aufgegessen hatten, brachte der Kellner die Rechnung, und Sebastian bestand darauf zu zahlen. Obwohl ich spürte, dass Daniel das nicht wirklich gefiel, legte ich die Hand auf seinen Arm und bedeutete ihm, es gut sein zu lassen.

«Ach, Mori, ich habe noch ein paar deiner Sachen gefunden. Warum kommst du nicht direkt mit zu mir, um sie zu holen?» Die Art, wie Sebastian bei seiner Frage das «Du» betonte, ließ keinen Zweifel daran, dass Daniel unerwünscht war.

Was für Sachen meinte er? Ich war mir ziemlich sicher, dass ich alles mitgenommen hatte, außerdem wäre es mir doch sicherlich längst aufgefallen, wenn ich etwas vergessen hätte.

Bevor ich allerdings antworten konnte, drückte Daniel sanft meinen Arm. «Macht das. Ich wollte sowieso noch schwimmen gehen. Kommst du später einfach zu mir?»

Ich konnte gar nicht sagen, was mich mehr irritierte: Daniels Verständnis oder Sebastians zufriedene Miene.

Als die beiden sich schließlich gegenüberstanden, stellte ich zum ersten Mal fest, dass Sebastian tatsächlich etwas größer als Daniel war. Warum wirkte Daniel nur so viel imposanter auf mich?

Vor der Tür verabschiedete ich mich mit einem Kuss von Daniel, dieses Mal sorgte ich allerdings dafür, dass er länger dauerte als nötig. Doch der Ausdruck in Daniels Augen, als ich ihn endlich freigab, war es wert gewesen. Ich konnte genau sehen, dass er mich am liebsten direkt gevögelt hätte, und schenkte ihm ein freches Lächeln. Sein unterdrücktes Stöhnen klang noch in meinen Ohren, als er schon längst ins Auto gestiegen war.

Sebastian stand noch neben mir. «Komm, wir gehen», sagte er und lief los.

Ich musste mich beeilen, um mit ihm Schritt zu halten. «Was habe ich denn angeblich bei dir vergessen?»

«Kleinkram», antwortete er ausweichend.

Tatsächlich konnte ich an seiner Stimme hören, dass er log. Empört blieb ich stehen, doch Sebastian legte einen Arm um meine Schulter und schob mich weiter.

«Was ist eigentlich los?», fragte ich so ruhig, wie ich in diesem Moment konnte.

«Nichts. Es ist alles in Ordnung», mauerte Sebastian.

«Hast du Tobi schon gefragt, ob er zu dir zieht?», wechselte ich das Thema.

Genervt stöhnte mein bester Freund auf. «Was soll das jetzt?»

«Was denn? Das ist ja wohl eine legitime Frage! Entschuldige, dass ich mich dafür interessiere, was in deinem Leben passiert.»

«Du hast ja recht. Nein.» Sebastian seufzte schwer, und wir blieben an der Fußgängerampel stehen, die sich gegenüber seiner Wohnung befand. «Es fällt mir so schwer, ihn endlich zu fragen. Dabei glaube ich, dass er irgendwie schon darauf wartet.»

«Ist es wegen der Öffentlichkeit? Ich meine, wenn du ihn fragst, ist die Katze ja aus dem Sack.»

Er hielt mir den Arm hin, und ich hakte mich ein, während wir die Straße überquerten. Sebastian dachte nach.

«Vermutlich. Wobei ich es meiner Mutter letztens fast gestanden hätte. Ihr war aufgefallen, dass sie dich schon lange nicht mehr gesehen hatte. Da musste ich zumindest erzählen, dass wir uns getrennt haben.»

Kurz wogte schlechtes Gewissen in mir auf. «Wie hat sie es aufgenommen?», erkundigte ich mich, während Sebastian die Tür aufschloss.

«Gemischt. Es war gar nicht so leicht, ihr etwas zu erzählen, ohne mich zu verplappern.» Er hielt die Tür auf und ließ mir den Vortritt. Ohne ein weiteres Wort steuerte er die Couch an, ließ sich darauf fallen und griff nach der Fernbedienung.

Ich konnte keine Kiste sehen, in der möglicherweise die ominösen Sachen lagen, die ich angeblich vergessen hatte.

«Sebastian! Warum bin ich hier?»

Als er seinen Namen hörte, zuckte er kurz schuldbewusst zusammen. «Ich wollte nur etwas verdeutlichen.»

«Und das wäre?», fragte ich gefährlich ruhig.

«Nun, es ist doch offensichtlich, dass Daniel ein Schwachkopf ist», erklärte er mir, als wäre ich leicht zurückgeblieben.

«Was genau klassifiziert ihn denn deiner Meinung nach als ‹Schwachkopf›?» Das letzte Wort begleitete ich mit Anführungszeichen in der Luft.

Sebastians Selbstbewusstsein schrumpfte ein wenig, aber er hatte sich schnell wieder im Griff. «Welcher normale Kerl lässt denn die Frau, an der ihm was liegt, freiwillig mit ihrem Exfreund nach Hause gehen? Ich bitte dich! Wir könnten hier einfach vögeln, und ihn stört es nicht einmal!»

Um nicht vor Wut an die Decke zu gehen, zählte ich meine

ersten fünf Atemzüge. «Auf die Idee, dass er mich nur mit dir hat gehen lassen, weil ihm etwas an mir liegt, bist du nicht gekommen? Dass er vielleicht möchte, dass ich glücklich bin? Dabei stehst im Moment nur du im Weg.»

«Jeder normale Mann wäre eifersüchtig», beharrte Sebastian. Noch immer ließ er es so klingen, als wäre es total abwegig, dass er mir mit dieser absoluten Wahrheit nicht die Augen geöffnet hatte.

«Eifersüchtig auf einen Schwulen, der mich in den letzten sieben Jahren nicht angerührt hat?» Langsam verlor ich meine Beherrschung und wurde deutlich lauter.

«Das weiß er ja nicht», konterte Sebastian entspannt.

Mein Blick besagte das genaue Gegenteil, während ich unruhig durch den Raum tigerte. «Selbstverständlich weiß er es. Nach deiner grandiosen Aktion in meiner ersten Nacht mit Daniel habe ich reinen Tisch gemacht.»

«Wie konntest du nur?» An Sebastians Stimme hörte ich, dass er verletzt war, doch darum konnte ich mich nicht länger kümmern.

«Wie ich nur konnte? Hörst du dich eigentlich reden? Niemand ist so egoistisch wie du!», stieß ich aufgebracht hervor, meine Stimme überschlug sich. «Ich war noch nie in meinem ganzen Leben verliebt. Dann passiert mir endlich etwas Wunderbares, und du versuchst krampfhaft, es zu ruinieren. Warum musstest du mir meine Mutter auf den Hals hetzen?» Wütend fuhr ich herum und zeigte mit dem Finger auf ihn. «Du machst es dir wirklich leicht! Du gehst los, hast Dates, verliebst dich. Was bleibt mir? Ich wohne mit meinem Freund zusammen, den alle Welt für hetero hält, und kann zusehen, wo ich bleibe. Daniel ist der erste Mann, der mich wirklich interessiert – der erste Mann, in den ich verliebt sein könnte. Und was machst du?»

Ich wartete seine Antwort nicht einmal ab, sondern riss die

Wohnungstür auf und stürmte hinaus. Allerdings stellte ich noch sicher, dass ich meine gesamte Kraft in das Zuschlagen der Tür legte, die daraufhin fast aus den Angeln sprang.

«Hey, Mo!» Daniel packte von hinten meine Oberarme und zog mich an seinen Körper. Zuerst wollte ich mich wehren, aber er schlang die Arme um mich und murmelte an meinem Hals: «Schh, ist schon gut.»

Ich ließ den Kopf nach vorne sinken und schluchzte leise. Meine Wut war verpufft, übrig war nur noch Trauer.

Daniel war klug genug gewesen, bei meiner finsteren Miene keine Fragen zu stellen, als ich vor seiner Tür gestanden hatte. Da meine Stimme gezittert hätte, hatte ich nur stumm mit dem Kinn nach oben gewiesen und war die Treppe raufmarschiert.

Im Schlafzimmer war ich so ratlos gewesen, dass ich mich einfach wie eine Furie auf das Bett gestürzt und so lange auf das Kopfkissen eingeprügelt hatte, bis meine Arme schmerzten. Doch selbst dann hatte ich nicht aufgehört – zumindest nicht bis Daniel nach mir gesehen hatte.

Ich wand mich in seinem Griff, drehte mich um und schmiegte mein Gesicht an seine Brust. Sein Kopf lehnte auf meinem, und Daniel streichelte mir beruhigend über den Rücken, während wir uns auf dem Bett gegenüberknieten.

Als ich mich wieder aufrichtete, hatten meine Tränen beachtliche Flecken auf Daniels T-Shirt hinterlassen. Entschuldigend wischte ich darüber. «Sorry. Das war keine Absicht.»

Daniel nahm meine Hände und küsste die Handinnenflächen. «Ich glaube, das trocknet schon wieder. Was ist passiert?»

Mit einem schiefen Grinsen schniefte ich. «Wir hatten Streit.»

Daniel nickte ernsthaft, als hätte ich ihm eine weltbewegende wissenschaftliche Theorie unterbreitet. «Gut, und weiter?»

«Ich habe laut herumgeschrien, kurzzeitig vermutlich Hörner

auf der Stirn gehabt, während mir Rauch aus den Ohren gestiegen ist. Dann bin ich hinausgestürmt und habe die Tür zugeschmissen.»

Meine Schultern sackten nach unten, und Daniel zog mich mit sich, bis wir auf dem Bett saßen. Er hakte nicht weiter nach, sondern massierte meine Hände, bis ich mich langsam entspannte.

«Sebastian wollte mir weismachen, dass dir nichts an mir liegt, weil du mich mit ihm hast gehen lassen. Daraufhin habe ich ein paar Dinge gesagt, die mir bis dahin selbst nicht bewusst waren, und bin wütend weggerannt.»

Stumm knetete Daniel weiter meine Hände, tastete sich an meinen Armen weiter nach oben vor.

«Ich werde diese Dinge vielleicht irgendwann mit dir teilen, aber gerade möchte ich nicht darüber reden. Ist das okay?» Meine Stimme klang gefährlich zittrig, und ich schluckte schwer.

«Natürlich, wann immer du willst, Prinzessin.»

Niemand nannte mich so, und ich war mir ziemlich sicher, dass es bei mir bei jedem anderen nicht gefallen hätte. Mittlerweile war Daniel bei meinen schmerzenden Oberarmen angekommen und kniete dicht neben mir. Ich schnupperte an ihm und berauschte mich an seinem unwiderstehlichen Duft. «Warum bist du so toll?»

«Keine Sorge, das sind nur die Hormone. Eigentlich bin ich ein Arschloch. Spätestens in ein paar Monaten kommst du auch dahinter.»

Müde schloss ich die Augen und ließ mich in die Matratze sinken. «Das wage ich ganz stark zu bezweifeln. Aber wenn es so weit ist, zeige ich dir meine Hörner.»

Daniels leises Lachen war Balsam für meine wunde Seele.

13

Daniels Augen konnte ich hinter der Sonnenbrille nicht sehen, doch er wirkte recht entspannt. Im Gegensatz zu mir: Ich brachte es nicht einmal über mich, den Sicherheitsgurt zu lösen.

Ich war so aufgebracht nach dem Treffen mit Sebastian gewesen, dass ich das Essen bei meinen Eltern einfach vergessen hatte. Vielleicht hatte ich es auch verdrängt, ganz sicher war ich mir da nicht.

Jedenfalls stand ich jetzt vor dem Problem, dass die Hälfte meiner Familie wusste, was heute Abend passieren würde, während die andere, weitaus emotionalere und zur Hysterie neigende Hälfte es noch nicht wusste. Aber es half alles nichts, ich musste es hinter mich bringen. Meine Finger glitten zum Gurt.

«Ah, wir sind so weit?», verspottete Daniel mich.

«Dass du so ruhig bist, verstehe ich gar nicht.» Ich war ein aufgelöstes Häufchen Elend, und Daniel ging es blendend.

«Ich kenne deine Eltern doch schon flüchtig.»

Ach ja, richtig, seine Freundschaft mit Don vergaß ich regelmäßig. Abwesend murmelte ich: «Hm.» Dann öffnete ich die Autotür, drehte mich aber vor dem Aussteigen noch einmal zu Daniel um. «Was soll ich machen? Dich einfach als Dons Freund vorstellen?»

«Nur wenn ich dann heute Abend auch in Dons Bett schlafen darf.»

«Blödmann!» Ich stieg aus. Insgeheim war ich Daniel unendlich dankbar. Er hätte genauso gut vorschlagen können, dass ich ihn als meinen Freund vorstellte, doch das tat er nicht. Außerhalb des Schlafzimmers war er unglaublich rücksichtsvoll und drängte mich nie zu irgendetwas.

Noch bevor ich die Klingel erreicht hatte, öffnete mein Vater die Tür und schaute erst mich, dann Daniel kritisch an. «So, so.» Er grinste. «Ein neuer Mann, Mo?»

«Das könnte man so sagen», sagte ich gedehnt. «Ich ... Wir ... Also ...» Hilflos brach ich ab und warf Daniel einen flehenden Blick zu.

Mein Vater winkte ab. «Ich habe gleich gesehen, dass das nicht Sebastian ist, Kind. So lange, wie ihr da im Auto gehockt habt, habe ich mir schon gedacht, dass du Hemmungen hast. Brauchst du nicht zu haben.» Damit machte er Platz und ließ mich herein.

Irgendwie war das zu einfach gewesen, offiziell hatte ich meinen Eltern ja nicht einmal vom Umzug erzählt. Oder hatte meine Mutter meinen Vater schon eingeweiht?

In diesem Moment rief mein Vater laut ins Haus: «Mo hat einen neuen Mann dabei!»

Pflichtbewusst kam meine Mutter aus der Küche geeilt, und noch bevor sie unschuldig tun konnte, hob ich die Hand. «Du hast ihn eingeweiht?»

Empört blieb sie stehen. «Natürlich, sonst hätte das ein riesiges Spektakel gegeben.»

«Und wer hat es Kai-Uwe erzählt?», wollte ich jetzt wissen.

Schuldbewusst tauschten meine Eltern einen Blick.

«Phantastisch. Weil er ja nicht schon genug herumjammert, dass er als mittleres Kind immer übergangen wird. Toll, ganz toll.»

Daniel ließ sich von meiner Tirade nicht stören und schüttelte erst meiner Mutter die Hand, dann meinem Vater. Schließlich überreichte der Schleimer ihnen noch eine Flasche Wein.

Papa begutachtete das Etikett, dann sah er von unten zu

Daniel hoch. Ich registrierte sofort seinen verschlagenen Gesichtsausdruck. «Kannst du pokern, Junge?»

Diese Frage war gleichzeitig großartig und grauenvoll. Offenbar mochte mein Vater ihn, wie auch immer er so schnell zu seinem Urteil gekommen war – aber gleichzeitig plante er, Daniel beim Spiel auszunehmen.

Bei Sebastian war ihm das immer spielend gelungen. Aber der hatte auch das schlechteste Pokerface der Welt und strahlte jedes Mal über das ganze Gesicht, wenn er ein gutes Blatt erwischte.

Don kam aus dem Esszimmer spaziert und lehnte sich an den Türrahmen. «Das ist eine ganz schlechte Idee, Papa. Daniel ist ein mieser Falschspieler.»

Überrascht sah ich meinen Begleiter an, der mit den Schultern zuckte. «Ich würde sagen, du kannst einfach nicht verlieren», antwortete er meinem Bruder.

Mein Vater drehte noch immer die Flasche in den Händen. «Besser als Mo?», erkundigte er sich dann.

Mama verdrehte die Augen und nahm ihm endlich den Wein weg, bevor sie in die Küche ging.

Daniel starrte mich an. «Du kannst pokern?»

Lachend klopfte Don ihm auf die Schulter. «Und wie. Lass dich lieber gar nicht erst darauf ein, mit uns zu spielen.»

«Keiner hier kann so gut bluffen wie Mo», bestätigte mein Vater, der uns schon voraus ins Esszimmer ging.

Vor Überraschung zog Daniel die Augenbrauen in die Höhe. Ich hatte ihm doch gesagt, dass niemand mich so leicht lesen konnte wie er. Dann legte sich ein anderer Ausdruck auf sein Gesicht – er war neugierig.

Ich drehte mich um. «Komm ja nicht auf die Idee. Du bist so ein schlechter Verlierer, das würde nicht gut enden.»

Empört erwiderte er: «Wie kommst du darauf, dass ich verliere?»

«Ach, bei uns verzieht niemand eine Miene, selbst wenn auf magische Weise sechs oder sieben Asse im Spiel sind. Schaffst du das auch?»

Er lachte und wischte sich mit der Hand über das Gesicht. «Ich könnte es zumindest versuchen.»

Genervt warf ich die Hände in die Luft und hoffte nur, dass wir uns nach dem Essen schnell genug davonstehlen konnten, bevor ich die nächsten zwei Tage hier bei einem erbitterten Pokerspiel zwischen meinem Vater und Daniel feststeckte, weil beide zu stur waren, um aufzugeben.

In diesem Moment drehte sich ein Schlüssel in der Eingangstür. Das musste Kai-Uwe sein. Sofort wurde ich wieder nervös. Doch als die Tür aufschwang, sah ich mich zuerst einer kleinen Blondine gegenüber, die extrem aufgeregt wirkte. Erst dann erschien mein Bruder. Als sein Blick auf Daniel traf, sagten wir gleichzeitig wie aus einem Mund: «Was zum Teufel …»

Don schien genauso überrascht zu sein wie ich. Als noch meine Mutter aus der Küche dazukam, waren wir alle versammelt.

Kai-Uwe grinste schief. «Hey. Das ist Sabrina.»

Sabrina hob schüchtern die Hand. «Hallo», murmelte sie leise. Sie fühlte sich eindeutig von uns verunsichert.

Wir lösten das Problem, indem wir uns erst einmal ins Esszimmer verzogen. Während ich mich neben Daniel setzte und meine Mutter eilig noch einen Teller auf den Tisch stellte, dachte ich darüber nach, dass ich bei Kai-Uwe schon auffällig lang nicht mehr die morgendliche Rausschmeißerin gespielt hatte.

Kai-Uwe parkte Sabrina zuerst bei meiner Mutter und kam dann zu uns herübergeschlendert. «Wenn du nicht sauer bist, zicke ich jetzt nicht herum», raunte er mir zu.

«Deal. Aber ich muss dir nachher trotzdem noch etwas erzählen.»

Mit einem Mal war Daniels Auftauchen nicht mehr das Hauptthema, denn Kai-Uwe hatte noch nie eine Frau mit zu meinen Eltern gebracht. Das war wesentlich interessanter als der Falschspieler an meiner Seite.

Nach dem Essen, das erstaunlich glimpflich verlaufen und bei dem auch Sabrina schnell aufgetaut war, schickte ich Kai-Uwe nach oben in sein altes Kinderzimmer. Für ein paar Minuten sollte ich Daniel mit meinem Vater allein lassen können, zumal Don ebenfalls noch da war.

«Okay, was gibt es?» Kai-Uwe war blendend gelaunt und strahlte mich an.

«Im Grunde nichts Schlimmes, aber vielleicht möchtest du dich trotzdem setzen.»

Beunruhigt kam mein Bruder der Aufforderung nach.

«Also», schnell hockte ich mich neben ihn und tätschelte sanft seine Hand, «Daniels Auftauchen hier räumt vermutlich jeden Zweifel aus, aber ich will, dass du weißt, dass es kein Happy End mehr zwischen mir und Sebastian geben wird.»

Kai-Uwe nickte und guckte noch immer recht versöhnlich.

«Wie formuliere ich das am besten?» Ich seufzte kurz. «Sebastian und ich waren nie wirklich zusammen, weil er schwul ist.»

Daraufhin wurden Kai-Uwes Augen so groß, dass jedes Reh im Scheinwerferlicht neidisch geworden wäre. Doch er sagte nichts. Ich schwieg ebenfalls und wartete darauf, dass er die Neuigkeit verdaute.

«Aber wie?» Kai-Uwe brach ab und starrte auf meine Hand, die immer noch beruhigend die seine streichelte. «Aber warum?»

«Niemand außer unserer Familie weiß davon, und solange er sich nicht überwindet, seinen Eltern davon zu erzählen, musst du das unbedingt für dich behalten. Kann ich dir da vertrauen?»

«Natürlich. Aber wie?» Anscheinend fiel es meinem Bruder

gerade sehr schwer, sich zu artikulieren, und leider konnte ich keine Gedanken lesen. Dann hob er den Kopf und sah mich vollkommen entsetzt an. «Heißt das, du bist noch Jungfrau?», wisperte er kaum hörbar.

«Meine Güte! Irgendetwas haben unsere Eltern bei unserer Erziehung grundlegend falsch gemacht. Das war auch das Erste, was Don gefragt hat!»

«Don weiß es schon?», fragte mein Bruder beleidigt. Großartig, jetzt kam wieder die alte Leier, dass er als mittleres Geschwisterkind grundsätzlich übergangen wurde. «Das ist wieder typisch, ich werde mal wieder …»

Mit einer Handbewegung schnitt ich ihm das Wort ab. «Spar dir deinen Atem, Bruderherz. Wie oft haben wir uns in den letzten Wochen gesehen? Da hattest du offenbar auch jedes Mal Gedächtnisschwund, was deine Freundin anbelangt.»

Wenigstens den Anstand, rot anzulaufen, hatte er. «Das ist was anderes.»

«Warum?»

«Du hattest dich gerade erst von Sebastian getrennt, da wollte ich bestimmt nicht der Arsch sein, der dir eine frische Beziehung unter die Nase reibt.»

Spontan umarmte ich meinen Bruder und presste ihm einen dicken Schmatzer auf die Wange.

Verlegen machte er sich von mir los. «Ist ja schon gut. Komm, wir gehen nach unten. Ich will nicht, dass Papa Sabrina seziert und zu einem Kartenspiel überredet.»

«Wir sind echt eine Familie von Falschspielern, was?»

Er lachte und polterte vor mir die Treppe hinunter. Als wir ins Esszimmer kamen, hörte ich, wie mein Vater schon versuchte, Daniel zu einem Spiel zu bewegen.

«Beim nächsten Mal sicherlich, doch jetzt muss ich Mo leider entführen.»

Papa blieb hartnäckig. Mit Erstaunen nahm ich zur Kenntnis, dass Daniel aber noch hartnäckiger war. Als hätte er meine Anwesenheit gespürt, drehte er sich um und sagte: «Ah, da bist du ja, dann können wir los.»

Nachdem er meinen Eltern die Hände geschüttelt und genügend Komplimente für das Essen verteilt hatte, begleitete er mich nach draußen.

Zutiefst beeindruckt stieg ich ins Auto. «Wow, dass wir so früh wieder draußen sind, hätte ich nie gedacht.»

Daniel zwinkerte mir vergnügt zu und startete den Motor.

«Kai-Uwe hat die Neuigkeiten ganz gut verdaut. Also war der Tag ein voller Erfolg.»

Mein persönlicher Fahrer nickte, und so langsam konnte ich meine Neugier nicht mehr beherrschen. «Spielst du wirklich falsch? Dons Worte gehen mir nicht mehr aus dem Kopf.»

Sein einladendes, leicht verwegenes Lächeln sorgte bei mir für weiche Knie. «Finde es doch heraus.»

«Du hast meine Familie gehört, ich bin nicht ohne.» Ich unterbrach mich und deutete auf die Kreuzung. «Hey, wir müssen hier rechts!»

Daniel räusperte sich, und sofort bekam ich eine Gänsehaut.

«Was hast du vor?»

Mit einem schnellen Seitenblick auf mich sagte er: «Ich schwöre, dass ich dich nie wieder so überfallen werde, aber ich dachte, dass es ausnahmsweise die bessere Methode wäre, damit du dich nicht in eine ausgewachsene Panik hineinsteigerst.»

Das Blut rauschte in meinen Ohren. «Panik wovor?»

«Versprichst du, dich nicht bei voller Fahrt aus dem Auto zu werfen?», erkundigte er sich und klang dabei nicht einmal sonderlich belustigt.

«Du willst doch jetzt nicht etwa durchbrennen oder so etwas?» Unsicher sah ich ihn an.

Daniel verzog das Gesicht, und anscheinend wusste er nicht, ob er lachen oder weinen sollte. «Du bist wirklich ein merkwürdiges Mädchen, Mo. Nein, ich wollte nicht spontan heiraten. Wir fahren zu meinen Eltern.»

Mein Magen rutschte gefühlte zwanzig Etagen nach unten und verkrampfte sich. Daniels Bemerkungen über seine Mutter kamen mir wieder in den Sinn. Schnell schüttelte ich den Kopf. «Nein, auf keinen Fall. Ich will nicht.»

«Du musst. Ich möchte dich mit zu Elenas Hochzeit nehmen, und da meine Eltern vorher noch im Urlaub sind, ist das Zeitfenster, um sie kennenzulernen, leider recht klein.»

Verzweifelt schlug ich die Hände vor dem Gesicht zusammen. «Das werde ich dir nie verzeihen», stieß ich gepresst hervor.

«Selbst nicht, wenn ich verspreche, es direkt heute Abend wiedergutzumachen?»

Ich schielte zwischen meinen Fingern hervor. «Was schwebt dir da vor?»

Als Antwort machte Daniel eine so anrüchige Geste mit seiner Zunge, dass ich gequält aufstöhnte und mein Gesicht wieder verbarg. Vermutlich glühte jetzt mein ganzer Kopf rot.

Zufrieden nickte er. «Das werte ich als Ja.»

Welche Frau sagte bitte nein zu Oralsex? Vor allem, wenn der Mann diesbezüglich in der obersten Liga überhaupt spielte?

«Aber ich kann so etwas nicht, ich habe keine Ahnung, was ich überhaupt tue», unternahm ich einen letzten Protestversuch.

«Du bist toll. Sei einfach du selbst. Elena und Helen sind auch da, im Notfall hacken wir einfach alle auf Helen herum.»

«Da wird Helen sich aber bei mir bedanken.»

«Sie ist das gewohnt – vorausgesetzt, sie nimmt es überhaupt zur Kenntnis.»

«Trotzdem habe ich Angst vor deiner Mutter», warf ich schwach ein. Vielleicht konnte ich mit dem Beifahrersitz verschmelzen, wenn ich mich nur genug anstrengte.

Düster wandte Daniel sich mir zu. «Da müssen wir leider alle durch.» Seine Grabesstimme sorgte für einen Schauer auf meiner Haut, und ich fühlte mich wie in einem schlechten Horrorfilm.

Erst jetzt bemerkte ich, dass der Wagen längst stand. Nervös sah ich aus dem Fenster, als ließe die Hausfassade Rückschlüsse auf Daniels Familie zu.

Daniel stieg aus, und mir blieb nichts anderes übrig, als ihm zu folgen. Als er bemerkte, dass ich tapfer versuchte, den viel zu kurzen Weg zum Haus so langsam wie möglich zurückzulegen, lachte er und legte einen Arm um meine Schulter. Dann drückte er den Klingelknopf und presste mir einen aufmunternden Kuss auf die Schläfe.

Jetzt verstand ich, wie Lämmer sich auf dem Weg zur Schlachtbank fühlten.

Die Tür schwang auf, und zu meiner Erleichterung sah Daniels Mutter normal aus. Ich konnte weder Hörner noch Hexenbesen entdecken, und ihr Lächeln wirkte aufrichtig und ausgesprochen warm. Zumindest wusste ich jetzt, von wem die Zwillinge ihr blendendes Aussehen hatten, und spürte die Hoffnung in mir aufsteigen, ebenfalls so schön zu altern.

Sie streckte mir gleich die Hand entgegen. «Du musst Mo sein, Daniel hat schon viel von dir erzählt. Ich bin Eva.» Daniels Mutter umarmte mich und hielt Daniel die Wange hin. Er drückte einen Kuss darauf und schloss danach die Tür hinter uns.

Im Wohnzimmer saß Helen mit einem Laptop auf dem Schoß, und Elena blätterte in einem Magazin für Brautmode. Daniels Vater versteckte sein Gesicht hinter einem Krimi, ließ das Buch aber sinken, als er unsere Schritte hörte.

«Daniel, Gott sei Dank. Ich hätte den Frauenüberschuss keine Sekunde länger ausgehalten.»

Daniel lachte und schnitt seinen Schwestern eine Grimasse. «Dann wird es dich ja freuen, dass ich noch eine von der Sorte mitgebracht habe. Papa, das ist Mo. Mo, das ist mein Vater Maximilian.» Daniel hatte eine Hand auf meinen Rücken gelegt und schob mich nun nach vorne.

Sein Vater schüttelte meine Hand und strahlte mich an. «Max reicht aber auch», verkündete er fröhlich, und mir kam es fast vor, als sei er froh, mich zu sehen.

«Helen! Jetzt klapp dieses Ding zu!» Mit verschränkten Armen sah Eva auf ihre Tochter hinunter, die empört zu ihr nach oben blickte.

Helen murrte leise, legte den Laptop aber gehorsam zur Seite. Mir hatte sie knapp zugenickt, aber ich wusste ja inzwischen, dass sie nie viele Worte verlor.

Plötzlich schlug Elena wütend immer wieder mit ihrem Brautmagazin auf die Tischkante. «Hässlich! Hässlich! Alles hässlich!»

«Hast du noch immer kein Kleid?», erkundigte sich Daniel, allerdings eher stichelnd als mitfühlend.

Elena funkelte ihn an. «Ich will nichts davon hören.»

«Du hast doch noch genug Zeit», wandte ihre Mutter kopfschüttelnd ein. Dabei schnitt sie einen Kuchen an, der verdächtig nach Äpfeln duftete. Sofort lief mir das Wasser im Mund zusammen.

«Trinkst du Kaffee, Mo?», fragte Max mich jetzt.

«Ja, aber wie Normalsterbliche ihn trinken – nicht das, was Daniel als Kaffee bezeichnet.»

Zum ersten Mal hörte ich Helens erstaunlich heiseres Lachen. Es wunderte mich, dass sie Single war. Sie sah umwerfend aus, besaß offensichtlich Humor und hatte einen anständigen Job – als Mann konnte man es weitaus schlechter treffen.

«Niemand trinkt seinen Kaffee wie mein verehrter Bruder», sagte sie.

«Dann nehme ich gern einen oder mehrere.» Ich hielt Max meine Tasse hin. Mit einem Mal fiel mir auf, dass Kaffee und Apfelkuchen mir anscheinend zur Entspannung reichten. Gut, dass die Eltern nett zu sein schienen, half natürlich auch.

«Wo ist Stephan?», fragte ich Elena, damit ich wenigstens irgendetwas zu sagen hatte.

Ein Lächeln breitete sich auf ihrem Gesicht aus, und ihre Augen strahlten in dem gleichen faszinierenden Grün, das ich schon von Daniel kannte. «Er bereitet mit seiner Mutter irgendeine Überraschung für die Hochzeit vor, sie kümmern sich um die Dekoration.»

Ich musste mir eingestehen, dass ich auf die Hochzeit gespannt war. Daniel hatte mir schon verraten, dass es so ein richtig großes Fest nach amerikanischem Vorbild werden würde, weil Elena und Stephan nicht nur große Familien, sondern auch viele Freunde hatten.

In der nächsten halben Stunde drehte sich der Großteil des Gesprächs um die Hochzeit, während Helen immer wieder versuchte, ihren Laptop aufzuklappen. Doch jedes Mal erwischte Eva sie und rollte mit den Augen. «Du wirst es überleben, ausnahmsweise einen Nachmittag nicht zu arbeiten. Wenn du heute noch einmal die Hand nach dem Computer ausstreckst, organisiere ich dir ein paar Blind Dates, die ich direkt zu dir nach Hause schicke.»

Sofort verstaute eine auf einmal leichenblasse Helen ihren Laptop in der Handtasche. Leider konnte ich mir ein Grinsen nicht verkneifen.

Daniel stieß mich mit der Schulter an. «Du brauchst gar nicht so schadenfroh zu sein, du bist nicht besser als Helen.»

Schon lagen sämtliche Augen auf mir, und ich schrumpfte auf meinem Stuhl zusammen. «Stimmt doch gar nicht.»

Aber Daniel ließ sich gar nicht erst bitten und erläuterte gleich:

«Als ich sie das erste Mal um ein Date gebeten habe, hat sie einfach abgelehnt und mich stehenlassen.»

Meine Wangen färbten sich rot, und Elena starrte mich aus großen Augen an. «Und dann?», wollte sie von Daniel wissen.

«Ich bin ihr nachgelaufen, und sie hat mich über den Tisch gezogen. Wenn ich ihren Namen errate, würde sie mit mir ausgehen, hat sie behauptet.»

Helen warf mir einen anerkennenden Blick zu, der bei Daniel für Stirnrunzeln sorgte.

«Nachdem ich das Spiel verloren hatte, meinte ich, dass ich unmöglich überprüfen könnte, ob sie lügt, wenn ich nicht ihren Ausweis sehe. Bei dem ungewöhnlichen Namen wusste ich sofort, dass sie gemein ist. So konnte ich ja gar nicht gewinnen.»

Daniels Vater gackerte leise und nahm sich noch ein Stück Kuchen. Elena, offenbar eine große Romantikerin, beugte sich gespannt nach vorne. «Und dann hat sie ja gesagt?»

Daniel schüttelte finster den Kopf. «Nein, sie hat mich kaltblütig stehenlassen.»

Elena war entsetzt, Helen zufrieden, und ich bekam den zweiten anerkennenden Blick von ihr.

«Glücklicherweise erkannte ich ihren Nachnamen, weil ich mit ihrem Bruder in einer Schulklasse gewesen war. Also musste ich ihn um ihre Nummer anbetteln.»

Eva schlug verzückt von der Hartnäckigkeit ihres Sohns die Hände zusammen. Ich musste zugeben, dass die Geschichte auf diese Weise erzählt wirklich nett klang. Was so ein kleiner Striptease für einen Unterschied machte …

Mit dem breitesten Grinsen, das ich jemals bei Daniel gesehen hatte, drehte er sich zu Helen um. «Streng genommen schulde ich Don also noch etwas – zum Beispiel deine Telefonnummer, die er unbedingt haben will.»

Helens Augen wurden so schmal, dass ich stark bezweifelte,

dass sie überhaupt noch etwas sehen konnte. «Ich nagele dir beide Hände an den Tisch, wenn du auch nur daran denkst.»

Eva verschluckte sich fast an ihrem Kaffee. «Du hast einen Verehrer? Das ist doch toll! Mos Bruder? Sieht er gut aus?»

Hoffnungsvoll sah Eva mich an, doch Helens Blick jagte mir Angst ein, also versuchte ich, möglichst diplomatisch zu antworten. «Er sieht nicht schlecht aus, aber mit Daniel kann er natürlich nicht mithalten.»

Doch Eva plante in Gedanken offenbar bereits die nächste Hochzeit. «Willst du nicht mal mit ihm ausgehen, Helen?»

«Unbedingt.» Sie verschränkte die Arme, und mit funkelnden Augen ließ sie Daniel wissen, dass sie genau das Gegenteil davon meinte. Er grinste sie noch immer provozierend an.

Wir saßen gerade wieder im Auto, da holte ich aus und schlug Daniel mit meiner Faust kräftig und wohlplatziert auf die Schulter. Er jaulte auf und ließ den Schlüssel fallen.

«Aua! Wofür war das denn?» Mit einem gequälten Stöhnen beugte er sich vor und tastete im Fußraum nach dem Autoschlüssel.

«Dafür, dass du mich in dem Glauben gelassen hast, deine Mutter wäre furchtbar.»

«Hey, ich habe es dir nur leichter gemacht», verteidigte er sich.

Ich stieß nur ein verächtliches Geräusch aus. In Wahrheit war ich erleichtert, dass ich diese Begegnung erfolgreich hinter mich gebracht hatte und seine Eltern ausgesprochen nett zu sein schienen. «Los, nach Hause. Du hast gewisse Pflichten zu erfüllen.»

«Du kannst es wohl kaum erwarten, unter mir zu liegen und zu stöhnen», neckte Daniel mich.

Ich ließ ein sinnliches Lächeln meine Lippen umspielen und senkte die Lider, befeuchtete meine Unterlippe mit der Zungenspitze und flüsterte kaum hörbar: «Ich kann es nie erwarten, selbst jetzt bin ich bei dem Gedanken daran sofort feucht geworden.» Dann schloss ich genüsslich die Augen und glitt mit den Händen über meinen Körper, als würde ich mich bereits im Bett rekeln.

Sein schweres Schlucken war nicht zu überhören, und ich hoffte, dass er sich auf dem Weg nach Hause wenigstens an die Geschwindigkeitsbegrenzung hielt.

14

«Bowling?» Ich starrte Daniel an. Billard spielen konnte ich ganz gut, aber im Bowling war ich eine komplette Versagerin. Okay, das war übertrieben, aber es gab Dinge, die ich definitiv besser konnte.

Unsicher sah ich an der unscheinbaren Fassade hoch, die den Charme einer Fabrikhalle verströmte. «Das macht man auf einem Date?» Ich vermutete immer noch, dass Daniel mich auf den Arm nahm.

«Natürlich. Es ist Freitagabend, das ist völlig normal. Und danach staube ich einen Gutenachtkuss ab. Außerdem hast du selbst gesagt, dass ich für größere Herausforderungen sorgen soll.»

Allein seine Betonung des Wortes «Kuss» verursachte bei mir einen wohligen Schauer. Ich nickte. «In Ordnung. Ich dachte nur, Bowling wäre eine Gruppenaktivität.» Mit den Fingern tastete ich nach dem Gurt, um mich abzuschnallen.

Doch Daniel legte seine Hand auf meine. «Nicht so schnell.»

Ich erstarrte. Wenn er diesen Ton anschlug, wurde ich sofort feucht. Um mich nicht zu verraten, biss ich auf meine Unterlippe und schielte zu ihm hinüber. Er präsentierte mir seine Handfläche, und ich keuchte auf. Die Frage, ob er das ernst meinte, konnte ich mir direkt sparen – ich kannte die Antwort. Der kleine Buttplug glänzte metallisch, und als ich die Finger ausstreckte, um ihn zu berühren, wurde mein Verdacht bestätigt: Er war aus Metall und sehr kalt.

«Hast du den im Kühlschrank gelagert?», erkundigte ich mich, um meine Aufregung zu überspielen.

Zumindest wusste ich jetzt, warum er darauf bestanden hatte, dass ich einen Rock anzog. Offenbar war mein Hintern jetzt fällig – ich hatte mich schon gewundert, dass Daniel mich bisher noch nicht auf diese Weise gevögelt hatte.

«Aber das ist unfair. So kann ich mich kaum konzentrieren und habe nicht die geringste Chance, dich zu besiegen.»

«Dann erhöhen wir halt den Anreiz für dich zu gewinnen.» Er lächelte mich an, den Kopf leicht gesenkt, und warf mir durch seine dichten Wimpern begehrliche Blicke zu. Ich ahnte schon, dass er es kaum abwarten konnte, wieder nach Hause zu kommen.

«Ich bin ganz Ohr», murmelte ich mit verschränkten Armen.

Plötzlich gab meine Rückenlehne nach, und ich lag in der Horizontalen. *Deswegen* hatte der Schuft so weit hinten auf dem großen Parkplatz geparkt. Ehe ich protestieren konnte, tanzte seine Zunge kurz über meine Klit. Seufzend spreizte ich die Beine, so weit es ging, und hob mich ihm entgegen.

Doch er grinste mich nur unverschämt an, stellte meine Füße auf das Ende des Sitzes und schob eine Hand unter meinen Hintern. Ich holte tief Luft, als ich das kalte Metall zwischen meinen Schamlippen spürte. Nachdem Daniel den Plug in die verräterische Nässe getaucht hatte, wanderte er damit zielstrebig in Richtung Anus. Kurz verkrampfte ich mich, doch Daniels Zunge lenkte mich sofort wieder ab.

Ich legte den Kopf in den Nacken und hörte mich selbst stöhnen. Der Plug kreiste langsam um meinen Hintereingang. Als er meinen Anus eroberte, drängte ich mich ihm sogar entgegen – in der Hoffnung, Daniels Zunge auf diese Weise noch intensiver zu spüren.

Das Metall weitete mich, und für einen kurzen Moment verharrte ich vollkommen still, dann glitt das Toy in mich. Zu meinem puren Entsetzen richtete Daniel sich auf.

«Das kannst du doch nicht machen!»

«Ich habe doch gesagt, dass ich einen Anreiz für dich schaffe.»

Verständlicherweise konnte ich gerade nicht wirklich klar denken. «Was genau passiert, wenn ich heute gewinne?»

Daniel legte seinen Zeigefinger zielgerichtet auf meine pulsierende Klit und bewegte ihn federleicht. Ich biss die Zähne aufeinander und unterdrückte den Impuls, mich wie eine läufige Katze an ihm zu reiben.

«Dann werde ich das hier mit Freuden zu Ende bringen.»

Das war doch nichts anderes als eine billige Falle! «Und wenn ich verliere?», fragte ich mit süßlicher Stimme und zu Schlitzen zusammengezogenen Augen.

Zufrieden lehnte er sich in seinem Sitz zurück. «Wenn du verlierst, bekommst du das ganze Wochenende nicht einen einzigen Orgasmus.»

Wortlos starrte ich ihn an und wartete darauf, dass er lachte. Das tat er nicht, dafür glitzerten seine Augen gefährlich.

«Du mieser Mensch!», zischte ich leise.

«Hüte deine Zunge.» Damit stieg er aus.

Wütend wollte ich aufspringen, doch ich hatte den Buttplug vergessen und zuckte zusammen. Vorsichtig hievte ich mich aus dem Wagen. Ich schätzte, wie weit es wohl bis zu dieser verdammten Bowlinghalle war – vermutlich noch ein Grund, warum er so weit hinten geparkt hatte.

Unsicher stand ich neben der Beifahrertür. In mir tobten die Wut über seine blöden Spielchen und das lächerliche Verlangen, ihn hoffnungslos zu besiegen. Daniel umrundete das Auto und blieb dicht vor mir stehen. Mit seinen grünen Augen sah er auf mich herunter.

Ich schlang die Arme um seinen Nacken und küsste ihn. «Irgendwie habe ich das Gefühl, dass normale Dates anders laufen.»

«Das musst du erst einmal beweisen, meine Liebe. Du hast schließlich keinerlei Erfahrung.»

Ich grinste, er war genauso leicht in die Falle zu locken wie ich. Wieder presste ich einen züchtigen Kuss auf seine Lippen. «Da hast du natürlich vollkommen recht. Ich sollte schleunigst mit ein paar anderen Männern auf Dates gehen, um Vergleichswerte zu sammeln.»

Da guckte er auf einmal grimmig und wirbelte mich herum. Plötzlich war ich zwischen seinem Körper und dem Auto gefangen und genoss es, seinen harten Schwanz an meinem Po zu spüren. Aufreizend rieb ich mich an ihm.

Schnell packte Daniel mich bei den Hüften und zwang mich stillzuhalten. «Wenn du kleines Biest jetzt nicht sofort aufhörst, nehme ich dich gleich hier und sorge dafür, dass du nicht kommst.»

Trotz seiner Drohung konnte ich mich nicht zurückhalten und wackelte weiter mit dem Hintern, streifte immer wieder seine eindrucksvolle Erektion.

Daniel knurrte. «Du hast jetzt genau drei Runden, um zu gewinnen – eigentlich wollte ich dir fünf zugestehen», flüsterte er dicht hinter meinem Ohr. Dann packte er meine Hand und zerrte mich mit sich über den Parkplatz.

Schon bereute ich es, ihn herausgefordert zu haben. Sicher brauchte ich schon eine ganze Runde, um ins Spiel zu kommen. Es war ewig her, dass ich das letzte Mal bowlen gewesen war.

Es erstaunte mich nicht einmal sonderlich, dass Daniel meine Schuhgröße wusste und für uns beide diese hässlichen Bowlingschuhe auslieh. Unsere Bahn lag ganz rechts.

Ich versuchte, mich an die beste Technik zu erinnern. «Kannst du bowlen?», fragte ich ihn.

«Halbwegs», antwortete er, doch sein Grinsen strafte ihn Lügen.

Dann würde ich wohl in die Trickkiste greifen müssen, um zu gewinnen. Bei der angedrohten Strafe hatte ich keine Hemmungen, Daniel über den Tisch zu ziehen. Meine Angst war viel zu groß, dass er sie wahr machen und mir das gesamte Wochenende die Orgasmen vorenthalten würde.

Kurz vor dem Start drehte er sich um, die erste Bowlingkugel schon in der Hand. «Ach ja. Nicht, dass ich dir so etwas zutrauen würde, aber trotzdem: keine miesen Tricks. Du darfst weder deinen Hintern an mir reiben noch zu nah neben mir sitzen oder irgendwie deine Zunge zum Einsatz bringen.»

Schmollend verschränkte ich die Arme und sah zu, wie er mit dem ersten Wurf direkt alle Pins abräumte. Ein Hauch von Panik keimte in mir auf.

Nach der ersten Runde, die Daniel leider haushoch gewonnen hatte, besorgte er als Friedensangebot Pommes. Ich staunte nicht schlecht, als er mich mit Currysoße überraschte. Er konnte unmöglich wissen, dass ich meine Pommes so am liebsten aß.

Immer wieder sah ich zwischen ihm und meinem Teller hin und her. «Okay, spuck es aus, mein Freund.»

Schuldbewusst zog er die Schultern hoch. Nervös legte er schließlich seine Gabel ab und räusperte sich. «Don wollte am vergangenen Mittwoch etwas mit mir trinken gehen.»

Das hatte weder er noch mein Bruder mir erzählt. «Wozu die Geheimniskrämerei?»

«Das habe ich auch nicht so recht verstanden, aber Don hatte mich vorher gebeten, dir nichts zu sagen. Als ich dann ihm und Kai-Uwe gegenübersaß und die beiden mich mit ihren Blicken schon fast erdolchten, wurde mir der Grund aber schnell klar.»

Mir blieb fast der Bissen im Hals stecken. «Was wollten sie denn von dir?»

Daniel legte eine Hand auf meine und streichelte den Handrücken. «Mir auf eindrucksvolle Weise vermitteln, was genau sie mir alles brechen, wenn ich ihre Schwester schlecht behandle.»

Ich wusste nicht, ob ich Gift und Galle spucken oder gerührt sein sollte.

Schnell sah ich mich um, niemand beachtete uns. Also flüsterte ich: «Klär mich auf, fallen ein Buttplug und die Androhung von Orgasmusentzug unter schlechte Behandlung? Dann sollte ich vielleicht schnell meine Brüder anrufen.»

Sein pikierter Gesichtsausdruck war Gold wert.

«Wirklich sehr amüsant. Nachdem ich ihnen versichert hatte, dass meine Absichten mehr als ehrenwert sind, habe ich die Gelegenheit genutzt, deine Brüder auszuquetschen, was du gerne magst und womit man dir eine Freude machen kann.»

Zwischen zwei Bissen erwiderte ich: «Lass mich raten. Buttplugs und Bowling standen ganz oben auf der Liste.» Ich konnte einfach nicht aufhören, ihn zu reizen. Allerdings verteilte ich diese Spitze nur, weil ich meine Rührung verbergen wollte.

«Genau, zusammen mit Nippelklammern und asiatischem Essen.»

Mit asiatischem Essen konnte ich rein gar nichts anfangen – so niedlich ich die kleinen Pappbecher auch fand, in denen es serviert wurde. Dass ich zu Nippelklammern eine Hassliebe empfand, wollte ich gerade lieber nicht diskutieren. «Danke für die Currysoße», sagte ich daher nur leise. Einen Moment kauten wir friedlich, dann fragte ich: «Haben meine Brüder sonst noch etwas gesagt?»

Daniel grinste leicht schief. «Don hat mich wieder wegen Helen genervt und dann einen erstaunlich langen Vortrag darüber gehalten, warum er Sebastian nicht leiden kann und was genau er alles falsch gemacht hätte.»

Die Frage lag mir bereits auf der Zunge, doch Daniel hob

abwehrend die Hand. «Ich werde seine Tirade unter keinen Umständen wiederholen, einige der Schimpfworte kannte ich noch nicht einmal. Spar dir deinen Atem also lieber für das nächste Spiel. Du bist arm dran, wenn ich es gewinne.»

Was er nicht sagte! Wortlos verschränkte ich die Arme und funkelte ihn böse an. Ich fragte mich ernsthaft, was in meinen Brüdern vorging. Als ich mit Sebastian zusammen gewesen war, hatten sie nie etwas gesagt – noch nicht einmal als ich von zu Hause ausgezogen war, obwohl sie beide noch dort gewohnt hatten. Warum führten sie sich also jetzt so auf?

In dieser Runde warf Daniel immer zuerst und ich betrachtete seinen Rücken, wenn er sich vorbeugte und nach der Kugel griff. Spürten meine Brüder möglicherweise seine dominante Art und machten sich Sorgen um mich? Verärgert über mich selbst schüttelte ich den Kopf. Das war vollkommen ausgeschlossen. Zumindest Kai-Uwe hätte in diesem Fall längst einen hysterischen Anfall bekommen und mich zur Rede gestellt.

Mit säuerlicher Miene sah Daniel mich gegen Ende der letzten Runde an. «Ich schätze, du bist jetzt aufgewärmt?»

Ich klimperte mit den Wimpern und rekelte mich auf der Bank. «Ich habe mich eher an das Gefühl gewöhnt.» Dabei rutschte ich mit dem Hintern über das Holz und rief Daniel das kleine Sexspielzeug in Erinnerung, das in meinem Po steckte.

Augenblicklich änderte sich sein Gesichtsausdruck – er dachte an Sex, das konnte ich ihm an der Nasenspitze ansehen. Doch ich würde ihm jetzt nicht anbieten, die letzte Runde vorzeitig zu beenden und nach Hause zu fahren. Dass ich in den letzten drei Würfen gleich drei Strikes erzielt hatte, half meinem Selbstvertrauen natürlich zusätzlich.

Daniel griff nach der Bowlingkugel und schüttelte dabei den Kopf. «Ich werde mich von dir nicht ablenken lassen», zischte er in meine Richtung.

«So ist es richtig, Tiger!» Ich zwinkerte ihm zu. Vielleicht hatte ich doch eine Chance, das Match zu gewinnen.

Er guckte gereizt und landete dann ebenfalls einen Strike. Ausgiebig studierte ich die Punkttafel – das wurde ganz schön eng. Wir hatten jeder noch genau zwei Würfe, wobei ich jedes Mal vorlegen musste. Mir blieb nur zu hoffen, dass Daniel einen seiner Würfe total versaute.

Kurz lehnte ich die Stirn gegen die Kugel und atmete tief durch. Mein vorletzter Wurf für diesen Abend. Ich konnte förmlich spüren, wie Daniels Blick sich in meinen Rücken bohrte. Aber davon würde ich mich nicht ablenken lassen. Ich hatte schon öfter und unter mehr männlichen Augenpaaren beim Billard gegen meine Brüder gewonnen. Nach meinem Wurf klatschte ich in die Hände und legte ein kleines Tänzchen hin. Strike! Mit einem süffisanten Grinsen drehte ich mich um.

Doch er wirkte nicht weniger zuversichtlich als ich. Während ich versuchte, ihn mit meinem selbstbewussten Gesichtsausdruck einzuschüchtern, ging er lässig an mir vorbei.

«Mo?»

Irritiert drehte ich mich um. Oh nein! Ich kannte den Typen, der gerade auf mich zuspazierte, aber nicht seinen Namen. Es war bestimmt zwei oder drei Jahre her, dass ich mit ihm geschlafen hatte. Offenbar war sein Erinnerungsvermögen besser als meins, denn er strahlte sichtlich erfreut.

«Ich bin mit ein paar Freunden hier.» Er deutete mit der Hand hinter sich. Die Ankunft der reinen Männertruppe war allerdings nicht zu überhören gewesen.

Ich lächelte höflich und sah schnell zu Daniel, der scheinbar gleichgültig die Bowlingkugeln inspizierte, lediglich seine Augenbrauen waren etwas in die Höhe gewandert. Mich konnte er nicht täuschen, er war unglaublich neugierig, wer der Mann war – und möglicherweise sogar eifersüchtig.

Ich lächelte mein Gegenüber höflich an, offenbar fühlte der Kerl sich dadurch ermuntert. Selbstsicher fragte er: «Möchtest du dich zu uns gesellen? Uns fällt bestimmt eine interessantere Beschäftigung als Bowlen für dich ein.»

Selten hatte eine Einladung zu einem Gangbang charmanter geklungen. Daniels Rücken versteifte sich, doch noch immer beherrschte er sich – im Gegensatz zu mir, denn ich holte schon Luft. Was bildete der Typ sich eigentlich ein?

Hinter meiner Schläfe pulsierte es, und ich konnte spüren, wie meine Augen schmal wurden, während meine Ohrenspitzen zu glühen begannen. Wenn Daniel meine Brüder ausgiebig befragt hatte, hatten sie ihm bestimmt erklärt, dass dies der Moment war, sich vor mir in Sicherheit zu bringen.

«Abgesehen davon, dass ich mich nicht einmal mehr an deinen Namen erinnern kann, ist das da mein Freund. Ich würde dir raten, dich schnellstmöglich wieder zu deinen Kumpels zu verpissen, bevor er mir zuvorkommt und dir den offensichtlich leeren Kopf abreißt!»

Der Typ zuckte zusammen und machte sich aus dem Staub. Allerdings ging er dabei rückwärts – vermutlich traute er sich nicht, mir den Rücken zuzudrehen.

Hinter mir ertönte ein lautes, dumpfes Geräusch, und ich fuhr herum. Daniel stand nur da und starrte mich wortlos an. Sein Arm hing herunter, und offensichtlich hatte er die Kugel einfach fallen gelassen, die nun langsam durch die Rinne rollte.

Damit konnte er schon einmal keinen Punkt mehr erzielen. Mein Herzschlag beschleunigte sich. Er hatte zwar noch einen Wurf, doch meine Chance zu gewinnen war deutlich gestiegen.

Aber er machte keine Anstalten, nach der nächsten Kugel zu greifen. Noch immer sah er mich nur an, hinter seiner Stirn schien es heftig zu arbeiten. Er hielt mich doch jetzt wohl nicht für eine Schlampe, oder?

Plötzlich löste er sich aus der Erstarrung. «Wir gehen.» Damit rauschte er an mir vorbei.

«Hey!», protestierte ich. Immerhin lag ich gerade in Führung.

Abrupt blieb er stehen, drehte sich um und zischte: «Nimm deine Sachen. Wenn du nicht in ein paar Sekunden am Auto bist, ficke ich dich gleich hier. Deine Entscheidung.»

Obwohl ich nicht ganz nachvollziehen konnte, woher sein Stimmungsumschwung kam, tastete ich nach meiner Tasche, streifte mir gleichzeitig die Schuhe von den Füßen und schlüpfte in die flachen Peeptoes, die ich vorher getragen hatte.

Er griff meine Hand und zog mich hinter sich her. Während er die Schuhe zurückgab und bezahlte, wirbelten in meinem Kopf die Gedanken durcheinander. Was war denn auf einmal los?

Nicht einmal bis ins Auto schaffte ich es, bevor er mich packte und stürmisch küsste. Er hielt mein Gesicht in beiden Händen und saugte so intensiv an meiner Zungenspitze, dass ich leise stöhnte. Ich stand vor dem Auto, und Daniels Körper presste sich gegen meinen. Ich tastete nach seinem Schwanz, massierte ihn durch den Stoff der Jeans.

Sein Keuchen verursachte bei mir leichtes Herzrasen, und ich fragte mich, wie wir in diesem Zustand nach Hause kommen sollten. Wir konnten doch unmöglich direkt jetzt und hier vögeln. Wegen der Sommerzeit war es noch immer taghell.

Daniel hielt mein Gesicht weiter fest und sah mich an.

Schließlich ertrug ich es nicht mehr. «Was ist eigentlich los?»

«Meinst du das ernst?», wollte er von mir wissen.

«Sonst würde ich nicht fragen!», stieß ich aufgewühlt hervor. Ich war genervt, weil ich seinem Gemütswechsel nicht folgen konnte.

«Du hast mich gerade als deinen Freund bezeichnet.» Daniel sah äußerst zufrieden aus.

Ich schluckte schwer – mehr brachte ich nicht zustande. Hatte ich das? Was hatte ich mir denn dabei gedacht? Nur keine Panik! Ich musste ruhig bleiben und die Übelkeit herunterkämpfen, die sich gerade rasend schnell in meinem Körper ausbreitete. *Nicht kotzen, Mo. Einatmen und ausatmen.*

Irgendwie schaffte ich es bis ins Auto, und Daniel startete den Motor. Mit einem lauten Seufzen sank ich in den Beifahrersitz. «Das gefällt dir, nicht wahr?»

Sein Grinsen hätte gereicht, um ein Stadion zu beleuchten. «Und wie.»

Nervös wischte ich mir über das Gesicht. «Ich bin übrigens trotzdem der Meinung, dass ich gewonnen habe.»

«Das haben wir beide», lautete seine kryptische Antwort.

Nach viel zu kurzer Zeit hielt Daniel in der Auffahrt und drehte mir mit einem diabolischen Grinsen das Gesicht zu. Ich presste mich tiefer in meinen Sitz und bekam sofort das ungute Gefühl, dass er gleich ein Gespräch führen wollte, möglicherweise über Emotionen und die nähere Zukunft. Bei dem Gedanken krümmten sich meine Zehen.

Doch statt etwas zu sagen, stieg er aus. Mit gesenktem Kopf folgte ich ihm zur Haustür und erwog für einen kurzen Moment tatsächlich die Flucht. Aber ich würde mich sowieso nirgendwo verstecken können. Auswandern schien plötzlich eine attraktive Option zu sein.

Da drehte Daniel sich um und studierte eingehend meine Mimik, bis ich seinen forschenden Augen auswich. Schnell packte er mich beim Arm und schob mich ins Haus.

«Okay, wir sollten reden.» Er klang noch immer sehr selbstzufrieden.

Ich wirbelte herum. «Du glaubst doch wohl nicht ernsthaft, dass ich dieses Gespräch führe, während ein Buttplug in mir steckt?»

Er formte ein kleines O mit seinen Lippen, und mir wurde

bewusst, dass er diese kleine Tatsache offenbar vergessen hatte. Mein Geständnis, ich würde ihn mittlerweile als meinen festen Freund ansehen, war wohl interessanter gewesen.

Dann grinste er mich unverschämt an. «Vielleicht ist es gar nicht so schlecht, dich erst mit Sex zufrieden und gefügig zu machen.»

Mein Mund klappte auf. Ich war bereit, ihm unzählige Beleidigungen an den Kopf zu werfen, doch mir wollte nichts einfallen, was nicht gelogen gewesen wäre. Ich konnte das Gespräch vielleicht etwas hinauszögern, aber darum herumkommen würde ich nicht. Selbst wenn mein Verhalten manchmal etwas anderes vermuten ließ, war ich keine Idiotin und erkannte den Wert dieses Mannes.

«Ins Schlafzimmer», raunte er mir zu, und seine Stimme fuhr ohne Umwege in meine Klit, die sofort zum Leben erwachte und sich mit einem gierigen Klopfen meldete.

«Und wenn ich mich weigere?», erkundigte ich mich atemlos.

«Dann zwinge ich dich.» Er klang amüsiert und gab sich nicht einmal Mühe, es zu verbergen.

«Als ob ich so leicht zu überwältigen wäre.» Trotzig verschränkte ich die Arme und sah Daniel herausfordernd an.

Er zuckte mit den Achseln, doch seine Augen glitzerten gefährlich. Sofort bereute ich meine Worte und wich zurück. Aber es war zu spät. Er packte mich und warf mich wie ein verfluchter Höhlenmensch über die Schulter. Entsetzt protestierte ich, doch Daniel interessierte sich überhaupt nicht dafür und spazierte die Treppe hoch, als würde ich rein gar nichts wiegen.

«Lass mich runter, du Neandertaler!», knurrte ich böse.

Als Antwort tätschelte er meinen Hintern. Natürlich war mein Rock hochgerutscht, und er streifte meine nackte Haut. Daniel seufzte wohlig. «Deine Haut fühlt sich an wie heiße Seide. Ich glaube nicht, dass ich jemals genug davon bekomme.»

Das war mit Abstand das schönste Kompliment, das ich jemals bekommen hatte, und mein ohnehin nur halbherziger Versuch, mich zu wehren, verlor noch weiter an Kraft.

Schließlich landete ich recht unsanft mit dem Bauch auf dem Bett. Bevor ich mich umdrehen konnte, hockte Daniel über mir auf meinem Rücken und zwang mich liegen zu bleiben. Seine Lippen streiften meinen Nacken, und seine Hände glitten über die Innenseite meiner Oberschenkel zielstrebig nach oben.

Ich schnappte nach Luft, als seine Finger sich um das Ende des Sextoys schlossen und den Plug aufreizend langsam aus mir zogen. Trotz allem, was Daniel bereits mit mir angestellt hatte, kam ich mir unglaublich verrucht vor – dabei war ich nicht einmal nackt.

Ungeduldig rieb ich meinen Hintern an ihm, konnte seine Erektion spüren. «Fick mich!», raunte ich ihm zu. Tatsächlich gab er mich frei, und ich schob mich vor ihm auf die Knie, die Arme lang nach vorne und den Po hoch in die Luft gestreckt.

Daniel streifte mein Kleid hoch und schob es über meine Schultern, bis es mir um die Handgelenke fiel. «Als ob ich da ablehnen würde.» Er hauchte unzählige Küsse auf meine Schultern, meinen Rücken und meine Pobacken. Ich erschauerte und wackelte aufreizend mit dem Hinterteil.

Zur Strafe erhielt ich einen unvermittelten Hieb quer über meinen Arsch. «Sei nicht so ungeduldig», ermahnte Daniel mich ruhig. Sein Tonfall hatte sich verändert, sorgte bei mir für weiche Knie.

Er legte seine Hände um meine Brüste, zupfte an den Nippeln. Ich erschrak, als ich bemerkte, wie sensibel ich auf seine Berührungen reagierte. Daniel schien immer genau zu wissen, was ich brauchte und wollte. Wie sollte da jemals ein anderer Mann mithalten?

«Bleib bei mir, Mo. Hör endlich auf, dir den Kopf zu zerbrechen, und gib dich mir hin.» Obwohl seine Stimme wie flüssiger Honig von seinen Lippen tropfte, war sie gleichzeitig von Stahl durchzogen. Überrascht hob ich den Blick und sah ihn an.

«Schon besser», sagte er zufrieden. Dann legte er einen Daumen auf meine Klit, und ich wimmerte leise auf. Da er mir nicht befohlen hatte, meine Arme ruhig zu halten, streckte ich eine Hand nach hinten und umschloss kurz darauf seinen harten Schwanz.

Wie hatte Daniel sich so schnell ausziehen können? Er rieb sanft über meine Perle und beobachtete dabei, wie ich seinen Penis massierte. Gleichzeitig genossen wir die Lust, die wir einander bereiteten.

«Komm für mich!», forderte Daniel heiser und beschleunigte seinen Rhythmus. Sofort antwortete ihm mein Körper, und ein süßes Ziehen breitete sich in mir aus. Es wurde immer stärker, bis ich schließlich keuchend meine Wange in das Laken presste und erbebte. Doch Daniel reizte mich über die Grenze des Erträglichen hinaus, und ein zweiter Orgasmus schloss sich nahtlos an den ersten an.

Fassungslos zitterte ich unter ihm und kam so hart, dass ich fürchtete, das Bewusstsein zu verlieren.

Daniel biss in meinen Nacken und tastete mit einem Arm nach der Nachttischschublade. «Dreh dich um.»

Wie hypnotisiert sah ich zu, wie er seinen Schwanz großzügig mit Gleitgel einrieb. Mein Herz hämmerte noch immer heftig, und das Blut pulsierte hinter meinen Lidern, sodass ich wie durch Nebel sah. Aber es störte mich nicht einmal.

Daniel legte meine Beine auf seine Schultern und zog mich an den Hüften zu sich heran. Er suchte meinen Blick, während er langsam begann, in meinen engen Hintereingang einzudringen. Seine Augen beruhigten mich, und ich versuchte, so entspannt wie möglich zu bleiben.

Stöhnend hielt er inne und gab mir Zeit, mich an seine Größe zu gewöhnen. Es war ein unglaublich sinnlicher Moment zu sehen, wie sogar er gegen seine Lust ankämpfte. Ich ignorierte das Zittern meiner erschöpften Muskeln und legte eine Hand auf seine Wange. «Für mich musst du dich nicht zurückhalten. Niemals.»

Obwohl ich ihn darum gebeten hatte, überraschte mich sein erster Stoß so sehr, dass ich die Finger in seine Schulter krallte. Meine andere Hand war im Bettlaken vergraben.

Mein kehliges Keuchen machte ihn an, und er stieß immer härter in mich. Ich griff nach seiner Hand. Mit den Lippen liebkoste ich die Stelle am Handgelenk, wo die Haut besonders empfindlich ist und sein Puls kräftig schlug. Mein Mund war noch an seiner Haut, als ich wisperte: «Ich bin deine Freundin, Daniel.»

Seine Augen glitzerten. Wieder legte er die Finger auf meine Klit. Ich zuckte zusammen und hob ihm gleichzeitig das Becken entgegen. Er flüsterte: «Und ich kann mit dir machen, was ich will.»

Ich fühlte mich berauscht und leicht fiebrig, hektisch nickte ich. «Alles», bestätigte ich ihm und genoss seinen leidenschaftlichen Blick.

Seine Hand bewegte sich schneller, meine Pussy zog sich zusammen, und das Zittern setzte ein. Während ich zuckend kam, bewegte Daniel sich schneller und küsste mein Bein knapp unterhalb des Knies.

Mein Wimmern schien den ganzen Raum auszufüllen und mischte sich mit Daniels befriedigtem Stöhnen, als auch er den Höhepunkt erreichte. Ich drückte den Rücken durch und schwamm auf einem Strom aus wohligen Empfindungen davon, unfähig, auch nur den kleinen Finger zu heben.

«Du musst das positiv sehen: Jetzt kannst du mich wenigstens als deinen Freund vorstellen und musst nicht mehr verlegen um den heißen Brei herumreden.»

Daniel genoss dieses Gespräch für meine Begriffe viel zu sehr, und ich brummte nur. Sein leises Lachen kitzelte mich im Nacken. Ich lag auf der Seite und betrachtete durch das Fenster den Mond. Es war schon spät, aber ich hatte nicht einschlafen können. Irgendwann hatte sich der Gedankenleser, der sich jetzt mein Freund nannte, zu mir gedreht und den Arm um mich gelegt.

«Warum kannst du nicht schlafen?», fragte er nun leise an meinem Ohr.

«Mein Gehirn will einfach keine Ruhe geben. In der Uni habe ich einiges zu tun, dann das Chaos mit Sebastian … Ich glaube, ich habe noch nie so lange nicht mit ihm geredet.»

«Hat er sich gemeldet?»

Ich schüttelte nur stumm den Kopf und kämpfte auf einmal mit den Tränen.

Daniel fragte nicht weiter nach und streichelte meinen Rücken. «Komm mit.» Er stand auf und hielt mir die Hand hin. Im Dunkeln konnte ich sein Gesicht nicht sehen.

«Wohin?», fragte ich verblüfft.

Jetzt konnte ich zumindest seine hellen Zähne erkennen, weil er grinste. «Komm einfach, sonst trage ich dich wieder.»

Das Bettlaken um mich gewickelt, stand ich auf und nahm Daniels Hand. Er führte mich ins Wohnzimmer, streckte sich auf der Couch aus und wartete, bis ich mich vor ihn gelegt hatte. Dann griff er nach der Fernbedienung und schaltete den Fernseher ein. QVC flimmerte über den Bildschirm; schon die Worte «Late Night Shopping Preise» beruhigten mich. Dankbar kuschelte ich mich an Daniels Arm.

Er küsste mich auf den Hinterkopf. Müde murmelte er: «Alles wird gut.»

Kurz darauf schlief er ein. Er lag entspannt hinter mir, sein gleichmäßiger Atem strich über mein Haar. Ich konnte nur noch daran denken, dass ich mich soeben in ihn verliebt hatte. Tief in meinem Inneren wusste ich es. Das war nicht mehr dieses aufgeregte Verknalltsein. Nein, ich war mir ziemlich sicher, dass er sich in mein Herz geschlichen hatte, und nun liebte ich diesen hartnäckigen, wunderbaren Mistkerl.

15

Am Morgen weckte uns Daniels Wecker, der aufdringlich durch das ganze Haus piepte. Verschlafen öffnete ich die Augen, draußen war es nicht einmal richtig hell. Dann erinnerte ich mich wieder daran, dass ich ihn überredet hatte, mich zu seiner Laufrunde mitzunehmen.

Schwerfällig schlurfte ich die Treppe nach oben, um dem verdammten Krach ein Ende zu bereiten. Mein Freund war ein echter Morgenmensch, denn als ich den Wecker endlich ausgeschaltet hatte, stand er bereits hinter mir und strahlte mich an.

Düster schüttelte ich den Kopf. «Wie kann man morgens nur gute Laune haben?»

Grinsend drückte er mir einen Kuss auf die Stirn. «Dir auch einen wunderschönen Morgen. Konntest du noch schlafen?»

Ich nickte und hielt mir die Hand vor den Mund, um mein Gähnen zu verbergen. «Ich hoffe, wir machen heute Mittag wenigstens ein Schläfchen, bevor wir zu der Party gehen.»

Hoffnungsvoll sah ich Daniel aus großen Augen an. Kai-Uwe feierte heute seinen Geburtstag, und ich würde die Party niemals überleben, wenn ich nicht vorher noch eine Runde Energie tankte.

«Klar, Oma.» Er duckte sich, denn schon im gleichen Moment warf ich sein Kopfkissen nach ihm. Zumindest konnte ich seinen Körper bewundern, während er kurze Zeit später in seine Laufklamotten schlüpfte.

«Ich mache Kaffee. Willst du auch ein bisschen Müsli?»

Ich nickte und suchte meine Sportsachen zusammen. Ein Dutzend Energydrinks wäre vermutlich nicht verkehrt gewesen, ich fühlte mich doch sehr erschöpft. Bei der Erinnerung an die letzte Nacht und die intensiven Orgasmen musste ich zufrieden grinsen. Eigentlich sollte ich mich über meine Müdigkeit nicht wundern.

«Äh, Mo? Kannst du mal kommen?», rief Daniel, der schon vor mir die Treppe heruntergesprungen war.

Er klang eindeutig verwirrt, und ich eilte neugierig die Treppe nach unten. Daniel stand in der offenen Haustür, sein breiter Rücken nahm mir die Sicht. Ich schob mich an ihm vorbei, dann blieb mein Herz fast stehen.

«Kannst du damit etwas anfangen?», fragte er mich. In der Hand hielt er die Zeitung, die er offenbar aus dem Briefkasten geholt hatte.

«Ehrlich gesagt, ja», antwortete ich, und mein Herz klopfte wie wild. Vor uns stand – oder besser gesagt: saß – eine gigantische Plüsch-Hello-Kitty, die Daniel locker bis zur Brust reichte. Ein roter, herzförmiger Luftballon schwebte an einer Schnur, die an die weiße, flauschige Tatze geknotet war. Um den Hals hing dem Stofftier ein großes Lebkuchenherz mit der Aufschrift *Tut mir leid, Schatzi!*.

Daniel räusperte sich. «Dann klär mich bitte auf.»

«Vor ein paar Jahren haben Sebastian und ich einen Pakt geschlossen», begann ich mit zitternder Stimme. «Wenn wir uns jemals so richtig schlimm streiten würden und etwas gutzumachen hätten, müssten wir etwas tun, das wir hassen, um den anderen zu versöhnen. Ich würde einen vegetarischen Kochkurs machen müssen, während Sebastian mir ein Kätzchen kaufen sollte.»

«Das ist aber ein ziemlich großes Kätzchen», erwiderte Daniel, ohne den Blick von dem Plüschtier zu nehmen.

«Als wir den Pakt schlossen, wussten wir noch nicht, dass ich eine Tierhaarallergie habe.» Ich schüttelte ungläubig den Kopf. «Sebastian hasst Katzen», fügte ich vollkommen nutzlos hinzu.

«Ich frage mich, wo er dieses Monstrum aufgetrieben hat.» Daniel rieb sich über seine Bartstoppeln, und bei dem Geräusch wollte ich mich am liebsten an ihn schmiegen. «Ist das da eigentlich ein Seitenhieb auf mich?» Er wies auf den Luftballon.

Ich konnte mir das Grinsen nicht verkneifen. «Ich schätze schon.»

«Dein bester Freund ist eine ganz schöne Zicke.»

«Ich hoffe primär, dass er den Kassenbon von dem Ding noch hat.»

Überrascht sah Daniel mich an. «Wieso? Willst du ihm nicht verzeihen?»

«Kein Grund, so empört zu sein! Natürlich akzeptiere ich seine Entschuldigung, aber das Ding kommt mir auf keinen Fall ins Haus.» Damit drehte ich mich um und stapfte die Treppe hoch. Auf den Schreck musste ich mir erst einmal die Zähne putzen.

Als ich wieder nach unten kam, stand die Kitty im Wohnzimmer. Daniel saß neben ihr auf der Couch und trank sein Todesgebräu, das er immer noch beharrlich als Kaffee bezeichnete. Er zuckte entschuldigend mit den Schultern. «Ich habe es nicht über mich gebracht, sie draußen zu lassen.»

«Was ist eigentlich in dem Karton?», wollte Daniel zum wiederholten Male wissen, und zum wiederholten Male antwortete ich: «Kai-Uwes Geschenk.»

Daniel beäugte die Flasche Sekt in seiner Hand. Dann sagte er: «Ich verstehe immer noch nicht, warum ich mich daran nicht beteiligen durfte.»

Grinsend betrachtete ich den Karton. «Darum.»

«Aha. Danke für die Auskunft.» Schmollend lief er neben mir her.

Ich ignorierte seine schlechte Laune und sonnte mich in

meiner eigenen Großartigkeit. Mir war bloß nicht klar, wieso ich diese geniale Geschenkidee nicht schon vorher gehabt hatte.

Das Haus von Kai-Uwe und seiner WG kam in Sicht, und ich verspürte unbändige Vorfreude. Draußen vor dem Gartentor stand Don und hielt ebenfalls ein Geschenk in den Händen. Zufrieden betrachtete ich das Päckchen – meins war größer und sicherlich viel besser. Don deutete eine Verbeugung an und präsentierte mir siegesgewiss seine Verpackung, doch ich schüttelte den Kopf. «Du hast keine Chance.»

«Wir werden sehen, Schwesterherz.»

Daniel verdrehte die Augen. «Zuerst: Hallo, Don, ich freue mich auch, dich zu sehen. Und zweitens: Warum gebt ihr euch denn so geheimnisvoll?»

Wir ignorierten ihn und drängelten uns gemeinsam durch das Gartentor. Ich war etwas schneller und stand als Erste mit meinem Geschenk vor Kai-Uwe. «Happy Birthday», kreischte ich hysterisch und legte meinen besten Serienmörderblick auf.

Dann tauchte Don neben mir auf und krächzte schief eine grauenvolle Version von *Wie schön, dass du geboren bist.*

Sabrina lächelte unsicher. Nervös suchte sie den Blick meines Bruders, der nun schwer schluckte. Aber er kannte die Regeln: Er musste seine Geschenke sofort auspacken.

Ich hielt ihm meins entgegen und tanzte bereits ein Freudentänzchen. Kai-Uwe griff danach. Ungeschickt knibbelte er an dem Klebeband, das das Papier mit dem Bärchenaufdruck zusammenhielt. Ein scheußlicheres Geschenkpapier hatte ich beim besten Willen nicht auftreiben können.

Daniel reichte Sabrina die Sektflasche. Dankbar, etwas zu tun zu haben, stürzte sie ins Haus und brachte vermutlich den Sekt in den Kühlschrank. Währenddessen legte Daniel seine Arme um mich und sah zu, wie Kai-Uwe das Geschenk auspackte.

Erschrocken holte Daniel Luft, und Kai-Uwe sah mich gequält

an. Die Gummipuppe, Modell Cynthia, war ein echtes Schnäppchen gewesen. Don konnte mein Geschenk unmöglich übertrumpfen.

«Jetzt, da ich von deiner Vorliebe für Blondinen weiß, ist die Wahl natürlich leichtgefallen.» Ich deutete auf die gelben Kunsthaare der Sexpuppe, die durch die Klarsichtfolie gut zu erkennen war. «Extra breite Liebeslippen», las ich die Aufschrift auf der Verpackung vor. «Nur das Beste für meinen Bruder.»

Daniel warf mir einen Blick zu, als wäre er nun endgültig davon überzeugt, dass ich den Verstand verloren hätte.

Sanne gesellte sich zu uns, interessiert begutachtete sie Kai-Uwes neue Freundin Cynthia. «Nicht schlecht, Mo. Nicht schlecht», meinte sie anerkennend.

Don sah triumphierend in die Runde. «Warte noch mit deiner Lobeshymne, Sanne. Dieses Jahr habe ich mich selbst übertroffen.» Er drückte Kai-Uwe sein Päckchen in die Hand, der schweren Herzens das Geschenkpapier öffnete.

Mir fehlten die Worte. Sanne griff nach dem Paket und starrte es an. «Das ist ein Scherz.»

Selten hatte Don so zufrieden ausgesehen. «Nein, da steht es doch klar und deutlich. Das sind Dekobäume.»

Mit einem Kopfschütteln nahm Daniel Sanne das Paket ab. Auf dem Deckel waren eindeutig Buttplugs in Holzoptik abgebildet, doch betitelt wurden sie als Dekobäume. Verdammt, Don hatte mich tatsächlich übertrumpft!

«Was seid ihr eigentlich für schräge Vögel?», fragte Daniel uns mit hochgezogenen Augenbrauen, bevor er Kai-Uwe sein Geschenk zurückgab.

«Die Jungs haben angefangen», kicherte ich und stieß Sanne mit dem Ellenbogen an.

Sie erinnerte sich sofort und lachte. «Als wir fünfzehn waren, hat Mo eine große Geburtstagsparty gegeben.»

«Eine Pyjama-Party», ergänzte ich grinsend.

«Genau. Irgendwann tauchten ihre älteren coolen Brüder auf, und alle Mädchen waren völlig verzückt. Jedenfalls hatten sie ein Geschenk für Mo dabei.»

Don und Kai-Uwe schmunzelten, wichen aber Daniels fragendem Blick aus.

«Ich war total gerührt», erzählte ich weiter. «Zumindest bis ich den blauen Vibrator in Delfinform ausgepackt hatte.»

Meine Brüder gackerten wie vergnügte Hühner und bekamen sich selbst nach all den Jahren nicht mehr ein. «Du hättest dein Gesicht sehen sollen!»

«Ich war fünfzehn, ihr Blödmänner!»

Daniels Mundwinkel begannen zu zucken.

Sanne hielt sich vor Lachen die Seiten. «Das Beste an der Geschichte ist, dass Mo natürlich vor Verlegenheit einen Wutanfall bekommen und das Ding versteckt hat.»

«Und am nächsten Morgen war es weg.»

Sanne sah mich an. «Ich sage immer noch, dass es Kathrin war, die den Delfin hat mitgehen lassen.»

Erstaunlich geschickt imitierte Daniel das Geräusch, das Flipper machte, und wir lagen alle förmlich auf dem Boden vor Lachen.

Ich wischte mir eine Träne aus dem Augenwinkel. «Jedenfalls habe ich mich im Jahr darauf revanchiert und Don vor all seinen Freunden einen selbstgehäkelten Tanga geschenkt.» Stolz verschränkte ich die Arme, und Don stöhnte bei der Erinnerung daran auf.

«Und eine wunderbare Familientradition war geboren», sagte Kai-Uwe düster.

«Es ist überflüssig zu erwähnen, dass Mo nur dafür Häkeln gelernt hat», fügte Don an Daniel gewandt hinzu.

Sabrina kam wieder aus dem Haus und blieb wie angewurzelt

stehen, als sie die Geschenke erblickte. Schnell ging Kai-Uwe zu ihr, um sie zu beruhigen.

Don klopfte Daniel auf die Schulter. «Hat Mo dir schon vom Brett berichtet?»

«Nicht dass ich wüsste. Was für ein Brett?» Fragend sah Daniel zwischen mir und meinem Bruder hin und her.

Ich seufzte tief. «Ich rate dir dringend davon ab. Das Brett ist ein Trinkspiel, das mein werter Vater erfunden hat. Tu es nicht.»

Doch Don winkte meine Einwände einfach mit einer Handbewegung beiseite und sah Daniel eindringlich an. «Du willst doch nicht etwa kneifen?»

«Gegen dich? Ich bitte dich!», erwiderte Daniel gelassen. «Wenn ich schon deine Schwester in den Griff bekomme, solltest du erst recht kein Problem darstellen.»

Ich konnte in diesem Augenblick nicht einmal sagen, wer empörter aussah, Don oder ich.

Nur Sanne lachte vergnügt und nahm meinen Arm. «Komm, dann setzen wir uns da hinten in die Hängeschaukel.»

Wenig später hatten wir beide einen Piccolo mit Strohhalm in der Hand und schwelgten in alten Geschichten. Ausgelöst worden war dieser Trip in die Vergangenheit durch die Erinnerung an meinen 15. Geburtstag.

«Ich mache mir langsam Sorgen um Daniel», wechselte ich nach einer Weile das Thema.

«Er ist ein großer Junge, und wenn ich es richtig einschätze, wird es nicht das letzte Mal sein, dass er sich gegen deine Brüder behaupten muss», stellte Sanne trocken fest.

Verlegen senkte ich den Blick, meine Wangen glühten. «Da könntest du recht haben. Wir haben gestern festgelegt, dass er jetzt offiziell mein Freund ist.»

Sanne quiekte begeistert auf und umarmte mich von der Seite. «Das ist doch toll!»

Da fiel ein Schatten auf uns, und ich sah auf. Mein Herz machte einen Satz. Sebastian stand vor mir, hatte die Hände in den Hosentaschen vergraben und scharrte mit dem Fuß auf dem Boden.

«Ich lasse euch mal allein.» Sanne zwinkerte mich aufmunternd an und steuerte dann auf Jonathan zu, der neben den Zwillingen auf dem Rasen hockte. Ich sah sein ehrliches Lächeln, als Sanne ihm eine Hand auf den Rücken legte, und freute mich für die beiden.

Sebastian wies auf den freigewordenen Platz. «Darf ich?»

Stumm nickte ich und versuchte, meine Aufregung in den Griff zu bekommen. «Hat Kai-Uwe dich eingeladen?»

«Ja, aber eigentlich wollte ich nicht kommen.»

«Was hat dich umgestimmt?», fragte ich, brachte es aber nicht über mich, ihn anzusehen.

«Eine SMS von Daniel.»

Erstaunt blickte ich ihm ins Gesicht. «Was?» Zum ersten Mal hatte Sebastian seinen Namen benutzt.

Sebastian verschränkte seine Finger ineinander und seufzte. «Er hat mir geschrieben, dass du mich vermisst und dass ich kommen soll. Die Nummer hat er bei dir im Handy gefunden. Hasst du mich sehr?»

Augenblicklich warf ich mich in seine Arme und kämpfte die Tränen hinunter. «Natürlich nicht.»

Wir schwiegen einen Moment, bevor wir beide durcheinanderredeten.

«Es tut mir so …»

«Ich habe es gar nicht so …»

Gleichzeitig brachen wir ab und grinsten schief. «Alles okay?», fragte ich schließlich und streichelte seine Wange. Der vertraute Duft von Eau Sauvage hüllte mich ein, mein Herz wurde leicht.

Sebastian schmiegte sein Gesicht in meine Hand und nickte. «Natürlich! Es tut mir so leid, ich wollte dir niemals wehtun.»

«Ich weiß, ich dir auch nicht. Ich hoffe, du kannst dieses Monstrum umtauschen», fügte ich dann hinzu.

Sebastian lachte, zog mich in seine Arme, und glücklich schmiegte ich mich an ihn.

Wir quatschten eine ganze Weile – es gab so viel, was ich ihm erzählen musste, und er hatte ebenfalls einiges zu berichten.

Auf einmal räusperte jemand sich in unserer Nähe, und ich schaute überrascht hoch. Sebastian zuckte zusammen. Da wurde mir erst bewusst, dass ich mit dem Kopf auf seinem Schoß lag, meine Beine über der Lehne der Schaukellehne baumelten und Sebastian mir den Nacken kraulte.

Daniel sah skeptisch auf uns hinunter. Sebastian wollte aufspringen, doch mein Freund winkte ab und ließ sich plump auf den Rasen vor unseren Füßen fallen.

«Deine Brüder haben mich abgefüllt», verkündete er, und ich konnte hören, dass ihm deutliches Sprechen schon recht schwerfiel.

«Das können die beiden extrem gut», erinnerte Sebastian sich düster. Er hatte schon oft genug dafür herhalten müssen.

«Ich habe dich gewarnt», sagte ich zu Daniel.

«Ich schätze, ich geh dann mal», raunte Sebastian mir leise zu.

«Bleib – oder hegst du immer noch den Wunsch, deinen Schwanz in meine Freundin zu stecken?» Daniel hatte einen Arm über die Augen gelegt und lag ausgestreckt auf dem Rasen.

Schockiert schlug ich eine Hand vor den Mund, doch Sebastian antwortete ruhig: «Nein, tue ich nicht. Es war von vornherein nicht unbedingt die beste Idee, und es tut mir leid, dass ich so einen Aufstand gemacht habe.»

«Ich würde nicken, aber der Garten dreht sich im Moment

einfach zu schnell», erklang Daniels Stimme gedämpft unter seinem Arm.

Ich konnte mein Lachen nicht länger unterdrücken. «Soll ich dich nach Hause bringen?», bot ich ihm prustend an.

«Gleich, erst muss ich noch ein wenig herumliegen.»

Auch Sebastian musste grinsen. «Bitte sag mir wenigstens, dass Don und Kai-Uwe genauso voll sind.»

«Don auf jeden Fall. Bei Kai-Uwe bin ich mir nicht so sicher, aber seine Freundin hat gut einen sitzen und ist ganz fasziniert von den Dekobäumen», murmelte Daniel.

Schnell erzählte ich Sebastian von den diesjährigen Geschenken; er konnte nicht fassen, dass Don mich übertrumpft hatte. Erst Daniels leises Schnarchen riss uns aus der Unterhaltung.

«Soll ich ihn wecken?», fragte ich zweifelnd.

«Ich würde ihn ein bisschen schlafen lassen und dann nach Hause bringen. Vielleicht sinkt der Alkoholpegel bis dahin ein wenig», schlug Sebastian vor.

«Das sagst du nur, weil du mich für dich alleine willst.» Sanft stieß ich ihn mit der Schulter an.

Er beugte sich vor und schnupperte an meinen Haaren. «Gut möglich. Aber jetzt erzähl mir erst mal, wie ihr euch kennengelernt habt.»

«Oh, die Geschichte.» Innerlich wappnete ich mich schon für Sebastians Vorwürfe.

Nachdem ich Daniel, der schon wieder halbwegs nüchtern war, aus dem Taxi bugsiert hatte, schloss ich die Haustür auf.

Er rieb sich über den Hinterkopf und stützte sich mit einer Hand an der Wand ab. «Erinnere mich daran, ein Trinkspiel zu erfinden und es deinen Brüdern heimzuzahlen.»

Ich lachte leise. «Das dürfte schwer werden.» Dann schaltete ich das Licht im Flur an, und Daniel folgte mir.

«Wie betrunken bist du eigentlich genau?», fragte ich interessiert.

«Mittlerweile geht es wieder halbwegs, Sebastians Kaffee hat auf jeden Fall geholfen.»

Ich konnte gar nicht beschreiben, wie erleichtert ich war, dass ich mich endlich mit Sebastian ausgesprochen hatte. Ich hatte es so vermisst, mit ihm über alles zu reden. Daniel hatte nicht einmal protestiert, als wir uns mit einer innigen Umarmung verabschiedet hatten – selbst dann nicht, als Sebastian mir selbstvergessen einen Kuss auf den Scheitel gedrückt hatte.

«Jedenfalls bin ich nicht zu betrunken, um das hier zu tun.» Er zog mich in seine Arme, drängte mich gegen die Wand und küsste mich hungrig. «Oder das hier.» Jetzt glitt er mit seiner Hand unter mein T-Shirt und zerrte das Körbchen meines BHs nach unten, bevor er seine Finger um meine Brust schloss. Sofort pochten meine Nippel, und ich seufzte bei der Berührung.

«Stell nur sicher, dass du so nicht bei Sebastian klingst.»

«Niemals!», stöhnte ich atemlos und tastete nach seinem Hosenknopf.

Doch Daniel schob meine Hände beiseite und führte mich ins Schlafzimmer. Immer wieder küsste er mich, während wir auf das Bett zugingen. Ich lief rückwärts, bis ich den Rahmen in den Kniekehlen spürte. Hastig streifte ich meine Hose ab und zog mir das Shirt über den Kopf.

Daniel betrachtete mich hungrig und griff schnell nach dem BH-Verschluss. Wenige Augenblicke später waren wir beide nackt und lagen auf dem Bett. Ich wimmerte leise, als Daniel an meinen Nippeln saugte. Unruhig bewegte ich mich unter ihm. Meine Pussy war nass und wartete nur auf seinen Schwanz.

Mutig legte ich die Hände auf Daniels Brust und schob ihn von mir. Tatsächlich ließ er sich auf den Rücken sinken, erwartungsvoll sah er mich an. Zuerst bedeckte ich seine Brust mit heißen Küssen, arbeitete mich langsam nach unten vor.

«Mo!» Seine Stimme war leise, aber durch und durch männlich. Er griff in meine Haare und dirigierte meinen Kopf, um seinen Schaft zwischen meine Lippen zu schieben. Ich leckte über die seidige Kuppe und genoss das kleine Knurren, das Daniel daraufhin ausstieß.

Immer fester saugte ich, bis Daniel sich unter mir hervorschob. Er bedeckte meinen Körper mit seinem, presste sich auf mich. Seine festen Muskeln fühlten sich wunderbar an.

Die Erregung erfasste mich von Kopf bis Fuß, ich konnte an nichts anderes mehr denken als an sein Gewicht zwischen meinen Schenkeln, das Pulsieren meiner Lustperle und seine Hände, die mich fest gepackt hielten.

Er sah mich an; der Ausdruck in seinen Augen war unfassbar intensiv. Dann küsste er mich und drang im gleichen Moment hart in mich ein. Sein Kuss war rau, ungestüm und voller Emotionen. Seine Zunge eroberte meinen Mund, während ich meine Beine um ihn schlang und versuchte, ihn noch tiefer in mich zu ziehen. Seine Schultermuskeln spannten sich unter meinen Fingerspitzen.

«Daniel», flüsterte ich atemlos seinen Namen und stöhnte kurz darauf wollüstig.

Er vögelte mich nach allen Regeln der Kunst, und ich drohte wieder einmal in seinen Augen zu ertrinken. Tief in mir begann es zu beben, ich zuckte in seinen Armen. Er presste mich fest gegen sich, und ich klammerte mich an ihn. Er war dafür verantwortlich, dass ich so zitterte, und doch war er gleichzeitig mein einziger Halt.

Meine Stimme klang heiser in meinen Ohren, als ich meine Lust herausschrie. Daniel stieß noch härter in mich und folgte mir.

Ich liebte den Ausdruck in seinen Augen, wenn er kam, und

hätte ihm für immer dabei zusehen können. Mit einem Seufzen ließ er sich auf mich sinken, legte den Kopf auf meine Brust, lauschte meinem Herzschlag. Er nahm meine Hand, schob seine Finger zwischen meine und hielt mich fest.

Als ich am nächsten Morgen mit einem beladenen Tablett ins Schlafzimmer kam, staunte ich nicht schlecht. Daniel hatte bereits Laufklamotten an und lag nicht, wie ich erwartet hatte, mit einem Kater im Bett.

Er lächelte mich an. «Guten Morgen, meine Schöne.»

Ich reichte ihm eine Tasse Kaffee, mittlerweile bekam ich die von ihm gewünschte Stärke sogar selbst hin. «Guten Morgen, mein Meisterliebhaber.»

Die Anrede freute ihn, und er zwinkerte, während er den Kaffee probierte. «Ich bin beeindruckt.»

Brav deutete ich einen Knicks an. «Wenn du mir eine Minute gibst, werfe ich mich auch in mein Sportoutfit.»

«Gut. Ich laufe gern hinter dir her und gucke auf deinen süßen Hintern.»

«Während du mich überholst, meinst du wohl?»

Er zuckte nur entschuldigend mit den Achseln.

«Wie kommt es, dass du keinen Kater hast?», fragte ich verwundert.

«Da müssen selbst deine Brüder schwerere Geschütze auffahren.»

Vorsichtig sah ich mich um und legte einen Finger auf die Lippen. «Schsch! Nicht so laut, du weißt doch, wie meine Familie auf Herausforderungen reagiert.»

Daniel lachte und suchte in der Schublade nach den richtigen Laufsocken. Er hatte einen Tick, bei dem er die Socken passend zu den Schuhen auswählte – ein System hatte ich aber noch nicht feststellen können.

«Willst du nicht Sebastian und – wie war sein Name noch gleich – Tobi zum Essen einladen?»

Überrascht sah ich Daniel an. «Du meinst hierhin?»

«Wohin sonst? Ich habe gesagt, dass ich kein Problem mit Sebastian habe, und das war auch so gemeint.»

«Klar, gerne. Ich war mir nur nicht sicher, ob du dich noch daran erinnerst, dass wir ihn gestern gesehen haben.» Ich trat von hinten an Daniel heran, umarmte ihn und schmiegte meine Wange an seinen Rücken.

Sein leises Lachen vibrierte in seinem Brustkorb. «Ich kann mich an alles von gestern Nacht erinnern, Mo.»

Ein wohliger Schauer überlief meinen Körper. «Alles also?»

«Ja, vor allem an deine ausdrucksstarken Augen. Sie verraten mehr, als dir vermutlich bewusst ist.»

Erschrocken hob ich den Kopf, doch er drehte sich nur zu mir um und küsste mich innig.

16

Wie sehr ich mir auch versicherte, dass alles okay war, meine Hände zitterten einfach weiter. Ich hatte mir etwas vorgenommen, das mich völlig in Aufruhr versetzte, und jetzt hatte ich mich nicht mehr im Griff.

Daniel kam aus dem Bad und schaltete das Licht aus. «Fertig?»

Beinahe hätten sogar meine Zähne geklappert. «Ja. Ich kann nicht glauben, wie schnell die Zeit vergangen ist.» Bewundernd musterte ich Daniel in seinem Smoking. Heute war Elenas Hochzeit, und gleich würden seine Eltern uns abholen.

Er grinste mich an und zwinkerte. «Mit mir vergisst du wohl die Zeit, was?»

Obwohl er absolut verführerisch aussah, setzte ich eine strenge Miene auf. «Noch so ein schleimiger Spruch, und ich lasse dich den ganzen Abend nicht in die Nähe des Alkohols.»

Langsam kam er auf mich zu, dabei erinnerte er mich an ein Raubtier auf Beutezug. «Soll ich deinen Reißverschluss zumachen?»

«Nur wenn du deine Finger bei dir behältst», antwortete ich süßlich.

«Auf keinen Fall!», entgegnete er entrüstet. Er umfasste meine Schultern, um mich umzudrehen. Gemächlich zog er den endlos langen Reißverschluss hoch und begann anschließend, an meinem Nacken zu knabbern.

Ich war immer noch froh, dass ich mit Sebastian losgezogen war, um das Kleid für die Hochzeit zu kaufen. Sein Geschmack war einfach unschlagbar, und dass Daniel bei meinem Anblick in dem schwarzen Fähnchen nur scharf eingeatmet hatte, war mir Bestätigung genug gewesen.

Mein Handy piepte, und mit gerunzelter Stirn las ich die eingetroffene Nachricht. «Okay, Planänderung.» Rasch drückte ich ihm einen Kuss auf den Mund. «Deine Schwestern kommen mich gleich abholen. Die SMS ist von Helen. Elena hat wohl so eine Art Panikattacke, und ich scheine da die perfekte Ansprechpartnerin zu sein – warum auch immer.»

Daniel zog die Stirn kraus. «Muss ich mir Sorgen machen?»

Energisch schüttelte ich den Kopf. «Glaube ich nicht, aber erzähl lieber deinen Eltern nichts davon.»

Da hupte es auch schon vor dem Haus, und ich warf Daniel eine letzte Kusshand zu, bevor ich meine Tasche griff.

Draußen stand ein Chauffeur, der mir die Wagentür aufhielt. «Danke», murmelte ich verlegen und stieg ein.

Drinnen saßen vier leichenblasse Frauen. Ich ließ mich auf einen freien Platz sinken und sah in die Runde. Helen wirkte noch halbwegs gefasst, aber Elena starrte mich aus so großen Augen an, dass ich befürchtete, sie könnten ihr gleich aus dem Kopf fallen. Die beiden anderen Frauen mussten die Brautjungfern sein.

«Okay, wo drückt denn der Schuh?»

Helen zuckte überfordert mit den Schultern, doch Elena raffte ihr wunderhübsches weißes Kleid zusammen, kletterte über ihre Schwester und ließ sich schnaufend neben mich fallen. «Das ist ein ganz, ganz, ganz grauenvoller Fehler», vertraute sie mir wispernd an.

«Hast du getrunken?», fragte ich entgeistert. Dann sah ich vorwurfsvoll an ihr vorbei in Richtung Helen. «Ich dachte, ihr wart zusammen über Nacht in einem Hotel.»

Daraufhin sank Elenas Schwester zu einem Häufchen Elend zusammen und duckte sich. «Es tut mir leid.»

Elena legte die Finger vor die Lippen. «Sch!», machte sie. «War nur ein bisschen!»

Wieder guckte ich über die Schulter der Braut hinweg. «Wie viel ist ‹ein bisschen› in Elenas Welt?»

Kleinlaut antwortete Helen: «Ich habe zwei leere Flaschen Champagner gefunden.»

Vor Schreck warf ich die Hände in die Luft, die Brautjungfern starrten mich kritisch an. Nachdem ich innerhalb weniger Sekunden im Kopf einen Notfallplan entworfen hatte, klopfte ich an die Scheibe, die den Fahrer von uns trennte. Prompt ließ er sie herab.

«Ja bitte?»

«Wie lange brauchen wir zu der Kirche?», erkundigte ich mich vorsichtig.

«Ungefähr eine halbe Stunde.»

«Sind wir pünktlich?»

«Sehr pünktlich», erwiderte der Fahrer nicht ohne Stolz in der Stimme.

«Gut, wir müssen einen Umweg machen. Fahren Sie bitte zum nächsten Drive-in, wir brauchen Kaffee!»

Der Mann salutierte mit einer Hand, und die Scheibe glitt nach oben.

Als ich mich wieder umdrehte, befand sich Elenas Gesicht nur wenige Zentimeter von meinem entfernt, mit riesigen Augen beobachtete sie mich. «Fünfundachtzig Prozent aller Ehen werden heutzutage geschieden. Das ist doch Irrsinn.»

Das war allerdings Irrsinn. «Ich glaube, es sind sogar siebenundachtzig Prozent», antwortete ich spitz, und Elena versuchte prompt, die Differenz zwischen den Zahlen mit den Fingern auszurechnen. Die Brautjungfern wurden noch bleicher, doch um sie konnte ich mich im Moment nicht kümmern.

«Okay, Helen. Lass hören.»

«Wir haben Pay-TV geguckt, und dann hat Elena behauptet, sie sei müde. Also bin ich in das Wohnzimmer der Suite gegangen und habe gearbeitet.» Zum Ende des Satzes wurde Helen immer kleinlauter. «Offenbar bin ich eingeschlafen, und als ich heute Morgen wach wurde, war sie so drauf.»

Vor Verzweiflung hätte ich am liebsten geschrien. «Wir müssen sie nüchtern bekommen und dann zur Hochzeit! Immerhin haben wir eine halbe Stunde dafür. Das ist nicht unmöglich! Sie muss ja nur lächeln und nicken.»

«Ich will nicht heiraten», verkündete Elena trotzig und schüttelte den Kopf so heftig, dass ich Angst um ihre elegante Hochsteckfrisur bekam.

Wie konnte ich nur einen Zugang zu ihr finden? «Aber ich fände es schön, wenn wir gleich zu der Hochzeit gehen würden. Immerhin habe ich mich nur für euch schick gemacht», startete ich einen lahmen Versuch.

«Dann heirate du doch Daniel», forderte Elena mich auf und hickste danach eindrucksvoll. «Aber das Kleid ist wirklich schön.»

«Danke. Woher hattest du denn den Champagner?»

Der Wagen hielt. Mit einer Handbewegung forderte ich die Brautjungfern auf, sich endlich nützlich zu machen und Kaffee zu besorgen. Sie waren schon aus der Tür, da steckte Helen den Kopf noch schnell durchs Fenster und brüllte: «Und Pommes!»

Als sie wieder saß, starrte ich sie entgeistert an. Wie konnte sie nur an Essen denken, wenn ihre Schwester kurz davor war, die Hochzeit abzusagen?

Helen bemerkte meinen Blick. «Doch nicht für mich, für Elena!», verteidigte sie sich. «Vermutlich hat sie noch nichts gegessen, und damit kann ich sie füttern, ohne Hamburgerflecken auf diesem Albtraum in Weiß zu hinterlassen. Dann wird sie schneller nüchtern.»

Wenigstens hatte die Familie Erfahrung im Umgang mit Alkohol.

«Hey!» Vorwurfsvoll rempelte Elena ihre Schwester an und schob die Unterlippe vor. «Mein Kleid ist toll.»

«Aber natürlich, Süße.»

Durch die offene Tür schielten nun ein paar halbstarke Kerle, maximal 20 Jahre alt. Begeistert schrie Elena auf: «Jungs!»

«Hallo! Ist hier noch Platz für uns?», erkundigte sich der vorwitzigste von ihnen.

«Nein!», stießen Helen und ich gleichzeitig erbost hervor. Endlich tauchten die Brautjungfern wieder auf und brachten den nötigen Kaffee.

«Können wir sie nicht mitnehmen?», flehte Elena mich an. «Ich muss heute heiraten», wandte sie sich dann mit finsterer Miene den Typen zu. Das letzte Wort allein reichte, damit sie die Flucht ergriffen. Helen zog die Tür zu, und schon rollte die Limousine weiter.

«Im schlimmsten Fall stecken wir dich in das Kleid, und du heiratest Stephan», schlug ich Helen vor. Langsam gingen wohl die Pferde mit mir durch.

Elena verschluckte sich fast an dem Kaffee, den ich ihr gerade einflößte, und schlug meine Hand zur Seite. «Nein! Stephan gehört zu mir!» Mit einem Blinzeln beugte sie sich verschwörerisch zu mir. «Er hat mich heute Nacht besucht und Champagner mitgebracht.»

Daher wehte der Wind also! Hatte Stephan etwa Zweifel geäußert und Elena damit nervös gemacht?

«Und dann?», fragte ich vorsichtig.

Elena legte wieder einen Finger auf die Lippen. «Sch! Helen darf nichts hören, sie ist im Zimmer nebenan.»

Ich verkniff es mir, Elena darauf hinzuweisen, dass Helen direkt neben ihr saß. Stattdessen reichte ich der Braut erneut den

Kaffeebecher und hoffte, dass wir gerade dem Problem auf die Spur kamen.

«Hat Stephan gesagt, dass er nicht heiraten will?»

Elena stieß ein verächtliches Geräusch aus und winkte ab. «Nee, der ist ganz wild darauf.»

«Okay, also habt ihr zusammen Champagner getrunken ...» Ich machte bewusst eine Pause und hoffte, Elena würde weiterreden – was sie auch tat.

«Wir haben die ganze Nacht gevögelt.» Sie krallte die Finger in mein Kleid. «Und es war so gut!», raunte sie mir zu.

Wunderbar! Endlich hatte ich etwas, womit ich arbeiten konnte. Helen würde über den Schock schon hinwegkommen.

«Das ist aber romantisch. Dabei soll der Bräutigam die Braut doch eigentlich nicht so kurz vor der Hochzeit sehen.»

«Mit dem Kleid», korrigierte Elena mich. «Aber ich war ja nackt.»

Ähm, natürlich, ich Dummkopf. Und ich hatte gedacht, meine Familie sei anstrengend. Für einen Moment stellte ich mir Daniels Gesicht vor, wenn ich ihm gleich davon erzählte.

«Ich wollte gar nicht, dass er mich besucht», fuhr Elena fort. «Aber er ist einfach über mich hergefallen, und mein Höschen für heute hat er mir auch weggenommen.»

«Wow, zu viele Details!» Schnell schob Helen ihrer betrunkenen Schwester ein paar Pommes in den Mund.

«Weißt du, das klingt, als würde ich Stephan ganz gern näher kennenlernen», flüsterte ich der Braut ins Ohr.

Helens Pupillen weiteten sich, und sie gestikulierte wild mit den Händen; offensichtlich verstand sie nicht, worauf ich hinauswollte. Endlich schaltete auch eine der Brautjungfern.

«Die ganze Nacht Sex?», fragte sie neugierig. Elena nickte zufrieden, bis die Brautjungfer laut überlegte: «Das klingt gut. Vielleicht muss ich mich bei Gelegenheit mehr mit Stephan unterhalten.»

«Das ist unfair!», protestierte ich übertrieben. «Ich habe das zuerst gesagt, also darf ich ihn auch zuerst haben.»

«Spinnt ihr?», fuhr Elena wütend dazwischen. «Ich heirate ihn. Er ist mein Mann! Mein Mann!» Drohend wies sie mit dem Finger auf uns.

Mein Herzschlag beschleunigte sich deutlich. «Aber du hast doch gesagt, dass du nicht heiraten willst», warf ich ein.

Verwirrt ließ Elena den Finger sinken und überlegte. Ihre Augen flackerten kurz, dann klärte sich ihr Blick, und sie nahm Helen die Pommes aus der Hand. «Doch, ich will ihn heiraten», verkündete sie mit vollem Mund.

«Obwohl heute hundert Prozent aller Ehen geschieden werden?» Helen konnte ihre Klappe einfach nicht halten.

«Das muss ich wohl riskieren.» Mittlerweile klang Elena schon deutlich besser als noch vor ein paar Minuten.

«Wenn das so ist», ich hob einen der Kaffeebecher, «prost!»

Wir mussten den Fahrer bitten, noch eine zusätzliche Runde um die Kirche zu drehen, denn eine der Brautjungfern frischte schnell Elenas Make-up auf, und ich versorgte sie mit einem Pfefferminzbonbon, das der Fahrer freundlicherweise zur Verfügung gestellt hatte. Dann konnten wir endlich aussteigen.

Elenas Vater stand sichtlich nervös auf den Stufen vor der Kirche, offenbar hatte er schon gewartet. Erleichterung zeichnete sich auf seinem Gesicht ab.

Beim Aussteigen legte Elena eine Hand auf meinen Arm. Ihr Blick war noch unruhig, aber sie riss sich stark zusammen. «Danke.»

Ich tätschelte ihre Hand und zwinkerte nur. In Wahrheit war ich gerührt und kämpfte vor Erleichterung mit den Tränen. Eine Weile war ich mir nicht sicher gewesen, ob wir es bis zur Kirche schaffen würden.

Hoffentlich musste die Braut nicht während der Trauung pinkeln, nach so viel Kaffee, den wir ihr in der letzten Viertelstunde eingeflößt hatten.

Als ich in die Kirche eilte und mich umsah, suchte Daniel meinen Blick. Dann entdeckte ich seine Mutter, die hektisch winkte. Sie hatte mir einen Platz frei gehalten, und ich setzte mich dankbar. Schnell hob ich Daniel meinen Daumen entgegen. Er stand neben den anderen Trauzeugen und lächelte erleichtert.

Eva beugte sich zu mir. «Wie schlimm war es?» Zuerst wollte ich alles herunterspielen, doch dann fügte sie noch hinzu: «Versuch es gar nicht erst. Ich kenne meine Töchter. Elena oder Helen?»

«Elena», flüsterte ich leise. «Aber es ging gerade noch einmal gut. Wir sollten trotzdem aufpassen.»

Sie rollte mit den Augen und drückte meine Schulter. «Danke.» Anschließend tauschte sie einen Blick mit Daniel, den ich nicht lesen konnte. Der Hochzeitsmarsch erklang, und alle erhoben sich.

Mit Mühe balancierte ich meinen übervollen Teller zurück zum Tisch. Seit Stunden schon hatte ich einen Bärenhunger. Doch nach der Kirche, dem Posieren für den Fotografen und den ersten Glückwünschen hatte es wegen endloser Reden und einer Bildershow ewig gedauert, bis es endlich Essen gab. Zwischendurch hatte selbst Helen bei mir haltgemacht und geraunt: «Vielleicht hätten wir uns auch Pommes holen sollen.»

Daniel betrachtete erst meinen Teller und dann mich. «Lass mal hören. Warum beäugt Helen dich die ganze Zeit so beeindruckt?»

Schnell sah ich mich um, ob jemand in Hörweite war. «Elena war voll bis unter die Dachrinne und wollte nicht heiraten», begann ich mit meinem Bericht.

Vor Entsetzen klappte Daniels Kiefer nach unten.

«Jepp, so ähnlich habe ich auch reagiert. Helen hat als Babysitter auf ganzer Linie versagt, und kaum war sie aus dem Raum, hat der Bräutigam sich ins Gemach geschlichen und die unschuldige Braut geschändet. Leider hat er dabei zwei Flaschen Champagner zurückgelassen. Wie viel da noch drin war, kann ich nicht sagen, jedenfalls hat Elena den Rest heute Morgen vernichtet und sich dann in eine ausgewachsene Panikattacke gesteigert.»

«Oh mein Gott! So etwas in der Art hatte ich schon befürchtet. Hast du das etwa wieder hinbekommen?»

«Klar, sonst wären wir jetzt nicht hier. Nachdem deine Schwester verkündet hat, dass Stephan nicht nur unglaublich gut im Bett ist, sondern auch ihre Unterwäsche hat mitgehen lassen, habe ich laut überlegt, ob ich ihn vielleicht heiraten sollte. Glücklicherweise ist eine der Brautjungfern mit eingestiegen und hat ebenfalls Interesse bekundet. Da hat deine Schwester doch gemerkt, dass ihr das nicht passt, und wollte ihn wieder selbst heiraten.»

«Ich weiß gerade nicht, ob ich lachen oder mich übergeben möchte. Das waren auf jeden Fall zu viele Details über das Sexleben meiner Schwester.»

«Oh – das heißt, ich hätte unseres nicht zur Ermunterung in der Limousine ausbreiten sollen?»

Für einen Augenblick entglitten Daniel alle Gesichtszüge. Drohend legte er nach ein paar Sekunden die Hand auf mein Knie und drückte es kurz. Ich grinste ihn frech an und machte mich endlich über mein Essen her.

Satt und zufrieden lehnte ich mich wenig später in meinem Stuhl zurück. Während ich Daniels ebenmäßiges Gesicht und das Funkeln in seinen Augen betrachtete, dachte ich darüber nach, was ich mir vorgenommen hatte. Mir war klar, dass Daniel vermutlich schon seit Wochen darum herumschlich und nur mir zuliebe schwieg.

Ich kämpfte Übelkeit und Nervosität in mir herunter, legte mein Besteck auf den Tisch und wischte mir den Mund mit einer Serviette ab. Dann drehte ich mich zu Daniel um, der mich bereits interessiert ansah.

Das Blut rauschte so stark in meinen Ohren, dass ich nicht klar denken konnte. Ich legte meine Hand auf seine, die noch immer auf meinem Bein ruhte, und streichelte seinen Handrücken. Nachdem ich mich ein letztes Mal vergewissert hatte, dass uns auch wirklich niemand belauschte oder beobachtete, holte ich tief Luft und wisperte: «Ich glaube, ich bin bald bereit, das große L-Wort zu benutzen.»

Daniels Augen weiteten sich, und ein Lächeln breitete sich auf seinem Gesicht aus. Er strich mir eine Strähne hinters Ohr. «Das weiß ich zu schätzen. Ich kann mir vorstellen, dass dir das nicht leichtfällt.»

Zuerst wollte ich energisch nicken, doch dann bemerkte ich, dass das Aussprechen an sich gar nicht das Problem war. Es war eher die Idee gewesen, die mich geängstigt hatte. Das wollte ich ihm sagen, aber es musste perfekt sein.

Um uns herum wurde bereits getanzt, und draußen war die Sonne untergegangen. Überhaupt war heute ein wunderbarer Spätsommertag gewesen, und ich freute mich für Stephan und Elena, die verliebt eine Runde über die Tanzfläche drehten. Elena zwinkerte mir zu, und ich winkte zurück.

«Komm!» Ich hielt Daniel die Hand hin und führte ihn zur Bar. Bei dem Barkeeper in dem weißen Jackett bestellte ich zwei Tequilas und ignorierte dabei Daniels hochgezogene Augenbrauen.

«Ich bin mir nicht sicher, was ich davon halten soll, dass du dir erst Mut antrinken musst.»

«Das ist nur, um meine Nerven zu beruhigen», erklärte ich ihm mit meinem hinreißendsten Lächeln.

Kopfschüttelnd stieß er mit mir an und leckte das Salz von seinem Handrücken. Beim Biss in die Zitrone verzog ich angewidert das Gesicht. Dann umfasste ich erneut Daniels Hand und zog ihn mit mir. Heute Nachmittag hatte ich hier doch diesen alten Baum gesehen. Wenn ich schon so schwerwiegende Geständnisse machte, wollte ich auch, dass die Atmosphäre stimmte.

Das Zeltdach, unter dem die Hochzeitsgäste ausgelassen feierten, wurde von unzähligen Fackeln beleuchtet, die auch auf das umliegende Feld strahlten. Die weiß-silberne Dekoration glitzerte im Kerzenschein, was so furchtbar romantisch aussah, dass ich es kaum ertrug. Seit wann hatte ich denn eine Schwäche für so etwas?

Daniel lehnte sich gegen den Baum und nahm mich in den Arm. Zaghaft küsste ich ihn, und er erwiderte den Kuss sofort. Schon bald fühlte ich mich schwach und benommen und sah zu ihm auf. Doch plötzlich fehlten mir die richtigen Worte. In meinem Kopf hatte ich es schon unzählige Male gedacht und ausgesprochen, aber in der Realität war es viel schwerer.

Mein Herz schlug fast schon schmerzhaft ganz hinten in der Kehle, und ich konnte nicht einmal mehr schlucken. Atemlos starrte ich Daniel an und versuchte, diesen simplen Satz hervorzubringen. Es waren doch nur drei Worte, wie schwer konnte das schon sein?

Er las anscheinend schon wieder meine Gedanken, denn er legte die Hände um mein Gesicht. Sein Blick bohrte sich in meinen. «Soll ich es zuerst sagen? Vielleicht fällt es dir dann leichter.» Er beugte sich wieder zu mir hinunter und knabberte ganz sanft an meiner Unterlippe.

Mit einem leisen Stöhnen ließ ich mich gegen ihn sinken und flüsterte: «Vielleicht.»

Er hielt meinen Kopf, sah fest in meine Augen. Dann sagte er mit diesem unwiderstehlichen Lächeln um die Mundwinkel: «Ich liebe dich, Morielia.»

«Ich liebe dich auch!»

Sofort ließen der Schwindel und das Rauschen in meinen Ohren nach. Endlich konnte ich wieder lächeln und kam ihm entgegen. Als seine Zunge meinen Mund eroberte, war ich erleichtert, dass ich diese Hürde endlich überwunden hatte.

Wie von allein legten meine Hände sich um seinen Nacken, und ich schmiegte mich an ihn, presste meinen Unterleib gegen seinen.

Stöhnend löste Daniel sich von mir. «Hör auf damit», murmelte er erstickt. «Sonst bin ich versucht, dich einfach gegen den Baum hier zu pressen.»

Schnell schob ich mich zwischen ihn und den Stamm. Mit einer Hand zog ich den Saum meines Kleides hoch und entblößte einen Oberschenkel. «Meinst du so?», fragte ich mit großen Augen und flatternden Wimpern. «Das würde doch passen, wenn man unser erstes Zusammentreffen bedenkt …»

Daniel sah auf mich herab, sein Atem ging schwer, und er rang um seine Selbstbeherrschung. Gerade als er sich vorbeugte und sich mit einem Arm neben meinem Kopf abstützte, erklang Helens Stimme hinter ihm. «Da seid ihr ja. Los, wir müssen das Brautpaar verabschieden.»

Die Hände in die Hüften gestemmt, wartete sie ungeduldig, bis wir uns widerstrebend fügten. Dann marschierte sie vor uns über das Feld zurück zum Zelt, wobei sie ab und zu einen Blick über die Schulter warf, um sicherzugehen, dass wir ihr wirklich folgten.

Unbemerkt sah ich Daniel von der Seite an. Er hielt meine Hand und stapfte hinter seiner Schwester her. Schon bei unserer ersten Begegnung war ich seiner Anziehungskraft erlegen, das wusste ich bereits damals – aber mir war nicht klar gewesen, dass ich eines Tages so glücklich über seine Hartnäckigkeit sein würde.

«Hey», wisperte ich ihm zu. «Gib mir mal mein Handy.» Ich hatte auf eine Tasche verzichtet und Daniel gezwungen, Tempos, Lippenstift, Ausweis und Handy in seinem Smoking unterzubringen.

Er griff in die Innentasche seines Jacketts und reichte es mir.

Das Stimmengewirr wurde lauter, die Gäste hatten sich schon vor dem Eingang versammelt. Eilig tippte ich die kurze SMS. *Ich habe ES getan. War gar nicht schlimm.* Sebastian würde wissen, dass ich damit mein Liebesgeständnis meinte. Denn ich hatte ihm schon vor einigen Tagen anvertraut, was ich zu sagen plante.

Seine Antwort kam prompt. *Ich bin stolz auf dich, Hase!*

Ich grinste. Damit Daniel es lesen konnte, reichte ich ihm das Handy. Er schüttelte den Kopf wegen unseres kurzen Austauschs und presste mir einen Kuss auf die Schläfe, dann steckte er das Handy wieder ein.

Helen führte uns direkt in die erste Reihe, wo ihre Mutter mir und Daniel silberfarbenes Konfetti reichte. Der Vater stand mit der Digitalkamera bereit. Schon begannen alle zu klatschen, und Elena und Stephan tauchten in der Tür auf.

Unter lautem Gejohle, Glückwünschen und einer Kaskade aus Konfetti verließen sie das Zelt. Natürlich wollte jeder ihnen noch einmal alles Gute wünschen und sie umarmen, sodass das Ganze etwas Zeit in Anspruch nahm.

Dann nahm Helen meine Hand und brachte mich zu einer Gruppe, die etwas abseitsstand. Schnell blickte ich mich um und verstand sofort, dass ich mich inmitten der unverheirateten Frauen befand. Elena schickte sich an, den Brautstrauß zu werfen.

Das war beim besten Willen nichts für mich! Aber als ich mich davonschleichen wollte, versperrten Helen und eine der Brautjungfern mir den Weg und ignorierten geflissentlich meinen bösen Blick.

Eva rief: «Bitte lächeln!»

Maximilian zückte erneut seine Kamera – ich hatte sicherlich nie gezwungener auf einem Bild ausgesehen.

Dann stellte Elena sich in Position. «Bereit?», fragte sie über die Schulter.

Mir entging nicht, dass sie mit ihrer Zwillingsschwester, die hartnäckig an meiner Seite klebte, einen Blick wechselte.

Laut zählte Elena an: «Eins!»

Auf einmal packte Helen meinen Arm und zog mich vor sich.

«Zwei!»

Erschrocken stolperte ich, denn Helen hatte mir einen Stoß versetzt und mich nach vorne geschubst.

«Drei!»

Schockiert starrte ich auf den Brautstrauß in meinen Händen. Diese miese Familie! Alle klatschten begeistert, während ich betete, dass die Grimasse auf meinem Gesicht gerade noch als Lächeln durchging.

Erfreut grinste Elena mich an, bevor sie mit Stephan in das wartende Auto stieg, das sie gleich in die Flitterwochen bringen sollte. Hochgradig zufrieden warf Helen einen Blick auf die Uhr. Klar, nachdem sie mich in die Falle gelockt hatte, konnte sie jetzt nach Hause gehen – es war ja auch schon nach elf.

Da legte Daniel die Hände von hinten um mich und küsste die empfindliche Stelle bei meinem Ohr. «Du hast den Brautstrauß gefangen.»

«Ach was.» Meinen säuerlichen Tonfall konnte ich mir beim besten Willen nicht verkneifen. «Du hast doch gesehen, dass Helen mich geschubst hat?»

Sein warmer Atem streichelte meine Haut. «Ich habe nur gesehen, dass du losgerannt bist, um den Strauß auf jeden Fall als

Erste zu erreichen. Ich wusste gar nicht, dass du es so eilig hast. Aber ich habe mich schon daran gewöhnt, dass du keine halben Sachen machst.»

Zum Glück bekam ich mit, wie er sich das Lachen verkneifen musste. «Du passt echt perfekt in deine Familie. Deiner Mutter würde ich so eine Aktion auch noch zutrauen.»

«Das Ganze war bestimmt sogar ihre Idee», stellte Daniel trocken fest. Dann kam er so nah an mich heran, dass ich seine Lippen an meinem Ohr spürte. Der Strauß lag noch immer nutzlos in meinen Händen. Was machte ich jetzt bloß damit?

«Aber es trifft sich ganz gut, dass du das Ding gefangen hast. Ich hatte da eh noch eine Frage.»

Mit einem Mal schlug mein Herz so stark, dass ich fürchtete, es könnte gleich meine Rippen durchschlagen. Schnell schickte ich ein Stoßgebet zum Himmel und versteifte mich unabsichtlich in Daniels Armen.

«Willst du nicht zu mir ziehen? Du bist sowieso andauernd bei mir, und ich vermisse dich, wenn du nicht da bist. Ich habe dich gern in meiner Nähe.»

Erleichterung durchflutete mich, gleichzeitig schalt ich mich innerlich. Wieso hatte ich nur gedacht, er würde mir einen Heiratsantrag machen? Er wusste doch, dass ich dann schreiend die Flucht ergreifen würde – oder nicht?

Aus reiner Gewohnheit versuchte ich, zuerst zu protestieren. «Musst du das nicht mit deinem Vermieter klären?»

«Das Haus gehört mir.»

Diese simple Feststellung fegte mich fast von den Beinen. Der Mann hatte einfach auf alles eine Antwort und für alles einen Plan – und ich war längst ein Teil davon geworden.

«Nur wenn du meine Mitbewohner davon überzeugen kannst, mich gehen zu lassen.»

Daniel lachte. «Dann vögel ich dich einfach ein paarmal in

deinem WG-Zimmer. Sobald die Jungs hören, wie laut du werden kannst, werden sie froh sein, wenn sie dich endlich los sind.»

«Du Blödmann!», stieß ich aufgebracht hervor.

«Ich weiß. Aber ich bin dein Blödmann.»

Damit hatte er verdammt recht!

Dann küsste er die Seite meines Halses und legte seine Arme fester um mich, während wir zusammen beobachteten, wie das Auto mit dem Brautpaar davonfuhr.

rororo

Sind Frösche wirklich die besseren Prinzen?

Märchen hat Lilly schon immer geliebt, aber nach der Trennung von ihrem Mann ist für sie kein Happy End in Sicht. Den Kummer kann sie nur mit viel Schokolade betäuben, die Wohnung muss sie sich mit Frauenheld Jakob teilen. Einziger Lichtblick ist der attraktive Nachbar von gegenüber. Dabei hat Lilly gerade beschlossen, die Finger von Prinzen zu lassen und sich voll und ganz auf die inneren Werte bei Männern zu konzentrieren ... Doch was wäre die Liebe, wenn sie sich Vorschriften machen ließe?

Auch als E-Book

Ab Dezember 2015 überall im Buchhandel erhältlich

rororo 26987

Ro 275/1 · Rowohlt online: www.rowohlt.de · www.facebook.com/rowohlt

MIX
Papier aus verantwortungsvollen Quellen
FSC® C083411
www.fsc.org

Das für dieses Buch verwendete FSC®-zertifizierte Papier *Lux Cream* liefert Stora Enso, Finnland.